目录

第一回　陈孝廉羊城求学问
解元郎侧门遭羞辱

话说，陈志尧踟蹰在广雅书院外，对着出墙而来的桂树枝头长叹一声，再长叹一声。

但见太阳西下，暗红的晚霞隐在黛色的云层内，折射出层次不同的蓝褐色。恐怕，这几日，还会下几场淅淅沥沥的雨。广东的春天甚是烦人，暮春已过，粉末般的细雨还在连绵不绝地下着，空气依然浓湿稠密，阴冷刺骨。

仆人陈忠焦急地望着老爷，老爷身材挺拔，裹在做工精良的长袍里，外披一件绸面罩衣，更显修长。陈忠觉得老爷还是穿中式长袍俊朗，连皱眉长叹时也觉儒雅隽秀。跟在陈忠身后的是两个挑着行李的挑夫，挑夫是在码头找的，五文钱一个，便宜。行李用笼箱装着，其中一个笼箱里放着一套深蓝色的西服，这是慧心太太给老爷做的。太太受洋教堂的神父影响，也不知道洋教堂里的神父给太太施了什么法，在额头两肩点两点，念声"愿主保佑"和"阿门"，太太就对他们服服帖帖了，比家里后院的大狗阿黄还听教训。当然了，不能将太太和大狗阿黄比较，陈忠自抽一下嘴巴，虽然没叽咕出声，但臆想都是罪过，下人哪能亵渎主人呢？不过，陈忠仍是想不通，太太为什么非要给老爷置这身洋行头？那天陈忠跟着太太去益昌祥布庄订做这套西服，价钱可贵了，"丢！"陈忠心里骂，"我一年唔饮唔食都剩唔到一只裤脚。"

陈志尧转过身来，问："好好的，为什么自己打自己?"陈忠抚抚脸，笑着说："有蚊子，老爷!"陈志尧"哦"了一声，又背手转身望着书院用青砖砌起的围墙，青灰色波状起伏的墙瓦，圆拱的侧门，还有隐在围墙里面绿荫之下翘起的檐角。

陈忠眼珠跟着老爷的身影，转了一圈，思想又一次游离。老爷现在穿的这身长袍褂子衬着油光水滑的辫子，多好看啊! 那哪是洋鬼子西服能比的? 陈忠咂咂嘴，用神情表达了一下对西服的藐视。梳中国男人的长辫子，穿洋鬼子的西服，不伦不类，怎么看都碍眼。陈忠特地将那套天价的西服塞在笼箱的最下层，管它呢! 要不是在太太眼皮下收拾，他才不会将这西服放在笼箱里。老爷是要高中的，这么俊俏的身段儿，到时配上官袍顶戴，肯定更英姿勃发，何时轮得到这套西服出场? 想到老爷高中的模样，陈忠就有点得意了，美滋滋的，大嘴往上咧开，偏黄的板牙露在空气里，吸着气。

也难怪陈忠得意，前几年，老爷会试头名中了解元，那个热闹啊! 莞城全城轰动，老百姓们到了中堂镇，都要绕到凤涌来，将陈府门口堵得水泄不通，都要亲睹一下老爷的风采。那些个没志气的，想沾沾运气，就不仅仅是目睹一下举人的英伟了，他们还要在陈府的门上墙上摸一把，沾点举人的才气，才肯心满意足地离开。人是奇怪的动物，没人摸时，众人目睹过举人之后，啧啧称赞过后也就离去了，但有第一个人摸了门把后，就有第二个、第三个……原本只想着过来一睹举人风采的，都去摸门把了。更有睹过风采的，听了摸了门把回去的人扬扬得意的演说，甚是妒忌，忍不住又再去一次凤涌，非得在门把上摸上一圈才心满意足地离开。摸门把，害处不大，最多扯脱把子罢了，老爷太太仁慈，即使半夜被前来摸门把的人闹得烦心，也不生气，只可怜陈忠隔天就要换门把，不胜其烦。

没承想，一旦遭遇仁慈，人的贪欲就膨胀了，更有贪婪不得满足者，觉得摸门把不足以成为孝廉，竟悄悄掀去陈府围墙的瓦片，渐渐，发觉的人多了，人们又效仿掀瓦拆墙。开始不过是偷着掀，丢一块两块瓦片，陈忠带着仆人绕着围墙兜转，发现被掀了瓦的围墙，便叫泥水匠过来拾掇了事。没承想，人心没有满足的，竟掀出瘾头了，来掀瓦的人越发多起来。一件事情，多人去做就麻烦了，人都有从众心理，认为法不责众，便猖獗起来，光天化日也敢群起掀瓦，瓦被掀得多了，墙也受到牵连，人众力推，墙哪有不倒之理？于是，墙被掀光了墙头瓦，继而被推倒。

墙倒了，老爷再好的涵养，也坐不住了，一边让陈忠率领家丁日夜巡逻，一边报与莞城知县。陈忠和家丁们牵着大狗阿黄，每天围着陈府围墙兜转，转得头发昏、腿发软，那些该死的掀瓦人，还厚颜无耻地向他们扔石头，骂他们是狗腿子。陈忠火冲脑门，亦不记得老爷平日耍怜悯苍生厚对百姓之类的教诲，放开了阿黄的绳子。阿黄"汪汪"两声，后腿用力一蹬，健硕的身子竖起来，鼻息一喷，若脱弦之箭，"嗖"的一声，扑了出去……那回，阿黄咬伤了四个人，陈忠被老爷罚打了四十大板。要不是太太慈悲，那声"愿主保佑，阿门！"真的好用，陈忠的屁股肯定"花开富贵"了。

那天，陈忠被几个家丁压在地上，裤子一脱，大棍就要落下。陈忠觉得委屈极了，他不过是为了保家护院，为陈府好啊！犯得着真的大棍伺候吗？就在大棍要落下时，太太的贴身丫鬟翘儿突然探头进来，向他眨眨眼睛。陈忠何等聪明，翘儿早不出现晚不出现，偏偏在他光着屁股挨棍子的时候出现，肯定是有救他的法子了。也不知是不是神父口中的"主"真的在举头三尺处望着呢，陈忠情急之下，竟然大声地喊："愿主保佑，阿门！"

负责刑罚的陈义一棍子敲在他肉墩墩的屁股上，假腔假调地说："忠哥，你鬼叫个么事啊？唔是我手狠，老爷要我打的啊！对唔住了！"一棍子吃在屁股上，痛得陈忠全身发麻，一阵尿意冲了上来，"呜"的一声，大叫："愿主保佑，阿门！"

当陈义举起大棍准备抽落第二下时，刑罚房的大门被人推开了，翘儿扶着太太走了进来。

"住手。"太太轻轻的一声，陈忠顿时觉得四周都阳光灿烂，所有光芒都集中在进门来的太太和翘儿身上，她们才是菩萨才是观音娘娘，救苦救难大慈大悲啊！

陈忠的屁股终于免了一劫，但死罪能免，活罪难饶。老爷听了太太的劝，答应不拿陈忠的屁股开铡，但却要陈忠独力将所有墙瓦都修缮好。陈忠真是苦不堪言，他从小在陈府长大，他的父亲陈大礼当年服侍太老爷陈漱理，太过忠心耿耿，差点成了老光棍。好在陈漱理有良心，在陈大礼老成棍之前，给他物识了一个贤惠女子，所以才有了陈忠的出生。陈大礼从此对陈府更是死心塌地，他不仅死心塌地，更从小就灌输死心塌地的思想给陈忠。所以，尽管陈忠比陈志尧迟生了十多年，但陈忠从会走路后，就如尾巴般跟随在陈志尧身后。陈志尧为人宽厚淳良，既敬陈大礼，亦厚陈忠。因此，陈忠自小只需要做好跟班的工作就行了，搬的、扛的、抬的，几乎不需要他来操办。陈忠自然也被娇惯得细皮嫩肉的，哪晓得修墙补瓦啊？

陈忠砌着青砖，举着满是泥灰的脸，望着越来越刺眼的太阳，心里诅咒那些掀瓦的人："真是无哪出就搞哪出，如果摸摸门把掀块瓦就可以中举人的话，那我从小就在举人身边长大，老太爷和老爷都是孝廉，我在娘胎里就和大小两孝廉亲密接触，吃的、喝的、用的都是孝廉家的，不还是一个小小的仆人？难道还能变身成举人不成？人的出生已定了今后的命运了，孝廉的儿子还是孝廉，仆人的儿女还是仆人的命，人啊！吃多少穿多少是有定数的，要认命。"

陈忠叽咕着，又狠狠地将墙瓦一片片贴在墙头上。太阳快要落山时，墙瓦也快贴好了，陈忠用满是泥灰的手抹一把脸，举头往里面一望，老爷的书斋"瓜庐"掩映在树荫里面，"瓜庐"二字清晰可见。陈忠又抬手抹了一把额头，真想不明白，起什么名字不好？老爷为什么要将好好的一个书斋叫作"瓜庐"呢？"瓜庐！瓜庐！"生端端的一个"瓜"，有什么好？在陈忠的意识里，"瓜"用在人的身上是傻瓜，用在物身上就是冬瓜、黄瓜、南瓜、西瓜。总之，就是不起眼不值钱不高雅不稀罕的，这可是与老爷孝廉的身份不符啊！

陈忠干脆坐在墙头上，荡着脚看墙内风景。"瓜庐"的门开着，那个叫袁湛恩的秀才，又来和陈志尧煮茶论学了。这个袁湛恩特不招人喜欢，陈忠心里是这样认为的，姓袁的家底是不错，有个茶园做靠山。但待人就不怎么样，终日绷着一张麻将脸，不说见到陈忠这样的下人了，就连见到陈延芳那样的慈善名人、上等人，他都是一副不屑一顾的样子。唯有见着老太爷、太老夫人和太太，他才显出恭敬的样子。不过，还有一个人，袁湛恩还是挺尊敬的，就是老爷的老师陈闰甫。见到老爷的老师，袁湛恩是揖了又揖，恭敬尊重的态度盈于表上。至于陈志尧和袁湛恩在"瓜庐"里在讲些什么，陈忠不得而知。但陈忠看着老爷宽厚沉稳的微笑，在袁湛恩面前淡定得体的模样，心中不禁肃然起敬，连昨天老爷的大棍责罚和今日的砌瓦之役，他也不再计较。嘿！陈忠想，这样的老爷终有一日高中榜首，飞上枝头蟾宫折桂的。

陈忠的心思，陈志尧是不晓得的。广雅书院巍巍的高墙堵在面前，陈志尧数次举步又止于门前。门是敞开着的。广雅书院建成后，开始对外试招收第一批学生，作为广东省内最优秀卓越的生员，陈志尧首先接到录取喜函。在五羊城做慈善的陈延芳已经帮他在广雅书院打点好，只要陈志尧到步，递上录取帖，书院便会安排陈志尧的食住。午后，陈志尧就到了五羊城，在广雅书院门前踟蹰，录取帖就在怀内，可陈志尧迟迟不愿掏出来。这番表现，和他初次到罗浮山酥醪书院读书时的情形一样。那年他才十岁，由老仆人陈大礼背着，跟着父亲去到酥醪书院，当下了马车，马上要步入书院时，陈志尧就哇哇大哭了。他的哭闹让陈漱理百思不得其解，小儿陈志尧自小聪慧，爱读诗书，自师从陈闰甫后，学业更是精进，现已能通背四书五经，为何到了书院门前，却大声号啕呢？最终，陈志尧还是在酥醪书院住下来，但他为何当日大哭，至今无人能知。但陈志尧却是自知的，面对巍巍罗浮山，他突然有了种高不可攀的感觉，这让自小受道家文化影响的小男孩，有了敬畏之感，十岁的小男孩不晓得如何用语言来表达自己的情感，唯有以哭明心。

而今立在广雅书院的高墙外，除了敬畏之外，陈志尧更多的是不愿，这不愿来源于一种复杂的卑劣心理。广雅书院是两广总督张明远筹建的，建后虽然张总督没有明文规定，这是张姓考生的书院，但人的潜意识却爱作祟，特别是看守书院的院役，更是狗眼看人低。来递帖的考生不是姓张的，便很难得到优厚对待，那院役自作主张地关上正门，开了侧门让外姓考生进入。

陈志尧就是这样止步于广雅书院侧门之外的，此时他已贵为举人，得到了两广总督张明远大人的赏识，在广东也是赫赫有名的人物，而且陈姓在广东是第一大姓，哪能如此委屈身段，从侧门入院？陈志尧踟蹰之余，另一想法便从心中生成，何不亦成立一间属于陈姓人的书院，方便天下陈姓考生到省会来赶秋闱呢？这想法忽地一现，陈志尧便觉热血沸腾，他生性淳厚，又是聪慧十分的人物，思想到此，便不犹豫，长辫一甩，回身对陈忠说：“走，搵陈延芳去。”

陈忠不明就里，但老爷的命令，哪敢不从？立马回身招呼两个挑夫，挑起担子跟随在老爷身后。

这厢陈志尧去找陈延芳，那厢陈延芳便寻了过来。陈志尧来五羊城时走的是水路，从莞城南出发，渡轮突突有声，直至黄埔港。船刚开离莞城南时，东江默默，温婉多情，一路绿水青山，隐约在蒙蒙细雨中，景色甚是迷人。陈志尧站在船头，背手抬胸，遥望滔滔江水，眼神如磐，坚定无比，陈忠远远随在后面，不敢太过靠前，怕影响了老爷的思绪，亦不敢回船舱内，怕老爷突地有什么吩咐。二十多年来，在陈家当陈志尧的贴身仆人，陈忠早就练就了一身过硬的站立功夫，且不说东江浪静，水若柔带，毫不颠簸，就是出到珠江口，大海里翻着惊涛骇浪，陈忠也是不怕的，仍能在船上随波浪起伏，站得稳稳妥妥。有次海上遇浪，渡船像树叶般在浪涛中起伏，陈志尧被颠簸得呕吐，但陈忠仍能脚如铁注，稳稳地站在他身边扶着，陈志尧忍不住问陈忠，是怎么练就这功夫的？陈忠灵机一动，就说是下人生来都是贱命，身子打小就得经风吹雨打日晒雨淋，唯有这样才能有资格服侍主子。陈志尧苦笑着，擦着嘴角的脏污指着陈忠说："你啊！一嘴油腔滑调。"

陈忠偷偷撇撇嘴，他说的当然不是心里话。老爷每日五更起床晨读，他这个当下人的亦必须每日五更起床侍候。老爷手里捧着书卷，琅琅有声念诵着："子曰：'道之以政，齐之以刑，民免而无耻；道之以德，齐之以礼，有耻且格。'"而陈忠就在这声声"子曰"当中昏昏欲睡。这也难怪陈忠会昏睡的，读书声虽然大，但老爷读得抑扬顿挫，听着听着，就忍不住犯困了。开始时，陈忠还暗里责怪陈义陈孝他们，晚上无事又招呼他去打天九，都说了不去的，他们仍拉扯着去，不到半夜三更不肯罢手停牌。这不，害得清清朗朗的早上，都犯着困。可是后来，即使没去打牌，但听到老爷念书，陈忠仍是犯困，陈忠心里便明了，不是打牌熬夜惹的祸根，而是老爷的诵读声使的坏。为了不被老爷发现他在犯困，陈忠唯有在犯困时，强撑着眼睛，身体随着老爷的读书声，轻微摇摆着。久而久之，陈忠就练就了站立瞪眼摇摆身休也能睡觉的"好"本领了。

以前到五羊城，陈延芳都亲自到黄埔港来接船的。陈延芳是五羊城非常出名的慈善家，他涉足的生意可大了，陈忠知道，五羊城好几间慈善行都与陈延芳有着千丝万缕的关系，老爷陈志尧总是称赞陈延芳有颗普惠天下、悬壶众生的大爱之心。陈忠不晓得什么是普惠，什么是悬壶，但是光听"天下"和"众生"这四个字，就晓得这个陈延芳不简单。

陈忠随老爷曾到过陈延芳在文德路附近的住宅，西关大屋的那个豪华那个壮观，看得陈忠眼珠子都瞪出来了，差点儿收不回去。到过陈延芳的居所后，陈忠对陈延芳更是敬佩有加，这么有钱的主儿，一生能碰着一回，都是运气，更何况还有机会到其居所参观，与其席间相对！陈忠一回到凤涌，就牛逼哄哄地跟陈义陈孝几个哥们吹牛，把陈延芳吹捧得天上有地下无。陈义实在听不下去，冷不丁来一句："这个陈延芳咁有钱，你粘了些么钱腥返来无？"陈忠一下被噎住了，是啊！陈延芳几有钱，都不关他的事儿，下人即是下人，你不会因为认识了陈延芳，以后就不用给人端茶递水啊！陈义噎得陈忠当时挺无精打采的，但是，过了一会儿，陈忠就不放在心上了。切！陈义他们是没得这样的机会跟老爷到省城开眼界，才把话说得这样酸溜溜的。对，就是这样的，他们妒忌。想到这儿，陈忠的心情又阳光灿烂起来了。他哼着歌儿走去后花园，仆人的偏房就在后花园的矮墙脚下，在省城跑了几个月，即使仆人房再简陋，但亦是家，是家就亲切。

穿过拱门时，瞥眼见翘儿捧着一碟桃子碎着步走了过来，陈忠忍不住大声地招呼："翘儿！"翘儿冷不丁被人叫唤，吓得几乎把桃子丢在地上，陈忠见她惊慌的样子，心情更是大好，叫着："翘儿，你和这些桃子一样水灵呢！"说着就往仆人房跑去了，害得个翘儿，红着苹果脸站在拱门前，半天都未回过神来。

这回，陈延芳竟然没来黄埔港接船，船徐徐靠岸时，陈忠就努力在接船的人群中寻找陈延芳的身影。这个陈延芳虽然样子不是很突出，个小人瘦，但一双眼珠儿，黑骨骨的，透着光，被他望着的人，都不由得对这双眼珠儿肃然起敬，当然，袁湛恩是例外。陈忠自信有一眼在人群中寻到陈延芳的能力，想到陈延芳，陈忠便兴奋了，每次他来接船，都是开着一台黑亮高大的洋轿车来的。这洋轿车可气派了，黑亮的铁壳儿，前后各两盏透明白亮的大灯突了出来，开起来，突呼呼地叫，比八人大轿还威风。听老爷说，全五羊城，也没几辆这样的洋轿车。总督也不过是铜锣开道，八人大轿而已。那陈延芳得是怎样的风流人物啊？陈忠虽然没得坐在轿车内，但光跟在轿车后面，感受沿途百姓们的瞩目和惊叹，那感觉就是舒爽得意。陈忠在船上时，就立定了主意，一会儿见到给陈延芳开车的那个帅气的小兄弟陈君挺，一定要问问他，为么事将车前厢的那个圆圆的方向盘转来转去，车子就像长在身下一般听使唤了的？实在太神奇了。

可是，陈延芳没有出现，陈忠失望得眼皮全都往下垂了。陈志尧似乎已经知道陈延芳不来接船，下了船，就立刻吩咐陈忠在渡头找两个挑夫来。陈忠望望几个又厚又沉的笼箱，拔腿就往岸上跑。丢那妈，死沉死沉的几个箱子，上船时还有陈义陈孝他们帮忙抬，下船时亏得船夫们好心帮忙，要不，光陈忠那四两力气，一个笼箱都扛不起。陈忠跑上岸，一堆挑夫就蜂拥上来了，陈忠眼尖，一眼就相中了跑最前面的两个小伙子，这两小伙虽然不算高大，但步伐稳健，走起路来虎虎生风的，一看就是有力气的主儿。陈忠果然没看走眼，这两小伙子，挑起笼箱，眼皮也不眨一下，一溜烟地跟在身后，老爷走得快，他们就跟得快，老爷走得慢，他们也不吱声，放缓脚步走在后面。

陈延芳的轿车，"嗖"的一声停在陈志尧他们的面前。陈忠见到开车的陈君挺，人便兴奋了，趁着陈延芳下车与老爷寒暄的时候，移步靠近洋车子的驾驶座，敲敲车窗，冷峻的帅小伙看了他一眼，摇下车窗。陈忠啧啧地赞叹几声，这个陈君挺今天竟穿了一身轻便的西洋便装，头上戴了一顶方帽儿，脚蹬皮靴子，真是又帅又酷。唉！这人都在这尘世上活着，可这尘世上的人命儿就不一个样，都是仆人阶层，但跟的主儿不同，其档次待遇就又不同。这个陈君挺，说到底不过是一开车的，按理说，在没有洋轿车出现之前，他就等同于赶马车的，都是社会上下三滥的人。可人家就偏不下三滥，有一门绝技儿，能把一个圆圆的方向盘使得滴溜溜转，这么大块头的铁壳儿都能招呼得让它往东就往东，往西就往西，这得要有多大的本事啊？用老爷的话说，这就是人才了。一个人，特别是一个下人出身的人，能被老爷级别的人物称呼为人才，那就不得了，算得上是人物，是人物的人，能不酷不冷峻吗？

陈忠谄媚般笑着问："君挺哥仔，能问一下无？这洋汽车怎能说跑就跑呢？"陈君挺翻一下眼睛，冷冷地答："柴油燃烧能产生动力带动车子呗！"陈忠吸吸鼻子，黑铁壳儿的屁股后面，的确有个大大的洞儿，车子开动时，这个洞儿就喷出一股浓黑的气体，陈忠理解，这股浓黑的气体想必就是这个叫柴油的东西燃烧产生的烟吧。陈忠认为，凡能燃烧的东西，都能产生气体的，如厨房里煮饭的柴火，老爷书房里需要处理掉的废纸张等。陈忠对这种叫柴油的物体异常好感，就像他对陈君挺亦异常好感一样，虽然陈君挺和柴油或许都不太招人喜欢，但陈忠却不这么认为，他认为，陈君挺真俊，柴油真好闻。

陈延芳紧握着陈志尧的手，抱歉地说："志尧贤弟，延芳接你来迟了，望不要见怪！"陈志尧笑着说："哪里哪里，延芳兄见外了。兄台生意繁多，忙是情理之中的事啊！"

陈延芳拍拍陈志尧的肩，打开车门，招呼陈志尧上车。陈志尧上了车，陈延芳关好车门，便转到另一面上车，陈君挺跳下车，走到车后尾，打开车后厢的盖子，招呼两挑夫把行李放里面。两挑夫何时见过这样新颖高级的物件，慢吞吞地将笼箱放进车后厢，仍不愿离开，脑袋探在车厢里面，东瞧瞧西看看的，两眼珠儿都错不过来。陈忠恨得牙痒痒的，丢那妈，这么高级的座驾，是你们这些下三滥的货色看的吗？他一边掏出铜板打发，一边挥着手让两挑夫离开。

陈延芳今日穿了一身白色的洋西服，却没戴帽子，额头刮得清亮亮的，感情是打过蜡了，油亮得折着光，恐怕能当镜子用了。他兴奋地对陈志尧说："志尧贤弟，今日之所以唔能够来接你，皆因今日亦有贵人从旧金山返来，这个贵人可不是普通人，叫陈潮安，在海外享有盛名呢！"

陈潮安？陈志尧搜寻脑海里陈氏宗亲的名单，都没这个人存在，不由皱起眉头。陈延芳已经预料到陈志尧不认识陈潮安，于是继续说："志尧贤弟还记得吴川若虚老先生吗？"

说起若虚老先生，陈志尧不由得坐直身躯，整理一下衣冠。这若虚老先生何许人也？他是当朝驻美利坚国公使，早年带领着第四批留学生到美利坚国留学，成绩斐然，后驻美之后，又为在美华人做了不少好事实事，在华侨界内，颇有盛名。他还经历了五代君王，虽年事已高，但仍为当朝鞠躬尽瘁，深受当今皇上的赏识，是陈氏家族的骄傲，在广东陈氏家族里，那可是响当当的。因了同姓同宗的关系，陈志尧的父亲陈漱理早年在省会赶秋闱时，便有幸结识了陈若虚，两人一见如故，又是凤台后代，关系更是密切。陈漱理对陈若虚的翩翩风度赞赏有加，陈志尧从小对此若虚伯父已是十分敬仰，后与父亲一起赶秋闱，恰遇陈若虚。这一老一少，竟似多年未见的老友，谈吐起来，一点也不隔阂，从论道到论政，从儒学到道学，从科举到洋务，两人都谈得兴致勃勃，很有相见恨晚之感。相聚之后，陈若虚感慨地对多年老友陈漱理说："志尧为不可多得的当代俊杰，日后当能仕途得意，为凤台后人争光夺脸，我在有生之年能与志尧贤侄成为莫逆之父，死而无憾。"

有了这样的关系，陈志尧哪会不记得吴川若虚老先生？老先生一生致力大清国的教育事业，德高望重，所以，陈延芳提起老先生，陈志尧便正襟危坐。陈延芳说，这个陈潮安就是陈若虚老先生特地从旧金山发电报回来推荐的，他在旧金山华人界内亦是甚得威望的。这样比喻吧，如果说旧金山的华侨们是一片茂盛的树林，那么，陈潮安则是树林中最高大的树王。陈延芳又说，陈潮安现在是树高千丈，又年事已高，想落叶归根。在回国之前，曾和若虚老先生详谈过，陈潮安向若虚老先生表达意愿，希望能在有生之年，尽自己的一分绵力，为家乡人民做点贡献。若虚老先生第一时间就想到了陈延芳，为家乡做贡献的最直接最有效的方法就是慈善了，在广东还有谁比陈延芳的慈善事业做得更大更让善人们放心的？于是，若虚老先生连夜在旧金山给远在祖国五羊城的陈延芳发来邮报，老先生还特地在邮报里强调，陈潮安老先生，亦是凤台后人，早年被"卖猪仔"漂洋过海到了旧金山，经历了很多磨难，才得到今日之财富，他团结了在旧金山（三藩市）的华人，共同抵抗美利坚国洋人的欺凌，为旧金山的华人做了不少贡献。

第二回　老华侨叶落还思根
　　　　贤内助铸箱送夫行

上回说到的陈潮安，是早期到旧金山的华人，他给洋人修过铁路，挖过金矿，华人在海外吃的苦头，他都经历过。拼搏多年之后（其实也是在旧金山受的欺凌太久了），获得万贯家财却已年近花甲，难免就思根寻源。想起埋在清远天塘山的祖先陈凤台，想起离家前，老母亲拄着拐杖白发苍苍泪流满脸哑声唤儿的样子，想起二八娇妻沉静伫立在渡口的石台上衣袂飘飘的样子，陈潮安的心就似被油煎着般痛。似被绳绑了，牵引着，恨不得马上就回到家乡，回到亲人的身边。

当然，陈潮安在旧金山，也有了家室有了儿女。几十年过去，老母亲肯定已是白骨埋黄土，当年容姿丰润的娇妻如若还在人世，也定是满头银丝皱纹如织了。可是，人啊！最容易被念想折腾，更何况是几十年来的朝思暮想？陈潮安被蚀骨的思念折磨得形容憔悴，原本还不那么显老的容貌，似乎在一夜间就老态龙钟了。

美玲在旧金山与陈潮安患难与共了几十年，从未见过他这般失落憔悴的样子，私下仔细琢磨，便猜出因由。

一天夜里，月如银盘，挂在幽蓝的夜空中，有几丝云，如毛如絮，薄薄地挂在圆月之前。陈潮安坐在花园的凉亭里，举目望着月亮，身影被月色拉得长长的。旧金山的家是模仿岭南建筑特点建造的，院廊穿插，厢房围合，火山墙滴水剪边，屋檐高翼如鹏飞状，檐顶屋脊山墙两边塑满了灰雕、陶雕、石雕和木雕，这些雕塑内容丰富，人物形象生动，色彩鲜艳，做工精细。盖这组大屋时，陈潮安倒没很着心用力，都是由他堂兄弟陈潮逸请人操办的。但在月圆夜下，此时此景，置身于如此居宅内，就有种回到南国的幻象，陈潮安时常有种嗅到荔枝的馥郁香味的错觉。

美玲悄悄走过来，手里拿着一件长罩衫，虽然还未入秋，但夜深露寒，丈夫毕竟已经是年近花甲的人了，要是寒露入体，恐怕就会病疴难愈，他心中的愿望，就更难实现了。美玲轻轻地将罩衫披在陈潮安的身上，陈潮安才回过神来，轻轻拍拍妻子那双青筋突起的手。

刚到旧金山那年，陈潮安在铁路上认识了美玲。当年，美玲才十八岁，在国内，女子在这个年龄阶段，应是养着桑蚕纺着香云纱的，尖尖的十指被嫩桑叶染得葱白可爱，散发着淡淡的薄凉的香味。可是，十八岁的美玲，本应最是娇嫩可爱的年龄，却裹起胸部，剔了额头，像男人般编了辫子，穿着脏烂的短裆子，在铁路上和男人一般开山辟路，肩挑背担，把一身白嫩的皮肤，晒得黝黑粗糙，混在浑身泥土汗臭的铁路劳工当中，和一般的男性劳工无疑。

陈潮安原本并没在意，身边有个现实版的花木兰。在大多数的华人劳工的心里，能多卖一天力气多活下去一天，已经是非常奢侈的事情了，谁还有心思去留意身边有没有花木兰混杂其中呢？陈潮安是无意中发现美玲的秘密的。那天，陈潮安捧着瓷碗到那个监工的洋鬼子前面去打饭，不小心，手臂碰到了刚打饭走过来的美玲，美玲"啊"的一声，手中捧着的瓷碗"哗啦"丢在地上。要是一般劳工，馊饭翻在地上都会捡起来连着沙子吃进肚子里的，可美玲偏不。掉在地上的是两个发酸发硬的面包。美玲固执地站在两块硬邦邦的面包和一堆碎瓷碗前面，嘴唇抿着，目光倔强地盯着陈潮安。

陈潮安以为她会立马挥拳过来大打出手的，因为，在铁路劳工的生活里，食物就是天，是一切。这里任何一个人都可能因为一块面包或一口粥水而以命相斗。陈潮安做足了开展一场恶斗的准备，他将瓷碗放在一旁，拉开架势，等待美玲挥拳扑上来。可是，美玲并没有对他挥拳，而是瞪着他，黑白分明的大眼睛瞪了良久，突地红了，眼内如骤雨欲来。她忽然转身，飞般跑出了人群。骤雨欲来的眼神，狠狠地击中了陈潮安的心脏，震得他脑海空白，他傻了般站在一节节扭曲的火车轨道上，似有什么告诉他，这个突然跑开的瘦弱小伙子，将会与他的生命联系在一起。

之后的每次出工，陈潮安都有意无意地接近美玲，在她搬大石时帮抬一把，在她铲泥沙时搭着多挑一肩，在她汗流浃背时悄悄递上毛巾。从来都冷着脸埋头干活的美玲，在陈潮安的关照下，渐渐脸上有了若隐若现的笑容。这笑容实在太隐蔽了，一般劳工都发现不了，但陈潮安发现了，在低头给美玲递毛巾时，无意抬头，竟发现美玲在笑，那笑容，妩媚隐恻，动人极了。陈潮安又似被重锤击打着一般，浑身又烫又热，心脏扑扑跳个不停。在这一刻，经历过男女之事的陈潮安，笃定地认为，眼前这个瘦弱的小伙子，不再是小伙子了，她和家乡的那个二八娇妻一般，有莺声娇啼，能软玉温香。也从这一刻开始，陈潮安萌生了逃离铁路，摆脱劳工命运的念头，带着美玲离开这道扭曲的铁路，离开这段不堪的扭曲的修路劳工的生活。

"噢！亲爱的。"长年在美利坚国生活，陈潮安和美玲都习惯用"亲爱的"称呼对方，陈潮安喜欢听美玲这样呼唤他，只见她两片薄薄的嘴唇上下轻轻翻动，吐出时有时无的淡淡气息，顺着气息之间，近似呢喃般，将"亲、爱、的"这三个字，柔柔地从喉咙里拉出来，粉嫩柔软的舌头慢慢卷起，将这三个字卷送到唇齿之间，这三个字逐一在贝齿中推送，吐过轻轻开合的红唇透了出来，轻而软糯。陈潮安看着美玲平滑的脖子和下陷的锁骨，也随着"亲爱的"三个字微微律动时，心中就会涌起一股柔情蜜意。在"亲爱的"这三个字里，没有了传统束缚，没有了继承责任，没有了男尊女卑，更没有了艰苦沧桑，只有相爱的人之间默默传递出来的爱的认同、信任和呵护。

陈潮安伸手将美玲拥在怀内，两人并肩坐在曲廊上，静静地看着月亮。良久，美玲才问："亲爱的，这段时间，你的状态不是很好，我和孩子们都很担忧。"陈潮安拥着妻子的手紧了紧，没有作声，他不晓得说什么好。旧金山这里的家，是几十年来的拼搏成果，它传承着延递着陈家的香火，已生长得与陈潮安骨肉相连，不可分割了。美玲是他的真心爱人，三十多年来，患难与共，举案齐眉，她已是他血肉中的一部分，只要美玲稍稍离开一点，他就无法适应，就痛不欲生，就鲜血淋漓。可是，人偏偏有思想，偏偏会长情，偏偏爱记挂，偏偏会萌发寻根逐本的乡情念想。旧金山再好，始终是美利坚国的旧金山，不是华人的旧金山。在这里，无论你多努力有怎样的名成利就，在美利坚国人的眼里，你不过是一条华人狗，一只漂洋过海来贱卖苦力又抢食的丧家狗。他们会用鄙夷的白眼瞪着你，用无法想象的非人的手段来折磨你，从肉身至灵魂，在他们的意识里，无论对华人的何种折磨，再惨烈，再灭绝人寰，都是理所当然的。

陈潮安思念那片生他养他的热土，越到晚年越是牵肠挂肚，想起儿时光着脚丫在竹林里穿梭、在河滩上奔跑、在草地里赶鸭的那段无忧无虑的童年时光，想起母亲煮好喷香的饭菜站在泥屋门前大声呼唤他回家吃饭时的模样，想起小村落里孩童们互相嬉闹时无拘无束的欢笑，想起父老乡亲们慈爱的抚摸和温软低沉好听的四邑白话。现在，他已经步入暮年，应了贺知章的那首《回乡偶书》所表达的心情："少小离家老大回，乡音无改鬓毛衰；儿童相见不相识，笑问客从何处来？"贺知章是经历过多漫长的根叶分离，体会过几多艰辛的生存磨砺，才写出这样能撼人心肺刻骨铭心的千古绝句？而今，老母亲已经埋在海边的山头上，再不能见到，曾经多少个日夜，老母亲拄着拐杖，爬上山头，远眺东方，盼有朝一日，载着儿子的船儿啊！能够靠岸。

每每想到家乡那座埋着母亲的孤坟，陈潮安就泗泪长流，撕心裂肺。人生最大的不孝，是子欲养而亲不待。陈潮安懊恼啊！悔恨啊！

他无法想象，老母亲临危时，即将熄灭的眼色是多么期盼又是多么绝望。陈潮安真悔啊！他早就应该回去了，应该回去。

"亲爱的，你把头发留起来吧！"这句话，美玲是用美式英语说的，她说得很轻很快，但听在陈潮安的耳朵里，却异常响亮。丈夫拥着妻子的手收得更紧了，美玲用下巴轻轻点了点陈潮安的肩膀，又说："说不定，大姐还在家里等着你呢！"丈夫不禁坐直了腰脊。几十年来，美玲这个贤惠温柔的潮汕女子，始终坚持着她是陈潮安的妾，虽然陈潮安在旧金山的生命里，只有冯美玲一个女人，他们到旧金山华人民政处做了登记，又按中国人的规矩，拜祭了天地君亲师，在鼓乐喧天中走进洞房的。但在洞房之夜，交杯酒饮过后，美玲就借着酒意对陈潮安说，无论日后她和陈潮安将日子走到哪一步，远在重洋恩平家中的那个叫婉秀的女子，她都将接受，都将尊她为姐。陈潮安感动地将美玲拥入怀内，低声说："这是旧金山，没人会计较这些的，你就是我陈潮安的妻子。"美玲从他怀内举头起来，黑白分明的大眼睛，眼神倔强，一字一句地说："虽然这是旧金山，但我是中国人。"

的确，这些年来，美玲虽然在生活习惯和社交礼仪上，已经很西化，但是，在骨子里面，她仍坚守着中国女性的传统，她柔韧、温顺、服从、体贴、以夫为纲，生了孩子后，她就完全回归到家庭，将整副心思都用在相夫教子上。面对这样的一个体贴入微又完全信任依赖自己的妻子，陈潮安怎舍得离开？真是归去难，不归去也难。美玲却没有让丈夫犹豫，轻声说："小儿媳恐怕又有了，我想搬过去思恩那边，亦好照料。"

陈潮安"嗯"了一声，美玲继续说："思华家生的三个都是崽，思恩家都养一个男丁了，思源也生了两男娃，我希望这次是个女娃子，我们那边，都讲究梅花间竹呢！"陈潮安又点点头，美玲为他生了两儿一女，三个儿女都特争气，在各自的领域里都能争有一席之地。美玲继续说："我都想好了，你归去后，我就立马搬过去，给思恩将娃儿带到六七岁，到时我恐怕也老得快走不动了，你要是在那边不回来也没关系了，我到时让思华回去，照顾你和大姐。"陈潮安叹了口气，说："亲爱的，别想太多了，即使回去，也是看看，我还会回来的。"

美玲的目光，幽幽地转向高空中那轮越来越圆的月亮，幽幽地吐了一句："可是，山高水远，这一去，还能回吗？"陈潮安浑身震了震，这句话是多么耳熟啊！

三十八年前，他即将离开恩平的那个小小的村落的晚上，婉秀将一头长发，搁在他裸露的胸膛上，对着银盘般的月亮，幽幽地问："那个美利坚国，隔着茫茫大海的，这一去，还能返吗？"他翻身，将年轻的身体重重地压在婉秀美好柔软的身体上，喘息着说："返的，一定返的，等我赚了大钱，就用铜皮笼箱装着金条，坐轮船返来接你。"可是，眨眼三十八年过去了，当年婉秀一十八，而今婉秀……陈潮安实在不能说什么，他的心如明镜，他当然与三十八年前不一样，无论身份、地位、人际和财力，都今非昔比。但是，再高的地位再好的关系再多的财富，都换不回来当年的年轻啊！现在回去，的确不再困难，可是，他已是花甲老人，那张从美利坚国穿越大西洋和太平洋的轮船票，即使能运载得了他回去，但还能将他从太平洋的彼岸送回来吗？这周周转转，两地漂泊，似是有根却仍无根的人生啊！注定是只有如果没有肯定的。

可是，知妻莫若夫，三十多年来生死与共，患难相扶，美玲的性情，陈潮安怎会不知？既然美玲已经将他离去后的生活都安排妥帖了，那么，就是他安心归去的时刻了。他再次拥紧美玲，这个瘦小柔弱又倔强的女人啊！该怎么说她好呢？他将她的手紧紧握在同样是青筋满布老如树丫的大手掌内，紧紧地，紧紧地握着。

手续已经办好，马上就是归程，陈潮安既激动又不舍，临行前夕，儿女们都带着孩子们回来了，大屋里充满孩子们的嬉闹声。陈潮安着一身深灰色的香云纱唐装，立在客厅的雕花窗棂前，这雕花窗棂镶着深蓝色玻璃，玻璃上刻着盛放的牡丹，牡丹在中国，寓意花开富贵，在唐代武则天后，就被誉为国花。深蓝色的玻璃是西洋产物，镶嵌在雕了祥云的中式窗棂上，竟然产生出惊人的和谐协调的效果，这样的组合散发出来的意境，是惊艳的，高贵的。这是陈昭南一次大胆的尝试，将中西建筑雕刻艺术完美地融合在一起，这个在设计上有着惊人天赋的兄弟啊！在海外这几十年学到的积累的才艺，真不应浪费在美利坚国这片土地上。

虽然已是多年未回，陈潮安亦从一批批到旧金山来的华人口中，得知祖国的变化，特别是认识了驻美公使陈若虚陈公使后，陈潮安从这个同宗同脉的凤台后人口中得知今日之中国后，更感国家的危难困境，此时此刻，正是他们这些海外游子携手归去贡献力量的时候，花甲亦不迟。

六个铜皮大箱早就打造好了，美玲是个细心的好女人，她总能准确地捕捉丈夫的心思，自从决定让陈潮安回去后，她就换下家居服，穿上利索的西式衫裤，走出家门。已过天命之年的美玲，换上男儿衣饰，就散发出男儿的英武。当她将辫子扎成马尾，高高甩在脑后，穿着白色灯笼袖衬衣、深灰色骑士裤，脚踩咖啡色的靴子走出来后，儿女们都惊呼起来，陈潮安从众人的惊呼声中慢慢回身，也惊呆了。眼前的，是年过半百的徐娘吗？如此英姿飒爽的美玲啊！为了这个家，三十多年来，她将自己的能干、美丽和热情全部都收起来了，心甘情愿隐在背后，默默地为丈夫为儿女打点背后的天地。她才是最不应被忽略的。

大儿思华的妻子亦是华人，性情如美玲般温顺婉约，不太晓得用语言表达情绪。小儿思恩娶的却是同在麻省大学读医学的美利坚姑娘戴维斯，戴维斯是个典型的美国姑娘，热情奔放，喜欢夸张地表达自己。美玲一走出来，戴维斯就高声尖叫起来："恩，恩，你看，你看，妈妈真年轻真美啊！"她甚至忘记怀在肚子里的BB，大步奔上前，拥抱美玲说："妈妈，你是女神的化身吗？"美玲对美国儿媳的赞美非常大方地受用着，三十多年来的美国生活，她早已经习惯这种西式的热情，这是陈潮安无法做得到的。她礼貌节制地回抱亲吻戴维斯，然后转向丈夫，微笑着说："亲爱的，能送我去一下祥利家私行吗?"还有拒绝的理由吗？陈潮安绅士地背手弯腰，做了一个西式的请的姿势，为美玲做一辈子的车夫，他都无怨无悔。美玲微笑着，款款走到他的前面，将戴着白色蕾丝手套的手放在他上翻的手掌上，在儿女们的欢笑声中双双走出大宅。

陈潮安从心里感激美玲，即使分离在即，她都将美好全部留给了他，在这个关键时刻，这个传统温顺的女人，她又做出了非东方女人的行为，她没有像一般中国女子那样忧伤怨恨，将离情演绎得凄凄惨惨戚戚，而是用西方女子的自信洒脱和幽默，将丈夫送上归程。

在祥利家私行看见这六个泛着金光的铜皮大箱时，陈潮安的心，全都化了。那一个个坚定地铆在红木和铜皮之间的铆钉啊！每一颗都是美玲殷殷切切的祝福和期盼，它们如此坚固如此镇定地坚守在每一个转折点和接合缝边，分明得如同美玲的眼睛。陈潮安重复仔细地摸着这些铆钉。祥利的老板是二代华裔了，据老板说，他的父亲未来旧金山之前，在家乡是个手艺精湛的木工，到了旧金山后，就成了金矿上的淘金人，每天弓着背在河道里梭着含金的泥矿，日复一日年复一年。后来，有了一点积蓄，木工就离开了金矿，在唐人街这边，寻了个小小的位置，开始了制造中式家具的生意。老板的手艺就是从父亲的手里传承过来的。

祥利老板虽然和陈潮安熟悉多年，但亦不懂得这对即将面临分别的夫妻的心思，他滔滔不绝地给陈潮安介绍他亲手打造这六只铜皮箱子的经过，目的是为了告诉陈潮安，这是真材实料，物有所值的。可陈潮安哪有心思听他说这些啊！丈夫的心里全是妻子亲自为丈夫打点归去的行头的身影，时而是中式旗袍的曲线玲珑，时而是西式骑士服的英姿飒爽。摸着摸着，陈潮安的视线模糊了，这金灿灿的铜铆钉啊！就如当年那一粒粒从河道里梭出来的金子，全都是他与美玲的期盼和希望。

第三回　苦鸳鸯死里得逃命
荒山洞生情定终身

　　前文暂且按下不表，且说陈潮安。

　　从发现美玲是女孩的那一刻开始，陈潮安就计划逃跑了。当铁路挖到山隘处时，陈潮安的机会就来了。荒山与荒漠不同之处在于，荒山能藏身，它不似茫茫荒漠，跑得再远都暴露在人前。山的隘口不大，四处荆棘丛生。喜欢钻研地质和勘察设计的陈潮逸告诉陈潮安，像这样的山况和地貌，山与山之间，应该会有很多山洞和溶洞的。陈潮安相信这个兄弟在地理方面的天赋，相信他能带自己和美玲在这片群山中找到通往山外的山洞。现在对于陈潮安来说，最大的困难不是逃跑的路线，而是怎样向美玲表白，并使她信任，劝服她和他一起逃跑。光是表白，就不是个容易的过程。

　　或许美玲已经意识到陈潮安发现了她的身份，她便刻意疏远陈潮安。当陈潮安过来帮她托起过百斤重的岩石时，她涨红着脸，急急地走向路基的另一边。当陈潮安在人们不注意时，将两人的瓷碗搁叠在一起帮她打饭时，她会突地跑过来，一把将瓷碗夺过，然后默默地排去队伍的最后面。美玲越是疏远就越抓挠陈潮安的心，这个自尊得让人疼爱的女人啊！陈潮安多么迫切地想寻机会和她说说话，可她就是不给机会，眼见着铁路就要修出大山了，陈潮安的心急得快跳出来了！

　　终于逮住一个机会了。

　　被劳役在荒漠和荒山中的铁路劳工是没有资格谈洗澡的，因此，大家都一样的体味浓重，一式的满身满脸的灰垢，身上除了两个眼珠儿还有点白的外，其他都黑成了一体，你很难从一个铁路劳工的身上，找出很明显的与其他劳工不一样的特征。但是，美玲始终与其他劳工有不同的地方，譬如洗澡，很难想象，一个在岭南水乡长大的，被温热柔软的韩江水滋养了十八年的女子，能忍受长时间的汗流浃背而不洗澡的。但是，要躲开那么多劳工和监工的洋鬼子的眼睛，找个地方躲起来洗澡，的确不容易。她首先得找到一个愿意帮她做掩护的人。陈潮安自然是不二人选。然后，要在一个没有月亮的黑夜里，毒晕守在劳工帐篷外的几条恶犬，然后摸进黑黝黝的大山里，寻找可以洗澡的水源。

　　细心的美玲很快就留意到，陈氏兄弟不仅可靠，还十分熟悉地理结构，要寻找隐蔽的水源对他们来说不难。美玲注意到，陈潮逸经常会在监工不注意时，拿起一块岩石或一把泥土看了又看，嗅了又嗅。兄弟俩一有机会就把头悄悄拼在一起，研究一块泥土一颗石头或一棵特别的草树。美玲相信，陈氏兄弟的鼻子，能嗅出大山里的每一处水源，说不定，他们已经知道了这山里头，有没有隐蔽的水池或洞穴了。于是，美玲就开始伺候时机。女人在伺候时机时，会特别有耐性的。她能闭着眼睛抗拒铺天盖地而来的劳累和困倦，竖起耳朵听着巡查的洋鬼子，牵着凶猛的狼狗，从一个帐篷走到另一个帐篷。当午夜渐深时，洋鬼子亦熬不住困，将狼狗拴在帐篷前面，然后找个舒服的地方偷偷打盹去了。美玲立刻翻身起来，那套换洗的男人裤子早就折叠好，压在枕头下面，她抓起衣服和贴身的钱物，跨过一具具睡得死沉散发着恶臭的男人的躯体，蹑手蹑脚地往帐篷外走去。虽说是偷跑出去洗澡，但女人的贴身物件，一定要随时随地带在身边，若不小心被哪个男人发现，她的身份就会被发现，那么，她在铁路劳工群体中的命运将是不可想象的。

美玲害怕身份暴露后，一年前的噩梦再出现在她身上。美玲是被人下了迷药，贩到旧金山来的。在那艘被唤作"大鸭家"的轮船的最底舱，她和其余被迷晕了贩上船的姐妹们，都受到了人贩子们非人的凌辱。茫茫大海上，她们逃无可逃，若不想投身大海成为鲨鱼的腹中之物，就必须忍受惨无人道的欺辱。人贩子们在用尽了一切能想象得到的法子奸污欺辱她们之后，又强逼她们用一小盆的淡水，洗干净身上的污垢，梳理好头发，然后随他们上头等舱，敲开头等舱的一扇扇掩着的厢房的小门。那些身形巨大浑身卷毛还散发着浓郁腥味的洋鬼子们就躺在这一扇扇虚掩着的小门内，他们或赤身裸体，或衣冠整齐。但当人贩子关门离开后，厢房里只剩下浑身痉挛脸如死灰的弱小女孩子时，无论是赤身裸体还是衣冠楚楚的洋鬼子，都一律暴露出他们残暴淫邪的本性，他们从床上跳起来，像老鹰捉小鸡一样，把女孩提起来，扔在本来就不宽敞的床上。床单一律是白色的，看上去很纯洁，这些可怜的中国女孩被扔在纯洁的白色床单上，还来不及蜷曲一下身体，就被剥得光光的。无论女孩是哭喊是哀求是反抗是叫闹还是咬唇不语，最终的结局都是被这些有着巨大身躯的洋鬼子压在身下，强行打开，肆意凌辱。洋鬼子们在性事上花样多癖好多，女孩们若不能配合，便会招来更加残酷的厮打和摧残。

海上漂移的日子，十七岁的美玲每天都必须替人贩子接三个以上客人，多的时候，到底是十个还是十一个，美玲已经记不清楚了，她也不愿意记忆起来。从开始的哭喊反抗到后来的咬牙承受，她身上的瘀伤，也是从遍体逐渐到完肤了。她不得不转变，不得不停止哭闹去学会承受现实。茫茫大海上，不想死去，就得委曲求全。底舱里面，每天都有女孩投海，能活着熬到旧金山的，几乎都是从地狱里苦熬出来的，在往后的人生里，她们所展现出来的坚韧的生命力，也是蓬勃的。这是再世为人。的确，有过一段猪狗不如惨绝人寰的经历后，还有什么苦痛不能承受的？

譬如美玲，在登岸之后，强忍着腹腔内排山倒海般欲出的呕吐，趁人贩子不留神，挣脱绑着她双手的绳子，没命地往人群密集处跑去。美玲拼命地跑啊跑，什么都听不见看不见，只有呼呼的风声伴随着她一路向前奔跑。她也弄不清楚，那天到底跑了多久多远，她只知道不能停下来，不能回头，即使追在后面的，是豺狼是子弹是大炮都不能停下来，这里不是大海了，只要这样跑下去，就会有活着的生机。停下或回头，都是死路。

美玲的逃跑，并没有遇到阻拦，洋鬼子们都非常忌讳这些刚从"大鸭家"下来的女孩们，他们认为刚从轮船上下来的女孩，身上都是肮脏的，全都是病菌。因此，当美玲跑过来时，洋鬼子们都不由自主地捂着鼻子躲开，美玲很快就消失在人群中了。一般洋鬼婆子来接船时，都会拧着一根碗口粗的水管，水管连接着一个水池，水池里面装满了有浓郁碳铵味的消毒水。女孩子们鱼贯从船上下来，迎接她们的便是这一支支水枪无情地喷射。她们会被消毒水呛得喘不过气来，从而没有了反抗的力量。美玲的突然挣脱，人贩子们始料不及，他们当然不乐意跑掉任何一个女孩，这些女孩都是他们的摇钱树，瘦弱的东方女人最容易刺激洋鬼子的兽欲，各个妓院各大红灯区都非常欢迎这些柔弱如兔的女孩子们。

但他们不可能派很多人去追捕逃跑掉的美玲，还有很多女孩子需要看管。但在美玲的刺激下，被捆的女孩们都激动起来，她们早就意识到下船之后，迎接她们的会是怎样的命运，没有哪个女孩会心甘情愿命运被耻辱捆绑起来的，她们都尖叫着，使尽力气去挣脱那条绑着她们双手的绳子。人贩子们从来没有这般忙乱过，他们既舍不得将女孩们打死，亦无法控制住所有女孩们的拼死挣扎。码头顿时混乱一片，那些提着水管，准备向女孩们喷射消毒液的洋鬼婆们，傻呆了般站在码头。待她们反应过来，女孩们几乎都挣脱了绳索，四处奔逃，码头上，立刻警笛长鸣。

这次美玲带头的混乱逃跑，一共跑掉了八个女孩。陈潮安回国之后，美玲便开始找寻这余下的七个女孩，后来经过美玲和她的儿媳戴维斯的共同努力，终于找到了这七个曾经患难与共过的姐妹，姐妹们相聚在一起，都禁不住抱头痛哭，谁都没再提那段海上生活，可每一颗落下的眼泪里，都有它不能与人说起的辛酸。

美玲没日没夜地跑啊跑，她清楚人贩子会将她贩去什么地方。他们在船上，没日没夜地折磨凌辱她们，就是要摧残她们的意志，要她们认命，要她们服从。一个女孩，若在四下茫茫的大海里被折磨上几个月，她们的意志能不崩溃吗？人的意志一旦崩溃了，就不会再反抗了，更不会思考逃跑。可十七岁的美玲，从她被人贩子用冷水泼醒遭受轮奸的那刻开始，就在心里起誓，一定要逃，一定要逃，一定要逃。

美玲做到了，她一直不停地奔跑，有路的地方就有她跑过的脚印，女孩坚忍不拔的逃命之路，从清晨跑到了日落。终于，在黑夜来临之际，跑到了一段正在修建的铁路前，她伏在一个矮浅的沙丘旁，不敢动一下。那些牵着狼狗的洋鬼子使她害怕，她不敢用一个女孩的模样出现在他们的面前。夜越来越深，身体越来越冷，美玲将手指插入沙土里，手指却碰触到什么冰凉的物件，她连忙扒拉开沙土一看，竟然是一具年轻的男尸。美玲吓得将尸体一推，爬起来想跑，但转念一想，又停了下来，俯身仔细观察这具尸体。这应该是个只有十七八岁的瘦弱男孩，很可能是修铁路的劳工，或许是熬不住工地上繁重的劳役，或许是染上了什么疾病，又或许是与监工发生了冲突被活活打死的，反正，他就这样死去了，就这样被浅埋在荒野里。他的父母他的家人，或许仍跪在大海另一边的家的神案下，虔诚地跪求菩萨，保佑他们的儿子顺风顺水，一生平安。可是啊！故国那边的父母啊！你们可知道，儿女们漂洋过海来到的国度，是没有菩萨的，他们信奉的是耶稣，一个被绑在十字架上的无能为力的人；他们信的是天主，是神父，那些个点着脑门和肩头念着"阿门"的人。菩萨到不了这里来的，而耶稣或天主，根本听不懂他们的祈求。所以，一切漂洋过海远离家乡的华人，他们的命运都经不起祈祷，是没有神灵保佑的。

海上见多了生死和残酷，眼前的尸体对这个十七岁的女孩来说，已经不再可怕。她冷静地将尸体身上的衣服剥了下来，然后又将尸体掩埋好。

就这样，美玲趁着混乱混进了铁路劳工的队伍，开始了她男女不分的劳役人生。

美玲溜出帐篷，为的只是能洗澡，她从没想过要逃，在举目无亲的旧金山，一个十八岁的女孩，能逃到哪里去呢？在铁路劳工群里混日子，虽然很累，但活下去就是好的。她惧怕从这里逃出去后，会被再次捉回去，被卖到那些肮脏不堪的红灯区。如若这样，她宁愿继续当一名铁路劳工，永远重复身体的劳累。

溜出帐篷后，美玲很意外，那条拴在帐篷外的狼狗，竟然没对她狂吠。她还在发愣间，一条身影已经静静地潜了过来。美玲刚想叫唤，对方已经捂住了她的嘴巴，是陈潮安，这气息，美玲再熟悉不过了。自从经历过海上的那段生活后，任何男人的气味，对美玲来说都是刺鼻的，都能使她恶心欲呕。但陈潮安身上的气味却让她觉得很安稳。那天陈潮安不小心碰翻她的瓷碗后，美玲就嗅到了陈潮安身上与众不同的味道。这或许就是冥冥中注定的姻缘，异性之间的味道能相互吸引的。美玲从不抗拒陈潮安的味道开始不抗拒陈潮安这个人，虽然，她仍在刻意逃避这个强壮黝黑的男人，害怕与他的眼睛相碰，这个男人的眼睛里有火，只需一眼，就能将她燃烧掉，她能不逃避吗？每天出工，只要见一眼陈潮安，美玲就心满意足了，有陈潮安在的工地，不再荒凉不再劳累不再孤单，美玲自我感觉越来越娇羞，越来越女性了，开始在乎身上有没有难闻的气味，开始在乎身上的褂子又破又旧，开始在乎身上头发上的每一点泥污。这晚，她对陈潮安暗示，想到大山里洗澡时，方式也是隐晦的。她只是在吃饭的时候，靠近了陈潮安，一只手用力在另一只手臂上搓了搓。只是搓了搓，都来不及分析陈潮安到底有没有领悟到她的意思，就逃也似的快步走到另一边。反正，她心里打定了主意，不管陈潮安明不明白，今晚都必须要冒险一次。患难中，心灵更容易相通。陈潮安虽然端着饭碗低着头，但他真的全都懂了，那一下的搓手，将一个女孩的心意完全搓明白了。不过，他要的不是掩护她去洗澡，他要的是与她一起逃跑，一起亡命天涯，一起生死与共。不管美玲的心是怎么想的，反正，他一定要带她逃。

嗅到陈潮安的气息后，美玲的心便安定下来了，不用说，傍晚的那一下搓手，他懂了。这个男人对她是上心的，想必那条狼狗已经被他毒晕或打死了。陈潮安一声不响地拖着美玲的手，猫着身子，快步往大山的方向走去。

通往大山的路上，每一个帐篷外的大狼狗都被陈氏兄弟杀死了。兄弟俩在计划逃跑的这个晚上，绝没有想到，他们的这次行动，引发了旧金山铁路劳工的集体反抗。第二天的清早，劳工们在洋鬼子的辱骂和皮鞭下醒来，当他们被驱赶到空旷的地方，被盘问到底是谁逃跑了时，他们才知道，他们当中不但有人逃跑了，逃跑的人还顺便将那些凶神恶煞般的狼狗一并杀死了。于是，劳工们便不再害怕，突然集体奋起反抗，愤怒的劳工们很快就将那些监工的洋鬼子控制住，然后，他们利用这些洋鬼子为筹码，开始了和美利坚国漫长而持久的对抗和谈判。

陈潮安拉着美玲，一路奔跑进大山内，陈潮安惊喜地发现，这个看似瘦弱的女子，竟然能和他同步，一路奔跑。握着她的手越收越紧，直至进入了大山深处，远远看见陈潮逸拎着两把铁锹站在一片黑黝黝的林木前面，陈潮安和美玲的奔跑才停了下来。他们的脚下，并没有美玲所希望见到的水池，美玲在黑暗中皱了皱眉，被陈潮安握着的手动了动，可陈潮安的手指收得更紧了，他说："我们是要逃跑啊，跑出这处山脉，起码要三天时间，我们没时间让你洗澡，妹子。"

一句妹子，让美玲又羞又臊，他真的什么都知道了啊！女孩懊恼极了，在心爱的男人面前，一点点秘密都没有了。可惜这个男人在老家那边，已经成亲了。美玲是个细心的女孩，虽然表现得对陈潮安不理不睬的，但暗里仍非常留意他的一举一动。在吃饭的时候，她听陈潮安和其他劳工说过，他在恩平的老家，有个寡居的老母亲，还有年华正好的妻子，这年华正好的妻子有个非常好听的名字，叫婉秀。"婉秀"这名字是从陈潮逸的嘴里听来的，那天，她听见陈潮逸跟陈潮安说婉秀嫂子。美玲一下子便记住了婉秀这两个字。能够拥有这么美丽的名字的女子，会是多么的温婉秀丽啊！美玲自卑地扯扯身上已经破烂得几乎没了模样的褂子，心中难受死了。对于婉秀，她毫不妒忌，只是羡慕，这个能名正言顺成为陈潮安的妻子的女人，她前生修了多少福分积累了多少阴德，今生竟能与陈潮安这样的汉子成为夫妻。回想到那段非人的日子，美玲就觉得站在陈潮安身边，是那样的肮脏卑微。

陈潮安是非常尊重美玲的，他以当年华人在海外最高的规格迎娶了美玲，两人郑重其事地到民政处办理了登记手续。娶她，是一个男人对自己心爱的女人的最大的尊重，美玲觉得，够了，足够了。此生无所遗憾。

跑就跑呗，反正，这命也是跑回来的，死过一回的人，是根本不在乎再死第二次。陈潮安说要逃跑，美玲想都不想就点头了，以前跑是没有想过未来没有任何希望孤独的一个人盲跑，这次跑，因为有了身边这个紧紧握着她手的男人，这是有未来有希望的跑，前方虽然还很黑暗，但是，跑过这重重的大山，黎明就来了。两人共同为一个目标奔跑，没有孤独，只有互相扶持和……爱。对，那个漆黑的晚上，他们三人在黑而幽深的大山里跑，慌不择路。黑夜很黑，大山里的黑夜更黑，没有柴火没有光，只有两把偷跑时顺手带的铁锹。但是，他们是为爱而奔跑的，所以，他们并没有觉得四周有多黑，荒山有多大，脚下的路有多危险。他们穿越着群山，心里满满的都是希望都是温暖都是光芒，的确，在心里满载爱与光的人的眼里，是看不到险恶和黑暗的。

两把铁锹在关键时刻起了重要作用，它为他们铲灭了路上的荆棘，为他们挖通了通往光明的山路，为他们填平了难以跨越的沟坎，为他们杀灭了突然出现的蛇兽。在黑暗的大山里，人在没有任何工具辅助的情况下，是很难找到方向的。要是只美玲一个人跑，或许只能在山里面转来转去，但方向难不倒这对先天就对地理地质痴迷的兄弟，当寻不到方向的时候，陈潮逸负责找树，陈潮安负责寻水，他们能从树的形态或水的微小流动中找到方向。夜越来越深，也越来越冷，虽然是奔跑着，但短小的裤子始终抵不过大山黑夜里的寒冷，美玲抱着肩，看着在前面为她开路的兄弟俩。他们只拿了两把铁锹，但他们却不需要她动一下手指，这是到旧金山的一年多来，美玲第一次被人当女人看待的。他们开山辟路砍柴平土，一路搀扶着美玲，有几次蹚水而过，陈潮安都主动地弯下腰来背美玲，美玲很别扭，女孩子不好意思啊！但陈潮安却说，夜半三更的，女人的脚不能涉水沾寒。美玲趴在这个男人结实宽厚的背上，感受着那一起一伏的蹚涉，是那样的安全、稳定和幸福啊！这是一个男人真心诚意给一个女人的呵护，十八岁的美玲泪水含在眼眶内，却不敢抽噎，只怕这打落的泪水，湿了心爱的人儿的肩膀。她轻轻地将头靠在陈潮安的背上，陈潮安用力托了托承着她屁股的双手，脚下的路，走得更踏实了。

走到第三天，陈潮逸看了看四周的树木，又捡起一块石头看了看，说："马上可以出山了。"可陈潮安不赞成马上出山，他建议大家躲回去昨天晚上藏身的那个山洞去。昨晚他们太累了，就在山里找了一个干燥的山洞，点了一堆篝火，围着篝火就睡去了。陈潮逸举头望望走过来的路，又回头望了望山外灰扑扑的天，说："要是不赶快出山，马上就有好几天的大雨了。"陈潮安摇头说："现在不能出山，他们肯定守在山外的。在洋鬼子的眼里，华人不如狼狗值钱。"

陈潮逸点点头，的确，他们用铁锹，一共杀了十条狼狗，这些狼狗平时对劳工们都很凶，但它们不会对陈氏兄弟凶。为了能顺利出逃，陈氏兄弟每天吃饭时都刻意剩下些饭食，然后装作不经意地倒给狼狗们吃，监工的洋鬼子们不觉察，以为是他们不小心打掉的饭食，被狼狗抢食了，他们还哈哈大笑，觉得陈氏兄弟傻呆，活该。但真正傻呆的人是他们，狼狗可不管你是有心喂食还是无意丢下，总之，谁给它吃的它就与谁亲近。当然，狼狗们是不能料想到，这嗟来之食会招来杀身之祸。当它们看到陈氏兄弟靠近时，还摇着尾巴上前示好，没想到，这次摇来的不是食物，是硬邦邦的一铁锹。陈氏兄弟已在白天时将铁锹磨得锋利无比，他们对这些狼狗的身体结构又了如指掌，一铁锹下去，必致命，这些狼狗连"呜"的一声还来不及叫唤，就命丧黄泉了。

陈氏兄弟欠了十条狗命，恐怕洋鬼子们要杀他们十次也不解恨的。陈潮安他们不知道大山外面，他们劳作的工地上，此刻正在发生着暴乱，美利坚国政府正忙得焦头烂额的，哪还有时间和人力到山外来围捕这几个逃跑的劳工？陈潮安他们又原路返回，山洞是悬空在半山腰上的，上去的山路非常崎岖，洞口外面只有几棵山草遮掩着。昨晚为了让美玲顺利上洞，他们砍了很多树木，撕下树皮，搓成绳子，让美玲绑着腰，然后才带着她上去的。砍下的树枝树叶经过一天的吹晒，都焉掉了，陈氏兄弟用铁锹把枝叶砍成一段段，捆好，一把一把地往洞山送。他们预备了要在这个山洞里住一段时间，柴火和食物对他们来说非常重要。

柴火储存够后，兄弟俩又回头寻到之前走过的野水塘，在海边长大的男人，水性就是好，一会儿，他们就从水里摸上足够的鲤鱼。美玲在岸上，负责把鲤鱼摔死，剖肚，去除内脏，用削尖的树枝和搓好的绳子，把鱼都串起来。陈潮逸从水里冒出来，一抹脸上的水珠，笑着对陈潮安说："大佬，阿嫂是会过日子的人呢！"美玲的脸"刷"地红了，之前听陈潮逸跟陈潮安说嫂子，嫂子是婉秀，美玲当时心里酸酸的，极羡慕这个叫婉秀的女人。现在，陈潮逸直接喊她阿嫂了，这就是对美玲的认同，她无须再羡慕婉秀了。或许，婉秀还要羡慕她，虽然婉秀是陈潮安明媒正娶的合法妻子，但他们一个在东一个在西，隔着不见尽头的大海，跨越了大半个地球，此生能不能再见，都很难预测。美玲满足了，即使没有名分，那又有什么呢？起码她能和这个男人朝夕相对，患难与共。

山里猎物很多，在大雨来临之前，他们打够了食物。入夜，狂风在山腰之间呼啸着，大雨倾盆把整个大山都遮蔽着，山洞里呜呜地回响着远处海风的呼啸声，临海的山脉，在台风来临时，都会怒海狂波，地动山摇。但地动山摇亦无法阻止山洞里躲着的人幸福地烧烤他们一天的收获。灵巧能干的美玲，用树枝和树皮扎了一个结实的木门。陈氏兄弟把木门装在洞口，狂风暴雨就被隔绝了。松枝杉木燃起来的篝火，温暖了孤寂的山洞，用松枝串着烧烤的鲤鱼和野兔，在劈啪的火光里吱吱地冒着油香。

陈潮安撕下一只兔腿递给美玲，美玲接过来，低声说："谢谢！"陈潮安飞快地拿眼光瞥一下美玲，说："如果能遇到老虎，那就好了。"美玲娇嗔说："乱说话。"陈潮安认真地说："我是真的希望的，如果能杀一只老虎，虎肉腊了可以储存过冬，虎皮制干了就可以给你造御寒的衣服，那样，我们就可以在这山洞里过一辈子了。"

美玲羞红了脸，坐在一旁啃着鱼头的陈潮逸哈哈大笑："看来我是多余的了。等雨停了，我就出山，留你们两个在这里做神仙眷侣。"陈潮安呵呵地傻笑起来。美玲低头慢条斯理地撕着兔肉吃，此时此刻的她，真愿意外面的雨能下一辈子，或洋鬼子们将山封一辈子，那样，她就可以和心爱的男人在这温暖的山洞里共度一生。

但，真正的男子汉是不会让他心爱的女人男不男女不女地跟着他在荒凉贫瘠的山洞里过一辈子的。吃过东西休息够后，陈潮安便用松枝点着火把，往山洞的更深处走去。陈潮逸问他干么事，他说："这个山洞的泥土干燥得异常，什么都可能存在呢！我进去挖挖看看。"陈潮逸摸摸洞壁的泥土，放鼻子下嗅了嗅，说："嗯，而且，或许这个山洞是能挖通的。"于是便提了铁锹跟在陈潮安后面，美玲安心地低头编织着揉得软软的树皮，她希望能在下一个夜晚来临之前，织一张带着树木香的被子出来，她甚至想象得到，她和陈潮安同盖在这张树皮被子下的温暖和美好。大雨下了三天，陈氏兄弟挖了三天洞穴，美玲安静地编织了三天的树皮被子和垫子，她将烘干的树叶收集起来，铺好，然后在树叶上放上树皮垫子，将织好的树皮被子叠好，放在垫子之上。晚上，两个男人挖得满身尘土回来，看见铺在地上的"床"，不禁笑了，很明显，铺在地下的是一张"双人床"和一张"单人床"。陈潮逸捅捅陈潮安的腰，打趣说："我都说阿嫂能干的啦！新床都做好了。"

陈潮安不好意思地挠挠头，偷瞥了美玲一眼。美玲装着看不见听不到，将一木碗雨水递到陈潮安前面，让他洗脸，又回过头来拨弄"石碗"里的鱼汤。陈潮逸洗干净脸和手脚后，又吃了一块野兔肉，喝了一碗鱼汤，打着饱嗝问："阿嫂，我是该自己睡还是同大佬睡？"美玲羞得拿脚踹他，低声说："管你怎么睡。"陈潮逸又恶作剧地说："哦，我明白了，阿嫂是想我抱着睡！"说着就装模作样地凑过来，美玲一把推开他，羞涩地骂："去你的，谁要你抱了啊！"

陈潮安顺势将美玲抱在怀内，刚还刚烈的女子，一下子如兔子般温顺了，半带娇羞半将就地靠在陈潮安的怀里。陈潮逸翻翻白眼，故意说："外面的雨是要停了，但我的心里却滴着雨啊！罢罢罢，眼不见为净啊！"说着，弯腰卷起那张"单人床"和树皮被子，扛了铁锹就往洞的更深处走去，陈潮安叫："你去边啊？"陈潮逸回头挤挤眼说："我仲是觉得洞里面的泥土更干燥舒服些。"陈潮安心领神会，便没再说什么了，的确，洞里的泥土更干燥了，这几天来的挖掘，洞里的情况使陈氏兄弟很诧；按理，越往洞的深处挖起，泥土应该会逐渐湿润才对的，但这个山洞却不一样，异常干燥。

黑夜里，一阵急促的喘息过后，男人对女人说："我要娶你。"女人迷离娇懒："那她呢？"男人说："能不能活着回去都不知道，或许她已改嫁人了。"女人说："怎会呢？我是她，就绝不会改嫁，一定会等你的！"男人说："那，我就两个都要。你们都是我的好老婆。"女人的声音更娇懒了，甚至是魅惑："即使做妾，我都心甘情愿。"男人"噢"的一声，又再翻滚起来，荒凉的山洞里，春意盎然。

　　紧密搂抱着的情侣还在甜蜜的梦乡里沉睡着，那个可怜的独自睡在山洞深处的陈潮逸突地跑了出来，兴奋地大叫："大佬，快起来，快起来。"他全然不顾兄长和嫂子还赤身裸体地在被子下亲密相拥，拍打着树皮被子叫："你们看看，你们看看，这是什么？"陈潮安睁开眼睛，揉了揉，陈潮逸递过来的物件逐渐清晰了，那不过是一把黄土，没什么特别的。他又闭上眼睛，昨夜折腾得实在太累了，美玲的身体又是那么柔软，他可舍不得为了这小子手中的那把黄土舍弃怀中的温香软玉。可这小子就是不依不饶的，见陈潮安不理会他，竟然直接伸手去掀被子了，那还得了？美玲"啊"地尖叫一声，紧紧抱着陈潮安。

　　陈潮安拉着被子，怒了，再次睁开眼问："你发么神经啊？"陈潮逸一点抱歉也没有，继续拍着他的被子说："你看看，你再看看，大佬，这泥沙同之前我们挖的有么不同？"陈潮安慢慢坐起身，仔细看了看陈潮逸手中的泥沙，疑惑地问："有什么不同？"陈潮逸干脆从地下再抓一把泥沙起来，对比给陈潮安看。陈潮安的眼前，出现了一深一浅两种颜色不同的泥沙，他一下子跳了起来，吓得美玲紧紧地拉着被子。

　　陈潮安赶紧穿上衣服，说："真的有可能是我们猜测的那样。我们再挖挖看看。"兄弟俩扛着铁锹，急急忙忙地往洞里面去了，美玲坐起来，穿好衣服，用烤得焦香的鲤鱼熬了个汤，端着往山洞里面走，这是她第一次进山洞里面，她一直都不晓得这两个男人在里面干什么。她更想不明白，他们为什么要挖这个山洞呢？虽然，它很有可能通向山外，但他们离走出这群山，不是已经路程不多了吗？山洞里面，新挖的地方都被兄弟俩用树枝棍子撑着，棍子撑得很规律，安全地撑着山顶的压力，陈氏兄弟还在路上点了松枝，松枝燃烧着，那么，山洞里面的氧气是够的。一路堆着的泥土，由浅至深，越来越显深黄色。美玲什么也不懂，之前她不好意思送饭食进来，是她与陈潮安的关系还没明确，经过昨夜后，就不同了，对这个男人怎样亲昵照顾，都是理所当然的。

两个男人正使劲地挥动着手中的铁锹，挖着堵在前面的洞壁，他们非常兴奋，非常投入，连美玲走近都不晓得，直至美玲喊了一声："潮安。"陈潮安才停下铁锹，擦一把汗回头，对美玲笑着说："你离远点儿，就站在那里看着就行了。一会儿，就会有奇迹出现了。"

美玲满心欢喜地立在不远处，她以为，男人所说的奇迹，就是穿山的洞口，将会有一道光明迎接在洞壁的另一边。

但陈潮安所说的奇迹并不是穿山的洞口，随着两个男人合力挥锹挖下一片泥土后，一阵沙尘腾起后，眼前的景象逐渐清晰，出现在他们面前的，还是一堵洞壁，但与一般的洞壁不同的是，眼前的这堵洞壁，隐隐约约地镶着几道金黄色的线。美玲的心跳了跳，再跳了跳，从平常的规律的跳动，逐渐加快，加快，快得像心脏立马就要从腹腔里跳出来一般。生活如眼前的金黄色，金光灿烂地展示在眼前。

陈潮安扔掉了铁锹，奔过来，不管不顾地抱起她打转，滚烫的鱼汤打了一地，他们都顾不得了，陈潮安狠狠地亲着美玲，激动地说："亲爱的，宝贝儿，你真是我的福星啊！"

是的，这是一个金矿洞，只要继续往下挖，将会有数不尽的黄金出现在他们的眼前。在未过海之前，他们都听说，旧金山遍地都是黄金，他们就是奔着这个寻金的梦不远千里漂洋过海而来。

千千万万的华人冒着生命危险，来到旧金山这片处处是黄金的地方，虽然千千万万的华人在做着淘金的重活，但又有几个能拥有属于自己的黄金？陈潮逸跪下来，捧起一杯黄土，虔诚地举过头顶，向着洞壁说："这是圣克鲁斯山脉，永远有奇迹产生的山脉。"是啊！会产生奇迹的山脉。若是陈潮安没发现美玲是个女人，他就不会产生带她逃跑的念头；若不逃跑，他们还是铁路上的修路华工，就不可能知道，大山深处，埋着灼灼黄金。

现在，他们必须要做的是两件事情：一、立马将挖掘出来的洞穴填埋好，恢复原来的模样，然后将山洞口隐蔽起来，不能让第二个人发现；二、他们必须马上出山，要到别的金矿上做淘金工人，他们必须要掌握一身过硬的炼金技术，还要置一套炼金的工具。陈潮安的计划更宏观，他必须要采足够的金子，帮助他打开通向旧金山政府的大门，他必须要将这个荒山买下来。

于是，三人又合力，用了三天的时间，将山洞还原为原来的样子，又从山洞下滚石头上去，将山洞口堵死，覆盖上枯草。一切处理妥当后，三人便出发了。他们相互扶持着，一步步往太阳升起的方向走去。这次，他们不再是逃，不再是跑，而是走，双脚坚定地踏在旭日东升的山路上。

他们就这样走出了大山，走上了漫长的淘金之路。

第四回　金山客荣耀归故里
　　　留日郎收养遗孤女

陈氏兄弟漫长艰辛的淘金之路就此略过，文章还说归来客。

渡轮缓缓靠岸，那一声长长的笛鸣，仿佛还是三十八年前响起的那一声，悠扬尖利而又断肠。当年离开时，以为离开才会肝肠寸断，归来肯定是踌躇满志。没想到，停船靠岸的这一刻，是更深切的蚀骨吞心，这段漫长的归家之路啊！从离别的那一刻开始，就计算着归程，却整整走了三十八年。

码头还是那个恩平港码头，依然用坚硬的麻石砌着，依然是满布湿滑的海藻与青苔，海水还是那样的海水，黄蓝交织着大海的本色。人仍然是那个人，但人又不再是当初的那个人。当年小伙二十，青春逢勃，是陈家的希望是婉秀的丈夫，而今，小伙成老汉，垂垂老矣，陈家已经有无数的希望，他还是不是婉秀的丈夫？已说不清，说不清。

岸上那支敲锣打鼓披红挂绿的队伍，肯定是来迎接他的，虽然他已在电报里一再叮嘱，一切从简，切莫铺张。可村里仅剩无多的子侄，哪能不来迎接这个衣锦还乡的伯父？他们自发组成迎接的队伍，抬着铜锣皮鼓，舞着色彩鲜艳的雄狮，烧着响不到尽头的鞭炮，在码头上载歌载舞。渡轮上的铜皮笼箱最是璀璨夺目，子侄们禁不住交头接耳："隔壁村的某某某金山阿伯返来，不过是两个笼箱而已，已经让他们村沸腾了很多天。潮安阿伯竟然有六个箱子，啧啧！""稀奇吗？亦不看看我潮安叔是么人物，旧金山五邑同乡会的会长，家里有座金山呢！""旧金山能有几座金山？"

陈潮安当然是听不到这些议论的，渡轮停稳后，仆人来贵立刻送上拐杖，其实，他还不需要拐杖。但美玲非要来贵给他带上拐杖。拐杖通身打着滑油，红光闪闪的，拐杖头镶着白玉，异常名贵。但陈潮安真的不喜欢这支拐杖，这是老的象征啊！他摆摆手，来贵把拐杖收起来，陈潮安大步下船。来贵连忙指挥涌上来帮忙的后生仔们，小心搬放这些笼箱。

一片鼓乐声中迎上来的首先是老村长陈海鹏。陈海鹏握着陈潮安的手，激动地说："潮安贤侄啊！终于盼到你返来了。"还说不到两句，陈海鹏就忍不住抹泪。

当年陈潮安离家时，陈海鹏还不是村长，他也年轻得浑身喷着热气。陈家村不大，几十户人而已，又是同姓同宗，因而，户户沾亲，非伯即叔。用广东话说，就是同一房人了。陈海鹏比陈潮安长了五岁，但辈分却比陈潮安高出一辈。儿时，陈潮安老爱跟在陈海鹏身后，鹏叔鹏叔地叫。而今，总角小儿都已是花甲老人。当年离家，陈潮安就特地登门造访，拜托鹏叔帮忙照料家中老母和弱小娇妻的，陈海鹏夫妻一口答应，有他们吃的，就饿不着嫂子和侄媳。后来陈潮安母亲病危，陈海鹏徒步几十里，到县城去给陈潮安发电报。只可惜，电报去得太迟了，当陈潮安收到电报时，家中老母已经去世多日，陈潮安唯有向东哭跪。

陈潮安一一和村里的父老兄弟握手，时隔多年，真是音容全改，除了儿时玩伴，年轻一代的，几乎都叫不出名字了。握到人群的最后面，陈潮安的心便沉了下来，他抬头四处张望，希望在人群的最后面，会有一个白发老妇，静静地站着，她可以是微微笑着，也可以是泗泪长流。不管她已是什么模样，陈潮安都希望，她能出现，她会出现。

但她没有出现，陈海鹏走上来，拉着陈潮安往前走。前面竟然是一乘八抬大轿，八个年轻力壮的小伙子笔挺地站在轿子的四周，等待着陈潮安上轿。陈潮安吓得停下脚步，摇着手说："鹏叔啊！这使不得！"陈海鹏拉着他说："我们早就听说。你和陈若虚大人是莫逆之交，陈若虚大人是多大的官啊？你都与他成为好朋友了，得多高的身份地位啊？我们村小，出不起什么排场，唯一能想到的，就是这乘八抬大轿了。"

陈潮安摆着手说："我一介商人，以利为重，怎么能和公使大人同论呢？鹏叔，你这是折我福减我寿陷我于不忠啊！"

陈潮安这么一说，陈海鹏就有点挂不下面子了。陈潮安见他脸色不好看，马上转移话题问："婉秀呢？婉秀她还好吗？"陈海鹏唉地长叹一声，说："一会儿，你就可以见到她了。"

这一声长叹，使得陈潮安的心情格外沉重，若婉秀过得好，鹏叔又何来叹息？但无论怎样都好，只要婉秀还活着，他就有补偿的机会。临行前，美玲在耳边细细叮嘱，见着婉秀姐姐，一定要待她好，不管她是独身还是再嫁，都要对她好，若是可以，就将她接在身边照顾吧。一个女人盼了三十八年等了三十八年，凄苦可知。六个笼箱里，有一整笼箱都是美玲给婉秀置办的行头。

陈海鹏把陈潮安直接带到村后的山上，越往山上爬，他的心就越虚，这三十八来，除了收到讨一封迟来的母危电报，他什么消息都没收到过。他知道，这山顶上，朝海的这面，埋着他的老母亲。但他万没想到，在老母亲的坟旁，居然还有一左一右两座大小不一的山坟。清明刚过，山上青草葳蕤，其他坟头都仍铺满香烛纸钱，一派曾经被热闹拜祭过的景象，只剩下葬着陈潮安老母亲的这几处山坟，孤零零，杂草丛生，一看便知是久未有人打理。陈潮安心一颤，回头望陈海鹏一眼，双脚一软，便跌跪在坟前了。来贵急忙赶上来搀扶，陈潮安挥挥手，让他站一边。

陈潮安跪着，一步步往坟前挪去，眼泪止不住串串落下。老母亲离世，他早有心理准备，至于婉秀，他什么可能都想过了，就是没能想到她——她竟然也埋在黄土之下……然而，另外一个小坟呢？陈海鹏将准备好的香烛衣纸拿了过来，递给陈潮安。陈潮安颤抖着双手，很久才勉强将香烛点着。缕缕香烟从坟头冒起，纸钱如蝶，翩翩飞在青山与孤坟之间。脚下，海涛拍岸，大海如绡。陈海鹏给陈潮安细说了三十多年前发生的一切。

陈潮安走后，婉秀便和家婆共同持家。婉秀编织得一手好渔网，潮安母亲舍不得貌美娇羞的儿媳到市集去抛头露面，于是，婉秀织好的渔网，由潮安母亲挑到市集去卖。陈潮安离家两月后，婉秀发现自己怀孕了，这一发现，让婆媳俩都欢喜不已，要是陈潮安三年五载就回来，看见家中有个可爱小儿，得多高兴啊！潮安母亲更加疼爱儿媳，宁愿少吃少穿，也不舍得媳妇受苦。家中的日子虽说清贫，但亦过得和美。很快，春天来了，婉秀为陈潮安产下一个女儿。这小女儿的到来，给婆媳两人带来了无限的希望和快乐。但随着女儿的长大，婆婆的老迈，家里的光景日见清贫。婉秀为了让女儿过上更好的生活，便更加勤奋地织网。网织多了，光靠家婆一个卖是卖不完的，婉秀就放下梭子，牵着女儿挑上渔网到另一个市集去卖。本也平安无事的。没料那一个清晨，在婉秀挑着渔网带着女儿去市集的路上，遇到了抢劫归来的海盗。悲剧就这样发生了。可怜陈潮安只有六岁的女儿被海盗摔死在路边的岩石上，而婉秀则被海盗掳上了海盗船。待陈家村的壮丁们怒吼着，举着长刀锄头驶着渔船追上去时，海盗们残忍地将已经被轮奸至晕的婉秀扔下大海，扬长而去。村民从大海中将婉秀打捞起来时，婉秀已经断气多时了。潮安母亲从此一病不起，直至垂危。老人家还喃喃自怨，不应该让婉秀一个人带着女儿去市集的，家里再穷也不应该啊！老人家死也不瞑目，除了期盼儿子早日归来外，老人家更难原谅自己，不晓得怎样和九泉之下的陈家祖先交代，不知怎样和死去多年的老伴交代，不知在黄泉路上，还能不能碰上婉秀和孙女儿。

还没听完陈海鹏的叙述，陈潮安就晕了过去。如果倒回三十八年前，如果可以倒回三十八年前，他还会不会选择离开故土，远渡重洋到旧金山去寻黄金呢？而今，黄金的确寻到了，可是，母亲和妻儿，全没了。

三条生命啊！陈潮安痛不欲生，被救醒过来又哭晕过去。待数月之后，被救活过来的陈潮安走出医院时，手中已不得不拄着那根龙头拐杖了。再次祭过母亲和婉秀后，陈潮安就踏上去五羊城的路了。

此番回来，除了回家看一看，陈潮安有更重要的任务。临行前，大清国驻美公使陈若虚特地上门造访，公使告诉陈潮安，国家正处危难之际，急需如陈潮安这样的华侨归去，为国出力。他们深谈了整夜，公使人人颇具深意地跟陈潮安说起祖先陈凤台，感叹广东远离朝廷，地偏人才弱。陈姓虽是广东最大的姓氏，但是历代以来，高中人才甚少，这与地域和人们意识的限制不无关系。如若陈潮安他们归去，陈若虚希望他们能投身慈善。公使大人认为，慈善能改变陈氏后人的读书状况，将福佑陈氏子孙千秋百代，亦能为国家培育大批人才。

陈潮安在深夜里东望故土，屋檐之外，是阵阵秋虫的鸣响，听在陈潮安的耳朵内，就仿佛是远在神州大地的陈氏族人的声声呼唤。归去，未必会是落叶归根，毕竟妻儿都在旧金山，但归去，必是认祖归宗。人啊！从一出生，就被一根无形的绳子牵引着，无论走到哪里，都无法摆脱这根绳子的束缚，死死生生都忘不了，割不断，那就是血脉，那就是根。

于是，陈潮安回来了。

陈潮安的前脚登上到五羊城的轮船，陈潮逸也跟着后脚踏上了归来之路。当然，陈潮逸的归来，多少有些是受兄长的刺激，但最终也还是因为公使大人的一番话。公使大人说，而今大清，最缺乏的是人才，神州大地上卧着的铁路，都是洋鬼子筑的，如1876年英国人擅建的第一条铁路，吴淞铁路。二次工业革命之后，电气开始大量用于机械和生产，大清国与欧美国家的距离越拉越远，国民对工业的认识非常局限，这种局限，在于方方面面。而陈潮逸在地质勘探和建筑设计上的造诣，都能填补国家在这两方面的空白。公使大人双手抱拳长揖，希望陈潮逸能归去，传道授艺。当然，在传道授艺之余，能和陈潮安一起做慈善，更是公使大人的期望。陈潮逸望着这个年纪老迈，仍不惜屈尊下访的老公使，热血便沸腾起来。祖国正处危难之时，男儿岂能安于一隅，独享天伦？于是，陈潮逸亦买了归去的船票。

　　陈延芳接到驻美公使陈若虚的荐信，高兴得一下子从酸枝椅上跳了起来，将坐在另一边喝着茶的玉如夫人亦吓了一跳，差点将茶水泼在地上。丫鬟马上上前来给玉如捶背，玉如拍着胸口，好久才喘过气来，问："老爷，么事咁开心啊？连仪态都不管顾了。"陈延芳大笑着，给玉如递过去一条擦眼泪的香帕说："成大事者，何须拘泥于形象仪态？"玉如温婉一笑问："公使大人给老爷带来了么好消息？"陈延芳一拍手掌说："公使大人又为我们慈善会增添了两员勇将啊！"玉如揩一下眼角泪花，说："看你高兴的！么人勇将咁厉害呢？""这兄弟俩可不得了，在旧金山响当当的，富可敌国不说，最重要的是，他们都是凤台后人，跟我们一样，都有一腔兴宗旺族报效国家的热血啊！慈善界就是需要咁样的人。"玉如嗔怪道："这些年来，你为了搞这个慈善堂，东奔西跑的，眼见越来越瘦了，也不晓得珍惜身体！"陈延芳一笑，吩咐下人赶快将西厢客房打扫干净，又嘱咐玉如，这两天一定要将厢房布置温馨停当，贵客漂洋过海归来，得要以最尊敬的礼仪接待。玉如白他一眼说："得了，得了，要嫌我眼光老土，我叫上湘妹一起去，她在西洋长大，事事洋派！"陈延芳点点头："叫上宛湘也好，她晓得外面时兴什么！"玉如稍稍不悦地瞥了他一眼，不无酸意地说："湘妹就是做什么事都能如老爷您的意的！"陈延芳懒得和家中妇人道长说短的，转身吩咐下人去叫君挺过来，他还要去广雅书院一趟。

　　陈延芳刚跨上车，就见到宛湘一身骑士服坐在车厢里了，他皱了皱眉，说："挺冷的天，怎么穿得这样单薄？"宛湘嘟起小嘴说："老人家皱眉头，皱纹好多哇！"陈延芳真拿这个小东西没有办法，谁让她……刁钻搞怪，让他又爱又恨。

陈延芳出国之前已经娶了一妻一妾，东去日本留学时，他并没准备在日本再娶一妾的。陈延芳经好友介绍，认识了同在日本留学读医后留校任教的宛新明，陈延芳便拜宛新明为导师，宛新明非常热情地邀请他到家里做客。在那间门前开满樱花的榻榻米屋前，陈延芳见到了在樱花树下玩耍，漂亮得像个瓷娃娃的小宛湘。

陈延芳一辈子都忘不了这个镜头：穿着粉色小和服的小宛湘，一边叫唤着爸爸，一边张开小手，粉蝶儿般向他们扑了过来。宛新明抱起小公主，开心地在樱花树下旋转，那一刻，是多么的美妙啊！漫天樱花飞舞，父与女无拘无束的笑声。宛湘就像鸦片一样，一下子就植入了陈延芳的血液里面无法抹掉。从此之后，陈延芳隔三差五地去宛新明家做客，他也分不清，这样做是为了向宛新明学习医道还是为了多抱抱宛湘，听她甜甜地叫他延芳叔叔。

宛湘住的榻榻米里，只有一个负责照料她的老日本女人，这是宛新明花重金请来的佣人，这榻榻米内没有女主人。陈延芳后来才知，原来这榻榻米的女主人，是一日本女孩，当年和宛新明相爱并怀孕，但当女孩将中国男友带回家去见父母时，却遭到了全家族的反对。女孩迫于家族压力，不得不在生下宛湘后，离开宛新明。女孩离开宛新明不久后，便由父母安排，嫁给了一个日本男人，就再也没回来看过宛新明父女了。

得知宛湘的身世，陈延芳对这个可怜的小女孩，更是疼爱有加。他问宛新明，为什么不带宛湘去找她的母亲。宛新明摇头说，既然她有了新的安稳的生活，就不好去打扰她的平静了。陈延芳叹息，只可怜了这个自小没有母爱的小女孩。

更让陈延芳意想不到的是，宛湘才满十四岁，宛新明就出事了。那是一次实验意外。宛新明在一次实验中，不小心被带有新型病菌的手术刀割破了手指，感染了可怕的病毒。临危时，宛新明拉着宛湘戴着手套的手放进陈延芳的手里，艰难地说："宛……宛湘，就交……交给你了，你……你要……要一辈子，对……对她好！"陈延芳答应说："宛兄放心，我会给侄女找一头好人家的。"宛新明摇头，断断续续地说："我……我早就……就看出来了，你……你喜欢湘儿，我……我知道，你会……会对她一——一辈子好的，把她嫁……嫁给你，我……我才放……放心。"说完，他又回头对宛湘说："湘……湘儿，你……你也长大了，都……都已经是适婚年龄了，女……女人，找……找一个真心待……待你好的男人，很……很重要。延芳他……他会……会让你幸……幸福的！"

宛湘哭着点头，宛新明又把哀求的目光转向陈延芳，陈延芳本来还想说，宛湘是他的侄女，但话到嘴边，又吞回去了。对着这样哀求不舍的目光，他怎能狠心拒绝？而且，在一个临死的人面前，还有必要装这些伪君子的道貌吗？难道他不爱宛湘吗？难道他能舍得把宛湘拱手送给别的男人吗？他握紧宛湘颤抖着的小手，沙哑着嗓音说："宛兄，我会一辈子对湘儿好的！"但宛新明的眼睛瞪得大大的，盯着陈延芳，眨也不肯眨一下，陈延芳半晌才醒悟过来，说："岳父大人，您放心，我会一辈子对湘儿好的！"宛新明才长长地吁了一口气，闭上眼睛……

待宛湘孝满三年之后，陈延芳便结束了在日本的学业，带着宛湘回到五羊城。

当陈延芳带着身穿百褶裙的宛湘出现在黑瓦灰墙的西关大屋时，这个安稳富足的家庭顿时激起千层浪花。陈延芳的一妻一妾以从未有过的和谐团结起来，齐齐到老夫人处告状，说这个长得妖媚惑主的小女人，来路不明，恐会妨了陈延芳的运气前程，必须要尽早打发，万万不能娶进大屋来。老夫人本认为，像陈家这样的大户人家，三妻四妾都是平常事，陈延芳留学日本多年，身边有个女人照料更是情理中事。但听媳妇们这么一说，心里便不安了，这个叫宛湘的女子，眼睛骨碌碌转，一看就不是个安分的主儿，长得媚眼媚目，好看是好看，泼辣辣的，心直口快，笑起来哈哈的，一点也不晓得收敛，完全没有传统女子的贤惠温顺。这样的女子，收在延芳身边，那还不是祸根？老夫人越想越怕，于是叫来陈延芳，要他必须把宛湘送走。但西关少爷的倔劲儿，哪里是三两个老少夫人能改变的？陈延芳不但不听，反而替宛湘委屈。宛湘已是无依无靠，而今还未正式进门就被排挤，那往后还怎么在西关大屋里立足？陈延芳当下决定，要给宛湘一场与众不同而又隆重的婚礼，他要向所有人宣示，宛湘是他陈延芳的妻子，他只对她重视。

　　婚礼是完全按照宛湘的构思去策划布置的，在圣心大教堂举行。为了让这个婚礼更洋派，陈延芳特地从海外购回来一辆汽车，专门让他的大侄儿君挺跟沙面一带的洋人学会了开车。宛湘穿着从巴黎邮寄回来的当时最时尚的白婚纱，戴着璀璨夺目的钻石项链，由身穿黑色晚礼服的陈延芳一路领着，走过了红地毯，跨上了崭新的披着鲜花彩带的洋汽车，然后一路往一德路开去。这一天，从陈公馆到一德路的路上，都聚满了看热闹的居民。虽说，由于西关一带商贾云集，贸易自由，在这里世界各地各色人种俱能常见，也有很多出过洋留过学的有钱人家的少爷或小姐喜欢模仿西方的婚礼，亦到教堂去举行婚礼，但像陈延芳这样标新立异，专门购买汽车，隆重其事地迎娶一个小妾，实在是稀有。陈君挺开着汽车，缓慢地在窄小的麻石街道上行驶着，从倒后镜内，瞥见新娘子青春娇媚，被幸福荡漾得笑靥如花。新郎一路紧握着新娘的手，脸上也洋溢着幸福的笑容，眼中满满的，全是对这个小女子的溺爱。唉！这个事业顺意又踌躇满志的青壮男人，何时给过家中的另外两个妻妾如此的眼光啊！君挺不由轻轻叹了口气。陈延芳拿眼扫一下陈君挺，这个时候，他叹气，是什么意思呢？

　　宛湘调皮地晃动她头上的新帽子，这是一顶黑白方格的鸭舌帽，戴在宛湘的头上，格外娇俏可爱。陈延芳用手刮了一下她的帽子，说："又不听话了，怎么溜到车上来了啊？"宛湘眨眨眼睛，说："刚才偷听你和玉如姐讲话啦！怕玉如姐真的拉我去逛街，我还是先溜为妙，费事听些唔咸唔淡的话！"陈延芳一笑，将宛湘揽入怀内，说："玉如是要办正经事，你得闲在屋企，就多些帮她分担一下嘛！"宛湘嘟起嘴说："才不，我同她，永远都讲唔到一起去的，肯定我看中的，她又话唔好的了，何必去添堵呢？我听讲新建的广雅书院好大好靓的，我要跟你去看看。"

陈延芳又皱起眉头，虽然院长梁鼎芬是陈延芳的朋友，但这广雅书院可是女子能进的？宛湘简直就是胡闹。但是，多年以来，陈延芳都习惯了溺爱纵容宛湘，从不拒绝她的要求。他知道这个从小没有受过中式家庭传统教育的女子，对外面世界的所有新鲜事物都充满了好奇，他不忍心打击她的这份天真可爱的好奇心，只要是使她稍不如意，他都舍不得。两人正式举办婚礼已经十年了，老夫人几乎日日都催促，让宛湘给陈延芳生一男半女。老夫人的意思是，像宛湘这样年轻貌美的女子，还是要生育过儿女，心才能安定的。陈延芳当然也很想宛湘给他生个儿子或女儿，不求多，一个就好。但是宛湘就是不肯同意，她父亲是在日本有名的西医，她对西医学从小耳闻目濡，造诣不比陈延芳差。只不过既为女儿身，回到中国，想施展亦无用武之地而已。对于如何利用安全期避孕，宛湘非常清楚，每月到了排卵期，她就会很大方地将粘她粘得像麦芽糖般的陈延芳赶去他的妻子玉如或妾氏丽芳处。陈延芳不肯，她就干脆关上房门，任陈延芳怎么敲门也不肯开。陈延芳好歹也是一家之主，当着那么多下人的面跟宛湘争闹理论，面子也挂不下去，唯有乖乖地去玉如或丽芳的房间。玉如和丽芳哪晓得其中的因由？还以为是老爷眷顾，都使尽了法子，极尽殷勤地讨好陈延芳，本以为能将老爷的心挽留得住的。没承想过得三五七日，老爷又好像着了魔般，每天一入夜，就急急脚地往宛湘那小妖精的房间里钻了。不钻个大半个月，老爷是舍不得离开那间被布置得中不中西不西的房间的。西关大屋里面，逐渐便多了两双幽怨而仇恨的眼睛，只是陈延芳太过专注于事业和宛湘身上，将这些都忽略掉了。

见陈延芳又皱眉头，宛湘不干了，气嘟嘟地转过身去，不理陈延芳。陈延芳劝她，广雅书院是不许女子进内的，她若想读书，五羊城还有些不错的女子学堂嘛！真光书院就比较成熟了，Miss 夏礼就是一个很有修养和博爱的女士。宛湘还是背对着陈延芳不理，陈延芳又说："那么，去培道女塾吧？这间女书塾是新开的，对哇，听容懿美女士讲，她们正要招收女老师呢，你真可以去试一下！"陈延芳这样一说，宛湘马上来兴趣了，立马转过身来，问："真的吗？"陈延芳点点头，捏一把她的小脸说："还能假得了吗？Miss 宛，不去培道当老师，委屈了你十几年的学术啊！"宛湘一翘小嘴："你知道就好，我在这间大屋里面，都快给闷死了！"陈延芳凑近她耳朵，轻轻说："给我养个儿子就唔闷啦！""去你的！"宛湘打了他一下，娇嗔了一眼，陈延芳捏捏她的鼻子，说："那么，说好了，我推荐你去培道当女先生，你现在乖乖地落车，返屋企，好嘛？"宛湘拧一下腰，说："不嘛，人家要跟你去，唔给女人入去，那我在外面等你。"陈延芳实在是没有让这个小美人儿妥协的办法，唯有叫君挺开车。

陈延芳去广雅书院找梁鼎芬，是安排陈志尧入读广雅书院的。近些年来，凤台后人中，陈志尧的文才德行是最佳的，未来金榜题名也未始不可。若虚公使对陈志尧也是赞口不绝，陈延芳与他更是一见如故。这个陈志尧虽然只是出生在一个书匠之家，但是仪容大方，谈吐得体，眼界开阔，才学过人，决无小家之气。无论在任何地方任何场合，只要他开口说话，其才华和风度，都能吸引身边所有人。同为凤台后人，又是莫逆之交，帮陈志尧安排入广雅书院，是在所不辞的。陈志尧的才子之名，梁鼎芬早有听闻，又知他年纪轻轻就高中举人，父子俱是孝廉，非常难得，陈延芳一说，立马就答应下来了。

陈延芳四顾了一下这间规模宏大的书院，梁鼎芬给他介绍，书院坐北向南，中轴建筑有山长（院长）楼、礼堂、无邪楼、冠冕楼。东西均为书斋，各有十巷，每巷十间，共二百间。东斋是广东学生居读之所，西斋归广西学生用。冠冕楼前东西各有池塘，池边有清佳堂、岭南祠、莲韬馆，供学生读书之暇游览憩息。书院中，植满了榕树柳树，花草交织，鱼水相映，建筑古雅，非常清幽雅致，十分适合学生在这里安心读书做学问。而今正着手试招收学员，六月才正式开学。陈延芳一边听梁鼎芬介绍，一边点头，书院既保持了传统的古朴，又有西方的理念，这非常符合张总督的要求，"广者大也"、雅者正也"。张总督真是用心良苦啊！假如地处偏安一隅的广东陈姓子弟，亦拥有一间仿佛如此的书院，那凤台后人，就不用担忧没有一个赶秋闱的会所，也不怕没地方做学论道，如此一来，凤台后人腾龙起凤，指日可待。想到这里，陈延芳的血液不禁热了起来。他加快了往外走的步伐，这个想法，他希望能第一时间和宛湘分享，她一定会觉得他很了不起的。走过百岁桥，跨过护城河，一身骑士装的宛湘英姿飒爽地伫立在汽车前面，不知和君挺说着什么，两人似是还挺聊得来的。陈延芳不禁想起与宛湘大婚那天，在汽车上，倒后镜里，君挺的那个眼神。十年过去了，君挺始终忠心耿耿地替他开车，对宛湘亦是尊敬有加，或许，他当年的担忧，是多余的吧！

第五回　众善人议事陈公馆
弱宛湘惨遭酷鞭刑

话说众人到达陈公馆，已是掌灯时分，下人已按陈延芳的吩咐，做好菜肴，恭敬地候着了。按理，贵客到来，中门大开，除了正室夫人外，家里其他女性，一律回避。但宛湘根本不吃这一套，有什么热闹的，她都好奇，都想凑一下热闹。老夫人已经特使人来请，说今天想吃斋食，让宛湘过去陪同。宛湘不乐意，听说这次到家里来的全都是精英人物，宛湘很想见识一下。男权社会，她渴望窥探，她不明白，为什么在中国，女人的禁忌那么多，而对男人，却是如此宽容，她渴望有和男人们一起坐下来，共同商量事情的机会。而这次的客人，据说有几个是海外回来的华人，宛湘觉得和他们的距离，不会很疏远。但是，老夫人是长辈，宛湘不能明目张胆得罪，如何是好呢？若说身体不舒服，老夫人肯定顺水推舟说，那不舒服就留在房间里休息。马上就吩咐人去叫那个马大夫来给她看病。宛湘最讨厌见到那个有一张马脸的装模作样的马大夫了，她极其怀疑他开的一剂剂黑得发臭的所谓中药，是否有医学根据。但老夫人和玉如她们，亦同样怀疑宛湘的针水，这一管小小的液体，真的能驱走疾病吗？不能以不舒服的名义推掉老太太的邀请，宛湘唯有又拿陈延芳出来做掩护。她骗老夫人的贴身丫鬟苳白说，老爷一早起来就跟她说，这几个贵客无论如何都要她帮忙接待，据说那个叫陈潮安的，只晓得说英语，老爷需宛湘在旁帮忙翻译呢！茭白没法子，唯有回去禀告老夫人。

宛湘吐吐舌头，上天保佑，这个陈潮安真的只会说英语吧。她立马乔装打扮，将头发盘起来，戴在帽子里面，又换上专门量身定制的小西服，还将别人送给陈延芳的一根拐杖翻了出来，拿在手里，照照镜子，镜子内出现一个气派十足的海归小少爷。

贵客进门，才分宾主坐下，门外一个身材娇小但不失清秀英俊的少年走了进来。陈潮安抬头一看，好俊俏的人物啊！笑问陈延芳："延芳善人，这是小少爷吧？真是一表人才啊！"陈延芳脸上的肌肉抽搐，勉强挤出一丝笑容说："潮安兄见笑了。"宛湘一阵懊恼，这个死老头子，怎么不是讲英语呢？还该死，居然还拄着拐杖，宛湘恨不得马上将手中自以为洋气的拐杖扔了。

坐在一旁冷眼旁观的玉如，冷冷一笑，半真半假地说："湘儿，不懂礼貌，还不快点拜见几位叔伯？"宛湘愣了愣，好狡猾的欧玉如啊！这意思不是明摆了，要宛湘叫她阿妈吗？真会占便宜。但任性是要付出代价的，宛湘唯有先向她所谓的"爹娘"作揖。陈延芳见她一副心不甘情不愿的样子，既惹人恼又惹人疼爱，本还想顺着下去给这小家伙一点惩罚的，但又实在舍不得她委屈，真是个小妖精啊！唯有清清嗓门，装一副威严的样子说："三位本家兄弟见笑了。这是内子宛湘，都怪我平日太过娇惯，所以，才做出如此恶作剧。笑话了，笑话了。"

陈志尧低眉一笑，早就听说过陈延芳从日本带回来一个小妾，对这小妾宠爱有加，还为她不惜对抗传统，在教堂举行了隆重的婚礼，一时间，路人皆知，传为美谈。陈潮安和陈潮逸没有听说过他们的事迹，都惊得张着嘴巴，半天缓不过神来。眼前这个清秀小生要是陈延芳的太太，那么，这个，这个坐在陈延芳身旁的玉如夫人……还是陈潮安反应快，立马呵呵大笑道："小夫人俏皮可爱，善人艳福不浅啊！"这边陈潮逸也反应过来了，笑着说："我倒觉得小夫人和嫂子有几分相似呢！"宛湘拿眼瞥一下脸色不那么好看的玉如，莺声细语地向陈潮安陈潮逸问好，陈潮安和陈潮逸连忙站起来，摘下帽子，将帽子掩在胸前，弯腰以西式的礼仪向宛湘还礼问好，宛湘宛然一笑，这两老头儿，的确是受过西方礼仪教育的，挺绅士的嘛。倒是陈志尧，在宛湘面前就有点拘谨了，甚至还脸红了，宛湘向他万福问好，他慌得站起来，连连抱拳，样子逼仄而滑稽，宛湘差点笑出声来。

陈潮安回头对陈延芳大笑着说："善人，这真是齐人之福啊！"陈延芳招手，让宛湘过去，坐在他的下手位置，两夫人一左一右侍候着，果然是齐人之福，羡煞旁人。陈延芳抱拳拱手说："刚才听潮逸兄说，嫂子与内子相似，潮安兄，同福同福。"

想起美玲，陈潮安的心就钝钝一痛。眼前这个白嫩可人的小姑娘，虽说在外貌上与美玲颇有相似之处，但命运却截然不同，一个是温室里备受呵护的鲜花，亲承恩泽，万千宠爱。一个是荒野中饱经风霜的草儿，几经坎坷，孤独无依。

丰盛的菜肴一碟碟地送上来了，虫草花炖肉汁、烤乳猪、白切鸡、深井烧鹅、百鸟归巢、红焖鲤鱼、发财就手……鲍汁冬菇扒菜胆、发菜干蚝、清炒芦笋等，荤素相间，煞是好看，这些菜肴对陈志尧来说倒没什么特别，但对于长年在海外生活的陈潮安兄弟，真是过足味蕾瘾了。主菜上完就是甜点，甜点陈延芳特地安排了椰汁糕、螺旋藻软糕、榴莲酥、双皮奶和香草陈皮绿豆沙等，各样都做得精巧剔透，配在青花磁碟里，色味俱佳的。陈潮安不禁叹道："食在五羊城，果然名不虚全啊！"陈延芳一笑说："粗茶淡饭，愧对贵宾了。"陈潮逸呵呵笑道："要是兄台到旧金山，我们可真没这样精彩的款待。"陈潮安点头道："正是正是，味道还是家乡的好啊！"

大伙儿用完晚餐，到侧厅喝茶议事，陈延芳打发玉如回去里间，只留宛湘在侧厅帮忙沏茶。宛湘在日本长大，深谙茶道，下人将烧开的白云山泉水用铜壶盛着提上来，倒进精巧的紫砂壶后，只见宛湘素手一翻，将紫砂壶高高提起，一倾，清澈的水流便从壶嘴里倾泻而出，划出一道优美的弧线，紧接着，烫壶、置茶、温杯、高冲、低泡、分茶，宛湘每一步都做得利落优美，虽是身穿硬朗的男儿西服，但完全掩盖不了她本身的东方女子柔美的神韵，在场的男人都看得直了眼，忍不住鼓掌称赞。

陈延芳喝着宛湘递过来的香茶，幸福洋溢一脸。陈潮安鼓掌笑道："人生得一知己，夫复何求？延芳贤弟，你是有福之人，弟媳的才能造诣，恐不逊于男儿啊！"宛湘毫不客气地颔首，她一直希望能女承父业，回国做个救死扶伤的女西医。跟陈延芳回国后，虽然陈延芳已是呵护备至，处处包容，但却坚决不容她到洋人开的医院上班。在此时的中国，女子出门上班赚钱，对丈夫来说，是耻辱，更何况是陈延芳这样的大富之家！别说老夫人绝不容许，陈延芳本身亦难接受。宛湘瞥一眼丈夫，低头轻嗔："可惜唔是男儿身呢！"

陈志尧一震，他从小受传统礼教熏陶，深谙三纲五常之道，如此胆大直接又自负的女子，还是第一次遇着。宛湘的话，虽让他暗暗不满，不满之余，他又不得不高看这小女子一眼，她是储存了多大的才华，才敢说出如此自负的话来？陈潮安兄弟则不同，除了听出宛湘心有不甘外，倒不觉宛湘的话有何不妥，因为他们身边的女子，几乎都独立自强的。譬如美玲，一直都和陈潮安并肩齐进，共同学习共同商量的，不过是后来儿女出生，她身为人母，才不得不退居二线，但亦未停止过进修。而陈潮安的小儿媳戴维斯，更是完全的西方女性，有独立的工作，和思恩在用钱上，都讲究 AA 制，在她们的理念里，从来没有什么男尊女卑。有独立的空间、个人的兴趣和独立的生活能力，在她们看来，自由选择是理所当然又顺理成章的事情。

陈延芳万没想到宛湘会突然暴出如此一句，唯有笑着说："湘儿在日本时，读的是医专，岳丈又是当年医学界的行专，湘儿对西医学术，有点粗浅的研究。让各位兄台见笑了。"陈潮安抿一口香浓的茶水，是上等的普洱，可是，又与普洱稍有不同，香味独特得很，茶的甘香在口腔里回转着，似是无穷无尽，陈潮安不禁赞道："好茶。这茶用的是何种香料？"陈延芳一笑说："香水莲，这亦是湘儿创的新意，她觉得光喝普洱味甘而气寡，就从后花园的湖里，采回来香水莲花，晒干，做成香料，与茶叶一起制造。没承想，冲出来的茶水，其香扑鼻，醒脑提神。"陈潮安向宛湘竖起拇指，赞叹说："如此人才，延芳贤弟，你真不该把她委屈在家里，做慈善就是济世救民的千秋大事，哪能缺少得了弟妹这样的人才啊？"

陈延芳一愣，一想，陈潮安说得不无道理，爱育堂救济的多为病弱的贫民难民，许多贫民的疾病，不是中医能够一下子就救治过来的。但在国内，通晓西方医学的人才，奇缺无比。和他一起合作创办爱育堂的白纶生，就时常感叹，乐善好施容易，救人治病困难。而他养着个医术精湛的妻子在家中，空置着她的一生抱负，而置万民病苦不理，那算什么真慈善呢？但若让宛湘这么个干净透彻的女子，终日和又脏又病的贫民打交道，陈延芳无论如何亦做不到。唯有苦笑着说："潮安兄说得极是，弟已在物识合适的女子书塾，如果湘儿条件达到，在书塾里传医教道，也未尝不是善事。"

宛湘一抿嘴，笑着说："你可唔好后悔哦，小心我教个女状元出来呢！"

所谓讲者无意，听者有心，在一旁安静品茶的陈志尧，不由放下茶杯，这个小女子也太不知天高地厚了。陈延芳立刻就留意到陈志尧的变化，但宛湘话已出口，无法收回，唯有赶紧完场，岔开话题问："志尧贤弟，听广雅书院梁兄使人来说，今日迟迟未见你报到。延芳赶到书院，刚见贤弟吩咐家人回抬行李，这是为何？"陈志尧苦笑一下说："广雅虽好，但非志尧之所能高攀的。"此言一出，陈延芳等人都愣住了。刚好陈忠给陈志尧送罩衣进来，听得主人这样说，忍不住道："我家老爷，怎么讲都是堂堂举人，却要他从偏门进入，这不明摆着埋汰人吗？"陈志尧怒叱道："下去，这里哪轮到你胡言乱语？"

陈忠吓得滚爬着跑了出去，但心中还是愤愤的，不过是说了老爷不愿说的话而已。立在一旁的君挺看见陈忠一脸委屈的样子，哧地一笑，说："放心，返去之后，你家老爷会重赏你的！"陈忠叹气说："主子的心事，哪是我们这些当奴才的能够揣摩的？"他又盯上了君挺站得笔直的双脚，啧啧，好家伙，这靴子油光锃亮的，真好看啊！陈忠不晓得君挺是陈延芳的堂侄子，还以为是一般的司机，更是羡慕，人家老爷对待司机温和慈爱，就好像亲生儿子一般，瞧瞧，什么漂亮的洋货儿，都给置备了。啧啧，大善人就是大善人，在这样的大富人家做下人，哪是下人哟？一般的上等人家，也不过如此待遇。

这厢陈忠和君挺啧啧不停地讨论着汽车和靴子，那厢几个凤台后人正激烈地表达着愤愤之意。陈志尧于光绪五年就以头名中得举人，那年他才二十出头，青春年少，前途无可限量，在年轻一代的凤台后人中，就属他最为出色，是陈氏的骄傲。没承想却在广雅门前，输一看门守卫的势利眼，真岂有此理！这不单是不将堂堂举人老爷不看在眼内，是将整个广东陈氏家族都羞辱了！在座的凤台后人，无不是社会上备受尊敬富可敌国的风流人物，哪受得了如此郁闷之气？陈延芳当场就拍案而起："岂有此理，真是狗眼看人低。明天我就去让梁鼎芬撤掉了此门卫小人。"陈志尧劝道："兄台无须和此等小人鼠辈一般见识。只是愚弟有个不成熟的想法，不知可行不可行。"另外三人几乎同声问道："是何想法？快说快说。"

陈志尧当下表示，今日被势利门卫拒于正门之外，实算不上什么事儿，但普遍广东各姓氏，唯陈最大，所谓天下李，广东陈，便是如此由来。但由于广东地偏于岭南，所谓岭南，是指神州大地五岭以南之地，主指两广和越南，两广人民素被北人称为南蛮，所谓蛮者，即不读诗书，不懂道理，不谙礼法之人。由于长年与蛮人共处，又与京城距之甚远，陈氏子弟，所受的诗书礼学熏陶自然就稀少。陈氏虽为大族，但多年来全省会试，陈氏子弟都没有一个属于自己宗族的会所，能安心读书做学问，故此，很多有才华见地却又心高气傲的陈氏子弟，不愿委曲求全，而都因此失去了参加省会的资格，更何谈上京考取功名，出人头地？陈志尧说得头头是道，理由也十分充足。最后，他还说，被势利小人瞧不起，并不是多大的事儿，但是陈氏宗族自身不高看自己，就是再大不过的事儿了。

陈志尧的一番话，说得在场的几个商人点头不已。论商而言，陈氏宗族的确涌出了不少人才，但是，经商不过是牟利手段，只能富家不能盛名旺族。古语有云：家无读书子，功名何处来？说的就是这个道理。那么大的宗族，却无真心做学问之人，说不过去啊。祖先陈凤台曾如此功名显赫，但近些年来，陈氏子孙中，除了出了一个大公使陈若虚外，就再无杰出人才，能让人不惋惜吗？

陈潮安想起这些年来，在海外的经历，更是不胜唏嘘。如若当初，他不是一介渔民，生活过于贫苦，会与兄弟不惜离家别妻，漂洋过海，受尽非人的欺凌吗？如果当初能有人倡议、筹建一个专门给陈姓子孙读书做学问的书院，如果有人在贫穷之时能给他伸出援助之手的话，他就决然不会选择卖身到旧金山的，婉秀和未见面的女儿也不至于惨死，老母亲也不至于含恨于人世。而今，虽是有了财富积蓄，但由于读书不多，没有功名，亦常自觉低人一等。因此，身为商人的陈潮安更觉得苍茫大地，何以立足？唯功名也！当年他和美玲梭出第一桶黄金后，就立刻将陈潮逸送进了旧金山大学，专攻读地质结构学。但陈潮逸认为，单单只学地质结构是不够的，于是在求学期间，又选修了建筑设计学。陈潮逸读书非常勤奋，四年下来，便获得了双学士学位。早些年，旧金山采矿局多次向陈潮逸发出邀请函，陈潮逸是被当局以专家的名义邀请加入到当地地质勘探的专家队伍中的，在业内享有盛名，备受尊重。每一次，陈潮逸被邀请，陈潮安都在现场，洋鬼子官员毕恭毕敬地双手递上帖子，亲自打开车门，恭敬地迎候专家上车，每一句英文开头，都是"尊敬的陈潮逸先生"。陈潮安每次看见如此情景，不由感叹，有多少华人能享此殊荣？即使富如陈潮安，亦未曾享受过这种待遇，可见读书的重要。

陈延芳听完陈志尧的分析，大为赞赏，问道："贤弟，那你又有何设想？"

陈志尧沉吟了一会儿说："我的设想，虽说简单，但难度却非常之大。"

"但说无妨。"众人几乎又一次异口同声。

陈志尧说："找周易大师，看风水宝地，然后建陈氏宗祠，用于陈姓子弟专心读书做学问。如何？"

陈延芳等一听，买地建宅，于几个富有的侨商来说，不是难事，陈志尧所说的难度在何处？陈志尧继续说："若是只建屋盖宅，的确不属难事，相信在座几位都能轻松做到。但百粤之地，陈姓人口尚众，并非全为同根同宗，要凸显这是由全省陈氏子孙合力筹建，并做到与朝廷的政策不相冲突，就有点难度了。"

陈延芳他们低头细想，的确如此，此时广东各地如东莞、佛山、南海、顺德、三水、新会、恩平、吴川、清远、韶关、梅州等地，都同有各房祖先不同宗根不同的宗祠，五羊城内都有几个祠堂，各房陈姓宗祠供奉的，俱为本宗族的祖先的神主牌位。先不说这些宗祠用处单一，单从寻根问祖这些关键问题上，就很难做到全部统一。

陈潮安和陈潮逸或许并不算非常了解当朝状况，陈延芳和陈志尧则有更深的顾虑，要说动员各地陈姓乡绅富商齐心合力共同筹建陈氏大宗祠，虽难，但仍有解决之法。但更大的难处是，自咸丰二年，朝廷就明文规定，不得在省会之中，以同姓之名敛资添建祠堂以及书院。特别是在光绪八年，更是三令五申地禁止在省城合建族祠："直省无论州府县城内，不准妄联姓氏，创立祠宇之例。"如此一来，他们若想在五羊城城内购地创办陈氏宗祠，恐怕在官方是不能成立的。

这的确是非常困难的事情，几个或穿长袍马褂或着笔挺西服，但都背后拖着一条长长辫子的陈姓富绅，或坐或立或来回踱步，企图思考一个万全之计。

见几个老少男人，为了一个同姓宗祠这么耗神费力，宛湘悄悄冲好茶水，便退了出去。陈潮安站在西关大屋的花窗前面，看着窗外的蟠枝疏影，突然灵光一闪，他归来之前，公使大人曾前来秉烛夜谈，当时公使大人就隐隐有提及，要催动陈氏子弟发愤考取功名。回想当时公使大人说的话，似乎已有建设书院的想法了。陈潮安一拍手掌说："法规是人定的，但都是能够变通的。如若得到总督大人的支持或默许，这事情就好办了。"

陈延芳道："我亦有此意，之前为志尧贤弟入读广雅书院之事，曾到书院见识过，果然亭台得体，花树交织，甚是雄伟。当时在下就萌发了亦给陈氏子弟创建一个读书居所的念头，未想今日和志尧贤弟的想法一致，看来像我们这般有此念头的陈姓绅士，定会不少，之所以一直未能合办，不过缺少牵头之人而已。"陈志尧道："对，此牵头之人，须得陈姓子孙，更要与官方交往甚密，能说上话儿的。"陈潮安点头笑道："正中我下怀，我们何不请公使大人回国主持?""若虚老先生?"陈志尧和陈延芳同声问道，随即都开怀笑了，还有比三代元老陈若虚老先生更合适的人选吗? 他不仅德高望重，还是当朝重臣，更重要的是，他亦是凤台后人，和在座各位，都同宗同根。两广总督张明远大人，与陈若虚公使既是同僚又是朋友，要是请老先生出马，何愁事情不成?

于是当下就决定，待天明，便立马给若虚老先生发电报。除了发电报邀请陈若虚老先生回国，接下来就是急需寻找在省内有名望和号召力的陈姓子弟了。陈志尧首先想到的是东安（今云浮）陈广宁。陈广宁此时为柳州府知府，此人学识过人，心思缜密，又有胆识，并且在朝为官，甚得百姓拥护，能邀请他到五羊城来，共同商量建造陈氏书院，再合适不过。但如何结识，并邀请此人出山，的确仍须费一番心事。

众人难得观点一致，追求相似，兴致一来，都忘记夜已渐深，仍然围在案前，提笔搜索，陈潮安兄弟着重搜索海外华侨中的陈姓子弟，陈延芳和陈志尧则负责冥想广东各地陈姓知名绅士。草案上，白纸黑字写满了密密麻麻的人名，又被画得眼花缭乱，大家心中都清楚，众人拾柴，火焰才高，单凭他们几人，是很难成就这件大事的。

　　已换回旗袍，梳起发髻的宛湘带着下人，悄然走了进来。只见偏厅里面，茶水已凉，满地满桌，尽是墨汁纸张，男人们的世界，实不是女人能轻易进去的。宛湘虽然性情当中，亦有着男儿的豪爽，但是什么家国天下，千秋伟业，于她而言，是远之又远。自十四岁跟了陈延芳后，陈延芳待她亦妻亦女亦友，既尊重又宠爱，女人一生无求什么，能嫁一既能为她撑起一片天下又疼爱她的男人，足矣。因此，无论宛湘心中曾经有过多大的抱负，此时此刻，于她来说，陈延芳才是她最伟大的事业。夜已渐深，陈延芳还未回房来，这是非常少有的。宛湘梳洗完毕，便到厨房指挥下人，为几个仍在商讨正事的男人煮宵夜。

　　换上旗袍披上坎肩后的宛湘，换了个人般，玲珑动人，领着下人提着食篮进来，立刻就引起大家的注意。男人们的目光，都从书桌上被牵引回来，宛湘宛然一笑道："再忙商量大事，亦要先填饱肚子呢！"听她这么一说，众人便觉得肚子咕咕叫唤了，再抬头望向窗外，东方已经隐约现着鱼肚白。宛湘吩咐下人，将食篮提上来。热腾腾的艇仔粥一端上来，就香味扑鼻了，还有随后跟上的香煎鱼皮角、虾饺、蒸凤爪、红豆糕等等，更绝的是压轴上来的萝卜焖牛腩，牛腩焖得通亮，独特的香味勾引着大家的食欲。陈潮安兄弟自是吃得赞不绝口，就连陈志尧这样讲究仪表规矩的，都忍不住食了满满一碗。

　　宵夜过后，各人便先行散去休息。

　　陈延芳挽着宛湘走回房间，陈延芳有点兴奋，一路滔滔不绝地跟宛湘说着筹建陈氏书院一事。丈夫的想法是宏大的，他甚至可以想象到百年之后，名字被刻在筹建书院的名册之内的千古流芳，哪能不兴奋呢？对于妻子来说，她更是看重丈夫的身体，毕竟陈延芳是年过四十之人，不似年轻少年，哪能熬得住通宵达旦？对于丈夫所说的千古流芳，宛湘一点也不感兴趣，而她又是脾性耿直之人，不似玉如、丽芳等善晓察言观色，曲意奉承，难免对陈延芳的热情高涨报以冷淡，甚至还有点责怪。她推搡着陈延芳，赶紧洗澡上床睡觉。

　　待丫鬟香菱服侍陈延芳沐浴后退了出去。仍在兴奋当中的陈延芳又凑了上来，仍有点恼火的宛湘已经睡在床上，推开他，不乐意他亲近。陈延芳腆着脸哄道："心肝宝贝儿，我们生个儿子吧，待他长大了，就可以他阿爸有份筹建的陈氏书院读书了。这多威风啊！"宛湘扭着腰躲避着丈夫凑过来的嘴巴，很不高兴地说："不就建个书院吗？有多威风？犯得着为它专门生个儿子？"陈延芳用力抱着扭捏躲避的小妇人，这丫头嘴辣起来更是可爱。他一边撕着她身上薄薄的丝绸睡衣，一边说："当然犯得着。只要你肯生，要我做什么事都犯得着。"宛湘切的一声，说："你儿子已经够多了，我生与不生，根本不重要啦！"言语间，又隐隐有些意味了。陈延芳当然知道这个小妖精心里想的是什么，嫁入陈家后，宛湘虽然在陈延芳身上获得了百千宠爱，但是，无论陈延芳怎么补偿，都弥补不了宛湘心中的疙瘩。宛湘如此有心气的女子，哪甘心当个小妾？可是，命运偏偏却做出这样的安排，让她在错的时间遇到对的人。

　　当年陈延芳举办隆重的婚礼迎娶宛湘，洞房之夜，一向活泼热情的宛湘一改半日姿态，抱着她儿时的一个日本和服娃娃，低眉垂泪。已经喝得有几分醉意的陈延芳，在红红的烛光下，看着低头垂泪楚楚可怜的美人，心中隐痛。可是，再痛也改变不了现实，欧玉如是他奉父母之命媒妁之言，明媒正娶回来的。玉如嫁给陈延芳之后，相夫教子，恪守妇道，处处迁就忍让，够委屈的了。看她小心翼翼，如履薄冰地在陈家过着正室夫人的日子，陈延芳心中又是怜又是敬，堂堂大丈夫，亦不能置这个跟随他多年的女人不顾，礼教上不能，道义上也不能。恨只恨，未娶玉如之前，未能遇见宛湘。他蹲下身子，执着宛湘的手儿，深情地吟道："我生君未生，君生我已老！湘儿啊湘儿，你要我怎么做才好？"宛湘一下子扑入他的怀内，嘤嘤哭道："我要你，日日都与我好！"陈延芳将她抱到床上，帮她拭着泪说："傻丫头，不与你好，我还与谁好？你亦知道，对她们，我是迫不得已，对你，是否真心实意，这些年来，你还不知吗？我也不想在你面前起什么誓言，你且看看，我日后是怎样做的。"宛湘埋头在他的怀内，羞涩地点着头，红烛高点，春宵一刻，陈延芳等这一天已经等了足足三年。此时，当日在樱花树下玩闹的粉嫩小女孩，已经长成亭亭玉立的标致姑娘，正等着他来仔细开发，陈延芳不禁心猿意马，赶紧落下红帘。

而今宛湘虽然没有明白意指，但难免有旧事重提的意味，陈延芳多少有点不高兴，都说女人是记仇的主儿，只要有一事稍稍做得不能称她心意，她便没完没了。这些年来，陈延芳对宛湘如何，宛湘能感受不到吗？除了一个正室夫人的名位给不了她，能给的，陈延芳都给了。为了她，陈延芳甚至上到老夫人，下到玉如、丽芳她们都全得罪了，更有甚者，整个西关，谁个不知他是个情种，为了一小妾而不惜离经叛道？宛湘还要他怎样做，才是满意？陈延芳抚摸着宛湘身体的大手，不禁缓慢下来。

宛湘心中亦有抱怨，每次一拒绝给陈延芳生孩子，他的脸色就不好看了。他光晓得从他的角度出发去想事情，可有真心替她想过？宛湘心中是有梦想的，她希望能在西医领域有一番成就，可陈延芳却迟迟不肯同意她出来工作。工作也罢了，她为了父亲的遗愿，下嫁给陈延芳做妾，妾是何等身份啊！如若不是陈延芳的保护和疼爱，恐怕她在这西关大屋里的地位，连老夫人跟前的丫鬟茭白都不如啊！妾生出来的孩子，就是庶出了。庶出的孩儿不如仆，丽芳生的一对儿女就是例子了，不仅陈延芳不甚关爱他们，连家里的下人都不把他们当回事。大太太玉如就更是不将他们瞧入眼内，眼见她生的几个儿子将一对弟妹压在天井里打，不但不过去拉开，还得意地说："细佬仔打打闹闹，当是锻炼筋骨。"

宛湘听了心里冒寒，如果这几个孩子年龄相当，自然是一般的打闹，可是，玉如最小的儿子都已经十五岁了，而丽芳的大女儿才刚满十岁，哪是几个哥哥的对手啊？可怜一对庶出的小儿女，被打得脸肿眼青，哭得几乎喘不过气来。作为生母的丽芳，却只能站在一边帮忙掉眼泪，一句也不敢回驳大太太玉如。自从见过这几个一父同胞的兄妹打架后，宛湘就暗下决心，一日为妾，就绝不生子，免得儿子也跟着她受尽欺辱和白眼。虽说现在陈延芳对她是百般爱护，可是，毕竟陈延芳比她长了十五岁，哪晓得世事会是怎么变化啊！十四岁前的宛湘，都万没想到父亲忽有一日，会舍她而去的，父亲去得如此干脆决绝，一点心理准备都无。而今，宛湘就剩下陈延芳一个亲人是可以依靠的，要是有一天，陈延芳亦先她而去，剩下她孤儿寡母，宛湘自知，论起心计，她无论如何也比不过玉如、丽芳她们的，她将如何是好？宛湘自负，即使她的依靠陈延芳先她而去，她亦能全靠自身的本事，将日子过得很好。但是若多了个小儿，情况则不一样，恐怕陈家这样大门大户的人家，不会容许她带着儿子离开的。既然未来无可保障，生儿何用？宛湘心中的顾虑，又岂是陈延芳能够体会的？原本恩爱有加的夫妻，因为是否生育一事，而弄得尴尬起来。陈延芳干脆放开宛湘，翻身背对宛湘而卧。宛湘又是硬性子，虽然不愿意遭受丈夫冷落，但亦不肯放下面子去讨好。

一声鸡啼已在后花园响起，陈延芳已经呼呼入睡了，宛湘却仍然辗转难眠，生于如此年代，命运由不得女人自己掌控，其中酸苦，恐是男权社会里的男人，难以体会的。回想起一生的跌宕浮沉，两行眼泪不禁缓缓流了出来，浸湿了红红的枕头。

女人是最能一眼洞穿女人的心思的，这厢男人们仍在边吃早饭边商议去找风水大师寻找风水吉地，那厢夫人们才坐下，玉如夫人便一眼瞧出宛湘的双眼红肿，面容憔悴了。玉如十六岁便嫁入陈家，那几年她在这间西关大屋里面，是多么的风光无限，陈家的大红花轿载着她，从里水一路吹吹打打接到五羊城。欧家在南海，也是富贵人家，大小姐的出嫁，嫁妆自是丰厚，那些跟在花轿后面的红笼箱，一个接着一个，排得又长又远，远得几乎看不到尽头。一路围观的老百姓，挤得水泄不通。玉如坐在花轿内，凤冠霞帔，面若桃花，少女的心扑扑乱跳，那个未曾见过一面的丈夫啊！光听名字就让人怦然心动，据说还是西关一带出了名有本事的少爷，年纪轻轻就承接了陈家的产业，并发展得红红火火的。大婚前夕，母亲语重心长地叮嘱，嫁过去后，男人就是你的天，你一定要以夫为纲，上孝公婆，善待家人，下慈儿女，女人贤惠温顺，定能旺夫益子，家业才能百年昌盛。

母亲的教诲犹在耳边，玉如的确也是这样做的。跨过火盆，拜过天地和高堂，洞房里，红烛高照，锦缎花帐，一切都如玉如想象那样，富贵堂皇。年轻的陈延芳，身着崭新的新郎大褂，喜气洋洋地走进来，借着醉意挑起她的红盖头。玉如坐在床沿，羞得不敢抬头，只听见丈夫由衷地叹，果然是大户人家的千金小姐，端庄秀丽，落落大方。那个被红烛过多渲染的洞房之夜，年轻力壮的陈延芳，整夜都与新娘厮闹恩爱着，将未经过男女之事的玉如，从生入死，又从死到生。

天真的玉如还以为，这样的幸福会持续一辈子的，没想到，才过了几年，情况就不一样了。那时她刚给陈家生下第二个儿子，全家上下都洋溢在添丁的喜气中，没想，陈延芳竟然从外面带回来了一个低眉顺眼的女人。到了此时，玉如才知道，这几年，对她恩爱有加的丈夫，在外面竟然养着女人。这样的打击，对任何女人都是不能接受的。还在月子里的玉如，一下子便病倒了。母亲来探望女儿，刚生育过的女儿躺在床上，泪水擦干了再流出来，止也止不住。母亲劝女儿，男人的心，大得很花得很呢！他是终日在生意场上混着的人，花花世界诱惑那么多，哪有不吃腥的猫儿啊？这带回来的女人，阿妈亦见过了，低眉顺眼的，一看就是乡下出来的未见过世面的农村妹，对你做不成威胁的。你尽管放心养好身体，一切有娘家人撑着的，只要你大太太的地位不变，这间西关大屋，始终都是你说了算，你可不能气坏了身体，把女主人的位置和两个儿子拱手让给别人啊！

玉如一听，全是道理，陈延芳带回家的女人，不过是一个逃荒的落难女，没甚威胁的。

刚好那几年，陈延芳和龙潭村的白善人合办慈善，一次在韶关救济难民，这个女人混在一批逃荒的难民中，捧着饭碗等待救济。那天，寒风戚戚，缺衣的女人冻得抖抖瑟瑟，陈延芳在人群中看见冷得脸色青紫的女人，善心大发，便除下身上的羊皮外套，罩在女人身上。本以为，分发完救济的物资，就能完结一天的工作，可以尽早回驿馆的。没承想发完救济物品后，陈延芳收拾停当，准备回去，回头却见那个女人，披着他的衣服，畏畏缩缩地跟在后面。陈延芳见她可怜，就让下人给她几吊钱，打发她走，但女人不肯接钱，非得跟着陈延芳。下人生气了，大声地呵斥推赶女人，女人突地跑到陈延芳面前，扑通一声跪了下来，一双黑白分明的大眼睛，满含着泪水，死死地盯着陈延芳看。陈延芳就是被这双楚楚可怜的大眼睛打动的，男人天生就有股保护欲，特别对形容楚楚的女子。陈延芳制止了下人对女人的驱赶和拉扯，把女人带到了驿馆，让人给女人安排了住宿，就去见白纶生了。难民太多，他们还要商量，如何发动更多的善者人翁捐献物资。

陈延芳在白纶生的房间里议事，一直到夜深人静后，才回自己的房间。才回到房间，就见到一个秀丽的女子，低眉顺眼地站在房门口。下人无奈地告诉陈延芳，这个女人赶也赶不走，非要站在这里等陈延芳，都站了大半夜了。可以想象，严冬腊月的，虽然下人已经按陈延芳的吩咐，给女人置备了御寒衣物，但在这么寒冷的深夜站着，也不是一般女子能够坚持的。陈延芳伸手抬起女子的下巴，女子那双漂亮的大眼睛，竟一点亦不退让地盯着陈延芳。不能否认，这个逃难的女子，的确长得标致可人，经过一番梳洗打扮后，更是秀丽清纯。对着这样的一双灼灼的会说话的眼睛，在这样一个极需温暖的寒夜，再无情的男人，都无法抵挡这样的艳遇，更何况是陈延芳这样多情风流的公子？下人见此情形，识趣地悄悄退了下去，陈延芳问："你叫么名字？"女子答："胡丽芳。"陈延芳："哪里人？"胡丽芳："湖南郴州。"陈延芳："家里人呢？"胡丽芳："爹娘都饿死在逃难来的路上了。阿哥阿嫂都走失了。"说着，两行泪水便滑了下来，陈延芳一下吻住了这落下的泪水，伸手推开房门……

　　窗外寒风呼啸，窗内却是春暖花开。陈延芳紧紧抱着胡丽芳光洁柔软的身体，没想到这个倔强地跟着自己，铁了心要跟自己的漂亮女子，竟然还是一个处子。她逃难到广东，又父母双亡，在举目无亲的陌生地方，他的出现就如救命稻草，她除了死死拽着，就别无选择。这个可怜的女人啊！男人翻过身来，压在女人身上，亲着女人的耳垂，柔声问："为什么一定要跟着我？""我知道老爷是好人。跟着老爷，我就不用再挨饿了！"这个傻得可爱又傻得率真的女人啊！陈延芳紧紧抱着她，这样的朴素简单，是在玉如身上找不到的，如果换了玉如，她的说辞肯定是什么第一眼看见老爷，就心动了，非君不嫁。丽芳不会说这些，她的确是肚子饿了，饿了很多天，饿得她怕了，她只能用她的身体，来换取她今生的衣食无忧。陈延芳很庆幸，在这个关键时刻，他出现在胡丽芳的生命里，那一件能够御寒的外套，及时温暖了胡丽芳濒临失去温度的人生。

　　回到五羊城后，陈延芳在城郊给胡丽芳买了一处别院，又为她雇了两个照顾生活起居的老妈子，算是将胡丽芳养了起来。

　　如果不是要到日本留学进修医学，或许胡丽芳就一辈子隐在陈延芳的背后，欧玉如就不会晓得丈夫还有这么一个情妇存的。由于慈善的需要，爱育堂的几个合资决定让年轻聪慧又有干劲的陈延芳留学日本，顺便也招罗一批水平高超的爱国西医回来。留学的手续办好了，胡丽芳亦要处置好，总不能让她一个女子，独守空房那么多年吧？而且，总是这样无名无分亦不是办法，虽然当初只为一碗果腹的米饭，但毕竟她是干干净净地跟了他的。这两年来陈延芳在她身上，亦得到了很多欧玉如不能给的温暖和柔情。玉如的端庄大气刻板严肃，常常会让陈延芳感到喘不过气来，或许是玉如太会做大太太了吧，她把一切事情都做得那么得体应当，滴水不漏的。在玉如身上，陈延芳看不到任何崇拜仰慕，只能看到一个越来越怕得罪她的畏缩的心。

　　丽芳则不一样，这个大字不认得几个的女人，有着农村姑娘的简单和朴实。陈延芳的每次到来，对于她来说，都是莫大的恩宠。无论陈延芳提出任何要求，她都能满足他。陈延芳在她身上，完全得到了男人最极致的释放。那段时间，陈延芳和一群东山少爷走得特近，这些从官绅权贵出身的骄奢少爷，不知从哪里弄来许多洋人绘制的春宫图画。春宫图内绘制的男女交配图案，各种姿态都有，有些甚至是陈延芳连想都没有想象过的，看得他血脉贲张，他偷偷复印了很多图画回去，和胡丽芳一起模仿。如若这样的图画拿回去给玉如看，玉如肯定一脸正气地扔火里烧了，说肮脏淫秽，然后又语重心长地对丈夫教育一番的。但胡丽芳不同，陈延芳要她口交她就蹲下身来张开小嘴；要她趴在椅子上她就立刻趴下来，把翘翘的屁股对着陈延芳；甚至是把她绑在床上，她也服服帖帖，只要陈延芳感觉刺激就行。年轻得无处释放的陈延芳，在这个漂亮温顺的女人身上，得到了莫大的满足。每次和她做爱时，陈延芳都会感慨地想：丽芳是以他为天的，讨好他满足他是她毕生的事业。玉如是以陈家为天的，经营好她的大太太的位置是她毕生的事业。

　　有很多时候，陈延芳都无法弄清楚，没将胡丽芳接回西关大屋之前，他只觉得世上的女子，都不如胡丽芳好，每次只要走出那间大门严谨的西关大屋，他的魂就似被牵着般，禁不住就往胡丽芳那里去了。但将胡丽芳娶进家门后，胡丽芳在陈延芳的眼内，就没有之前可爱了。陈延芳分不清这到底是因为什么，或许是巍而森严的家规，或许是名正言顺后少了偷的快乐，又或者是丽芳嫁入豪门后的拘谨，总之，陈延芳越来越不乐意到丽芳的房间了。即使有时，实在想念那些曾与丽芳疯狂的日子，到丽芳的房间里去，关上房门，压在丽芳身上，他都觉得释放得没那么舒畅，就像在背后的黑暗处，有一双眼睛，怨恨地注视着一样。而丽芳，也逐渐拘谨起来，再也不敢放肆地叫唤了，躺在陈延芳的身下，紧紧抿着嘴唇，慌怕发出一点声响。陈延芳意气阑珊地从丽芳的身上滚下来，望着黑黑长长的夜，忽然希望快点天亮，留学之日快点到来。

而对宛湘，陈延芳想，或许，这就是透心彻骨的爱了。从来没这样的一个女人，能让他这样一心一意地对待的。即使当时，和丽芳偷情偷得火热，但面对着东山少爷们找来的各色美女，陈延芳都忍不住跟着去尝鲜，抱着这些美女时，陈延芳从不觉得有何不对，既不觉得奢淫亦不觉得对玉如、丽芳内疚。但是，自从将宛湘娶进门后，陈延芳就对外面的花花世界失去了兴趣，也淡薄了和东山少爷们的厮混，逐渐将心思收了回来，专注于家庭和事业。至于玉如和丽芳，他不是不想对她们好，但是，在她们身上，陈延芳总是兴致淡淡的。连丽芳也忍不住问："老爷，是我年纪大了吗？"其实，玉如和丽芳，这些年来都养尊处优，注重保养，都还端庄秀丽，白皙可人的。但是，只有情欲和责任，没有爱情的关系，任它怎样燃烧都燃烧不起来。陈延芳无言以对，他总不能说，此时此刻，他只愿与那个叫宛湘的女子日日相好，恩爱白头吧？

十年来的不愤和压抑，就像被挤压着的火山，一旦导火线出现了，便不能压制。玉如就是从宛湘的眼神里看到了导火线的。她不动声色地走近老太太，在老太太耳边低声说了几句，老太太的脸色就立刻阴沉下来了。宛湘低头吃着瑶柱白果粥，昨夜哭了一夜，身体实在疲累，她想赶快补充点能量，就回房休息去，至于那些男人，他们爱怎么折腾就怎么折腾吧。可玉如怎肯放过这么难得的机会？她捧着丫鬟捧上来的粥水，一边调着温度一边笑着说："芳妹啊！你昨日无得在前厅，实在浪费了哦。你都不知道，湘妹女扮男装有多威风，连我都差点认不出了呢！"

这十多年来在陈家，丽芳早已经不再是当年只为一碗果腹饭食的丽芳了，早调练得灵醒，立马唱和道："是吗？可惜了哦，像湘妹这样标致的女子，装扮起哥儿来，肯定是个俊俏哥儿了，我就没这福分看得到。湘妹的学识和胆量，真与我们一般女子不一样呢！"玉如抿着嘴笑："我和老爷都无想到，湘妹会不请自来的，一点心理准备亦没有。害得我一时间都无知怎样介绍了，人家几个大老爷，还以为是嘉尚呢，问我，这是大少爷吗？哎哟！芳妹你说我怎样答啊？"丽芳也学着玉如的样子，掩着嘴巴嘿嘿笑道："难不成，姐姐你真的承认了？"玉如一瞪眼，装着严肃说："我还能不承认吗？湘妹装扮得那么辛苦，我总不能揭穿吧？唯有顺水推舟说，湘儿，不懂礼貌，还不快点拜见几位叔伯？芳妹，你不晓得，我当时多想笑啊！湘妹实在太可爱了，但我又不能笑，唯有端着一副当阿妈的样了，憋得我难受死了！"

丽芳几乎笑得直不起腰了，拭着泪花说："哎呀，姐姐，亏你也能端得着，要是我，肯定笑得收不起嘴了。"宛湘堵不住这两个一唱一和的人的嘴巴，晓得大祸临头了，昨日就不应该一时贪玩，拒绝老太太的邀请的。

老太太果然一拍筷子，生气地说："你们闹够了没有？客人还在正厅议事呢，你们就咁放肆地嬉闹说笑，成何体统？"玉如和丽芳吓得忙收了声。老太太转向站在身后的茭白，问："你昨晚返来回复我，明明说老爷指定要细夫人出去陪同的，还说什么登门的老爷是归国华侨，不晓得讲白话，要细夫人做翻译的。点解他们讲的洋文，大夫人都听得明啊？"

茭白吓得一下跪了下来，哭着说："老太太，细夫人当时的确是咁样同奴婢讲的。"老太太怒道："照你的意思，即是细夫人讲大话讹你了？岂有此理，你一个做下人的，都敢诬陷主人？来人啊！"

外面候着的下人陈泰立刻应声入来，老太太道："将茭白拖下去，掌嘴二十。看她以后还敢乱讲大话，欺骗主人吗？"陈泰应声去拖茭白，茭白吓得大声哭叫冤枉。宛湘忍不住了，站起来拦着陈泰，转身对老太太说："不关茭白的事，是我贪玩，想会会这几个海外返来的华侨，所以，才编胡话，骗老太太你的！"

老太太脸一阴，挥手让陈泰放了茭白，又冷冷地对宛湘说："这些年来，你仗着邻儿对你的宠爱，胡作非为，我也算了。但这次，你竟敢来连我都讪了，完全是目无尊卑，我能忍你，陈家的家法都无法容你。"

玉如连忙上前扶着老太太打圆场说："阿妈，湘妹在海外长大，不懂得这里的规矩习惯，一时贪玩，才会做出咁样的荒唐事的，你老人家莫生气，气坏了身体，就不值了。"她不说还好，一说，老太太就更生气了，怒道："即使再唔识规矩，亦返来佐十年了，无人教都看得会啦！我看她就是放肆，全无将我们陈家放在眼内。再无规矩的女人，都晓得生儿育女，她呢？整日男不男女不女，嘻嘻哈哈的，简直是胡闹。"

玉如抚着老太太的背，猛向宛湘使眼色说："湘妹，还唔过来同老太太认错？"宛湘倔强地站着，说："讪老太太是我唔对，我愿意接受家法惩罚。"

本来老太太心中还念着宛湘是个孤儿，人的确聪慧灵秀，又甚得儿子喜爱，她再有不对，也就叱责几句就算了的，没想宛湘竟然自己伸头过来求家法了，这样老太太若还忍耐，就实在太过不了面子了。老太太指着宛湘，连说了几个好字，一挥手，对站在门外的两个下人说："将她拖去祖先灵前，我要替列祖列宗教训这个无法无天的野丫头！"

宛湘干脆一转身，就往后屋去了，摆放着列祖列宗神牌的神庵就在后屋，她晓得过去，犯不着这些肮脏的下人来拖。

第六回　贤丈夫培道求职位
细夫人受伤住博济

上回说到，宛湘受刑，陈延芳并不知情。

待陈延芳给陈若虚发完电报之后，就马不停蹄地和陈潮安兄弟去请当时名气最大的堪舆先生。所谓堪舆先生即而今所说的风水大师。古时但凡民间起屋建宅都必须要请堪舆先生过来择选吉地的，而今要建的是陈氏合宗书院，择一大吉良地更是重要。

陈潮逸多少也通晓一些风水地理学，当君挺载着他们经过五羊城城西龙津桥附近时，陈潮逸两眼一亮，指着前面的一派广宽的农田，说："我看此地便是很好。"大家下车，举目四看，只见田野广阔，空旷风顺，土壤肥沃，农耕茂盛，望去茫茫，却仍见到广雅书院的巍巍建筑，极具宝地气象。

陈延芳指着远处的广雅书院对陈潮安说："潮安兄，那边就是广雅书院了。"陈潮安举目看去，广雅书院果然雄伟壮观，立在城郊荒野之处，却全无荒凉之感，一道宽阔清亮的护城河环绕着，绿荫如盖，虽未靠近，但似乎能嗅出淡淡书香，听得到琅琅书声。陈潮安点头说："果然好地方，要是能将这片土地买下来，陈氏子孙即使不能进入广雅书院读书，也能比邻左右，得其书香气味。"

议论一番后，几人又上车。一路颠簸之后，就到了堪舆大师的住所。堪舆大师姓周，自谓周易后人，与陈延芳甚是熟悉。陈延芳的车子一停下来，周大师就拿着八卦罗盘迎了出来，捋着长长的美髯，笑道："陈善人极少不请自来，肯定是有言相教了。"陈延芳下车，抱拳道："周大师果然神算，能知天文地理，通晓过往未来啊！"周大师笑道："善人过奖了。"

陈延芳又将陈潮安兄弟介绍给周大师认识，周大师作揖说："几位单看面相，都是非富则贵的达人，定都是深受祖上凤台大人的荫佑，虽都经历过苦难，但都能逢凶化吉，然后仕途、商运都顺风顺水之辈。周某今日能在一日之内，见到这么多位贵人，真是荣幸，有礼有礼。"几个凤台后人听得大师这样一说，不由心服口服，特别是陈潮安兄弟，更是敬佩不止，大师简单几句，几乎就将他们的命运白描出来了。连忙又向周大师作揖致敬。

周大师再次仔细观察了一下在场几人，走到陈志尧面前时，忽地停下步来，长长一作揖说："贵人在上，受小人一拜！"

陈志尧吓得连忙搀扶着他，连连说："不敢当不敢当，我乃一小小教匠之子，家境一般富裕，贵人之称，实不敢恭维。"

周大师摇头说："非也非也，我观四位，面相俱不仅相同，但相同之处，都为大富之人，但唯先生不仅面带大富之气，大贵之象已然生成。容在下斗胆算卦，先生乃文曲星下凡，不日定能高中，荣耀全族。"陈志尧听后心中大喜，但仍收敛仪表，长长作揖道："承蒙大师吉言，不才定加倍努力，不负大师所预吉言。"陈延芳拍掌大笑道："大师果然是大师，慧眼过人。这个志尧兄弟，就是光绪五年的广东举人，年少得志，却没目中无人，待人极为恭俭礼让，学识更不是一般人能及的。"周大师稽首说："举人大驾光临，蓬荜生辉啊！"

陈潮安兄弟不由对看一眼，在场最年轻的是陈志尧，话语不多，但魅力却从内而外散发。虽然他们几个都锦衣华服在身，穿得最朴素的是陈志尧，但堪舆大师一见此人，便是礼貌有加，恭敬不已。真真是，实际腹中有才华的，气度自不凡！

当下，陈延芳就把此行的目的告诉了周大师，大师掐指算了算时间，说："五日后，便是评吉定宅的好日子了，到时善人再来，我定装备停当，为各位善人择一福泽地基。"

回到陈公馆，陈潮安的仆人来贵就迎上来说，驿馆那边已经联系好了，两位老爷是否今晚就过去。陈延芳立刻挽留，希望今晚能继续商议大事。陈潮安说，驿馆就在陈公馆附近，往来议事甚是方便，因难得归来，五羊城内还有很多同姓乡亲要上门聚旧，人来人往，出入陈公馆，对公馆内女眷造成烦扰，甚是不好，待安顿下来，肯定立刻过来，登门再议。话已说到此，陈延芳就不好再挽留，于是便吩咐陈泰等下人，帮来贵将陈潮安兄弟的行李送去驿馆。这暂且不说。

再说陈志尧，待陈潮安兄弟离开后，也和陈延芳辞别，陈延芳拉着他的手说："志尧贤弟，何须如此见外？"陈志尧笑笑说："并非兄长华第不好，而是志尧不能安享舒适，广雅的课程，志尧已经耽误两日了，再不归去，恐更难收心。如几位兄台有事需要商量，可使人来唤志尧，志尧定尽心尽力，为陈氏后代聊尽绵力。"陈延芳无法挽留，更怕耽误陈志尧的课程，于是便吩咐君挺开车，将陈志尧主仆两人，送回广雅书院。

送了陈志尧，经过大牌坊，陈延芳突然想起，曾经答应帮宛湘到培道女书塾去寻容懿美女士，商量一下让她到女书塾去任教一事。想起昨夜，宛湘侧卧一边，嘤嘤咛咛了一夜的可怜样子，陈延芳的心又软了下来。既然答应过死去的导师宛新明，要一辈子对宛湘好的，昨夜却让宛湘流了一晚眼泪，真是不该。再怎样，男人都不应让心爱的女人落泪啊！

容懿美女士听说大善人陈延芳到访，连忙迎了出来。容懿美女士筹建培道女子书塾时，陈延芳曾为她们出钱出力四处奔跑筹集善款，而今善人亲自登门造访，容懿美女士当亲自出迎。陈延芳随着容懿美女士一路走进书塾的里面，途中迎来几个穿着旗袍，盘着时下流行的发髻的女学生，见到陈延芳，都大大方方地行礼问好，大方得体，举止文雅。陈延芳不由心中感叹，女子真的在进步了。

　　书塾虽然不大，但径曲亭秀，树木葱郁，兰草芬芳，自另有一番韵致。容懿美将陈延芳请进办公室，见陈延芳还在四下打量，便笑道："小小女子书塾，基薄人稀，实不能与陈公馆媲美。"陈延芳一笑道："书塾虽小，但设备齐全，高才满室，更是难得。延芳看到刚才遇见的几位女士，就知懿美女士的确费了不少心思在教学之上了。"容懿美叹声道："可是，国情所限，女子书塾仍是甚少，生源不多，合适的教师人才更少。"陈延芳抚掌说："教道学问，是千秋大事，像懿美女士这样，敢创天下之先的事业，更不容易。日后若是有困难，大可使人来唤延芳，只要是延芳帮得上忙的，定义不容辞。"容懿美女士连连感谢。

　　陈延芳又说："延芳另有一事想请懿美女士帮忙！"容懿美女士说："善人但说无妨。"于是，陈延芳便把宛湘想到培道女塾来任教之事，和容懿美女士说了。容懿美女士当下拍板说："我正愁找不到优秀的教师人才呢，宛湘夫人的美名，懿美早有听闻，乃医学界大才女也。善人若舍得宛湘夫人出来任教，那是再好不过，培道的大门，随时恭候宛湘夫人。"

　　陈延芳辞了容懿美女士，走出培道女塾，已是日落时分，橘红的霞彩烧得西面的天空红彤彤的。陈延芳心情特好，吩咐君挺开车，回家。他要将这个好消息告诉宛湘，他甚至想象得到，宛湘听到这个好消息后，肯定会高兴得一声惊呼，然后扑上来，给他一个甜甜润润的香吻，调皮地说："你个老哥哥，真是好。"

　　陈延芳万没想到，回到家后，西关大屋里，竟然少了平日的活跃，丫鬟下人们，见着他都畏畏缩缩的，唯恐惹他不高兴。这就奇怪了，陈延芳一般在家很少生气，他始终相信家和万事兴的道理，只有家庭和睦了，富贵才会常驻陈公馆。

　　陈延芳一脸狐疑，已是掌灯时分，厨房早就备好了当晚菜式，等着陈延芳回来了。陈延芳坐在席首，见老太太还未出来，便问："老太太今日不到大厅来食饭吗？"玉如答："老太太今日斋戒，不吃荤腥。"

陈延芳"哦"了一声，见宛湘的丫鬟香菱捧着一沙煲汤往里边去了，也不见宛湘在席间，以为宛湘还在撒脾气，于是又问："香菱煲的什么靓汤去给湘儿喝呢？"

玉如将一碗丝苗米饭放到陈延芳前面，说："那是我专门吩咐厨房煲的乌鱼汤，对伤口愈合有好处呢！""什么伤口？"陈延芳手中饭碗一搁，人已经站起来了。玉如拉着他，说："老爷，天大事都先食了饭先啊！老太太好不容易才平了心气，若她老人家知你又不食饭，肯定又会不高兴了！"陈延芳一甩她的手，怒道："我才出去一日，你们又对湘儿做了什么？"

玉如差点被他甩倒在地，当着那么多下人面，为了一个小妾，陈延芳竟这样粗暴对她，玉如面子挂不下去，便掩面哭了起来。陈延芳哪还有心思理会这个假情假意地做着哭腔的妇人，急忙往宛湘的厢房走去。

此时的宛湘，正遍体鳞伤地躺在床上，香菱要去请医生，被她制止了。香菱看着主子咬着嘴唇，死死不肯吱一声痛，急得猛抹眼泪，这可怎样好啊？老太太给细夫人上家法时，她曾跑出去找老爷，但陈泰告诉她，老爷一早就和几个贵宾外出了，几时返来都未知道。香菱那个急啊！可急也没有用啊！细夫人在五羊城内举目无亲，香菱除了晓得找老爷外，就不知道能找谁来救细夫人了。香菱实在没有办法，唯有悄悄回到后屋，偷偷伏在屋外偷看。

给宛湘施刑的是玉如的使唤妈子欧妈。欧妈原本是玉如的陪嫁丫鬟，跟玉如到陈公馆来快二十年了，一直没有嫁人，从丫鬟做到妈子，在陈公馆的地位，除了几个太太夫人，就无人能及。可以想象，这样的一个妈子，对宛湘施刑，会手软吗？她的每一下挥落来的皮鞭，都恶狠狠的，恨不得一皮鞭就将宛湘的小命给抽没了。要不是老太太信佛，实在看不下去，忍不住叫住手，恐怕宛湘真的被打残疾了。老太太一喊住手，香菱立刻扑进去救。但宛湘已经血淋淋地瘫痪在地上了，香菱怎样扶也扶不起来，老太太便让菱白帮香菱，将宛湘抬回房间去。丽芳在一旁，看得胆战心惊的，她本以为老太太不过是做个样子惩罚一下宛湘的，没想到欧妈下手那么狠。不仅毛骨悚然，以后在陈公馆，更要谨慎小心，若是被玉如这个蛇蝎夫人捉住了把柄，不被折磨死就奇怪了！

陈延芳冲进房间，看见浑身是血的宛湘，惊得差点跌倒在地上，好不容易才扶着门框，站稳了。他颤抖着走到床前，宛湘煞白着小脸，闭目躺着，他轻轻地唤了句："湘儿。"宛湘微微睁开眼睛，瞥了他一眼，又合起来，陈延芳抖着手，想去摸宛湘身上的伤痕，但又不敢下手，可怜啊！是谁下得了这样的狠手啊！这么个弱小的女子，即使她犯了天大的错误，也不该对她下这样重的刑罚啊！她不过是任性妄为了一点，女扮男装胡闹了一次罢了，他是她的丈夫，都不计较，还轮得着其他人来越俎代庖？

陈延芳突地大呼："大夫，大夫，赶紧去叫大夫。"

他已经忘记了，他也是一名大夫。但即使他记得，又如何？他根本无法冷静下来，从容地在宛湘身上敷药啊！宛湘挥挥手，表示无须叫大夫，指望大夫人叫来的大夫，肯定又是那些只会给她灌黑臭药水的江湖郎中，若还想活着，还是离开这间陈公馆好些。

陈延芳一把握着宛湘的手，宛湘"啊"地叫了一声，实在惨烈啊！连纤纤的玉手上，也触目惊心地横过了一道伤痕，这皮鞭下得有多狠啊！老太太信佛之人，即使要惩罚宛湘，也绝不会叫人下手那么狠毒的。

陈延芳回头问香菱："边个使的鞭子？"香菱嗫嚅了一下嘴巴说："是欧妈。""老太太没在现场吗？"香菱说："欧妈抽鞭子时，老太太就闭上眼睛念佛了，细夫人又犟性子，受了剧痛，都不肯哼声，如果不是老太太突然睁开眼睛看看，恐怕……恐怕……细夫人就……细夫人就……"香菱没有说下去，低头望着脚尖。陈延芳说："你去叫君挺准备好车，我要带细夫人去沙面博济医院医伤。"香菱急急脚跑了出去。

陈延芳抱起宛湘就往外走，玉如拧着小脚跑出来阻止道："老爷，使不得，那是英国人的租界。同仁堂有个老中医……"陈延芳厌恶地瞪了她一眼，若不是她从中作恶，老太太又怎会对宛湘施刑？这个女人越老越是心狠。玉如还不知趣，拉着陈延芳的手袖，陈延芳怒吼："滚！"玉如手一松，目瞪口呆地看着丈夫。

陈延芳抱着他的小妾，上了乌黑漆亮的汽车。这辆漂亮的汽车啊！它是专门为宛湘那个小贱人而买的，十年了，陈延芳都用这车子带着那小贱人出出入入的，可她这个堂堂正正的大太太，却从未坐过。而今，这个忘恩负义的男人，竟然不顾危险，带着他的小贱人到英租界去了。玉如啊玉如，没有了丈夫的爱，你死死拽着的，在陈家所谓的地位，又算是什么呢？

看见陈延芳急匆匆地抱着宛湘跑出来，君挺也吓了一跳，问："这是怎么了？"陈延芳沉着声音道："开车，去沙面。"君挺没再说话，关上车门就发动车子。沙面在鸦片战争后便沦为英国人的租界，那里有英国人的重兵把守着，界线上，白底黑字写着"华人与狗，不得内进"。

从情感想，陈君挺是不乐意去沙面的，但此时，那个遍体鳞伤浑身血迹已经恹恹一色的女子……这些年来，宛湘闲着无事，就会与年龄相仿的君挺聊聊西方医学，耳闻日濡得久了，君挺自然也懂得一些简单的医理。他知道，此时宛湘的确需要很先进的医学护理，否则，身上恐怕会留下疤痕。君挺平常很少过问陈公馆里面的事情，对于他来说，他不过是一个司机，他只需要尽好司机的责任即可。然而，从陈公馆里传出来的新闻还是难免会飘入他的耳朵的，譬如，大夫人回娘家去，请了几回神婆，虽然，下人们没有说大夫人请神婆的内容，但具体是什么，猜也猜得着，与宛湘脱离不了干系。而宛湘却是全然不在乎的，即使她知道了，也不过是一笑而过，很有点风轻云淡的样子。或许就是这种不争与淡然，才使她在陈公馆内，独得陈延芳的宠爱吧。可是，这是在中国，一个被传统礼教束缚着的社会里，能容得下淡然的存在吗？就连女人自己都不曾高看自己的畸形的社会存在，能有健康的心态出现吗？争风吃醋，勾心斗角，只要有三妻四妾的存在，就肯定有这样的明争暗斗出现。

宛湘也曾和君挺谈过这个问题，她说，被关在大屋里的女人真可怜啊！她们都是闲的，能不闲吗？把整片天下都交给了男人去打拼，女人只晓得藏在家里生孩子，她们将自己的世界囚禁在只有百步方圆的家里面，除了生孩子剩下的时间就用来等待男人的归来，实在太闲了，都是闲出来的。要是女人也有自己的事业，自己的天地，那么，谁还有这样的闲心去专门研究，怎么去千方百计置同类于死地？宛湘的言论，将陈君挺吓得浑身冒冷汗，这是个多么敢想敢说的女子啊！而今，吃亏了吧？

陈君挺忍不住回头望了一眼被摧残得不似人形的宛湘，所有离经叛道，都是要付出代价的。陈延芳咬牙说："回去我再慢慢跟他们算账。"陈君挺连忙将目光转回去，专心开车。惹谁也不要惹一只装睡的老虎，更不要去夺老虎的心爱之物。能在人群里脱颖而出，成就一番事业，这个叫陈延芳的男人，绝不可能只是一个"善人"就能完全概括的，陈君挺暗暗替玉如和欧妈担心了。

英租界内，陈延芳亦有不少熟人，一番打点之后，宛湘就顺利住进了博济医院了，从走出陈公馆到住下院来，宛湘一句话也没有说过。这个平时开朗活泼、叽叽喳喳的女子，一反常态的沉默，让陈延芳感到无所适从，他暗里有点担心。宛湘的血液里，流淌着与其他女子不一样的特质，这种特质很稀有，既让陈延芳迷恋，也让他感到害怕。他日夜守在宛湘的病床前，玛利亚医生已经帮宛湘清洗好伤口上了药，但她亦告诉陈延芳，宛湘身上有两道交叉的伤痕很深，虽然她已经为宛湘做了缝针手术，但是，日后恐怕会留下疤痕。陈延芳紧紧咬着嘴唇，玉如啊玉如，宛湘是他带回来的，爱她也是他心甘情愿去做的事情，你若真的要恨，就该恨他，有什么怨气，冲他陈延芳来啊！何必要这样，千方百计地将宛湘往死里整呢？湘儿啊湘儿，你就不能够服软一下吗？老太太生气了，哄她一下不就没事了？你非要将脖子伸过去让人砍杀，那不是明摆着给她们机会吗？你又不是不知道，玉如等这个机会，都等多久了啊！

守到第二天下午，陈公馆那边就按捺不住了，陈泰奉老太太之命，将香菱送了过来，并请老爷回去。陈泰转达老太太的话，细夫人身上的伤既无大碍，老爷亦应兼顾自己的身体，回家休息，老爷身体矜贵，莫被医院的不好气息感染了。陈延芳怎听怎不舒服，老太太是信佛之人，一直慈悲为怀，现在明知宛湘仍在伤痛之中，应是心生怜悯才对的，怎么这回使人来说的话，却是尖刻的？什么医院里不好的气息？陈延芳倒觉得医院里的气息，比陈公馆内的气息要顺畅多了。他握着宛湘的手，对陈泰说："你返去告诉老太太，细夫人何时能够回去，我才回去。让她不要再使人来劝了。"

陈泰唯有讪讪地回去交差。香菱担忧地望着老爷和细夫人，刚才来之前，两位夫人都围着老太太哭诉，说洋鬼子本来就满身腥臭之气，他们的医院更是病邪横行。那些洋鬼子医生，治病救人都不是用药的，是用刀子，对了，叫手术刀，一把刀子割在人身上，能不雪上加霜吗？能治得好人的病吗？洋鬼子们使的都是妖邪之术，所谓的治病救人，实际就是在人身上施展邪术，旨在吸去中国人的精阳之气，别说人在病中无能力抵抗，就算好好的人，到过洋鬼子的医院，都没什么好精神出来的。听得在一旁的香菱都毛骨悚然。

二夫人还言辞灼灼地说："前些年，我还见过老爷慈善会请回来的洋鬼子医生救人，啧啧，他们将病人放在一张很窄小的床上，竟然将病人身上的衣服都脱光了，我想看个究竟，那洋医生竟然拉起白色的帘帐，就是不许我们看呢！"二夫人的广东白话，说得怪怪的，总有股卷着舌头的味道，经她用这样的语调描述了洋医生的治病经过，老太太捏着佛珠的手就捏不动了，睁开眼睛望着二夫人问："真是鬼佬医生咁样救人的？"二夫人指天发誓："真的，我若有一句大话，天打五雷劈。"

老太太便不再说话，又捏着佛珠，阿弥陀佛地念了一会儿，玉如忍不住哭道："奶奶，要是我无同陈家生了三个仔，我真唔会管咁多，老爷看不看重我，都唔紧要，但嘉尚他们，仲在读书，未能担起这头家。老爷要是为了湘妹，伤透了心，连自己的身体都不顾不管，咁点样办啊？陈家上上下下几十口人，都指望着老爷的啊！"

玉如这样一说，老太太就坐不住了，睁开眼睛对茭白说："去叫陈泰过来。"香菱担心的是，老爷这样为细夫人忤逆老太太和两位夫人的意思，恐怕她们又将这罪过都算在细夫人身上了，那样，细夫人日后在陈家的日子就更不好过了。

第七回　愚忠仆广雅争高下
智院长巧妙调纠纷

众所周知，张明远任两广总督时，为广东做了不少贡献，特别是在改革中国传统教育方面，起了先驱的作用。张明远受传教士李提摩太的影响，对西方事务和自然科学有了新的认知后，便立意创新，为培养精于洋务的干练人才，张总督亲自筹措经费，亲自选定书院院址，正式创办了广雅书院。

广雅书院坐北向南，四周设有护院河，占地面积达十二万平方米。在中轴线上有院门、山长楼、礼堂、无邪堂、冠冕楼；两侧设东斋和西斋，分别为学生住宿用；还有清佳堂、岭南祠、莲韬馆等。陈志尧入读广雅书院之后，才感受到总督大人的锐意改革的决心。广雅书院的课程分经学、史学、性理之学、经济之学和词章之学。官课期限为三天缴卷，斋课没有时间的限定。每课中又分为专门，各专治一种，考课时最少为两种。

广雅书院的考课，完全跟之前陈志尧在酥醪书院就读时所学不一样，它给陈志尧展开了崭新的一面，既让陈志尧感到新鲜激动，又让他忐忑不安。张总督在建广雅之前，就说过："上者阐明圣道，砥硕名节，博古通今，明习时务，期于体用兼备，储为国家帧干之材。次者亦能圭壁饬躬，恂恂乡党，不染浮嚣近利习气，足以漱身化俗。"①
很明显，总督大人是有志于创新的。但无奈，大清国仍沿用着科考制
度选拔人才，张总督的办学，又不得不遵从科举的原则，选课大致仍
未跳出传统的经史子集四部。陈志尧不禁想到了前几天，他们几个陈
氏族人，相聚一起，为筹建陈氏书院侃侃而谈，但所谈内容，亦不过
是围绕功名利禄，光宗耀祖，与总督大人的眼界相比，差距立分。而
今，张总督立志推行洋务运动，多国华人纷纷归国，为发展洋务产
业，工业兴国，贡献自己的力量。而今，广东的兴旺之象，已见端
倪，大势将会往哪个方向走呢？

陈志尧坐在广雅书院的曲廊上，望着蔚蓝的天空。皇帝年轻，敢
于接纳创新，或许这番运动，能带来国家强盛。然而，正是皇帝年
轻，太过于敢作敢为，定也会因此招祸。他忽然很想念父亲，他很想
和父亲谈谈，这变与不变，推与不推，该如何选择？当了一辈子教书
匠的父亲，早已将学理人生全部理解透彻了，他一定能给陈志尧一些
实在的建议。

陈忠端着茶壶悄然走近，却不敢惊扰老爷的沉思。在陈忠眼内，
老爷陈志尧几近完美，他学识渊博，思维广阔，宅心仁厚，待人谦
和，虽然已经是广东解元，但却从不以此为荣，反而更低调内敛。与
其他老爷相比，陈忠自觉自家的老爷是最有出息的。对比那个有钱得
全身冒油的陈延芳陈善人来说吧，在慈善界，他是赫赫有名的大善人
了，的确是备受人们爱戴，但是，在他家里呢？可不是这样，此时此
刻，陈公馆内鸡飞狗跳的，那陈大善人都跑到英租界内，不管不顾陈
公馆内的那群老女人了。一个男人，再有本事，家人不能和平相处，
亦是枉然。再说说那个叫陈潮安的老华侨吧，据说他在旧金山拥有一
座金矿，儿女都各自成才了，在旧金山非常有威望那又怎样？旧金山
再好，都是人家美国鬼子的地儿，与他陈潮安一点关系也没有，人家

---

① 引自《请颁广雅书院匾额折》。

美国鬼子始终都将他当只过洋抢食的狗来看，一辈子在别人的地头上委曲求全，老了才晓得落叶归根。即使归来了，那又怎样？毕竟，都老了啊！时日无多，要做的事情，却还是那么多。更重要的是，的确回来了，那他的根呢？他的根似乎又不在这边了，这样的人更是可怜可叹，本以为能落叶归根，终归到头来，还是无根，既归不来也回不去。还有那个叫陈潮逸的，看上去还精神利索，一副风度潇洒的样子，听说在美利坚国那边，算是个了不起的地理学家，很受美国鬼子的尊重。这个还不错，戴着一副金丝圆片眼镜的，见着就知道很有学问的。但他那么有学问，为什么不与老爷一样，专注攻读经史子集，上京考取功名？非要搞什么地理，一天到晚和泥土石头打交道，能有什么出息？

陈忠想不明白，在他的意识里，最直接最高层次的荣耀，就是高中状元，然后升官发财光宗耀祖了。他不晓得，在陈潮逸这样的学富五车的华人心里面，有更为崇高远大的追求。陈忠曾跑到陈潮安兄弟住的驿馆去，他听说陈潮安在西关买了一处住宅，本想过去看看那住宅是怎么威风的。没承想，陈潮安的仆人来贵告诉他，陈潮安他们还不准备入住呢，潮逸老爷要亲自设计修缮这间西关大屋。什么叫设计什么叫修缮？这些对于陈忠来说全都是新名词，好好的大屋子，既通风又透气，花岗岩镶的大门口，多结实多威风啊！青砖的墙石头砌的墙脚，多稳固啊！实木撑起的屋梁，雕着各种图案的花窗和檐壁，全都精美绝伦，三间两廊左右对称，大厅对着天井，开阔明亮，厅中有园园中有厅，可居住可观赏，这样的住宅还需要去改变吗？还有什么比这样的大屋更完美的？这个叫陈潮逸的华侨，真是钱多了无处用，瞎折腾。还是自家的老爷好，家里只敬着一个夫人，夫妻和美，少爷小姐们都懂事可爱，老太爷又德高望重，一切都是那样的完美，这才是人生最值得追求的最高的境界啊！

陈忠还在神游着，陈志尧忽地回头，招呼他说："你去给我准备笔墨，我要给老太爷写信。"

陈忠赶紧抱着茶壶，跑回东斋。东斋是广东学子的宿舍，西斋是广西学子的宿舍。东、西斋之分，多多少少会将书院内的学员分成两个学派斗争学术。陈志尧来到书院的第三日，就考得了官课史学的第一名，这当然鼓舞了不少广东学子，但也招来了广西学子妒忌。这样的忌恨，一般不会在学子之间激化的，斯文人是不会在情面上粗暴的。一般都会在下人之间展开并激化，就好比两股暗流，交替潜涌，却不见波澜，全都是因旁边石头或中间阻隔，才会碰撞出浪花一般。下人是最能揣摩主子的意图的，他们能从主子的一个眼神或一句不经意的说话里，意会出很多种可能。

陈忠从小受陈志尧一家的倚重，从来不需察言观色，根本就没意识到会被混入暗流中，一不小心就成了激起浪花的石头。他此时的心思，都在陈君挺手中握着的那个方向盘上，他做梦都想着，有朝一日，他的老爷高中状元，升官发财后，也买一辆黝黑闪亮的汽车，他陈忠就去跟陈君挺学开车。啧啧，司机，多新鲜多响亮多了不起的新名词啊！陈君挺还说，外国人管司机叫"灾祸"。呸呸呸，什么不好念，偏偏念什么"灾祸"？真大吉利是。

陈忠没有做石头的心思，可是，其他石头却要来碰他。陈忠抱着茶壶往回跑，在路上就遇见了西斋读书最厉害的张志远的下人张仁义。张志远出身官宦之家，因了同姓，祖上多多少少与张明远的祖先扯上了关系，又因张志远读书聪慧，成绩斐然，深得张明远喜爱。有了这层关系，张志远在广雅书院可谓说一不二，他本人还知书识礼，不算张扬，可他的贴身仆人张仁义可就没那么高的素养了。张仁义在西斋的下人群中，是最目空一切的，西斋的下人都惧怕他，以他为领头羊。

张仁义早就看这个整日目光空洞、不知在想些什么的陈忠不顺眼了，看见他一副傻帽的样子，抱着茶壶急急脚跑，全然没有看到张仁义他们走过来。张仁义往路中间伸出脚，陈忠"哎呀"一声，就被绊倒在地上，紫砂茶壶"哗啦"一声，碎了。陈忠一下爬起来，指着张仁义骂：“丢你老母，你老母你是特登的。”张仁义得意地说：“特登又点样？边个叫你走路唔带眼？是你自己要扑街的，关人屁事？”

在广东话里，随时可以问候老母，但却不能骂“扑街”。陈忠一跳起来，就扑到张仁义的身上，两人滚在地上厮打起来。和张仁义一道出来的下人见到张仁义被扑倒在地，立刻扑上来，对陈忠拳打脚踢，陈忠被打得鬼哭狼嚎。东斋那边听到吵闹，下人们都跑出来看究竟，见陈忠被西斋那边的人欺负了，那还得了？明摆着欺负东斋人都欺负出面了，张仁义平日的嚣张，东斋这边早就看不顺眼，亦一直思谋着要教训他一番的，于是都摩拳擦掌加入打斗行列。一时间，叫骂声、打斗声充斥了整个肃静的书院。

这次仆人间的斗殴，一下子将东斋和西斋的关系斗得清清明明的，虽然后来，梁鼎芬院长想了很多办法去调和两边的关系，但效果甚微。后来，梁院长辞去了职务，张明远又请了当时赫赫有名的大学者朱一清回来担任院长一职，情况才有所改善。当然，这都是后话。

因为是先挨打，虽然后来东斋的其他仆人加入，形势立刻扭转，但陈忠难免亦被打得头肿脸青。陈志尧没安好气地望他一眼，见他额头肿了眼圈黑了嘴角紫了，一副可怜兮兮的样子，忍不住骂道：“你话你是唔是活该？好好的，偏跟那边打勿架呢？”陈忠捂着被打肿的半边脸，委屈地说：“唔是我野他们的，是那个张仁义，他先用脚将我绊倒的。老爷的紫砂壶，都被他们打碎了，我唔打，人家仲以为我们东斋的全都是饭桶。”陈志尧翻翻眼，道：“一个紫砂壶而已，何必计较咁多？乱生气。”陈忠不愤道：“他们西斋那边，明摆着是欺负我们这边无个姓张的同总督拉得上关系，都欺负到头上来了。今次忍了他们，下次他们还会找机会的。老爷你是办大事的人，心胸广，当然唔放在心上，唔生气。我是你的下人，打碎你的紫砂壶，就得给你要回个公道。如果唔是，点合格啊？那个主勿嘢臣勿嘢啊？你以前成日都讲的！”陈志尧一笑：“主辱臣死！”陈忠道：“对对对，就是这个主辱臣死！"陈志尧拿起书卷一敲陈忠的脑袋，敲得陈忠"哇"地叫痛，骂道："怕只怕真的我受辱时，你舍不得死呢！"

陈忠伸伸舌头，心里骂，那些古时候的忠臣贤臣，真的害死人，什么事情不好搞？偏偏要搞么事主辱臣死，要真主人受辱了，下人就得去死的话，那得要死多少人啊？特别是这些年，大清的大官，甚至皇上、老佛爷，边个唔受洋鬼子气的？天下百姓都是皇上、老佛爷的臣子臣民，丢那妈，咁样死法，珠江口都漂唔落咁多死尸啊！

陈志尧挥挥手说："你去揾君挺，让他带你去揾个医生，消消肿，去去淤血。"陈忠不愿意地扭扭身体说："我先唔去揾他，他肯定带我去博济医院揾那些鬼佬医生的。那些鬼佬医生给人看病，都是用刀子出血的，好怕人嘅！"陈志尧差点失声笑出来，又怕失去了主子的威严，强忍着说："让你去就去，宛湘夫人咁矜贵的命，都唔怕给他们出血了，你贱命一条，怕个鬼啊？"陈忠哭丧着脸说："去就去吧！"

说着就往外走去，快出门口时，陈志尧叫住他，说："顺道带些糕点过去，替我问候宛湘夫人凤体安康！"陈忠撇撇嘴，虽然是点着头说知道了，心里却不满地嘀咕：司马昭之心，转了那么多个弯，最关键还是最后一句，找个借口想知道人家爱妾的情况么！看来这个完美的老爷，也开始不完美了。

这回，陈忠真的揣摩到陈志尧的心思了。虽然觉得陈延芳的小妾离经叛道，但是，这个敢说敢为的小女子，却给陈志尧留下深刻的印象。几天前，陈忠兴冲冲地跑回来说，陈大善人的细夫人，因为女扮男装擅自见老爷你们几个，被老太太施了家法，打得遍体鳞伤，都送到英租界的大医院去抢救了。听到这个消息，陈志尧的心就抽了一下，隐隐有种很不舒服的感觉。那个女子，细细白白，娇娇嫩嫩的，哪经得起皮鞭的痛打啊？当下陈志尧就关切地问："伤得可是严重？"那陈忠当时仍处于传播小道消息的兴奋中，说："很严重呢，听陈公馆的下人们讲，都打得血肉模糊了，分唔清那边是好肉那边是坏肉，可惨了。那细夫人又硬颈性，全程没叫唤一声，咬得嘴唇都冒着血，好怕人呢！只怕医好都留下一身疤了。"陈志尧听得浑身寒森森的，头皮也麻了。他使了个借口，将陈忠支开，人撑在桌案前面，很久也回不过神来，很难想象，那么个精致剔透的女子，被打得遍体鳞伤会是什么样子。陈志尧过了良久才抬起头来，觉得脸上痒痒的，一抹，竟然是泪。他吓得跌坐在椅子上，简直是大逆不道，三纲五常全失了，那个可是兄长小妾啊！

　　陈忠出去后，陈志尧又坐了一会儿，已经四天过去了，不知宛湘夫人身体恢复得怎么样，那些强刻在她身上的疤痕，能愈合得掉吗？这么个心高气傲的女子，能经得起这样的摧残吗？陈志尧隐隐担心看，伤愈之后的宛湘，会有什么不类于常人的举动？明日就是与堪舆先生去择选吉地的日子了，见到延芳是问还是不问？若问，又该用怎样的语言才是得体的？陈志尧的思绪，完全游离了书本，往沙面那边的英租界飞去了。他一会儿想想只有一面之缘但又早听其名的宛湘，一会儿又想想住在凤涌的夫人慧心。慧心贤惠，嫁入志尧家，已十多年了，一如既往地相夫教子，持家有道。若没有慧心全心全意地支持，他陈志尧又何来一心一意地奔顾功名？慧心人如其名，心地善良得很，平日无事，便到莞城的教堂去做礼拜，虔诚至极，像这样的女人，肯定不会歹毒。男人一生，能与这样的女子相伴，夫复何求？若宛湘夫人犯事在他家，陈志尧想，慧心肯定不会对宛湘施此重刑的，上回他刑罚陈忠，慧心都不忍心，特地求情。陈志尧又吓了一跳，他这几日是怎么回事？想任何事情都自然而然地与宛湘扯上了，就像着了魔中了蛊一样。陈志尧啊陈志尧，三十年来的圣贤之书，全都白读了啊！

　　就在陈志尧为了宛湘厌恶自己的时候，梁鼎芬院长进来了。陈志尧立刻站起来让座，梁院长客气地抱拳还礼坐下，道："志尧贤侄的文章，我都仔细看了，真是文采飞扬，见识独到，解元之名，并非浪得啊！"陈志尧谦虚地说："院长见笑了，志尧不才，还请梁院长多多指教。"梁院长说："贤侄的抱负，梁某从文章中，也约略感受得到了，贤侄日后前途，当不可限量。"

自从中了解元后，称赞预兆陈志尧今后前程无限的人很多，陈志尧更是警醒自己，要低调谦和，而今梁鼎芬又这样说，陈志尧更是加倍小心，广雅书院内，全都是非富则贵人家的子弟，既藏龙卧虎也鱼龙混杂，一不小心说错一句话，恐怕就会惹来莫大的麻烦。于是连忙起来，作揖道："院长此言，志尧诚惶诚恐啊！"梁鼎芬哈哈一笑道："贤侄无须惊慌，今日我过来，不是跟你探讨功名之事的。"陈志尧再次坐下来，梁鼎芬道："昨日你家下人和张家下人斗殴之事，已经惊动了总督大人。张总督特地使人来传话，要我务必协调好广雅考生的关系，只许专心做学问，不得搞帮派分裂。我思来想去，还是先听听你两个主人的想法，再做下一步处理。"陈志尧拱手说："志尧自会检讨，平日对下人太过骄纵放任，下人陈忠才如此无法无天。梁院长，志尧定会对下人严加管教的。"

梁鼎芬心中愉悦，他刚从张志远那边过来，提到总督大人，张志远便傲气上头，全然不将梁鼎芬放在眼内，说："院长多虑了，不过是小人争斗，何必如此郑重其事？"张志远的傲气使梁鼎芬十分不悦，但碍于张志远和张总督的关系，他也不好说什么，唯有起立告辞。相对张志远的目中无人，陈志尧的谦和礼让就让人好受多了。梁鼎芬仔细观察这个才入广雅，就才华出众的生员，见他俊眉朗目，天庭开阔，一表人才，不仅有学者的风范，还有成大事者的内秀和风度，不禁颔首暗赞。

陈志尧哪晓得梁鼎芬此刻所想，还以为他仍在担忧书院两派分化，便表明心意说："院长放心，志尧绝对以学业为重，与学友和睦共处，不以细小得失而败广雅名声的。"梁鼎芬点头道："这点我相信你一定能做得到的。"又见案桌上，放着一卷未写完的文章，便走过去，一看，竟然是一篇书写洋务新政见解的文章，不由得对这个生员另眼相看。史学上，陈志尧的造诣，已经从前天的考卷中展现过了，没想到，他对朝廷推行的新政，还有自己独到的见解。梁鼎芬不动声色地瞥了几眼，便告辞出去，他要向张总督推荐一下这个内敛优秀的生员。

　　陈志尧哪能看不出来梁鼎芬看似闲庭信步的偷窥？他亦是不动声色，这是一个非常难得的机会，有时，标新立异，亦要时机恰好。能否在广雅扎稳根基，全凭梁院长的这一瞥眼，因此，他也如院长般，选择了故作不知便无须多提。陈志尧将梁鼎芬送到东斋门外，记起明日选择吉地之事，便顺道向梁鼎芬请假。梁鼎芬点头应承，让他今晚将假条送到院长室去。

　　送走梁鼎芬，陈志尧回到东斋住处，看见书案上，半虚半掩的摆着的那篇写了一半的文章，晓是宛湘夫人之事，烦扰了他的心境，无法将文章继续下去，才扔住案桌之前，懒得打理，没想却招引了梁院长的注意，真的世事无常，祸福难料啊！陈志尧打开文章，再次从头看下，竟觉思路清晰，文绪涌动，便执起毛笔，大声唤："陈忠，磨墨。"没想到半天没人应答，回头一看，空空如也，平日那影子般贴着自己的陈忠，竟然不住，才想起陈忠被打发去探望宛湘夫人了，不由得哑然失笑，于是拿起墨砚，磨起墨来。

第八回　昔同窗登门寻学友
远游子追悔返家园

　　陈志尧主仆暂且放下不表，且说陈氏兄弟。

　　在驿馆住下第二日，陈潮安和陈潮逸就经同乡介绍，分别在下西关各相中了一间大屋，兄弟俩的屋子相隔不远，同根兄弟住得近些，互相有照应。陈潮安本打算，让来贵找人清洁一下，置备些家私便搬进去住，但陈潮逸却有他的想法，他觉得这大屋子，完全可以改观得更好。

　　离开陈公馆后，陈潮逸又租车到广雅书院看了一次，然后，他让司机载着他，慢慢地在五羊城内跑。这个古老而又年轻的城市，给这个心有抱负的归国才子带来了无限的惊喜，他在一条条狭窄宛长的石街上走过，又穿过一座座搪着木梯门的西关大屋，某些大胆的想法，就在他的脑海里形成了。

　　准备动工时，在来贵那里听到了宛湘夫人的事情，陈潮安兄弟又到沙面去了一趟。车子进入英租界，陈潮逸摇下车窗，看着窗外一栋栋欧式的建筑，热血便沸腾起来，转身对陈潮安说："大佬，我要建一间空前绝后的陈氏书院出来。"

　　陈潮安瞪瞪眼，示意他控制好情绪，都五十多岁的人，说话也不晓得顾忌，这样的大话，也好在人前说出来的吗？虽然，陈潮安晓得，这个堂弟有这样的才华，只要他想的，就一定能做得到。

宛湘夫人躺在床上，两目盯着医院雪白的天花顶，除了客气地回应一下陈潮安兄弟，并没太多的语言。陈潮逸摸着博济医院别致的窗户，心思早飞走了，别怪他无情，对一个专心致志做学问的人来说，除了眼中的学问外，其他都是浮云。此刻的陈潮逸已在规划着未来的陈氏书院了，陈氏书院的蓝图已经在他的脑海里形成了，宛湘夫人与陈氏书院，在他心里，是无法比较的。

相对而言，陈潮安更懂人情世故，他细心地问了陈延芳一些宛湘的情况，又问陈延芳需要些什么帮助。听说在大马那边，有种祛斑膏，去疤痕也不错，他可以托在大马的朋友寄回来。陈延芳礼貌地拒绝了，再好的膏药，只要他想要，就必定能弄得到，而今他最想要的，却是一副能治好宛湘心内的那道疤痕的药。宛湘已经三天未和他讲过一句话了，他真的很担心，如此下去，她会沉默得忘记语言。

宛湘住院三天来，陈延芳几乎未合过眼睛，只要合上眼睛，脑海进入模糊状态，那个穿着粉色和服的粉嫩小女孩，便如蝴蝶般，从满树盛开的樱花树下扑了出来，咯咯笑着，喊："爸爸！爸爸！"陈延芳一下子惊醒过来，张开眼睛，便见到宛湘脸色苍白地躺在洁白的床上，她或许很痛吧，看她眉头紧皱着，小小的身躯蜷缩起来，微微颤抖着，有时，小脸上还会有浅浅的泪痕。或许，她也回到了梦中了，她的梦里，会有什么呢？肯定不会是快乐的，若是快乐，又怎会有眼泪？

陈潮安看着憔悴不已的陈延芳，心中叹息，问世间，情为何物？直教人生死相许。陈延芳真是将整副心思都用在了躺在病床上的这个女子身上的，如果可以，他真愿意，承受皮鞭的，是他的身体。陈潮安不禁想起远在旧金山的美玲，老翅几回寒暑了，美玲啊美玲，你的身体可还好？

陈潮安在思忆美玲时，却不知道，此刻美玲正和几个当年一起受难逃脱的姐妹，抱头痛哭着。虽然艰辛的岁月已经过去了，苦难她们都不想再提，但是，不提，更是辛酸，苦痛像噬心的毒蛇，撕咬着这些青春不再的女人们。都说旧金山是追梦的天堂，她们未踏入天堂之前，已经被强行拉进了地狱，从此，不再有天堂。

陈潮安已心有打算，恩平那边，回去已是没有亲人，五羊城这边，有更大的事业需要他奔跑出力。而今，他已经在五羊城购买了居所，如果美玲愿意，他希望她能回来，和他在故土一起安度晚年。他觉得，美玲应该会愿意的，之前她之所以不愿意跟着回来，是顾虑到陈潮安的老家，还有个婉秀，担心婉秀无法接受她而已，而今，婉秀已经化作一缕香魂，飘到大海的最深处去了，美玲亦该再无挂虑了吧？定下住所，陈潮安就给美玲拍了电报，他跟美玲说，那只为婉秀置办的笼箱，还原封不动地放在驿馆内，这箱厚礼，永远也送不出去了。

别过陈延芳夫妻后，陈潮安兄弟刚回到驿馆，来贵就来报，有个叫陈絮晞的老爷来找二老爷。陈潮逸一听，高兴得跳了起来，大笑道："我要等的人，终于来了。"陈潮安很是一惊，问："这是什么人？"陈潮逸一边盼咐来贵快快有请贵客，一边跟陈潮安说："这是我在学校攻读建筑设计时的同学，非常有才华，他取得学位以后，就归国了。我们一直保持着联系，回来之前，我就给他发了电报，没想他这么快就寻过来了。"陈潮逸说着，也不顾兄长陈潮安跟在身后，大踏步走到驿馆门外。

驿馆外面站着一个风度翩翩的中年男人，一身轻便的灰色西服，头上戴着一顶灰色的帽子，笔挺地站着，光看那不凡的气度，就晓得是个出类拔萃的人物。陈潮逸哈哈笑着，张开手向中年男人迎了上去，道："絮晞兄，盼你多时了。"陈絮晞大笑答道："潮逸兄啊！你早该归来了。"陈潮逸拍拍他的肩问："这些年，在国内你都忙些什么？"说着又回头介绍道："来来来，絮晞兄，这是我兄长潮安。"陈潮安作揖施礼，陈絮晞施礼道："潮逸兄在读书那些年，潮安兄的事迹，常挂他嘴上，久仰久仰！"陈潮安道："哪里哪里，潮逸亦时常和我讲起絮晞小兄弟，说絮晞小兄弟是难得的人才，今日得见，果然是杰出过人啊！"

　　说着，迎客进驿馆，来贵马上奉上香茶。陈潮逸为人爽直，喝一口茶，放下来说："还是宛湘夫人的香水莲茶特别，茶如其人啊！"陈絮晞指着他笑道："又来了，又来了，风流才子本色不改啊！这个宛湘夫人可是大善人的爱妾，西关有名的美人儿啊！"陈潮安一笑道："小兄弟难道与延芳熟悉？"陈絮晞点头说："在广东，要是不识大善人的，就别混了啊！"陈潮安颔首说："也是也是。"

　　陈潮逸忽然省悟，寒暄了那么多，陈絮晞仍未说，回国这些年，都在干些什么。于是便又再重复问，陈絮晞一笑说："絮晞家在佛山，落叶归根，都在佛山和五羊城一带做些陶瓷买卖。哪似潮逸兄你，早已经红遍旧金山了。"陈潮逸摆摆手说·"絮晞兄笑了。而今石湾陶瓷可是世界闻名，我此番返来，还准备去石湾看看。"陈絮晞笑道："是得去去。潮安兄，潮逸兄，此次返来，有何打算？"陈潮安抱拳道："絮晞小兄弟未来之前，潮逸还提到你，我们几个陈氏宗族后人，正商量在连元大街附近买一处吉地，建一间陈氏合宗书院，以使大卜陈姓子弟应省会读书。絮晞小兄弟以为如何？"陈絮晞一拍手掌，连声说："好好好！日前絮晞在南海，和几个陈姓同仁一起相聚时，才说起这事。很多想考取功名的陈姓子弟，到五羊城赶秋闱很不方便，全省七十二县的考生都聚在省城内赶考，处处会馆都人满为患。若是陈姓考生能有个聚脚的地方，一起读书一起论道，学业定能大进。如此一来，何愁陈氏后人不出人才？"陈潮安一笑说："这也是我们和若虚公使、延芳善人，还有前届解元志尧先生的意愿啊！"陈潮逸说："择日不如撞日，我们已经约好堪舆先生明日去择选吉地，絮晞兄既然来到，今日就在驿馆住下，明日一道去看吉地。如何？"陈絮晞道："这敢情好。"于是，同窗二人，又畅谈了一番别后各自的情景。

　　与陈潮逸不同，陈潮安是抱着落叶归根的心态回国的，在大洋彼岸，有陈潮安的家，有他的牵挂。而陈潮逸不一样，虽然他的父母俱还健在，但相对来说，陈潮逸没有陈潮安那么多的眷恋。

陈潮逸离家时，还是个十四五岁、个子刚往上拔的少年，刚晓得憧憬，对外面的世界充满了好奇，听人说大洋彼岸的那边是一个金光灿灿的世界，他就蠢蠢欲动，巴不得立马就插一双翅膀，赶快飞啊飞，及早飞到那金光灿灿的世界去。当他听说潮安哥也跟水客去旧金山时，高兴得跳了起来，那时，他还没能体会到父母饱含泪水的眼光有多么不舍。他兴冲冲地对父母说，他也要跟潮安哥去美利坚国，去旧金山，那里有金矿。

陈潮逸对脚下的山山石石充满了好奇，从懂事开始，他就觉得和这些神奇的土壤结了缘分，他和它们是那么亲近，是可以对话的，强大的求知欲望支配着他，他很想知道，旧金山那里的泥壤是用什么构成的，为什么它能炼出让人趋之若鹜的黄金？为了能尽快实现这个心愿，陈潮逸瞒着父母，在本该下海打鱼的时间，偷溜去请教那些和土地打了一辈子交道的老农，又用打鱼换回来的钱，绑在裤腰带上，徒步一天一夜，到城区的书馆去买相关的书籍。在那个年代，有关地理地质的书籍十分稀缺，书店里即使有亦很贵，陈潮逸买不起太多，就站在书馆的书架下看，一看就是大半天时间，把双腿都站麻木了，以致书馆老板过来，客气地请他离开，说书馆要打烊了，陈潮逸才把书放下。当他迈开步时，才发现双腿已经麻木得几乎挪不动了，像千百万只小蚂蚁，在脚肚子和大腿上密密匝匝地噬咬着，那种麻痒的滋味可真不好受。

陈潮逸抱着一本《徐霞客游记》，如抱婴儿般，迈着酥麻的脚步，走出书馆。这是他用所有的打鱼攒下来的积蓄换回来的，这本游记，将在今后的漂泊日子里，伴随着他。但陈潮逸断没想到，他满心欢喜地摸着漆黑的夜路回到家里，招来的是父亲一顿往死里去的痛打。这些打鱼的钱，父亲预备着攒起来给已经十七岁的三哥置办礼金的，渔民家的儿子，娶个媳妇儿多不容易啊！父母已经娶了两门儿媳，其中的艰辛，可谓尝透了。都是起早摸黑，在大风大浪里出生入死换回来的钱啊！父母无论如何也无法忍受陈潮逸的自作自为，无法无天。这么本皱巴巴的破书，能抵得了满舱的海鱼？真是个败家的儿子啊！父母恨不得将书撕了烧了，但一念到这是满舱的海鱼，在眼前活蹦乱跳的，又舍不得了。因此，书是给保存下来了，但父母此刻都恨不得这个不争气的儿子赶快走吧，赶快走吧，有多远就走多远，省得又在家里，胡乱折腾从深海里打回来的海鱼，换这些吃不饱穿不暖的破玩意。

　　父母希望他早点离家，而陈潮逸更是巴不得立刻就离开。他蹬着被扁担抽得红肿的双腿，蹒跚着来到堂兄陈潮安的家。可比他年长八岁的潮安哥根本就没有心思听他的兴奋和踌躇满志。潮安哥正拉着漂亮的嫂嫂的手，依依不舍地诉说着肉麻分分的话，说什么不管山长水远，他的心都只有她一个；不管有多艰难，他都一定会回来。婉秀嫂嫂却说即使花花世界里有几多金山银山，都一定要记得家里。

　　一定要记得家里什么呢？婉秀嫂嫂没有说下去，潮安哥却指天发誓，如果他被花花世界迷了眼，变了心，就被天打五雷轰。婉秀嫂嫂马上捂着潮安哥的嘴，两人就眼睛注视着眼睛，注视得似世界上只剩下他们了，完全将陈潮逸忽略掉，陈潮逸说什么，他们都完全听不进去。陈潮安突然一抱，将婉秀嫂嫂抱起，转身回房间去了，丢下陈潮逸一个在胡思乱想。

　　陈潮逸满脑子迷糊，去花花世界多好啊！完全可以脱离现在这样的苦闷的一成不变的死水般的生活。陈潮逸羡慕那个能游历天下的徐霞客，要能如徐霞客一样，走遍天下，那样的人生，才多姿多彩呀！他叽咕着，拖着肿痛得钻心的双腿，在大海边来回走着。

　　大海啊大海，曾经，他是那样的爱它啊！它孕育了他，让他拥有了生命，拥有了活下去的资源。他的童年，都在这一片碧蓝的大海洁白的沙滩上奔跑长大，或伴随几只吃鱼虾吃得高头大肚的老白鸭，或追逐着忽而涌起忽而退去的浪花，或挖掘着滩涂里一只只躲在洞里的寄居蟹。挖出寄居蟹，掰下腿，直接放嘴里就吃了，咸咸的，是海水的味道还是螃蟹的味道？已经不会去在乎这些，只要嘴里能嚼着什么，就满足了。海边长大的孩子，是和大海融为一体的，陈潮逸三岁就会游泳了，铁心肠的父亲将他狠狠地扔进水里，命令在水里哭着的他必须自己爬到岸边来。于是，呛了几次又苦又咸的海水后，他终于可以自己爬上岸了。而后，陈潮逸就变成了大海里的一条娃娃鱼，他活蹦乱跳地在海滩上翻滚，和小玩伴们打闹，滚了一身沙子回家，阿妈只要把他往水盆里一按，捞上来，水盆里就是厚厚的一层细白的沙子。阿妈骂：正衰仔啊！净是识得同屋企添麻烦！对啊！说得对，他从小到大就是家里的麻烦，他的上面有三个哥哥，下面还有两个妹妹，的确，少了他，家里的格局也没什么改变的。

陈潮逸找了一处岩石坐下来，无忧无虑的童年过去了，剩下的就是欲说还休的少年时期。欲说还休啊欲说还休，陈潮逸觉得，那湛蓝蓝的海啊！都盛不下他此刻深深的忧愁，他恨不得逃离这片大海。大海此刻对于他来说，只是一个阻碍，一个阻止他自由飞翔的障碍，它不再是他童年时可爱温和的玩伴了，而是无法跨越的辽阔。他恨不得能有一担土，一下就将这个大海洋给填满了，然后他会不顾一切地往远方奔跑，拼命地奔跑，那被阿爸抽打得红肿的双腿算什么呢？只要能跑到那个能自由飞翔的花花世界，能在另一个不一样的世界里呼吸，再大的疼痛和苦难，都不算什么了。

陈潮逸盼啊盼，从日落盼到日出，再由日出盼到日落。这个向往自由又固执的少年，站在高高的岩石上，脚下就是惊涛骇浪，可是他一点都不惆怅，体内只有澎湃的冲出去的涌动，就如脚下的浪潮。对于家里的一切，他毫不留恋，阿妈因了打伤了小儿子，对即将远离的小儿子，更是不舍，总会在晚餐的饭桌上，给他埋一枚鸡蛋或两只大虾。阿妈格外的关爱，却唤不回游子已经飞远了的心，陈潮逸一天天算着日子，快点过吧，快点过吧，那个大胡子的水客啊！赶快凑够一"大鸭家"的劳工吧！这等待的日子，是多么让人难以忍受啊！

终于让陈潮逸盼来了起航的那一天，他背着轻便的行装，兴冲冲地跑在劳工队伍的最前面，那长长的华人劳工队啊！弯弯曲曲地向着大海的深处延伸着，两旁全是戴着竹笠渔帽的前来相送的亲人，有依依不舍的，有唠叨吩咐的，有黯然流泪的，有欲言又止的……劳工们背着简单的行李，踟蹰着脚步，一步三回首，纵是七尺男儿，许多都忍不住偷偷抹泪。谁都不知道，那无边无际的大海的对面，那个传说中的黄金国度，是否就如传说中那么美好？接下来的日子，是否就如憧憬中那样的色彩缤纷？这些农耕渔作惯了的劳工们，身上穿着的，仍然是粗布编织成的衣褂，脚上踩的仍然是稻草编成的鞋子，但都是崭新崭新的。临行前，慈爱的阿妈和贤惠的妻子，夜里挑着煤油灯，一针一线，密密缝织，多少要吩咐的话儿，都密密缝织在这粗布衣褂和鞋子里了。密密的棉线啊！希望你能扯拉得更加紧密一点，能替我儿御着严寒，能为我夫挡着厉风；匝匝的鞋草啊！希望你能更加结实一点，能替我儿防石头沙砾，能替我夫多走崎岖路程。劳工们的脸上，一律的黝黑，这是长年累月日晒雨淋留下的痕迹，他们都是一脸的迷茫和难舍，一路走上"大鸭家"，路上全都是父母妻子儿女。这一路啊！也不晓得要走多远，还能不能有回来的路，都不知道。

　　走，是未知的；可是，不走，却是已知的。走的未知有可能是黄金满屋，不走的已知的是肯定的一辈子劳苦。没有人愿意将未来置身于已知里面，庸碌苦困一生。

　　咸咸的海风，吹打着码头的旗幡，那支写着英文的扑簌簌的旗幡，在众多旗幡里显得格外突出。劳工们都陆续踏上"大鸭家"了，但劳工们都不愿意就此走进船舱。陈潮安是最后一个上船的，一路送过来，婉秀都没有说话，她低着头，眼睛始终盯着脚尖看，渔民家的女儿不缠小脚，缠了小脚在船上站不稳。她穿着一双淡青色的布鞋，两条长长的麻花辫子拖在胸前，刘海蜷曲在光洁的额头上，隐隐的眉头深锁着，似是有千语万言，但又无从说起。走到船板边上了，陈潮安停下来，婉秀也停下来。陈潮安舔舔干燥的嘴唇说："记得我说的话，好好照顾自己，老妈就交给你了。"婉秀点点头，轻轻地"嗯"

了一声。陈潮安越过送别的人群，看见人群外的阿妈，快到码头时，阿妈就停下来不送了，她想把单独的时间留给这对年轻的夫妻。看见儿子望过来，阿妈挥挥手，海风吹着阿妈尖顶的竹帽，竹帽下花白的头发飘了起来，虽然阿妈仍勉强站直着身体，但阿妈明显老了，真的老了。陈潮安鼻子一酸，眼泪差点流了下来，他抽抽鼻子，哑着声音说："婉秀，回家后，好好过，我一定会尽快返来的。"婉秀又"嗯"了一声，带着淡淡的痰音。陈潮安心中一痛，忍不住伸手去揽这个低头不语的小女人，可女人却突然地转身，捂着嘴，拔腿而跑。陈潮安没有追上去，水客已经给了一笔很可观的安家费，足够婉秀和阿妈过上一段饱暖的日子。路已经选择了，开弓没有回头箭，作为男人，他必须要往下走。

两条长长的麻花辫，飘在婉秀纤细的背后，送别的人群鱼贯分开，给她让出一条道。陈潮安呆了般看着妻子跑远的背影，那狂奔而去的一路，可有挥洒落下滚烫的泪水？陈潮安的心，跟着妻子的脚印，一路回返，可脚，却慢慢往"大鸭家"移去。

陈潮逸站在甲板的最高处，看着码头上涌动的人头，忽然，他也有点伤感了。他垫高脚，努力地想从人群中寻找父母，可是船已经离岸，人又是那么多，密匝匝全是竹帽子，早已分不清谁是谁的爹娘了。船上的劳工都往船舷挤，岸上的人们都往码头涌，双方都挥着手，努力地将身体往前倾，希望能将拉开的距离拉近。可是，船上的水客，不容许劳工在船板上停留太久的，上等舱的客人都嗅不惯这些劳工身上散发出来的鱼腥味，向船长提出强烈的抗议。水客们驱赶着不愿散去的劳工下底舱，劳工们像老鼠般在甲板上乱蹿。

"大鸭家""呜"的一声，拉响了鸣笛，海水便在船下哗啦涌动，白色的浪花溅起来，向岸上的人们扑了过去，船离岸了。

"一定要返来啊！"不知道谁大叫了一声，盖过了所有的声响，长长地，绕向远离的大船，船上所有和水客们斗智斗勇的劳工，码头上所有拥挤的探着头争着招手的人群，全都刷地停了下来。本已经走到二层船舱的陈潮逸立刻停了步，定住。此番一去，还能归来吗？他突然回身跑上甲板，疯了般推开挤在甲板上的劳工，攀在船舷上，在码头上，他清晰地看见，挤在送别的人群最前面的，是他天天都巴不得要马上离开的阿爸和阿妈。他大呼了一声"阿爸、阿妈"。阿爸阿妈似乎听见了，向他挥了挥手，他们或者还说了些什么送别的话语，陈潮逸感觉他们的嘴唇是动了动的。

——一定要返来啊！送别，只为着归来。

华侨归国的原因有很多种，有的是心有牵挂，有的是落叶归根，有的是报效祖国，有的纯粹是归来看看。但无一可以否定的是，他们对家乡，都有着一份特别的情怀，最是难舍的，便是赤子之情。少年时代，陈潮逸不能理解，父母为什么总是打骂了他后，又极力抚慰他，他们为什么总是否定他所做的一切，但最终又不忍毁灭他的爱好。可怜天下父母心，一辈子与鱼虾打交道的父母，不晓得地理为何物，既害怕小儿子玩物丧志，又舍不得拂了孩子的乐趣，除了用拳头和大虾来表达内心的担忧和疼爱，他们还能寻得到更好的表达方式吗？回想起当年少不更事地急于离开，在旧金山的几十年艰苦人生，使陈潮逸对故乡、对家，有了更深刻的体会。而今，他也是四个孩子的父亲了，他深切地体会到，当年阿爸重重抽下来的藤条，是多么的无可奈何，而阿妈那几只埋在饭底下的大虾，又饱含着多少心疼和爱护。

而今，已经归来了，虽然，他回来是有抱负的，他想用实际行动来证明这些年他在旧金山所学得的成果。然而，他又是心有牵挂的，而今他已是年过五十的人了，远在恩平小渔村的阿爸阿妈，虽然还健在，但身体还好吗？他们可还能认得他？早些年，大哥来电报说，老阿妈的眼睛不好使，而今不知还能看得见吗？那么低矮的渔屋，采光也不好，终日在油灯下织网，眼睛能好使吗？

陈潮逸刚拿到那张归去的船票时，心里想，回去首先要给阿爸阿妈盖一栋特别的楼房，既要豪华舒适，也能防盗防灾。他看过那些回过国的老乡带回旧金山的照片，而今五邑一带，都流行了一种碉堡楼，墙高厚而窗窄小，四面采光通风，仿欧式的造型，既美观又实用，最重要是抵御海盗是很有效的。回去后，也得给阿爸阿妈建一间，样式要更加新颖别致的，功能要更加完善齐全的。陈潮逸的脑海里面，早就规划好该怎样盖这栋房子了。或许，给父母一个稳固的家，是海外游子对至亲的一种最直接最实际的回报吧。

然而，到了即将出发的前一天，陈潮逸又改变了主意，他忽然害怕起来，有点束手无措的感觉。他竟然记不起，父母是什么样子的，兄妹们是什么样子的，父老乡亲们又是什么样子的。三十八年啊！隔了的不仅仅是千山万水的距离，还有漫长的岁月沧桑。曾经是人面桃花，而今却是两鬓苍苍。这些所谓的名成利就，所谓的金钱财富，全都是用青春用亲情换回来的，然而，这种种的名利财气，却不能将失去了的岁月置换回来。三十八年啊！时间都去哪儿了？老阿妈的瞎眼睛啊！恐怕不是夜里挑灯编织渔网惹的祸，而是思念生死未卜的小儿子流下的伤心泪种的因。

陈潮逸颤抖着扶着椅背站了起来，那道盘旋在三藩这个岛屿上的铁路，扭曲着往前跑去，这道铁路上，还凝固着如陈潮逸他们般的万千华人劳工的血汗和生命。他们劳碌了一生，付出了所有青春，甚至是生命，终归到头来，建设着的仍是别人的国家、别人的城市、别人的土地。终归到头来，华工仍然是华工，仍然是与狗并排的苦力，仍然是招人厌恶的下等移民。旧金山的天空很蓝，大山如黛，银沙碧海，风光处处秀丽。可是，入到目来，却是空的，无比虚无和空旷，空得陈潮逸的心晃荡荡地响着。三十八年来，为这个叫旧金山的地方，为那些碧眼卷发的异族人贡献了一生，你得到了些什么？可你仍死皮赖脸地在这里活着。那个生你养你的地方，你又为它做了什么呢？可你还哭死哭活地闹着要离开，竟老死不肯回去。

陈潮逸质问着自己，越问越慌，那种无所皈依的胆怯感，厚厚地包裹着他，几乎不能呼吸。一阵风吹过来，寒意浸透了他的全身，皮肤像被冰凉的刀子一下下地刮着，使他颤抖不已。或许，这就是近乡情怯，或许，这就是半生漂泊的寒凉。

于是，陈潮逸又临时把回乡的船票换成了去五羊城的，他想，或许先到五羊城那边，适应了再回恩平会更好吧。

在驿馆时，陈潮安斥责了他，再怯也是娘家的土啊！老母亲还在低矮的渔屋里睁着一双看不见的白眼睛盼着你回去的啊！

陈潮逸鼻子一酸，双手捧脸，呜呜地抽噎起来，指缝间流出滴滴咸咸的泪。陈潮安站起来，背手走到窗棂前，淡淡的星光将窗棂的木格打在青石地板砖上，驿馆小院的茉莉花开了，那么洁白，那么安静，芬芳扑鼻。

陈潮逸是比陈潮安幸运的，此番归来，仍能见着老迈的父母，而他，却只能与三抔黄土相依。陈潮安叹了口气，接过来贵递上来的烟斗，狠狠地吸了一口。烟辛辣而味浓，这是三叔专门给他晒的烟丝。临来五羊城前，三叔神秘兮兮地抱着一大包油毡纸包着的烟丝进来，样子看上去，非常宝贵。他把纸包往陈潮安前面一塞，笑得有些讨好，有些谄媚，说："潮安啊！好烟呢，三叔我自己种自己晒自己发自己搓的，外边是买唔到的。"说着又巴结地打开纸包，陈潮安留意着那双手，黑的，皱的，瘦得只剩下一张满是老人斑的皮罩着，青筋一道道突起，食指和中指黄黄褐褐的，想必是制烟丝染的。三叔拨弄着金黄的烟丝，讨好地抬头说："听讲，潮逸要返来五羊城啦！你见到他，就叫他返屋企坐坐，都几十年啦，你三婶，都念他念到痴痴呆呆啦！"

陈潮安鼻子一酸，差点说不出话，此番回来，他已是没有了家，只能寄居在村长的家里。抬头望出去，就看见三叔的家了，三婶每天都坐在那个对着大海的窗口，嘴里念念叨叨的。陈潮安站在屋里看不到对着大海坐着的三婶，但可以想象得到，三婶全白了的骨头一样的眼睛和飞舞着的白发。他收起了三叔的烟丝，带着三叔的重托，踏上了去五羊城的路。

陈潮安把烟丝推到陈潮逸的面前，说："你也抽一口。"陈潮逸抹着眼泪摇头，他从不吸烟，对烟的味道，很抗拒。陈潮安吩咐来贵拿一个烟斗进来，装好烟丝，点上，再送到陈潮逸面前。陈潮逸推开来贵送过来的烟斗，摇头，陈潮安说："抽一口吧，三叔晒的，味道很纯。"

陈潮逸愣了一下，接过烟斗，不假思索就狠抽一口，辛辣的烟味一下把他呛得眼泪鼻涕一起流了出来，他咳嗽着，擦着眼泪说："大佬，我返去，我要返去。"陈潮安点点头："你比我幸运，因为你还见得到。"

陈潮逸扑通一下，跪在地上，悲啼了一声："阿妈啊！"就再也说不出话了。

第九回　名堪舆连元定吉地
慈司机长街救罪妇

走出连元大街，就是连绵一片扦阔的耕地，勤芳的西关人们，晨早就挑着"夜香"（广府人唤夜尿作"夜香"）踏着暮春湿冷的露水走出西关，到这里耕种。珠江流域特有的水土，丰润富饶，田埂之间，水渠相通，交横曲折却又遍布井然有序。清明刚过，岭南地段已是处处葱绿，竖起的豆角架子，错落有致，墨绿的豆叶攀挂在架上，甚是可爱。韭菜是岭南人家不可缺少的餐桌食物，广府人喜欢把韭菜叶子剁了包饺子或切段炒鸡蛋。此时一畦畦的韭菜正抽着嫩嫩的青绿，用它又一轮的肥美，准备迎接下一轮的烹炒。玉米在这里，是四季也不肯寂寞的，绿得哗哗响，狭长的叶子互相缠打互相戏弄着，不时风过，隐约见着有细花穗儿冒了出来。农民早就在阡陌水田里插下禾秧，禾秧已经抽出了新的绿苗，修长的绿苗将水田密密遮盖起来，连绵一片，长势正旺。忽然一阵潮湿的冷风吹来，夹着淡淡的菜蔬瓜果之香，原来那一垄垄匍匐在黑的泥土地上的，叶子墨绿的是香瓜。仍是绿色的小香瓜，在叶子底下露出顽皮的笑脸，远未成熟，就已经散发出馥郁的诱人香味了！

陈潮安吸吸鼻子，多少年没有吃过了？旧金山的香瓜，似乎都没有这么地道馥郁的香味儿，也没有那样的洁白滚圆。记得有一次，陈潮安经过一个蔬果菜档，看见档前堆放着一堆香瓜，很大，颜色青白的，很是惹眼，于是便买了几个回去。美玲见到他提回来的香瓜，高兴极了，说在旧金山难得有香瓜卖。当下便开了两个，但吃了几口，美玲就放下不吃了，陈潮安亦放下香瓜。夫妻对望着，中间放着一篮香瓜，散发着淡淡的香味。美玲说：不像。陈潮安点点头，说：差了点儿。都是一样的香瓜，却真是差了点儿就差了点儿，旧金山的水土养金发碧眼的洋人，中国的水土养黑发黑眼睛的东方人。这香瓜怎么好吃，也缺了点和童年和故乡不一样的味道。从此，陈潮安就没再买过香瓜吃了。

此时的陈潮安，突然有种想快步走过去，摘一个香瓜下来尝尝的冲动，即使才刚长成仍未成熟，但涩嫩也是故土的味道啊！他伸脚出去，湿润的泥土一下就埋住他崭新的皮鞋，一个打滑，差点滑倒。来贵连忙扶住他说："老爷，你慢点儿。"来贵是懂得陈潮安心思的，说："也不晓得这是哪个人家的瓜，不知可不可以摘，我先打听一下去。"说着，挽起裤腿，向那边干着农活的人们走了过去。陈潮安回头对陈延芳一笑，说："多好的泥土啊！养得这么好的瓜菜。"

本来就瘦小的陈延芳，经过这几天的折腾，显得更加精瘦了，脸颊也陷了下去，神采黯然。宛湘至今都未开口和他说过话，陈公馆那边，老太太和大夫人她们都闹翻天了，一日数次地使陈泰到博济医院去请人，可苦了个陈泰，天天不得歇脚，来来回回地在西关和沙面之间跑来跑去，累了腿脚不止，还特受气。陈延芳嫌他烦扰，叨叨唠唠的，挺烦人的。老太太、大夫人嫌他无能，请来请去都请不回老爷，白给了饭食养他。真是左右为难。

陈延芳对陈潮安笑笑，宛湘的事情再重要，此时亦只得放下。周易大师拿着罗盘，在田埂上一轮轮地走着，手中罗盘不时转动。陈絮晞靠在车旁，眯起眼睛，迎着太阳望着远方。陈潮逸迈步过来，轻声问："絮晞兄，你以为此处如何？"陈絮晞翻起眼睛，一笑道："山是明山，水是阔水，你这个地理系的博导，还需要问我吗？"陈潮逸点点头，指着坐落在不远处的一处书塾说："这简塾的位置就甚好，听闻此处的田地，多归这书塾所有。"陈絮晞笑笑说："这样更好，一样的教书授艺，育人储才，若协商起来，会更加顺利。"陈潮逸点头，又跟陈絮晞低声嘀咕，他想在选了宅地后，就回恩平探望老母亲，问陈絮晞能否同行。陈絮晞当下同意。

周易大师拿着罗盘回来，对陈延芳他们行礼。陈延芳一笑问："此处如何？"周易大师笑着瞥了一眼陈潮逸和陈絮晞说："坐中已有能人，善人请在下来，是献丑的。"陈潮逸和陈絮晞对视一眼，哈哈大笑起来。陈延芳也含笑道："大师果然厉害，日前和潮安兄他们路过此处，潮逸兄一眼便看中此处。"周易大师又一揖说："这片水田田地开阔，水路畅通，又远有山峦为靠，山为明山，树木葱郁，流水叮当，福寿皆长。前为阔水，水平秀丽，曲流畅顺。纵观全貌，隐约有紫色贵气，实乃吉地。"陈潮逸点点头说："大师说得极是。此去广雅虽有数里，但地貌却一路平川，能隐约呼应，此地沾得了广雅书院的斯文之气，自然紫气隐现。"周易大师向着陈志尧一稽首说："各位善人所为之事，功德无量。不久将来，贵人定临，届时，莫忘寻源归宗，祭谢先人，荫佑福祥。"陈志尧忙回礼："大师之言，志尧谨记于心。"周易大师回身对陈延芳说："善人，此处福泽无比，可放开收购。善人高朋中，能人甚多，在下亦无须多言，就此别过。"

回到驿馆，这次他们没回陈公馆，陈延芳的用意陈潮安他们自是明白，省得家中那几个妇人总来烦扰，大事将定，也不宜让妇人干涉。

驿馆的炉香点起，缕缕檀香冒了出来，沁人心脾，许多忧郁苦闷，随香而逝。陈潮逸吩咐来贵找来一张洁白的宣纸，铺展在案上，又接过来贵送上来的毛笔，在纸上刷刷地画了起来。陈絮晞见了，也不落后，吩咐下人也拿来笔墨，逆着陈潮逸落笔的方向，也画了起来。陈潮安自是知道自家兄弟的才能，但陈延芳、陈志尧等人却是未有见识过的，只见两才子手起笔落，不到半盏茶的工夫，宣纸上便出现了一幅格局整齐，道路通畅，错落有致的地图了。

陈志尧看着图，心中暗暗惊讶，日前见陈潮逸这个西服华美、整日神不守舍的中年男子，心里还挺轻视的，如此年纪了，还嘻哈无礼，可真轻浮浪荡。没想到，这个长年居于海外的华侨，竟然能用得一手好的毛笔字，只需一番浏览，所有的地理容貌便了然于胸了，这是多少年的经验积累和博学修为啊？怪不得旧金山政府也拜他为专家。

陈潮逸指着宣纸上的地图说："这两日，我和絮晞兄闲着无事，便到城西丈量了一下，连元街、简墩汛、石龙塘、荔枝湾福水塘、龙头岗脚、恩龙里口这几处地段，总共有数万余方，其地俱为田地鱼塘居多，地貌平复开阔，合适购买用于建设宅基。"

陈延芳沉吟了一下说："关键是我们购买了这宅基地后，应该怎样在省内各县召集陈氏后人来一齐捐建这个宗祠？而且捐建又不受官府管制？"

这个问题陈志尧已经思考过了，若直接募集全省各县的陈氏后人捐建大宗祠，官方肯定会出来干预的。朝廷已经三令五申，不得在城区里面捐建宗祠的，如此劳师动众地合资捐建一个合姓大宗祠，不明摆着不将朝廷的规定放在眼内吗？这是万万使不得的。假如将这个合全省陈姓的大宗祠不叫陈家祠，叫陈氏书院呢？反正这陈家祠合建的本意，也不全是为了只供奉祖先拜祭先人的，其目的也有为了方便天下陈姓子弟到省府贡院参加会考时学习用功的。叫作书院或书塾，俱可。又因连元大街一带，毗邻广雅书院，这则可以借广雅书院大做文章，不信陈姓后人不心动。

陈志尧这样一说，陈延芳等人都频频点头，觉得他思考精密，句句在理，果然考虑得周到。陈絮晞也提出他的观点，光是凤台后人都遍及世界各地，更何况只是陈姓子孙后人？这个募集的范围应放眼到全国甚至全世界。做号召宣传时，应标明各省各地的出途路线，特别是通往京城的路线，这样陈氏后人才能一目了然，如何赶秋闱如何入京。另外，陈絮晞又提醒，连元大街一带，水脉遍布，若利用好水系做交通文章，一定能吸引各地陈姓子弟捐建的兴趣。说着他指着盘踞在山峦水泊之间的陈家祠说，兴建之前，图纸先行，务必要让陈氏子孙都知道，合捐这座大宗祠的好处和便利，要突出广雅书院，突出水陆便利，突出贡院，那才是关键中的关键。大家听得眼内放光，兴奋异常，虽只是纸上谈兵，但已觉得，似乎堂皇巍巍的书院已经建成，全国各地的陈氏子弟挑着行囊，从四面八方往陈氏书院涌了过来。

众人商议得热烈投入，以至于日薄西山暮色渐浓也不觉得，待下人掌灯上来，才惊觉一日又过去了。当下便商量，由陈潮逸和陈絮晞负责编制书院地图，陈延芳和陈潮安负责洽商购买宅地事宜，而陈志尧则负责编写集资捐款的章程。事情落实后，才移步至春满园食晚饭。

来贵和陈泰他们先老爷们一步到春满园点菜，老爷们入包厢坐下，跑堂就立马端菜上来。陈延芳指着刚送上来的一碟搭配青绿可爱的鲈鱼球，笑着说："这香满园最出名的就是这道骨香鲈鱼球和一会儿就送上来的虾胶酿炸面，用料新鲜，口感浓厚。来来来，起筷试试。"

众人拿起筷子，将鲈鱼球夹入嘴里，跑堂又分别送上来虾胶酿炸面和花雕鸡。花雕鸡是用黄酒煮的，鸡金黄坐于盆中，盆中黄酒芳香，跑堂帮忙切下鸡块，顿时肉香酒香融为一体，挑动了大家的食欲。接下来的香茅乳鸽、陈皮烩鸭、百花酿蟹钳、西柠猪扒、味菜炒双鱿、菌子炒菜心和百宝豆腐等，都做得特别精致入味。大家还以为陈延芳会上什么名贵汤品招呼大家的，没想跑堂竟然端上来一锅浓厚奶白的鱼汤，奶白的鱼汤上面，飘着几根芫荽，并没任何特色之处。但该汤捧上来后，芳香异常，又不仅仅似是鱼汤，跑堂放下汤罐后，又端来烫金的小瓷碗，将鱼汤盛在碗里，送到各位老爷前面。陈潮安他们端起瓷碗，还未喝，就先觉香味馥郁，沁人心脾。用小调羹舀起一喝，顿觉鲜美淳厚，饮后齿颊留香，妙啊！一个简单的鱼汤，居然能做出如此味道来。陈潮安忍不住说："还是延芳贤弟懂得享受啊！"

陈延芳说："过奖了，这个汤不过是用新鲜桂鱼连肉连骨香煎，配以白云山泉水豆腐和牛奶一起熬煮的，一直熬至鱼肉溶烂，豆腐成膏，又落少许陈皮等佐料调味，去渣入汤，便得此汤味纯馥厚。此汤用料虽是简单，却很考厨师煲汤时对火候的掌握呢。"陈潮安他们吃得频频点头。香满园自西关出去，早已在世界各地都享有名声，在旧金山也有各式各样的香满园，却都没有西关的香满园地道正宗。

送走陈潮安他们后，陈延芳披上陈泰送上来的西服外套，慢步走出香满园。陈泰轻着脚步跟在后面，几次欲开声说话，又怕惹主人不喜欢。陈延芳回头望了他一眼，道："有话就直说吧，别总跟在后面磨磨蹭蹭的。"陈泰舔舔嘴唇说："老、老太太……"陈延芳打断他说："是大夫吧？"陈泰无奈，唯有说："是大夫人。""她又想出些么主意出来了？"陈泰赶紧说："大夫人用心良苦，怕老爷你白日忙着应酬正事，夜里又要照顾细夫人，身子骨支撑不过来，所以，吩咐我将欧妈带过来，帮忙照顾细夫人，好让老爷腾出时间，休息休息。"不说犹可，一说欧妈，陈延芳的脸色就沉下去了，他咬着牙说："大夫人果然是用心良苦啊！"说着，迈上君挺打开的车门，"砰"地关上车门。陈泰来不及继续问下去，到底要不要欧妈过来。老爷到底是回陈公馆还是去博济医院？但望着绝尘而去的汽车，再笨的人都晓得，老爷又去博济医院了。这老爷真是的，家中的两夫人，都丰润端庄，姿容可人的，若是一般男人，哪个能娶得两房这样的女子做夫人，都肯定心满意足，无奈老爷与一般男人不一样，他非要迷恋娇小可人的宛湘夫人。当然，宛湘夫人青春玲珑招人可爱，但老爷亦要将一锅水给端平了啊！他现在只端着宛湘夫人这一边的锅耳，剩下的两边锅耳，哪能不怨恨丛生呢？陈泰摇摇头，叹了口气，慢慢地往陈公馆走去。唉！一会儿见着大夫人，不知如何给她汇报是好。大夫人见不着老爷，对他肯定又是一番责骂，什么刻薄话儿都会冲过来的。唉！做人难，做下人更难呢。

陈泰这回担心却是多余了，回到陈公馆后，大夫人玉如没见着汽车跟着回来，便知道陈延芳又去了沙面会宛湘了。她气急败坏地跺着脚说："都五六天了，五六天都没着过家门，这老爷心里还有陈公馆吗？"陈泰低着头不敢回话。玉如将一个包裹塞给欧妈，说："去，你去，欧妈，你去。你去替我照顾好细夫人，要好好照顾，我才唔信，细夫人虽然细皮嫩肉，但亦不见得出身有多贵气，才几皮鞭下去，就打得她一个星期都坐不起来了！"她完全失去了陈公馆大夫人的仪态，急吼吼地推着欧妈往外走，边推边说："欧妈，你可得细致点，细夫人身子娇贵，不似得你主子我命贱，服侍起来，倍加小心。"欧妈无奈，被推出陈公馆。

欧妈簌簌地站在陈公馆的大屋外面，惊得脸色苍白。早就听说那些洋鬼子们在医院里，穿着白褂白袍，戴着白帽白口罩，拿着光闪闪的刀子，在白屋子里面给人开肠刮肚的。多可怕啊！欧妈抖着脚，老爷细夫人都是贵人，洋鬼子们肯定不会拿他们来试刀子的，可像她这样的粗壮低俗的下人，就难说了。但是，大夫人的话她哪敢不听啊？

欧妈低头抹眼泪，走在石街上，她服侍欧家小姐几十年了，从小就受这个大小姐的指使欺负，只要大小姐有什么不顺心不顺意，第一个挨打挨掐挨骂的肯定是她。后来，大小姐嫁入陈公馆了，她又被当作陪嫁丫鬟跟了过来。大小姐变成大夫人后，欧妈的确是过过一段较为舒心的日子的，因了欧玉如在陈公馆大夫人的地位，她也荣升为大丫鬟。那段欧玉如受宠的日子，欧妈也备受下人们尊崇。可是好景不长，老爷接二连三地从外面带女人回来，而且带的一个比一个妖媚，弄得原本坐得端端正正的大夫人欧玉如坐立不安了。欧玉如又是个极要面子的人，虽然她已经是气急败坏了，但是人前却又装得和蔼可亲大方得体的，绝不会给下人们留下暴戾的印象，招来闲话。那就苦了个欧妈，欧妈是大夫人的陪嫁丫鬟又是贴身侍女，每到入夜，关起房门来，房间内就只剩下大夫人和欧妈了。

欧妈最害怕这样的夜晚了，二夫人刚入陈公馆时，住在西厢，和大夫人的住处隔得不远。老爷一入夜就往西厢里钻，不久，西厢就传出来二夫人猫叫春般的呻吟声了。欧妈想去关了花窗，可大夫人就是不让，她让欧妈搬张椅子，正对着西厢坐着，房间里的灯吹灭了，大夫人的眼光在黑夜里幽闪闪的，很怕人。但令欧妈更害怕的是，西厢那边呻吟一声，大夫人就咬牙切齿地捏她一下，作为大夫人的陪嫁丫头，欧妈既不敢喊痛，也不敢躲开，唯有含着泪水任由大夫人又掐又捏。大夫人总低低地怪笑："叫吧叫吧，看你这骚猫快活到几时？"欧妈痛得牙齿发软。

欧妈白日里用长袖衣服遮住被大夫人掐瘀的伤痕，照样指挥其他丫鬟仆人做事，夜里却迟迟也不肯进大夫人房间。好在那骚猫的确没快活多久，老爷就生了厌倦，去西厢的次数越来越少，来正厢房这边的次数又多起来了。欧妈才得以少受了皮肉之苦。后来，老爷去了东瀛，家里没了男人，女人们就少了斗争，欧妈又过上了一段舒心的日子。本来，欧妈也有个相好的，她很委婉地跟大夫人提过。大夫人人前笑着说，好好好，这是大好的事情。可是到了晚上，大夫人却一把眼泪一把鼻涕地说，要是连你都嫁人了，我在这陈公馆内，哪还有能使得心安的人啊？连个说话的伴儿也没有了。欧妈当时心都凉了，她宁愿这位大夫人勃然大怒，然后把她扫地出门，可是，这回她不掐不打不闹，来个涕泪长流。

大夫人使这一招绝啊！任何下人面对主子的不舍与挽留，怎么样也要在表面上说说忠心的不舍的话的，要不然多年来的主仆之情，就说不过去了。欧妈也不能例外。此情此刻，她能不说一些感恩戴德舍不得大夫人的话吗？欧妈明明知道，只要她一说，便会上了大夫人的圈套，大夫人肯定会打蛇随棍上，直接就把她拿下的，但她又不得不说。于是，大夫人又顺势将欧妈留了下来。第二天，大夫人还将所有的下人都召集起来，情深款款地说了欧妈的种种好处和忠诚，为了忠于主人，连婚姻也不要了，多么难得啊！她让所有下人都向欧妈学习。欧妈还有什么可以说的？从此之后，她就断了嫁人的心思，一心一意在陈公馆做她的欧妈。

可是好景不长啊！自从陈延芳从东瀛带回来了宛湘夫人后，欧妈的苦难日子又来了。这回，大夫人更狠了，即使听不见任何声响，只要是在黑夜里，她都是睡不着的。她睡不了，欧妈也睡不了，玉如一把一把地掐着欧妈的手臂或大腿肉，把牙齿咬得咯咯响。

这次大夫人不再骂骚猫了，而是用针扎人。她的床下面，堆满了写着细夫人生辰的小人，小人身上扎着密密麻麻的银针，细夫人来了十年，她就扎了十年。那得有几多怨恨啊？每次欧妈给大夫人清理房间，看见床底下那堆被扎得像刺猬一般的小人，都忍不住打寒战。她也是恨不得那些银针都能扎到宛湘的身上去。看老爷的迷恋程度，若细夫人不被银针扎坏，老爷是不会再有心思到正厢房这边来了。他不过来，那么她的苦难日子，何年何月才得结束？所以，那天大夫人让欧妈施家法，欧妈是真的下了狠心辣手的，她不是不知道这么重的皮鞭抽在细夫人的细皮嫩肉上会产生怎样严重的后果，但她亦要狠狠地抽下去。这十年来，因了这个细夫人，她受尽了大夫人的多少摧残和折磨啊！她也要这个细夫人尝尝，被人肆意凌辱的滋味。可是，施完家法后，欧妈就后悔了，不仅后悔，还后怕，老爷若是知道这皮鞭是她抽下去的，还能让她活着吗？

欧妈这些天都是常常半夜惊醒的，醒后发现满额头都是汗水，后背凉飕飕的。她真的害怕了，但害怕有什么用？已经打了呀！细夫人已经躺在洋鬼子的手术床上了。惊恐万分的欧妈唯有寸步不离大夫人，她知道，此时此刻，能够稍稍给她一点安全感的，就是大夫人这里了。老爷再不喜欢，大夫人也是他明媒正娶回来的，多少要顾忌欧家的财力势力，而且他和大夫人还有三个儿子，就冲这两点，老爷都不敢对大夫人怎么样。欧妈只有寸步不离大夫人，才能确保老爷对她下不了手。然而这回，大夫人竟然打发她欧妈去博济医院照顾细夫人，那还不是把欧妈往死亡深渊里推吗？就算老爷不找人杀她，那些洋鬼子的手术刀亦不会饶了她啊！欧妈徘徊在陈公馆门前，去也不是，不去也不是，唯有蹲在角落里哭。

　　陈君挺在回陈公馆的路上看见深夜仍蹲在角落里哭泣的欧妈。陈延芳打发他回来给宛湘带几套漂亮的换洗衣服和日常用品，宛湘身上的伤疤已经愈合了，再过几日就能出院。陈延芳想等她出院后，带她到培道女子书塾去，跟懿容女士小住几日，既放松心情休养身体，亦顺道熟悉一下培道女塾的环境，好为日后工作做准备。

　　陈君挺停了车，走下车来，欧妈抬起泪眼，看见是君挺，吓了一跳，连忙爬起来说："君……君挺，我……我是出来，去照顾细……细夫人的。"陈君挺皱一下眉头，在送宛湘去博济医院的路上，陈延芳已经暗示君挺，欧妈不能留的。本来君挺想着，等宛湘伤好之后，再慢慢处理这事儿，没想到就在深夜的大街上，碰见了落单的欧妈。按理，这是一个最好的下手机会，只要君挺一踩油门，或掏出洋枪。但看见那个熟悉的蜷缩在街角抽噎的身影时，君挺的心就抽了抽。欧妈虽然可恶，但罪不至死，应该由宛湘夫人说了算。不知何时开始，陈君挺竟在不自觉中，在乎起宛湘的感受和看法。十年相处下来，君挺确信宛湘是一个单纯善良又有思想的女人。若听陈延芳的话，贸然杀了欧妈，那么，宛湘肯定是不同意的，她肯定会痛恨陈延芳和陈君挺。宛湘恨不恨陈延芳，是他们夫妻间的事情，但宛湘会不会恨陈君挺，却是陈君挺的事情。

　　陈君挺笔直地站在欧妈面前，欧妈像只受了惊吓的小鸡般，收起翅膀蜷缩在角落里，抖着声音说："君、君挺，我……我知老……老爷的心思的，但……但我不过是……是个下人，夫人的话，不能不听啊！求……求你，放……放过我！我做驴做马，都……都报答你！"陈君挺摸摸鼻子，说："我若放过你，你准备返哪里？"欧妈战战兢兢地指指陈公馆的方向，陈君挺摇头说："你以为你还能回陈公馆吗？"陈君挺一句说话，立马就点醒了欧妈。是啊！大夫人不傻不呆，心思清晰细密得很，她哪会不知道，将欧妈赶去博济医院，无疑是将欧妈送到陈延芳的枪口上！但她明知道了，还非让欧妈去医院，那是为什么呢？欧妈倒抽了一口冷气，大夫人这是弃卒保将。陈延芳是铁了心思不肯返来陈公馆了，以陈延芳的性格，爱妾之仇，肯定会报的。与其等陈延芳归来兴师问罪，欧玉如不如来个主动，这样，即使陈延芳带着伤愈的宛湘夫人归到陈公馆，亦不好再旧账重提了。欧玉如啊欧玉如，你好狠啊！枉我欧妈跟了你几十年，没有功劳都有苦劳啊！怪不得这些天，她天天使陈泰去医院闹，让老爷务必要回来。其实，闹是真的，想老爷回去是假的，她明明知道老爷对宛湘夫人的感情，绝对不会丢下细夫人一个在医院回家的；她明明知道，陈泰跑来跑去都是徒劳的，但她为什么还要这样做？除了虚晃地使陈泰去刺探情况，更主要的目的是找个理由将欧妈送出去啊！

欧妈一下靠在墙上，冷汗直流，她忍不住又掩面哭了起来，说："你仲系杀了我吧！我活着亦无勿意思了。"陈君挺回身说，上车吧，我带你去一个地方。

第十回　知府爷缓审弑叔妇
老公使拜访张总督

众看官定然不知，修建陈家祠，仍有一重要人物，乃广西柳州知府陈广宁。此人年少英伟，清廉智慧，深得人心，陈家祠的修建，他亦起了至关重要的作用。

话说一日，衙役送上陈若虚和陈志尧的联名请函时，陈广宁正在审判一起蓄意杀人案。杀人者是一妇人，死者为其小叔子，妇人只承认杀人，但问及杀人原因，却闭口不提，无论怎样施刑，都不肯开口。看样子，该妇人是铁了心求一死的。死者父母兄长均非常愤怒，强烈要求斩杀妇人以祭死者，但陈广宁却迟迟不愿意下判决。他隐隐觉得，妇人肯定有什么难言之隐，这难言之隐甚至比她的性命还重要，她才闭口不说的。如果不是，如此一个刚烈的妇人，不会平白无故杀人。

退堂回到后厅，师爷陈成阳就送上来一封信函，道："老爷，这是若虚公使大人和莞城陈孝廉联名发来的请函，请大人过目。"

陈广宁立刻恭敬地站起来，双手接过请函。一边打开请函，一边心里奇异，若是其中一人独自发函，倒也正常，而今却是两大人物同时发请函，那所请之事肯定是举足轻重的。陈广宁洗净双手，拆开请函。

陈成阳送上香茶，笑道："看这烫金底字，定是大喜之事，大人可否说来分享分享？"陈广宁拍腿而呼道："的确喜事啊！若虚大人和志尧兄，邀请我为五羊城陈氏合姓宗祠的发起人，到五羊城去一起商议陈氏宗祠筹建之事。"陈成阳颔首道："大人，事是好事，不过集捐筹建宗庙，有违法之嫌呢，大人你身为朝廷命官，此番出头，颇有不妥。"

陈广宁坐下来，思考了一会儿说："若虚大人和志尧兄在请函中俱没细说，但若虚人人身为朝廷中人，志尧兄是当朝孝廉，不可能不知道朝廷有禁止集资筹建宗庙的律例的。他们为什么还要发起这样的邀请呢？"陈广宁将信函递给陈成阳看，说："志尧兄在信中亦说得清楚，建此合姓宗祠，是为了让天下陈姓考生，主要是两广陈姓考生赴贡院考试时落脚和读书的。"陈成阳看完信函，一笑道："恐怕是表面为供陈姓考生落脚读书的书院会馆，实为供奉陈姓祖先牌位的合姓宗祠呢！"陈广宁哈哈大笑，点着陈成阳的鼻子说："滑头师爷啊！看穿不说穿啊！"陈成阳笑笑，说："大人，那么是要到五羊城去了？"陈广宁道："这是当然，难得若虚大人亲自邀请，而且他们所为之事，全都是从陈氏族人的千秋百代的福祉出发的，身为风台后人，我哪能不尽一己绵力？"陈成阳作揖道："滑头师爷惭愧惭愧！"

陈广宁哈哈大笑，笑毕，脸色又严肃起来，问道："你觉得那小妇人，是否有难言之隐？"陈成阳背手来回踱了几步，抬头问："大人是想刀下留人？"陈广宁点头说："我为柳州父母官，不能让我的子民死于冤屈。""但是，人犯对她的杀人罪行，供认不讳。杀人偿命，这可是法道亦是天道啊！""但还有人道啊！"陈广宁将卷宗扔在案桌上，说："一个小脚妇人，若不是受了天大的委屈或侮辱，怎会下得了狠手杀人？"陈成阳说："现在难就难在，这妇人只认杀人，却死口不说因由。"陈广宁说："正是如此，案件真相未查明，我们不能就此定案，以免错杀无辜。"

陈成阳不作声了，既然大人这样说了，说明大人心中已经有了决定。陈广宁摆摆手说："先将妇人收进女牢，切莫伤害，要加强保护。你带人去彻查案件，看看还有什么纰漏，待我五羊城回来，再审此案。"陈成阳领命，又问："大人，准备几时启程呢？"陈广宁道："明日启程，你让人备好马车。今次让镇远随我去可了，你跟紧这宗案件。"

陈成阳说知道，又瞥了一眼站在眼前的这个英气勃勃的年轻的知府大人。陈广宁此时才二十八岁，正是风华正茂，春风得意，他又是豪爽正直之人，做事常不按常理出牌，到任柳州知府后，大刀阔斧，励精图治，深得柳州人民的好评和拥护。陈成阳了解这个知府大人的性情，他决定了要做的事情，谁也扳不回来。陈广宁收起卷宗，笑道："解铃还须系铃人，若要破这宗案件，恐怕还得从那妇人入手。妇人者，必有软肋。成阳啊！我到五羊城去后，此案靠你了。希望五羊城归来，能有你的好消息。"

陈成阳施了礼，便下去吩咐人给陈广宁准备了。

且说五羊城这边，陈若虚接到陈延芳他们发来的电报后，立马就启程归国，与他同行的还有绅士陈昌朝等人。白发苍苍的陈若虚，早在七年前已经奉召回国，出任总理事务大臣一职，由于反对继续进行幼童留学计划，所以他才不得不在古稀之年，还远渡重洋，到美国、古巴等地，处理幼童留学所遗留下来的问题。虽然幼童留学计划已经夭折，但广东沿海一带频频有华人劳工偷渡出海到南洋和旧金山一带。这些年来，陈若虚为美国、西班牙、秘鲁三国公使，为当地华人争取了很多利益，做了很多好事，深受海外华人的爱戴，华侨们都亲切地唤他公使大人。接到陈延芳他们的电报后，陈若虚坐在驻美公馆的皮质大椅上，沉思了很久。他已是三朝老臣，为大清国劳碌一生，而今，鹤发斑斑，眼见着时日无多了，也是时候该告老还乡，做一些自己一直想做的事情了。

筹建陈氏合姓祠堂，以方便陈氏族人赶科考试一直是陈若虚的心愿，因朝廷三令五申，不得在省城内集资筹建祠堂宗庙，他身为朝廷命官，不好出头。而今告老还乡，亦不再心有芥蒂，完全可以剑走偏锋，放开来做了。老人家这样的想法，多少都有些光宗耀祖的成分，毕竟，他亦是功成名就、荣于身后之人，自觉在列祖列宗面前，是无愧的。

陈若虚一到步，陈延芳等人立刻到驿馆来商议，而今，计划已经初成，宅地也大致购买完毕，只剩下官方那边，该用怎样的说法，既能让筹建之事顺利进行，亦能通过什么说辞不与官方相违背呢？陈志尧的想法，若虚老人是非常赞同的，明为陈氏书院，但功能不仅仅限于书院，既能供给陈氏子弟落脚、读书、议事、论道，亦能供奉拜祭祖先，这样不是两者俱佳吗？而陈潮逸和陈絮晞是更有抱负的，他们的设想不仅仅限于只筹建一个宗祠一个书院那么简单，他们希望能将省内各地的能工巧匠都集中到陈氏书院来，建一座集南粤建筑工艺大成于一体的伟大建筑。年轻人的想法都是好的，在陈若虚的眼内，即使接近花甲之年的陈潮安，亦甚是年轻。年轻人的赤子之心更不能打击，趁而今影响力尚在，陈若虚还是觉得，应将余热投入到这造福子孙万代的好事中去。于是，回到五羊城后，他第一时间便写了拜访函给两广总督张明远。

张明远接到陈若虚的书函，打开一看，就笑了，真是个当了三朝老臣的老狐狸啊！书函上，只字未提筹资兴建陈姓祠堂一事，只说"书院之设，由来尚矣"，跟着就是一大堆吹嘘广雅书院的话："复于省垣西去五六里，创建广雅书院，辟地百亩，东西列书舍各百间，其他园池亭院之属，备极闲峻。有楼数楹，储书万卷。品学优长之士罗而致之。两粤俊义，亦罔弗闻风乐从焉。洋洋大观，所有造福岭南者，至是洵蔑以加矣。"[1] 就连他们在数里之外的简塾购买得来的宅地，这老狐狸也能跟广雅扯上关系，说什么"取其与广雅咫尺也，夫广雅意至美，法之良，孰不以肄业其间为幸"[2]，真的是滑到了骨

---

[1]　引自《陈氏书院记》。
[2]　引自《陈氏书院记》。

子里去了，人家买块地，盖间宅子，做间书院，都是仰慕你张明远的广雅书院来的，求的是以德为邻，你有什么理由不批？广东陈姓族大宗深，人才辈出，这个陈若虚更是人中蛟龙，可惜年事已迈，要不以他的才学，还能为朝廷为社稷造多少事情啊！张明远与陈若虚多年同僚，洋务运动以来，陈若虚无论在外资引进和人才培养上，都帮过他很多忙，这样的人情，本就该还，更何况他们只是想盖一间书院，让有志读书的陈氏子弟有个落脚的、学习的去处罢了。

正看着信函，仆役就来禀告："陈若虚公使大人和孝廉陈志尧大人求见。"

"这俩家伙来得真是快啊！"张明远放下书函，迎出去，还没到正门，便笑着说："老公使啊！多大的事儿，得烦你这三朝元老亲自上门？"陈若虚作揖笑道："没有事儿就不许老人家上门来讨口水喝吗？"张明远连忙抱拳，陈志尧立马施礼，张明远看着这一老一少，老者须发俱白，干瘦沧桑，虽然身体仍显硬朗，但亦掩不住日落之态；少者俊秀挺拔，仪容丰润，虽然皂衣布褂，但却是器宇轩昂，甚有端贵气势，他日肯定不容小觑。

张明远引老少两人进入大堂，仆役奉上香茶，张明远吹一下香茶说："据闻老先生已经告老，像老先生这样的人才，千载难得，老先生一退，外事处再无栋梁可支啊！可惜可惜！"陈若虚花白的眉毛挑了挑，心想，这客气话说在前面，后头定又有什么说法的。便不动声色地说："老朽今年七十有四，黄土都埋到下巴了。最近亦觉身体不爽利，老要求助悬壶，朝廷事务，老朽是心有余而力不足了啊！"张明远哈哈一笑道："老先生谦虚了啊！张衡臣老太保亦经历了三朝，官至七十余九才告退，名声赫赫啊！我看老先生的身体，再为朝廷效力十年八年还是可以的！"

陈若虚望着杯中茶水，杯中清茶，碧黄晶莹，清香袅袅的。如今正是西太后力推洋务运动之时，张明远又极力想在这上面有一番作为，能通过实业强国。而大力开展实业，以而今大清的世态，非侨商为主不可。而对洋务侨商之了解，与海外华侨关系最密切的，并在侨商中声誉最高的，非他陈若虚莫属。张明远如此懂得紧抓机会之人，又怎会放过这个大好的机会呢？陈若虚用茶杯轻轻撩拨着茶面，说："张大人过誉了，老朽如此小人，怎能与张太保并论？返朝就不必了，但大人若在侨务上，有什么用得着老朽的，老朽定不遗余力。"张明远放下茶杯，站起来，端端正正地给陈若虚一揖到地道："有老先生这么一句话，明远放心了。陈氏书院的兴建批文，不日便能批下来，老先生亦请放心。"

陈若虚一笑，张明远这人心智玲珑，思想前卫，做事果断利落，主见深远得很，而今又是西太后面前红人，日后陈氏族人要求他帮助的时候多着呢，就譬如身边的陈志尧。陈若虚瞥一眼陈志尧，心想，就是为了这个年轻人，这个顺水人情，亦是要给的。但怎样给，也还是颇费一番考量的，要是全力以赴，一来自身未免太过于劳力伤神，毕竟年事已高；二来凡事多作为者，亦多过错，身为一己告退之人，过于热心政事，必不得善终；三嘛，若真一下子便能助张明远成功，那么这成功也来得太易，张定不以为然；四是实质上，这事办起来的确不容易，而今海外华人虽众，但要号召万众一心，并非一人之力可为。

若不全力以赴，分寸把握得不恰到好处，张明远如此机警之人，只一眼便能瞥出端倪，得罪了他就等于得罪了西太后的新政，稍稍拿捏不到位，势必惹来杀身之祸。只一吹一啖一放茶之间，陈若虚的脑海里已经千回百转。陈志尧哪里晓得眼前这个表面平静的老人家，此刻的内心如此激流澎湃？数年前在贡院考试，他便与总督大人有过接触，这个张大人威武严明，思维广阔，见识深远，其不怒而威的风范，使陈志尧非常羡慕甚至着迷。从见到张大人的那一刻起，陈志尧就暗下决心，亦要做一个和张明远相近的人。而今得以近距离接触，细看张大人，眉浓鼻直，面色红润，美髯飘飘，穿着黑地缎丝绸底的仙鹤补服，长辫子梳得一丝不苟，更显得威武尊贵，好一副潇洒的男儿皮囊啊！陈志尧从不晓得，男人与男人之间，竟还会有如此吸引的。

自然，这都是一老一少坐在张明远会客厅里瞬间的心理活动，张明远又细心温和地询问了陈若虚最近的身体情况，嘱咐陈若虚若是有需要，可随时找他。也咨询了一番海外侨商的情况，他问得特别仔细，陈若虚亦答得非常到位，陈志尧端坐在一旁，认真地听着。在当朝两大红得发紫的大官重臣的对话间，陈志尧学到了很多书本上没有的东西，当然，这些都是只能意会，然后慢慢参透，归为己用。说话间，天色便浓了，陈若虚站起来要告辞，可张明远怎么会放他们回去？一番挽留之后，陈若虚他们便留下来晚宴了。

这边陈若虚和陈志尧去拜访张明远，被总督大人挽留下来共进晚宴，荣光尽享。那边陈延芳却焦头烂额，正惶惶然不知所以然。陈君挺看着似热锅上的蚂蚁般的叔叔，心中难免有点幸灾乐祸。急吧急吧！也就宛湘能让这个腰缠万贯的慈善红人这么着急的。今日上午，和陈若虚他们商量完陈氏书院筹备的事情后，陈延芳连午饭都没吃，就让陈君挺将他送去沙面，今日宛湘出院，陈延芳特地吩咐院方，把宛湘的出院时间安排在下午，这样他可以有充足的时间去接宛湘。

早上临离开医院时，陈延芳还千叮嘱万吩咐香菱，无论如何都要等他归来才可让细夫人出院。香菱当时答应得好好的，没想陈延芳和陈君挺回到博济医院，病房里却是人去床空了。病床上的床单已经叠得整整齐齐的，宛湘和她的物品都不见了踪影。陈延芳气急败坏地走到玛利亚医生的办公室，玛利亚医生无奈地摆摆手说："宛女士是成年人，我们无法控制一个成年人的人身自由。我们必须尊重她的选择。"

陈延芳差点咆哮起来，丢他妈的人身自由，丢他妈的尊重！宛湘是他的人，是他的人！只有他有权力决定宛湘的去与留。但和这金发碧眼的洋鬼子说什么呢？他们肯定又搬出一大堆自由平等博爱等新词汇出来搪塞的。陈延芳眼睛瞪得血红，死死地瞪着玛利亚医生，足足瞪了差不多一分钟，其间玛利亚医生不停地画着十字架，念："愿主保佑，阿门！"

陈延芳"咕咚"一声，将一肚子的咆哮吞进肚子里，转身大步离开博济医院。

陈君挺打开车门，陈延芳一钻进车就说："返陈公馆！"

陈君挺从气色上就感觉到了山雨欲来，他沉着气开车。一路上，陈延芳都没有说话，只是在下车时，陈延芳才说："从今日起，陈公馆除了老太太，任何一个人都不得乘坐这车子，大夫人亦不可。"陈君挺愣了愣，随即明白过来，陈延芳是要断了玉如回娘家搬救兵的路了。陈君挺"嗯"了一声，陈延芳下了车，大步踏进陈公馆。

大夫人玉如和二夫人丽芳已经迎在大厅前的天井里，陈延芳一踏脚进门，打扮得光鲜明艳的玉如便带头迎了上来说："哟！我话老爷啊！在外边咁多日，都唔返下来，得怕唔记得返来的路啦！看来，我真是小妇人心思，看看，老爷还不是返来了么？家即是家嘛！湘妹，湘妹！噫？湘妹呢？"陈延芳冷眼看着这个鬓发梳得水滑的女人，装模作样地踮脚往外张望，不由鼻子哼哼，二夫人丽芳吓得往人群里缩了缩。玉如似乎太得意了，并没注意到丈夫的变化，仍伸着脑袋往陈延芳的身后张望，嘴中念念有词道："老爷，怎不见湘妹呢？还在车上吗？欧妈也是的，跟了我几十年了，还改不了这粗枝大叶的习惯，也不晓得去扶细夫人下车，欧妈，哎！欧妈！"

当她在车子的附近找不到她想见的宛湘和欧妈时，脸色刹地白了，伸长的脖子猛地收回来，愣了一下，才缓缓昂起头来，转视陈延芳："老爷，欧妈呢？"陈延芳答道："欧妈不是日夜侍奉在你身边的吗？我哪知她在哪里？我还想搵她呢！""老爷，咁就唔对了啰！我好好的一个欧妈，送去医院帮忙照顾细夫人，去时好好的，怎么返来就唔见人了啊？"陈延芳愣了一下道："我未曾见过欧妈。"玉如的脸色顿时红起来，说："半月前，我遣了欧妈去博济医院的。"陈延芳正是心烦意乱，道："什么欧妈？莫名其妙，我还想搵她算账呢，你倒来问我要人了?"

玉如微张着嘴，过了一会儿，眼泪便断线珍珠般掉了下来："老爷，千错万错，欧妈不过是替老太太执行家法，她一个下人，哪里做得了自己的主? 她已经主动请缨去帮忙照顾细夫人了。老爷，你心有怨恨，骂她罚她打她都不为过，但老爷，你再怨再恨，都不能要了她的命啊! 且不说欧妈罪未至死，即使是死罪了，也该同我讲一声，我好歹也是欧妈的主子啊! 她跟了我几十年，比我的亲姐妹还亲啊! 老爷，你明知我离不开欧妈的，就算你唔比任何夫妻情面我，非要杀欧妈不可，也该给情面老太太，给情面祖宗家法，让欧妈死也死个明白!"陈延芳一甩手臂说："我说了，我根本没见过欧妈! 当然，见到她了，我肯定不会放过她! 细夫人怎么说也是她的主子，她一个当下人的，亦配动手?"

玉如干脆撒泼起来，拉着陈延芳的衣角哭着说："老爷，你得给我个交代，你将欧妈怎样了? 生唔见人，死亦要见尸啊! 我好歹亦要给个交代欧妈的亲人的，老爷，欧妈在你的眼里命贱，但在我这里，却是抵得过手手脚脚的。老爷你对她做勿都不为过，但，我求求老爷，话我知，你将她处置到哪里了? 我和她毕竟主仆一场，好去送送她，给她烧点金银衣纸。"

陈延芳从博济医院往回走时，满腔怒火，正准备回来兴师问罪的，没想到突然会飚个欧妈出来，反遭欧玉如狠咬一口，真是有理说不清了。他一挥衣袖说："我唔知你讲勿，我根本未见过欧妈。你少在这里死死活活地喊! 戏演够了。"说着，不理哭叫得更加凄厉的玉如，转身就往外走。既然宛湘没有回来，而今看欧玉如的大哭大叫先发制人的样子，想兴师问罪也是枉然的，还不如立刻派人去找宛湘。她一个弱女子，又伤患刚愈合，不回陈公馆，她又能去哪儿了呢? 眼看天气仍然湿凉，天空暮色低垂，云色重厚，倒春寒嗖嗖的风，钻入体内，寒意逼人，入到夜里，更觉春寒料峭。

宛湘才带了几身单薄的衣服，能抵得过寒凉的夜晚吗? 想到这些，陈延芳的心神就不得安宁起来，再冷静倔强的男人，在爱情面前，都会显得束手无策。陈延芳急着去找宛湘，他害怕黑夜来临，黑夜来了，少衣薄裳的宛湘，会不会流落街头呢？还有，她一个标标致致的姑娘家，孤身走在大街头，能不危险吗？特别是沙面那一带，全是洋鬼子。那些洋鬼子可不是什么善长人翁谦谦君子，脱下披在身上的燕尾服后，就都是一匹匹狰狞的野狼，他们能把宛湘剥皮拆骨吞噬掉的。陈延芳打了个冷战，快步走出陈公馆，可玉如却不肯放过他，回身一手拉着他的衣袂，哭着说："老爷，你唔可以咁就走了的呀！你都半个月没回过家门了，你再讨厌我，最少也要进门跟老太太请个安吧？"

"唔使啦！我无咁的忤逆仔，你由他走！"陈延芳回头一看，老太太已经由茭白扶着，拄着拐杖，从后厅走了出来，面无表情。陈延芳忙上前请安说："阿妈，儿子是急着有事，等儿子把事情办妥了，肯定回来陪阿妈你打天九。"老太太白他一眼道："打天九就唔奢求了，这些年，你仲有陪过我这个老太婆打过牌食过饭么？"陈延芳赔笑道："是儿子唔对，儿子该罚，但阿妈，儿子真有急事。"老人人打断道："你这急事，恐怕又是细夫人吧？"

老太太不说宛湘，直呼细夫人，让陈延芳心里凛凛的，看来宛湘日后在陈公馆的日子不会好过下去了。老太太说："我刚听说细夫人突然间从医院不见了，至今亦未见返陈公馆。一个妇人家，也敢不顾家庭声誉，说走就走，成何体统？"陈延芳一时语塞，这个时候替宛湘讲任何一句好话，都能招来众人的责罚，还是少说为妙。可是，天色更是昏暗了，宛湘身在何处还不知道，陈延芳那个急啊！老太太慢条斯理地接过茭白送过来的拐杖，往地上一戳，问："七出之条，细夫人占了恐怕不止三条吧？"

陈延芳冒着冷汗，都什么时候了？老太太还论什么七出？宛湘自小就在日本长大，七出是哪七出，她根本就不知道；就算知道，以她的个性，她也不会理会啊！而今，五羊城越来越多的女子书塾出现了，多是由女洋教士或女华裔创办的，她们传道的，正是让女性读书认字懂知识明道理立自身，追求独立自由。随着洋务运动的开展，女子接触外洋文化越来越多，自然会越来越有自己的想法和个性的。老太太嘴里所说的七出，显然与社会的发展越来越不相符，但此时它仍是五羊城社会的主流，陈延芳思想再先进，也不敢贸然顶撞惹老太太不高兴，唯有唯唯诺诺地说："阿妈，您教训的是，但宛湘是个孤儿，从小缺乏礼学教养，既然儿子娶她为妻了，希望阿妈你能多给她一点宽容！""宽容？我对她还不够宽容吗？陈公馆对她还不够宽容吗？我看全都是你惯出来的。"陈延芳还有什么说的？唯有赔笑着承认，的确是惯了宛湘，但宛湘现在下落不明，他必须要找。

堂堂陈公馆的细夫人突然失踪了，传出去不是个天大的笑话吗？宛湘不出事还好，若是出了什么事，家里谁能良心过意得去？那陈公馆跟被人扇几大耳光，有什么区别呢？陈延芳虽然没有直接说出宛湘可能会出什么事情，但老太太心里哪有不清楚？且不说宛湘已经在陈公馆生活了十年之久，老太太即使不那么喜欢她，但对她还是有感情的。而且，若孤身一人的宛湘流落街头，被什么流氓乞丐或洋鬼子给侮辱了，那不等于侮辱了陈公馆的颜面？老太太最看重的还是这一点了。她点点头，陈延芳立刻跨上车，玉如还想阻拦，老太太沉着脸喝："闹够了，差不多就收了。"玉如抽泣着说："可是欧妈！"老太太打断她说："欧妈唔是你专门送过去的么？送她过去时，你还有准备迎她返来么？"玉如被老太太噎得脸色又红又白的，嗫嚅着嘴，却不敢再说话。

宛湘是肯定没回陈公馆的了，那么，她会去哪儿呢？陈延芳首先想到的是培道女子书塾，他赶到培道女子书塾时，天色已经暗了下去，培道女塾的大门已经关闭起来，里面人声已微。在女子书塾里就读的，都是出身富贵、思想先进的西关小姐，身份非富则贵，又全都是女子，因此，为安全，女塾一般天未黑齐就关上大门。

陈延芳烦恼地拍着大门，很久，才听得里面守门的老妪在门内哑着声音问："边个啊？"陈延芳忍着脾气说："在下陈延芳，求见懿美女士。"老妪说："校理已经下班了，恕不接待，明日再来吧！"陈延芳说："在下实在有急事，烦你通报一声。"说着就往门脚下缝里塞了点儿碎银。老妪却毫不领情地将碎银踢了出来，冷冰冰地说："天色已暗，女塾向来不接待男宾，先生请回吧！"

　　真碰上硬骨头了，陈延芳徘徊在培道女塾之外，走不是，不走也不是。正尴尬着，忽看见街巷的拐弯处，有个穿着黑色传教袍的女子走了过来，定眼一看，正是容懿美女士。陈延芳大喜过望，快步上前说："可等着你了，懿美女士。"容懿美女士双手合十，施礼笑道："远远便看见善人的车子了，就知善人过来了，善人是送府上宛湘夫人过来熟悉环境的吗？"陈延芳一愣，刚要问到嘴边的话，又吞了回去，传教之人从不撒谎，容懿美女士这样一问，立刻便浇灭了陈延芳猜想宛湘在培道女塾暂时栖身的想法了。宛湘竟然没来培道女塾！陈延芳吓得额头冒汗，那她会去了哪里呢？陈延芳四下一顾，暮色已浓，宛湘啊宛湘，可不能吓唬我啊！容懿美女士见他面色不对，又见车上无人，也觉出不妥，问："善人是有难事？"陈延芳叹了口气，点头道："家事，说出来失礼懿美女士了，宛湘前些日子受伤入院，原定今日出院的，没想我上午办完事情过去接她，她便已经独自办理了出院，不知去往何处。我回陈公馆寻她不着，便以为她到培道来了。""所以你便寻到这里来了？"容懿美女士笑眯眯地问。陈延芳点头说："在下知是失礼，但也是无可奈何，她身伤刚愈，若不多加保养护理，恐会再出问题。而且，天都快黑了，她一个女子独行，也是不安全的。"容懿美女士点头道："善人说得正是，我也是刚从外面回来，不晓得今日书塾有没有来过外人，我先问问守门老妈子吧。"说着，便上前拍门，问守门老妪，今日宛湘夫人可有来访过。老妪"哎呀"一声，打开大门，露出花白的脑袋，白一眼陈延芳说："无人来过，除佐他。"就七个字，就似给陈延芳判了死刑般，陈延芳听这轻描淡写的七个字，就似连续被雷击了七下，痛得几欲晕倒。

容懿美女士抱歉地给陈延芳施了礼，在面前画个十字，道："愿主保佑你！阿门！"说完便转身进内，老妪又瞟一眼陈延芳，毫不客气地把大门关上了。

陈延芳失魂落魄地上了车，良久都不晓得吩咐陈君挺开车。陈君挺等了一会儿，忍不住回头问："去哪儿？"陈延芳按着脑袋说："还是四处寻寻吧，或许还能碰得见。"陈君挺心里叹了口气，对方是有心躲的，可是你容易寻得着的吗？但他什么也没有说，慢慢地开着车。突然，陈延芳问："欧妈是点样回事？"陈君挺愣了愣，没想到陈延芳会这样问，一道光在他的脑海里闪过，于是答："我亦唔知道。不过听陈泰讲，大夫人的确使欧妈去博济医院照顾细夫人了的。"

陈延芳按着脑门，想了一会儿，道："细夫人知道这事吗？"陈君挺回头瞥一眼陈延芳，道："老爷有向细夫人提起过这事吗？"陈延芳闭上嘴，这个君挺啊，太厉害了，一句话就噎得他没有话说了。陈君挺整日随着陈延芳进进出出的，根本就没有机会私下见到宛湘，又如何知道宛湘是否知道欧妈的事情？陈延芳没有说话，默默地按着脑门。

第十一回　定章程议事西花厅
绘图志公使定乾坤

　　话说陈广宁刚到步五羊城，陈若虚和陈志尧等人就把他迎进了驿馆。在驿馆的西花厅里，陈广宁见到了陈潮安兄弟和陈延芳等人，另外还有陈昌朝、陈宗询等近五十个收到陈若虚、陈志尧的邀请函由各地奔赴过来的陈氏族人。这些人都是各个县陈氏族人的代表人物，在各县都是有名的绅士或贵人，德高望重。

　　陈若虚介绍众人互相认识之后，便按年龄辈分坐了卜来。陈若虚自然被捧在上座，他也不客气，简要地向在座各位陈氏族人介绍了一下陈氏书院宅地的收购情况，又将他与陈志尧、陈延芳等人之前商量的想法和措施简明扼要地向各位陈姓绅士们说了，然后动员在座各位为陈氏书院的筹建人，共同商讨修建陈氏书院之事。

　　接着，陈志尧向众人详细讲述了筹建陈氏书院的想法，陈氏书院虽名为书院，实有宗祠功能，虽为供方便各地陈姓学子赴省读书复习、进修学问、考试等容身之所，但更具尊祖祭拜列祖列宗的祭祀作用。在席绅者们听得陈志尧这样说，都激动起来了，议论纷纷，有人提出疑问："虽然我们都是陈姓，但我们出自不同的祖先，本身宗族不同，祭祀时如何拜祭？祖先牌位又如何供奉？"陈志尧答："凡天下事，始发俱难，但有心者无惧。虽我们来自不同县份不同地区，宗族或有异迁，并无系谱关系。但天下大陈，莫不出汉。吾族太邱太祖，于汉代时，德高望重，荫佑后人，所以才得今日天下陈氏，枝繁叶茂，此为同根同源，何来不同宗族？且吾姓后人，聚居南粤大地为众，于吾土召吾姓同仁拜祭吾姓氏太邱太祖为何不能？我相信，呼唤起来，应者定众。"

众人一听，频频点头，此为大理，虽各地系谱关系都貌似不甚关联，但追根寻源，堂庙仍归中原。又有人提出，正因为是只得远汉时一个太祖，宗根与旁枝侧系就很难分得清晰，那么，供奉的祖先牌位，应按怎样的顺序进行摆放呢？这倒是一个重要的问题，大家又议论纷纷起来，有的建议是按官位的高低来摆放，但这提议立刻就被否决了，即使座中，就有许多不是官方绅士，若比官位，实为不公。有人提出按系谱人数的繁匮来摆放，但又立刻被否决了，系谱人数记录本就未能齐全，且散于中华大地各省各县，省省之间，县县之间，族系都有相连相牵，难以分清孰大孰小。也有人提议按座中人物出力大小划分，这想法一提出，就遭到陈若虚和陈延芳等人否定了，他们认为，只要愿意合资出力筹建陈氏书院的，莫不是通力同功，万万不可以此划分。就在众人争论不休时，陈广宁冷不丁冒出一句："最为公平者，莫过于以入主科银的多少为准绳，入科银最众者为主位，其余分别处置，可以。"

陈广宁这样一说，众人立刻安静下来，良久，陈若虚才点头说："我看广宁的提议甚好，大家可再斟酌商量。"众人得到陈若虚的带头认可，亦都纷纷表示，这样的排位安排较为合理。当下，大家又纷纷商量倡议董事职位购买和粤中各房入主牌位捐派科银等细则。众人所思所议，自然顾虑周全，很快，在众人的纷纷献策之下，由陈志尧执笔，就初步形成了《议建陈氏书院章程》，章程里详细讲述了陈氏书院的购地修建的经过，并罗列清晰"提捐"的办法、"提捐"的数目与牌位摆放位置的关系等等。写完之后，陈志尧将章程摊在案桌上，供各位议事观看，等大家提出修改意见后，再综合修改。

放下毛笔，陈志尧背手移步走出西花厅，西花厅内人头涌涌，热闹非凡，陈若虚和陈广宁耐心地听着大家的意见，陈广宁执起陈志尧放下的毛笔，另开一宣纸，继续记录众人的意见。这边忙得熙熙攘攘，西花厅外却异常安静，细雨不时地飘落，虽已没有半月前那么浓厚，但更觉浅薄寒冷。陈志尧收紧了一下身上的衣服，走过曲廊，见到陈延芳背手站在一棵老石榴树下，老树盘虬，石榴花开，鲜红如火。一树红花的热闹，更显得一身白色西服的陈延芳瘦小落寞。

陈志尧沉声咳嗽一声，陈延芳闻声回过头来，见是陈志尧，便勉强一笑说：“刚才见贤弟奋笔疾书，言辞紧密，书法好不潇洒流畅。贤弟真乃人才啊！”陈志尧一笑道：“延芳兄过奖了，若虚老先生之前已经吩咐，一定要将各人意见详细录下，事情为之，必须周详。志尧也不过是略尽绵力而已。哪及得兄台你，发动奔走，垫资购地，四处动员，才得今日如此人才鼎盛，意见踊跃。”

陈延芳昂头望着树上红花，道：“潮安兄他们身处重洋之外，亦晓得溯本求源，造福族人，延芳身处五羊城，已占地利；如今洋务开放，商贾兴旺周全，此为天时；多年来，又得南粤亲朋好友鼎力相助，才得今日之事业，是为人和。天时地利与人和，皆不是延芳一人能力为之，全靠祖宗在天之灵保佑，延芳所为之事，不过是分内。”陈志尧一揖说：“延芳兄自谦了。”陈延芳立马回礼。

两人立在石榴树下，看着火红的石榴花。忽然，陈延芳说：“这个时候，应该是日本樱花盛开灿烂之时了。”

陈志尧心里颤了一下，听陈忠从陈公馆打听回来的消息，陈延芳的小妾宛湘，已经离家出走有十日之久了。这段时间，陈延芳像疯子一般，寻遍了五羊城城内的大街小巷，但宛湘似是平地消失了一般，忽地不见了。陈志尧隐隐觉得此中会有缘故，要不，以陈延芳在五羊城的名望和人力物力，这么大的一个人，没道理就这样在他的眼皮底下消失了。

陈志尧叹了口气问：“仍未有消息吗？”陈延芳摇头说：“宛湘应是早有预谋的，什么时候走，要走向何处，如何隐身躲避我的找寻等等，她都计划周详的，要不，没道理我找不着她的。我已经向水务司铁路司各码头都打听过了，这些天来，都未有发现过像宛湘这样的女子离开五羊城。我想，她应还在五羊城城内的。"

陈志尧"唉"的一声，在心内长叹，真的有心要躲，再小的地方亦能藏人，更何况是偌大的五羊城？宛湘若不是受了莫大的委屈，亦不致不辞而别。这个七窍玲珑的女子啊！虽说是只有一面之缘，陈志尧却仍忍不住心里牵挂，但愿她一切安好！

陈延芳说："二十年前，也是差不多这个时候，我在日本留学。第一次去我导师家里，在那栋不大的榻榻米门前，四周的樱花开得粉白灿烂，湘儿才十岁，穿着粉红的和服，长长的直直的柔软的头发披在身后，齐眉的刘海儿，一张红红粉粉的圆脸蛋，扑闪着大眼睛，张着小手儿，像粉蝶儿一般向我们扑了过来，虽然她的嘴里喊着爸爸，但我还是那样满心欢喜地看着她，在心里忍不住应了声'哎！'。假如不是导师意外早逝，或许我和湘儿一辈子都不可能有交集，只可能叔侄相称。可是，上天就是这样造化弄人的，它偏偏就夺去了湘儿最后一个亲人，把年少柔弱孤苦的湘儿留给了我，让我有幸成了湘儿的丈夫。可无论我怎么疼爱她，都总是不够，我今年都四十五了，湘儿才二十八，她的岁月还长，我真的不知道怎么做，才能让她少受些委屈。"

陈延芳似对陈志尧诉说，又似是自言自语，听得陈志尧感慨万千，真是多情自古空余恨，此恨绵绵无绝期啊！月前见宛湘时，隐隐觉得此女子气质异禀，心志甚高，非一般女子能及也。暗想如此女子，定不可能终身甘于为妾的。陈延芳如此感叹，不知该如何去做才不让她受委屈，其实道理很浅，陈延芳不可能心中不明白，只要他能休妻正娶，从此只侍宛湘一人，那么，宛湘就不存在任何委屈了。但是，纵是心里洞明，十年过去了，陈延芳仍迟迟不肯跳出藩篱，每逢家庭纠纷，就作哑装聋，宛湘又如何能忍受下去？听陈忠打听回来说，宛湘是自行招惹老太太动怒，才致皮鞭加身的。如此说来，宛湘是早已萌发离开陈公馆之意，只不过一直寻不着机会，老太太这一家法，虽说是家法，但更是宛湘处心积虑的借刀杀己之法。一个委身为妾十年之久的宛湘，在冷酷无情的家法之下，香魂弥散；一个逐渐清醒决心寻找自我的宛湘，在博爱平等的博济医院里，悄然成长。或福兮或祸兮，难料！陈志尧拍了拍陈延芳的肩，恐怕，这个多情的大善人，此生再难遇见他心爱的小妾了。作为兄弟，除了默默安慰，陈志尧实在寻不出更多的语言。

外面忽然脚步声密匝起来，陈潮逸和陈絮晞两人兴冲冲地赶了进来，陈潮逸手中抱着一卷泛黄的油纸卷。见到陈志尧他们，陈潮逸打招呼说："两位不是该在西花厅里议事吗？怎么得空出来散步了？"陈志尧笑笑说："里面热议得紧，我们出来透透气儿。"陈潮逸点点头说："地图已经绘制完毕，我和絮晞专门到印刷司去，连夜赶了一批图纸出来，才拿到图纸，特送过来给各位议事参详的。"

说着便抽出两张图纸，分别递给两人。陈延芳和陈志尧接过图纸，浓郁的油墨香味扑鼻而来。这是一幅以陈氏书院为中心的五羊城地图，另外还附有两幅小图，分别是《大清国十八省图》和《近省城分图》，上面清晰明了地标志着陈氏书院在五羊城及附近地区乃至全国的位置。除此之外，图上还附有不少说明文字，标出了北京至各省路程的里数和自广东省启程往各府县里数及所需时限，具体细致。

陈志尧和陈延芳抚摸着崭新的地图，不由得肃然起敬，陈潮逸和陈絮晞两个在国外经过深造的才子，在地图上尽显了他们惊人的才华，光是中、西两种尺寸标志的融合，就是极大的创新了，上北下南，把街区、街道标志得一目了然，如此精确的制作，竟然在短短数日之内便完成了。

真乃神人啊！陈志尧频频点头说："如此甚好，如此甚好。辛苦两位兄台了。在下有一意见，不知当讲不当讲？"

陈潮逸说："愿闻其详！"

陈志尧指着地图上标于城郊的陈氏书院说："我们建此书院，总归是要合法合理的，若能将广雅书院亦标于陈氏书院近旁，是否更能说明德邻广雅之意？"陈潮逸哈哈大笑道："志尧贤弟果然独到，他日不成大官，可劈潮逸人头做酒葫芦盛酒喝。"

陈志尧一笑。四人一同入内，将地图分发给一众议事。陈若虚打开地图看了一会儿，点头说："此图好是好，但仍未够完善呢！"

这么一说，众人便静了下来。陈潮逸恭敬地打开地图，铺在桌案上，提起墨笔，说："老先生，请讲。"陈若虚走上来，指着地图说："此地图不仅要突出陈氏书院，更要突出广雅书院，此为一。"陈潮逸点头道："刚才在外面，志尧贤弟亦提出过如此意见。"陈若虚望一眼陈志尧，点了点头，又说："此次地图的绘制，目的是为了发动吸引全省各府县陈氏宗族前来捐纳科银共建书院的。供奉牌位自然是一处诱惑，但既然名为书院，就不能忽略驻足读书的作用，所以，全国各地前来书院的水路陆路一定要扩大详细标志清楚。"说着，他提起墨笔，在地图上刷刷刷地画了下去。众人伸脖子往前探看，老先生画下的为五条路线，其中三条线上画着"水路"二字，另外两条标着陆路。众人立刻醒悟，果然是老官场，考虑细微，宣传到位啊！陈若虚指着地图上他刚画下的路线，对陈潮逸说："你和絮晞归去，恐仍要辛苦一趟，我们不仅要指引清楚，各地陈姓族人来到五羊城之后，应如何快捷便利地找到陈氏书院，还要让考生们清晰知道，通往贡院的途径。唯有如此，才能吸引族人，众志成城。"

陈潮逸望着地图，心悦诚服，看来陈氏书院的地图，早已经在这位须发俱白的老先生心里有了图形。陈若虚所画的水路，分往陈氏书院，路程："一由轮船渡头起，过沙面，入澳口南岸、荔枝湾，直泊书院。二自沙面起，入西炮台、柳波浦、彭园、观音桥登岸，入五福里，入连元通津直到书院。三由轮船渡头起，入兴隆街、十八甫、十六甫、十五甫、观音桥、五福太街、连元通津到书院。另外一条是从城中（城郭之内）如何前往陈氏书院的路：自西门，出积金巷、聚龙里、黄家祠到书院。最后一条则是指导陈氏子弟来往科举考试地点——贡院与陈氏书院之间的路径：由贡院起，出文明门、万寿宫、仰忠街、高第街、大新街，由状元坊出太平门、打铜街、第八甫、第六甫，入锦云里、青紫坊、芦排巷、龙津桥，入连元同津，过奎光宇、黄家祠到陈氏书院。"① 如此详尽地标注各条道路，可谓用心良苦。

陈若虚一一给众议事解说过后，众议事纷纷鼓掌表示同意，陈若虚义在众人的掌声中，执起墨笔，在地图上写道："现拟绘此图式，系城十里之遥，相隔省城颇远，今将城外各街道分列明晰，以便本姓人熟悉路径，不致迷途，皆可进入书院之门。唯是各府属本姓人分散居住，故特此将各府州县列明各处图式、程途，庶望肄业者期有进益耳。"

笔落，言尽，意简，整间书院的建设计划、筹建意图全都展现在这一张小小的地图之上了。写完字后，陈若虚把笔一抛，疲倦地坐在一边的太师椅上，不管众人熙攘，径自闭目养神。陈志尧和陈广宁立在他旁边，一步不敢离开，老先生经过一整日的折腾，实在劳累了，需要暂时休歇。见到陈若虚如此倦态，众议事亦敛起适才的兴奋情绪，纷纷告别离开，陈若虚低声对陈志尧说："章程和地图都还要很多细节需要斟酌，你去跟大家说，三日之后，还在这里，再商议。你和广宁去送客人吧。"

众人散去之后，天色已经暗了下来，又一日即将过去了。陈若虚掐着手指算了算，抬头问陈延芳："延芳啊！今年八月吉日多，宜动工兴土，连元大街一带，和简塾谈得怎样？"陈延芳说："我正在跟踪商谈着，由于现在正值谷旦，许多租户佃农才种下作物，现时收购，定多阻扰，我已和简塾谈妥，孟秋之前，定要将田中作物收成，腾地过户。"陈若虚点了点头。来贵捧着香茶进来，陈若虚接过香茶，喝一口，点头道："还是延芳公馆的茶叶，芳香奇异，闻之提

---

① 引自《广东省城全图》（《陈氏书院地图》）上的路程注解。

神，饮之甘长啊！"陈延芳鞠躬施礼，道："过奖了。"心中却是痛若刀绞，那个制此香茶的人儿啊！你今下在何处？

陈若虚又问："可商定了地价了吗？"陈延芳道："用木石行九五尺量，每井价银壹拾两。"陈若虚点了点头道："这价钱尚可。有水塘低陷的地段，可莫忘记要他们填平。"陈延芳道："延芳已和潮安兄一同由龙津桥西过去，与简塾核定了需平地段。孟秋之前，简塾自会工作，若交地时，发现未填，一井扣银贰两，为确保顺利收地，延芳和潮安兄已合资一千两做定银，写下地契，确保无失。"

陈若虚眯上眼睛，点头道："你和潮安都是从商之人，如此收购计算之事，事必在行，我自放心。但凡事要往细处和未来看去，简塾附近，连元大街四周，亦要更加细致物识，此举已得总督大人批示，兴建之事势在必行，天下陈姓者众，若他日书院兴旺起来，恐书院不足以容纳，与其届时收购扩建，不如未雨绸缪。"陈延芳道："延芳谨记。"

陈若虚张开眼，喝一口茶，又转过来对陈广宁和陈志尧说："你俩年轻，又都是通过读书明理踏入仕途的，关键事情，得多担当。"陈广宁和陈志尧齐齐躬身施礼，答道："老先生教训便是。"陈若虚抚着胡子说："章程一节，就你俩负责斟酌，得在开篇处，明细说清购地之事，得让族人明白金银去向，账务明白，族人才付之心悦。"陈广宁、陈志尧齐齐道："学生明白。"陈若虚又道："我们申请兴建的乃是书院，章程上必须注明课读讲学之主要功能。另外，老夫仍有一私人想法，陈氏族人中，若有聪明敏捷，才学俱优，但因家境贫困，无力求师的年轻人，都应免费准入书院课读。如果条件达到，书院还可以酌情资助他求师学术。"

陈延芳他们心中俱是一震，大度大容之人，才能修得如此大爱，对陈若虚的敬重之意，又增一层。陈志尧道："志尧在广雅就读，广雅逢月必有文会，学生各自论述，师者居于堂上为判，论述优胜者，得奖励以致士气。志尧认为此举甚好，能激发学生思维和胆量。现虽仍是试学阶段，但亦已能窥见成效。"陈若虚点头说："这些都是学习增益的道理，老夫认为都可效而行之。"陈潮安等人亦点头赞同。陈若虚又转向陈潮逸说："潮逸啊！我们这些都是读书做文章可以或经商买卖尚可的文官商人，在地理建筑这些方面，全凭你和絮晞两人多费点儿心思了。"陈潮逸笑着说："无问题啦！我同絮晞会等延芳完全收购宅地后，赶在志尧出章程之前，制定好完整的地图的。"陈若虚点头道："可物识了建筑之人了？"

陈潮逸道："听闻寺前街的黎氏瑞昌店名声甚好，我已跟絮晞去实地察看过，的确店面正派，店内展品造工甚是精良。我们又与店主建业先生有过接触，此人虽只四十出头，但谈吐得体，学识渊博，技艺更是精湛，省内多间书院庙堂他都有份参与设计兴建。城内潮州八邑会馆就是他设计，并为总工程师监工兴建的。这两天，我和絮晞会抽时间到潮州八邑会馆去看看。"

陈若虚点头说："黎建业大名，早已听闻，此人乃建筑界大师，园林艺术俱有探究，你们晓得去寻他，定是不错。潮州八邑会馆体现的多为潮州建筑风格，其镂雕装饰都以潮州木雕为主，而我陈氏书院，集的乃是广东陈姓族人大元，建筑上，各地特点都应体现。"陈潮逸一拍手掌说："老先生此说，好合我心意啊！潮逸想的，正是一集成广东各地传统建筑工艺又融合西方先进建筑理念的陈氏书院，要不，怎对得起广东陈之名呀！"陈潮安白他一眼，训道："轻浮。"陈潮逸伸伸舌头，不敢作声，陈絮晞道："我们会与建业先生细密斟酌，到时先出草图，供各位议事参详。"陈若虚点头，道："你们一或年轻一或长年旅居海外，并不知晓之前发生在赴考考生身上的事情，当年，我们这些赴省考赶秋闱的，开春便赶路，来到五羊城，就在仙湖街陈氏书舍落脚。但那书舍，简陋得紧，又单薄，那时陈姓子弟心亦是散的，并没么意识合力将书舍扩大，增加守卫人手。那些欺行霸市的流氓土匪就盯上了这书舍，隔三差五就来要挟勒索。在书舍里的都是暂时落脚的各县考生，全都是文弱书生，为保性命，都不得不忍气吞声。我当年亦被数个恶霸威逼过，几尽家财才保得平安完成省考，可实在屈辱，哪有如此横恶侮辱斯文的？老夫从此之后，就抱定心念，一定要组织发动省内所有陈氏族人，建一间属于我们陈氏的书院，规模须得伟岸的，结构须得严密的，守卫须得森严的，功能须得齐全的。但由于为官之后，长期身处京城，后又屡屡被调至外务司，长年在国外为朝廷效力，至于兴建书院一事，实在有心无力，故此搁置下来。如今，我老了，告退归田，只希望能在仍能动作的时候，尽一点微力，把这一心愿了了，为我陈氏族人，略表余力。"说着，竟是泪花沾了眼睑，眼眶微红，听得众人都不胜唏嘘。说话间，仆人们已经将饭菜在正厅摆置停当，陈泰过来请老爷们过去就餐。

夜已入深，细雨在窗外淅沥，隐约有虫儿的鸣叫，室内，空气湿重，被褥虽已被香菱用干花熏过，但仍掩不住沉闷的霉湿气味。陈延芳把身体蜷在绸缎面料的被子里，怎么睡都觉得脚底是冷的，翻来覆去都睡不着。他又懒得起来叫香菱去烧热水灌暖脚袋，唯有盯着低垂的帘幔，宛湘那灿烂的笑颜便隐约在薄纱般的帘幔之外，他一下子扎起来，叫道："湘儿。"但宛湘似乎听不见，如花的笑颜一展，便无情隐去。陈延芳懊恼地捶一下床，若是往日，那春寒料峭的夜里，抱着温如软玉的湘儿入睡，浑身温暖舒服得只愿意在梦中，不愿意醒来。湘儿失踪后的这些夜晚，陈延芳都难以入眠，已不算是很冷湿的天气了，可加再厚再好的蚕丝被，都无法温暖透身的寒意。湘儿啊湘儿，陈延芳早已经习惯了有宛湘存在的夜晚，实在无法在没有她的夜里安然入睡。

为了能把握住陈延芳的这个空床期，玉如和丽芳都费尽了心思，想尽了办法，每天只要听到陈延芳的汽车在陈公馆外的刹车声，大门便立刻打开，两个打扮得妖冶的女人，滚着一阵浓郁的香风扑了过来。这个扶着手臂说："老爷奔波了一日，想必又累又渴了，我房间里煲了最滋补的竹丝鸡黄芪汤，老爷你最适合饮了。"那个捶着后背说："老爷忙了一日事务，肯定累了，我刚向老中医学了推拿手法，老爷到我房间里来，我给你捏捏，保证身心舒畅。"

煲了汤的是玉如，学了推拿的是丽芳，两人跟在陈延芳身边，你一言我一句，喋喋不休，虽没肢体上的对抗，但言辞中，尽是挑衅。陈延芳被这两女人烦不胜烦，真想不明白，这女人心里想的是什么，她们又是什么构造的。宛湘未来之时，两人斗得你死我活，为了争宠，尽施能耐，闺房之内的那种风流浪荡，恐怕连艺妓亦是不如的。如此低态，竟只是为博丈夫的一句喜欢，平生所能为之事，亦不过是讨好一个男子而已。宛湘来了后，她俩不需言语便默契起来，强强联手，恨不能将宛湘置于死地。那种狠毒阴险，亦不是随便那个男子能比得过的，彼时，她们的能耐似乎也只有算计设局，争风吃醋。如今，宛湘出走了，她们便立刻翻脸，又恢复当初常态，极力讨好。殊不知，此时此刻的陈延芳，所有的心力都在陈氏书院和宛湘身上，她们越是主动讨好，陈延芳对她们越是厌恶。

陈延芳根本不理会她们的拉扯挽留，见夜色深了，也懒得去给老太太请安了，径直就回宛湘的房间。玉如和丽芳挽留不住，唯有眼巴巴地看着陈延芳"砰"地关上房门，然后又互瞪一眼，愤愤地各自归房。

回到房间，玉如生气地一放杯子，叫了声："欧妈！"但欧妈并没像往常那样，应声而至。玉如烦躁地站起来，围着桌子转圈，真该死，虽然利用欧妈失踪的事件一闹，她逃过了陈延芳的追究，但换回来的却是丈夫更加冷漠的对待。丈夫已经有多久没有进这房间了？是一个月？三个月？半年？定是一年？玉如打了个寒战，她已经想不起来了，可她，才刚四十，年华刚好，青丝还茂，因保养得当，皮肤仍细滑紧致，乳房仍挺挺然包裹在旗袍之下。她抚摸着双肩，皮肤在薄薄的锦缎之下弹跳着，似乎诉说着什么，身体内燃烧着的那团欲火，使她更觉寒冷。

犹记得十六佳龄，嫁入陈家，那时丈夫二十，血气方刚，夜夜专宠，那时年少，还以为成为女人就是这样子的——日日甜蜜幸福。但是，谁能猜想得到，甜蜜幸福竟是那么浅那么短那么薄？女人更长的时间是守在忍耐和寂寞的折磨中，是焚烧在情欲的煎熬当中的。先是出现了丽芳，再就带回了宛湘。丽芳来时还好，陈延芳还把玉如当正室夫人尊着敬着，隔三差五还会回房来住两三个晚上。可是宛湘来了后，情况就不一样了，要不是宛湘来了月事，她和丽芳是得不到陈延芳的恩泽的。即使偶尔，陈延芳与宛湘使了脾气，生气地寻到这边来了，也是过不了整夜的，在玉如身上心不在焉地动作一会儿，便败下去了，躺不了一会儿，就悄悄起来披衣出去。他以为玉如已经睡去，但玉如却在黑暗里瞪着眼睛，任由泪水从眼角流出，看着丈夫轻轻掩上房门，又回到那个小妖精的床上去了。与其说玉如是妒忌宛湘的，还不如说她是羡慕的。宛湘多好啊！一个从外国归来的小女子，不受任何礼教约束，不管三纲五常，想笑便笑，想哭便哭；喜欢男装就男装，中意女装便女装；如若兴致来了，便跳上汽车去街上逛，心情不好时，还能将丈夫赶下床去。爱怎样活就怎样活，什么人间的苦辣酸甜，都一一品尝。玉如幽幽地叹了口气，若能如宛湘那般放纵地活一次，哪怕只有一年或一个月，她都觉得值了。

这边玉如自哀自叹，她却不知道，其实陈延芳亦是辗转难眠的，而丽芳的行为，更让玉如始料不及。

丽芳在性事上比玉如放得开，等来等去，见不着陈延芳过来，她便不等了。换上最性感的内衣，披上大棉袍子，就悄悄推门出去。陈延芳待在宛湘的房间里不肯过来，那她就过去找他去，反正宛湘也不在，她才不在乎那个房间里那张床上面，还余留着另外一个女人的气味。宛湘房间的门并没往内拴着，香菱侍候陈延芳睡下后，吹了灯盏便带上门出去了。

丽芳轻轻推开房门，摸了进去，又把门轻轻带上。刚躺回被里去的陈延芳听到声响，问了声："谁?"丽芳一甩棉袍子，便鞋一蹬，便跃到床上去了。陈延芳刚掀开被子想下床，一具带着香味滚烫柔软的身体便钻进怀里来了。他双手一推，双手按在一对异常饱满的大奶子上，他轻叫了声："丽芳！""嗯，老爷！你想死丽芳了！"丽芳嘤咛一声，顺势坐在陈延芳的大腿上，一边亲着他，手儿也不歇，往他的下体捣弄起来。陈延芳心里还想推开她，但双手却似吸盘般，死死吸在那两只滚圆硕大的奶子上，丽芳急喘着撕扯着他的睡衣说："老爷，用力，用力，那年你就是这样抓着丽芳的奶子，说丽芳好的。用力抓啊！老爷，舒服死丽芳了！"

这也是他的妻子啊！陈延芳忽地觉得一股热浪从体内涌了上来，抓着丽芳双奶的手一紧，丽芳"呜"地大声尖叫了起来，丽芳有多久没这样放开地叫唤过了？陈延芳不由忆起那段和丽芳天天在别舍里厮守缠绵，疯狂地鸾颠凤倒的日子，下体便一下激跳起来，昂然挺起。丽芳又是个技术精纯的，对准方位一下便坐了上去，呼呼地叫唤起来，一双大奶子在暗暗的光线里，抖动得厉害，好不销魂。受宛湘失踪影响了半月之久的陈延芳，也一下子被点活了，舒服得哼哼起来。

两人忘情地在宛湘的床上巫山云雨，却没觉察房门被人轻轻地推开了，玉如静静地站在门口，直着目光看眼前这一幕活色生香。连丽芳都敢抛下一切，主动骑到她的男人身上去了，唯有她欧玉如，只敢躲在阴暗寒冷的房间里面，独自抚摸身体，长嗟短叹。这到底是为什么呢？她是该讥讽丽芳的不要脸，还是如心底的那丝意念一般，羡慕膜拜呢？床上的那对肉体，一番折腾后，便软绵绵地倒在床上睡了。他们竟然连房门半启着亦没有发觉，更别说发现一直看着他们的玉如。此时此刻，玉如才知道，男女间的性爱，竟然可以如此坦荡如此投入的。她轻轻带上房门，慢慢走回房间去了。

第十二回　俏丫鬟雨巷追良缘
智少爷初研浅水轮

花开两朵，各表一枝，且说陈潮逸在佛山的境遇。

南方的雨天，来得防不胜防。一下惊雷，似乎还响在绵绵不断的清明雨中，但夏天说来就来了。

陈潮逸撑着雨伞走在佛山祖庙路湿滑的石阶上，祖庙的庙钟从红棕色的高墙内传了出来，"当当当"，缓慢，悠长，辽远。看来，广东很难再找个像佛山这般讲究园林建筑的地方了。祖庙路转过来的这一段，就叫百花路，一路上，树木参天，花团锦簇，各家各户都喜爱在门前摆放上鲜花盆景，姹紫嫣红，十分好看。陈潮逸来到佛山，看见这迤逦的充满禅意的长街，十分喜欢。看见陈潮逸这样欢喜，陈絮晞笑着说："佛山是个集禅意诗韵的好地方，若要鸟瞰佛山的建筑园艺，非梁园莫属；若要拜佛观欣赏古建筑雕刻技术，就非祖庙莫属；若要追本寻源，索求民间技术精湛的佛山陶瓷工艺技师，则一定要到南风古灶。"

经陈絮晞这么一说，陈潮逸就坐不住了，午间憩眯半晌，便悄悄爬起来，换上雨鞋，问仆人要了把油纸雨伞，便独自出门了。陈絮晞的仆人三元不放心，要跟着出来。陈潮逸摆摆手，让他待在家中，等自家老爷起床侍候，陈潮逸一向独来独往惯了，不喜欢仆人跟随左右。

三元没有办法，既不敢唤醒仍在睡梦中的老爷，亦不敢拂了老爷贵宾的兴致，唯有守在大门外，远远地目送着高大的陈潮逸逐渐在雨中隐去，心中嘀咕：老爷带回来的这位从旧金山归来的高大老爷，看上去一点老爷的架子亦没有，整日笑嘻嘻的，一副吊儿郎当的样子。听老爷说他好多年前在旧金山就很有名望，又是大富人家，但是，这样的名人富人，却是孑然一身回国，现在哪个有财有势的不三妻四妾啊？这不？才跟老爷回来佛山落脚，还没焐暖个被窝，又一个人冒着大雨外出。才第一次来佛山呢，也有这样的胆量和兴致，真是神经兮兮的。那么尊贵的身份和娇贵的身子，要出点什么事故，谁个担待得起啊！三元担心自家老爷起床后，不见老友，会责怪自己，就更着急了，想追出去，外面又大雨滂沱；不追出去嘛，这旧金山来的老爷若出点儿事故……哎！总之就是烦人儿啦！

正烦着，便见到姑奶奶的随嫁丫鬟小瓷撑着青色雨伞走了过来。小瓷是陈絮晞幺妹絮萍的陪嫁丫鬟，早已过了适婚出嫁的年龄，但仍袅娜可人。三元见到小瓷，高兴地拉着衣服，站起来。

小瓷本来是有段姻缘的，二十岁那年，经媒人撮合，相中了一老实小伙。但陈絮萍命薄，刚好在这年丧夫，忠主侠义的小瓷，便拒了亲事，一心守在守寡的小姐身边。主仆两人亲如姐妹。陈絮萍是个能折腾的人，姑爷去世后，她虽然亦和其他寡妇般，哭过怨过，但很快又振作起来。现在已经将夫家经营的几间药行，重新拾掇停当，生意兴隆。

这个时段，下那么大的雨，小瓷不在药行帮忙，回娘家来有何事呢？小瓷长得精灵俏丽的，三元一直都很喜欢小瓷。见到小瓷浑身雨水地回来，既高兴又心疼，说着："就不能等雨停了再回来吗？"小瓷抹着脸上的雨水说："小姐刚从陈联泰机械厂返来，小姐看中了那个机械厂的小少爷陈子卿刚研究出来的什么浅水轮船，说做内河运输正好，那小少爷把那轮船的功能说得天花乱坠的，我在旁边听得稀里糊涂，脑袋发懵。可有一样我听明白了啊！那价钱可是天高，我吓得傻了。见小姐和那小少爷还谈得兴致，大雨一时歇不了，那小少爷没那么快走人，就赶紧跑回过报告大少爷。得让大少爷去劝劝小姐，可别信了那子卿少爷的大话儿，掉了本身难以得来的身家啊！"

三元一听，晓得是大事情。陈联泰机械厂的司聿老爷，是国内非常出名的商家，早年与絮晞老爷亦常有来往。三元见过这老富豪，一派谦谦君子的风度，甚是贵气精明的，絮晞老爷与他经常有生意往来。听絮晞老爷说，这司聿老爷是个实在可靠的生意人。可惜几年前亦去世了。他的孙子那个子卿少爷，也不过是二十来岁的样子，虽说留过洋，学过很多知识，但毕竟是下巴还没长青胡碴子的娃娃儿，那什么轮船，能可靠吗？但这会儿叫醒絮晞老爷，他肯定会问那个旧金山来的老爷去哪儿了的，如果絮晞老爷知道旧金山来的老爷一个人冒雨出去了，肯定急着去找人的，那么姑奶奶那边，就有可能出事了。唉！姑奶奶一个女子人家，乱折腾个么事呢？三元急得差点要哭了。

小瓷催他："三元大哥，快去叫起老爷啊！"三元哭丧着脸说："刚才你过来时，有无碰见个身材高大的穿着西服的老爷啊？"小瓷点头说："见到啦！我差点和他碰上了。"三元瘪着嘴说："这老爷亦姓陈，叫潮逸呢，是絮晞老爷在旧金山读书时的同学。他刚非要出去，我拦也拦不着，要是这个时候叫醒老爷，他肯定问这个潮逸老爷的去向的，我该点样讲啊！"小瓷急了，道："那就直讲啊！这样吧，我去寻那潮逸老爷，他那么大的个头，又穿了西服，应很好找的。你快去禀告老爷去。迟了，小姐那边就可真要出事了。"三元点着头往内奔，小瓷跺跺脚，撑开雨伞就去追陈潮逸了。

陈潮逸刚走到百花巷，一户门前别致用心地用石盆育了几支荷叶，两个比拇指大点的花蕾刚冒出圆大的荷叶，禅意十足，陈潮逸忍不住停下来多看两眼。正想着，日后陈氏书院亦可以水育物，更能增加文人气质，忽然听见背后有人叫："哎！前面那位先生，Mr. 陈。"

在这人烟稀少的雨巷，居然有人会用英语唤自己，陈潮逸忍不住回头，见到一个撑着淡青色油纸雨伞，扎着双辫子，穿着藕色衣服的姑娘走了过来。这南方女子的玲珑韵致，真不是西方女子可比的，由远而近的女子，就似从一幅朦胧的水墨画中走出来，美好得让人窒息。陈潮逸愣了一会儿，才反应过来，女子已经走到跟前，陈潮逸问："姑娘是叫在下？"

"就是叫你啊！先生。"

陈潮逸一笑，这穿着中式服装梳着长辫子的女子，却是用西式称呼，有意思，与归国后陈潮逸遇到的国内女子有点不一样。从某个角度看，这小女子和宛湘夫人有点像。当然，又是不像的，宛湘夫人是那种完全西化了的女子，独立刚强、才艺俱佳，骨子里沸腾着自由自主的血液。眼前这女子呢？模样看上去，和宛湘夫人差不多大小，却是温婉伶俐，有股小家碧玉的清新味道，却又不全是小家碧玉的，温顺的外表之下，另有·定的判断和见识的，要不，怎么能一眼辨认，开口就晓得用 Mr.？

陈潮逸问："姑娘认识我？"既然这女子晓得一点西方礼仪，陈潮逸就将"在下"的自谓改为"我"。女子一笑，略带点羞涩含蓄的，说："是呀！陈先生。我是絮晞老爷府上出来的丫鬟，叫陈小瓷。"

原来是陈絮晞府里的丫鬟，这絮晞君真懂得调教，连一个小小丫鬟也这样伶俐，一点奴婢气质都没有，陈潮逸不由说："没想到絮晞府上，连丫鬟亦会说英文啊！"小瓷脸蛋一红说："先生见笑了，小瓷自幼跟随絮萍小姐，老爷小姐从没将我当下人对待。老爷刚从国外返来那几年，小姐都带着小瓷去跟老爷学说洋文，小瓷那时还小，听得不甚明白，但简单几句还是晓得的。"这是小瓷谦虚，而今小瓷已是絮萍小姐的左膀右臂了，很多对外供货，絮萍都让小瓷去跟，几年来跟各洋人西医打交道，小瓷的英语口语应用能力已是很强了。

陈潮逸点点头，问："小瓷姑娘，这么大雨的，你急匆匆地赶来，有事吗？"小瓷问："正是这大雨天，先生为么事还要独自出门呢？您这样洋装加身，又雨天独行，很容易招来麻烦的，您这不是为难我们这些做下人的吗？老爷午睡起来，定会责罚我们的。"陈潮逸一笑，这女子伶牙俐齿的，真与一般丫鬟不同，张嘴就责问了，一点也不客气，看来平日在主人面前是非常得宠的。

小瓷又问："先生是想去哪儿？"陈潮逸说："早已闻佛山大名，今日来到，想四处走走看看，领略这里的人文风范，建筑景观。""就这样吗？"小瓷抿嘴一笑，这国外归来的华侨老爷，思想就是和常人不一般，佛山的人文风范，不也都是横街小巷地摆弄叫卖吗？所谓建筑景观，不就是锅耳大屋陶瓷公仔吗？都是常见的平常物，有什么特色呢？本地人一点也不见得稀罕啊！但这不是平常人么，是旧金山归来的很有学问的博士老爷么，他说是稀罕的，那就是稀罕的了。

小瓷打着雨伞走在前面道："若果先生唔介意，小瓷可以带先生走走。"以陈潮逸以往的性格，他倒愿意一个人走到哪里算是哪里，这回却来了兴致，觉得和这个可爱的女子走在一起，可能会有更多意想不到的趣味，便点头同意了。可小瓷却是不客气的，道："但陪先生走之前，先生要先陪小瓷回药行。我家小姐还在药行等着我呢！"

西方礼仪里，讲究的是绅士风度，小瓷的这点要求，陈潮逸哪有道理不答应，于是做了个请的姿势。小瓷端端地回了礼，一笑，走在前面。

陈潮逸怎么也没想到，此次佛山之行，竟然让他认识了陈江丹，已故的大名鼎鼎的实业家陈司聿之孙，一个著名的轮船机械师。小瓷带着陈潮逸来到惠济药行，陈絮萍刚好和陈江丹并肩说着什么走出来，见到小瓷冒雨领着个男人回来，陈絮萍皱皱眉头问："怎么揾都唔见你，去边度了呢？这先生是？"

说的虽是标准的广东话，但亦是开口就用先生的，责备的同时不失礼貌，果然是知书识礼的名媛闺秀。陈潮逸脱下帽子，将帽子掩在胸前施礼道："在下陈潮逸，乃絮晞兄在旧金山时的同窗。"

"陈潮逸？"陈絮萍将名字在嘴里咬了一下，恍然道："我记起了，大佬留学归来那几年，常提起你呢，他称赞你是设计系里的大才子，地理学上的怪才。"陈潮逸一笑："絮晞未免有点言过其实，惭愧惭愧！"陈絮萍回头对陈江丹说："小瓷这能耐还真不少，大雨天居然在街上捡回来一个洋博士。"

陈江丹十七八岁的样子，身穿米色西服，辫子梳得油光水亮，皮鞋也擦得闪亮，身材修长挺拔，双目炯炯有神，一副翩翩少年的模样。陈潮逸不禁在心里叫了声好，颔首向陈江丹施礼。陈江丹抱拳还礼说："既然都是出自一个堂庙，那江丹就自作主张，尊称一声潮逸伯父了。""哈哈！"陈潮逸开怀大笑，这样的年轻人，前途无量啊！絮萍立刻吩咐店内员工重新泡上香茶，大家分宾主坐下，絮萍笑道："这么大雨的天，真是连天都留客了呀！"陈潮逸一笑，在国内，还真的很少遇见有这么大方轻松的女子，絮萍和宛湘亦有很多共通的地方，都很独立，敢爱敢干亦敢恨。受过西方教育的大小姐，真的与众不同。

茶才喝过两滚，就见陈絮晞在三元的搀扶下，冒雨急匆匆地奔了过来，絮萍瞥一眼小瓷，道："敢情是有人跑去给老爷通风报信了。"小瓷眼光流盼，笑嘻嘻地说："若不往老爷家跑一趟，怎么可以给大小姐你领回来个贵客人呀？"絮萍道："嘴贫。"说着站起来，迎上去，说："大哥，咁大的雨，做勿赶过来啊？"陈絮晞刚想责骂几句，就看见座中的陈潮逸，立刻笑道："原来潮逸兄来了舍妹这里了，害絮晞一番好找的。"陈潮逸拿眼睛望了望小瓷道："还不是你家里人厉害？三言两语就把我这混混沌沌的老头儿给骗来了。"小瓷急了，争辩道："哪有哇？我，我……"却说不出个什么来，脸蛋儿通红。

陈絮晞和陈江丹施礼后，道："听闻贤侄这番到来，是和舍妹商谈浅水渡轮一事的，在下亦想了解一下这浅水渡轮的情况。"陈江丹舒缓地端起茶杯，喝一口茶才道："这是小侄新研究的内河燃油渡轮，适合于内河和浅海滩行驶停靠。"

絮萍转身进内，抱出一卷图纸，吩咐员工将图纸铺在课案之上，然后邀请陈潮逸和陈絮晞过去观看。陈潮逸和陈絮晞本身就是工科出身，修的就是设计专业，一看整个渡轮的平面和剖析图，就晓得绘图人对整艘渡轮把握的精确和驾驭能力了，不由得互看了一眼。陈潮逸干脆从衣袋里掏出眼镜，陈絮晞是知道这个老同学的习惯的，一遇到他感兴趣的或他一时未能理解的，他都会摸出眼镜，非仔细看个透彻明白不可的。当下便不作声，跟着细看。心中亦不由得暗暗佩服，虽然陈絮晞学的是建筑设计，但是机械制造的设计，多少和建筑设计有同工之处，光看绘图的精密准确，就可见得到眼前这位江丹少爷不是浪得虚名的。已故的陈司聿老先生家教有方啊！都说富不过三代，江丹已是富到第三代人了，仍如此俊杰，实在令人钦佩。

细看了一会儿，陈潮逸抬起头来，摘下眼镜说："人才啊！少年出英雄，絮晞啊！看来我们都老了啊！"陈絮晞笑道："潮逸兄已五十二三了吧？弟亦往天命之年奔了，能不服老吗？这世界还是年轻人的啊！"陈潮逸一笑道："五十余三，岁月不饶人啊！所以才想在有生之年，为祖宗基业，做些实事。那日听若虚老人如此一说，潮逸更觉惭愧啊！老先生都年过古稀了，仍为族人操心劳碌四处奔走，真是令人动容啊！"

陈江丹问："潮逸叔叔所说的若虚老先生，可是吴川人士，曾任总理事务大臣的陈若虚老先生吗？"

陈潮逸和陈絮晞点头道："正是。日前我们才在五羊城一起商量兴建陈氏书院一事。"陈江丹眼睛一亮："兴建陈氏书院，之前略有听闻，家中亦曾收到倡议书，但父亲近年身体欠佳，刚好到香港疗养，恐仍要半月后，才能休养好身体回来；叔叔最近亦很多杂事要忙，故此才未能参与五羊城议事会议。江丹认为，陈氏族人集资兴建陈氏书院，是千秋大事，真要大力发动各地族人积极参与，又要慎行密思，才能事半功倍。"

陈潮逸向他竖起拇指说："贤侄高见啊！"陈江丹一揖道："听父亲和叔叔说，我祖父当年就念叨，要在五羊城寻一块好地，建一间陈氏大宗祠，供奉祖先，荫佑子孙万代。可一直以来机器厂事务又实在太多缠身的烦恼事，事情一拖再拖，要是祖父在天有灵，知道若虚老先生和叔伯们已经在筹建陈氏书院，肯定高兴！"陈潮逸和陈絮晞对望一眼，如此说来，全国赫赫有名的实业家陈司聿生前已对兴建陈氏祠堂是早就留心，若能说服他的几个儿子，将他的牌位入主陈氏书院，还愁其他陈氏后人不响应吗？于是，两人便你一言我一语，将整个陈氏书院的设想、规划及筹备情况都跟陈江丹说了。最后，陈潮逸还特地提到，陈氏书院的设计将由深谙南粤建筑特色和园林艺术修为极深的黎建业来亲自操作。

陈江丹竖起拇指说："黎建业可是南粤一带有名的建筑师，由他来督工，陈氏书院未来的蓝图，就更加引人遐想了。"坐在一旁的絮萍忍不住了，插话道："大哥啊！女子可也能入主牌位吗？我都想百年之后，入主归陈氏祠堂啊！"陈絮晞瞪她一眼道："胡闹！你可是刘家的人了。"絮萍嘟起嘴，不高兴地转身进账房了。

陈潮逸一笑说："在国外，可没那么多条条框框呢！妹子若是再觅一陈姓人家，未尝不可入主陈氏宗祠啊！"

陈絮晞眼睛一亮，真是一言点醒梦中人。陈潮逸说得正是，絮萍守寡多年，虽是事业有成，但毕竟还只是壮年，膝下又无子女，若如此终老下去，实是凄凉。陈絮晞望一眼眼前的老友兼同窗，他虽已是五十三岁，但仍头发乌亮，双目有神，脸圆而鼻直，皮肤仍紧致，身材高人，仪表堂堂的，一点也看不出已是五十多岁的人了。絮萍今年亦四十了，再蹉跎下去，恐就成为明日黄花，萧条凄凉。陈潮逸此番归来，孑然一身，并没携带家眷，如果他预备定居的话，在五羊城亦需要一个知寒问暖的人照顾生活起居，只是絮萍心气甚高，委身为妾，未必愿意。

陈絮晞一个人思想游走，没注意陈潮逸和陈江丹一老一少，围着图纸完全投入地议论，根本就没理会陈絮晞此刻的心潮。

初夏的雨，并没下得太过长久，一阵哗啦啦后，雨势便弱了下去，再淅沥了一会儿，就几乎都停了，太阳在雨云渐退的天空中，发出耀眼的光芒。这雨后阳光格外清新灿烂。也许是一见如故，陈江丹主动请缨要和陈潮逸一起游佛山。两贵客都想游佛山，作为主人家的陈絮晞兄妹自是义不容辞。陈江丹是自驾汽车过来的，便自告奋勇地充当了司机的角色。陈絮晞和陈潮逸见这年轻人这么热情豪爽，亦甚是欢喜，若人人都如陈江丹这样踊跃，陈氏书院何愁不成？

　　游览过祖庙和南风古灶后，天色已晚，陈江丹又要做东请客。几人到季华楼吃过晚饭后，就已经是华灯璀璨了，季华街上，各家各户点起了油纸灯笼，此前才被雨水清洗过的夜色，在灯光下显得格外清澈。陈潮逸坐在车上，望着街灯如潮般，一波波往车后涌去，心潮亦跟着起伏。下午在祖庙，听着庙中钟声，上了香烛，仔细参阅了祖庙的建筑特点后，又到南风古灶去了。在南风古灶，陈潮逸的心一直是激烈地跳动着的，传统的古法烧陶工艺，逐一展示在这个归国游子的面前，许多神奇的一直无法解开的疑惑如今已找到答案。如果不是亲历亲见，又怎知这些摆放在千家万户的庭前厅内高檐低屋的精美的陶瓷公仔，是怎样从陶艺师傅的手中，由一团泥土，变成一件绚丽精美的传世之作的？滤水、练泥、拉坯、施釉、烧陶，每一个步骤都必须要把握到恰到好处，每一个步骤的工匠，都是经过十多年甚至二十年以上潜心修为的老师傅，经他们手中出来的作品，几乎都能称得上是传世的艺术作品。对于一个性子里便有艺术因子的壮年游子来说，能在有生之年，看到如此浩荡的制陶场面，能不激动万分吗？陈潮逸仍沉浸在激动的情绪中，车子已经到了陈絮晞家。陈絮萍本要跟着陈江丹的车子回去的，但却被兄长拉着，说家中老母犹为思念，一定要小妹回家小住一晚。陈絮萍拗不过兄长，唯有跟着下车。

　　走到门口时，看见三元迎在门口，絮萍吩咐三元说："去药行把小瓷叫过来，说我今晚在这儿过夜，让她把今天的账都带过来。"三元连忙答应。

　　各人回房稍作休息，陈絮萍过去跟母亲请安。陈母多日不见小女儿，今日见到，自是欢喜，啰里啰唆说个不歇停。陈母最关心的，仍是小女儿的婚姻大事。又说东边何家老爷丧偶，西面李家大人欲续弦。絮萍每回回家，最烦厌的就是阿妈唠叨个不停，催婚再嫁。对于她来说，现在更重要的是把药行经营好，至于找人再嫁，见识广了的絮萍，更是眼界高，一般的男子，还真难入她的法眼。但阿妈毕竟年老了，絮萍不忍伤母亲的心，唯有喏喏地应付着，心中不由得责怪大哥，干吗非要将她拉回家来呢？

正不知如何应对老阿妈的追问，陈絮晞进来了。絮萍赶紧扯着大哥的衣袖问："小瓷已经到了，我正想过去看看账本。大哥你陪阿妈聊几句吧！"陈絮晞一笑道："莫避那么快，大哥叫你返来，是有事情想和你商量呢。"陈母道："你们有事商量，我就歇去了。"陈絮晞道："阿妈莫忙，这事还得你老人家做主呢。"陈母感兴趣了，一挑眉毛说："这家还有要我做主的事吗？"陈絮晞一笑，道："小妹的婚事，还能跳得过阿妈你吗？"陈母立刻眉开眼笑，转向陈絮萍道："你这丫头，都四十岁的人了，还跟阿妈玩钓鱼游戏，坐了那么久，都憋着不跟阿妈讲，讨打！"陈絮萍争辩道："大哥闹的玩笑，哪有的事儿？"陈絮晞一本正经道："没有开玩笑，我说的是认真的。""大哥，我的心思你懂的，如果不是人中龙凤，绝不考虑。小妹宁愿抱独终老，亦不委屈迁就。"陈絮萍立马严肃起来。陈母急了："么是人中龙凤呢？你都这般年纪了，仲挑三拣四。我话，两个人过日子，最紧要的还是迁就。将就将就，就一辈子啦！""那我就梳起不再嫁。"絮萍有点使性子了。

陈絮晞笑道："莫急么，小妹觉得我这个陈潮逸兄弟如何？"陈絮萍愣了一下，虽然只接触了一天，但已觉这个男人谈笑风生的，为人挺幽默活泼，但专注起来，又甚是专心致志，听他与陈江丹聊的，全是专业性术语，可见此人学术甚深。早年听陈絮晞说起这个在国外的同学的事迹时，已心生仰慕过，而今得见真人，果然高大挺拔，儒雅有度的，心中轻微地有过一喜，但却从没往婚姻结合方面想过。此时陈絮晞这么一提，陈絮萍的芳心便跳了跳，脸儿便红了，若真能嫁得此卓越男儿为夫，倒是余生之福。

絮萍当下便不再作声，羞怯地躲到阿妈的身后，人佯作给阿妈捶肩，低声道："这是大哥的贵宾兼好友，小妹哪敢评价？"陈絮晞哈哈笑着，点着妹子的额头说："你呀你，还真晓得相人的。我这兄弟若都不满你心意，恐怕这世上再难有男子入你眼呢！"陈絮萍一扭腰肢，娇嗔道："大哥！"陈母欢喜道："此人正在家中吗？"陈絮晞道："正在家中，儿子请回来的贵宾，住在西院客房。"陈母大喜，站起来说："我得过去瞧瞧。"陈絮萍跺脚娇嗔道："阿妈，人家是怎么个心思还不知道呢！"陈母笑道："我女儿秀外慧中，那个男子见了不喜欢的？这事呀，交给你大哥好了，他会替你考虑周全的。我呀！得要好好看看，这未来的姑爷有几好，让我的宝贝女儿这样喜欢。"

陈絮晞笑着过来扶阿妈，既然小妹喜欢，那么事情就成功一半了，陈潮逸那边好说，像他这样优秀的男人，多一房同样优秀的女子辅助，不更完美吗？而今最关键的是，如何想法子让陈潮逸尽量在国内定居，这样才能保证妹子的婚姻和美。

住在西院的陈潮逸根本不晓得东院那边发生的事情，梳洗过后，换上轻便随意的长袍，雨后庭院清新，此时休息太早，便到院子里逛一下。走到西院的睡莲池前，见到小瓷抱着一大包东西，急急脚地走了过来，便叫道："小瓷姑娘。"

小瓷抬头，月光下，陈潮逸老爷长衣飘飘，更觉得潇洒挺拔，心中大赞，在国外受过高等教育的老爷，气势就是不凡，举手投足都有着潇洒气质。而陈潮逸在小瓷抬头的那一刻，心中亦是一动，这姑娘虽然身穿着的是朴素的棉布唐装，但却整齐得体，两条油光水滑的大辫子，下巴圆鼓鼓的，甚是可爱，一双不算大但机灵的眼睛在月光下扑闪闪，似会说话儿。更难得是那皮肤，细腻紧致得像要破了般，根本就不像个已经三十多岁的女子。想起白天里，小瓷的一颦一笑，陈潮逸就不由得满心欢喜，轻轻地吟道："今夕何夕？见此良人。"

小瓷愣了一下，继而脸一红。这句诗，她在絮萍小姐念《诗经》

时听到过，大概的意思她是懂的，好像是今天是怎样个特别的日子啊！竟然让我见到这个美好的人儿。这是说在意外情况下，碰见心爱的人儿，那人的满心欢喜的状况，是难以掩饰的。

陈潮逸的情不自禁，让小瓷顿时浑身发烫，血一下子涌到脖子上，还好夜色朦胧，陈潮逸看不见她的窘态。她的心儿扑通扑通跳着，低声道："潮逸老爷，小瓷要去找小姐，先走了。"说着撒腿就跑，像只落荒的小兔。陈潮逸目送着小瓷逐渐隐在夜色中俏丽的身影，嘴角含笑的，真是个美好可爱得让人心动的女子，明日见着絮晞，定要请他做媒。想到这里，陈潮逸的心更痒了，忍不住跨过睡莲池，循着刚才小瓷跑过的小道走去。

才走了几步，就听见身后有人唤道："潮逸兄。"

陈潮逸回头，陈絮晞兄妹俩，扶着一个老太太慢慢走了过来，陈潮逸连忙施礼道："这恐怕就是老夫人了，今日到来，还未向老夫人请安，恕罪恕罪。"陈絮晞笑道："这些繁缛礼节，潮逸兄还是收起来吧，我阿妈听说你来了，十分高兴，说怎样亦要过来见见贵客。"

陈潮逸连忙再施礼，陈母上上下下打量陈潮逸一番，越看越喜欢，眉开眼笑道："老身本唔应该打扰你们年轻人的交往的，但之前絮晞总在我面前提起贵人，早就想见，而今听说贵人来家做客，老身说什么也要过来见一见的。"陈潮逸连忙再施礼道："失礼失礼。"

三人在院子的半边亭坐了下来，陈母又细细问了陈潮逸家中的情况，得知陈潮逸父母仍双双健全，大喜道："这样高龄，仍双双健在，真是福寿双全。好好好！"继续又问了陈潮逸有几个子女几房妻妾，陈潮逸笑道："三子两女都已成家立室，家中只有一结发老妻。"儿女都大了，家中亦只有一位老妻，恐怕亦是难以跟随归国的，陈母最关心陈潮逸是否在国内长住。

陈絮晞自然晓得老母亲的心思，道："潮逸兄，这次归国来，可还有打算回去？"陈潮逸笑道："我已经在西关购买了一处房子，准备长住，起码等书院的事情完结了，才能归去旧金山。"陈絮晞道：

"如今朝廷开发洋务，正是时机大好，絮晞正想邀请潮逸兄一起搞些实业，一来响应朝廷号召，二来也为国家尽点微薄之力，潮逸兄你以为如何？"陈潮逸扬了扬眉说："你有什么好的设想吗？"陈絮晞指指陈絮萍道："小妹这些年经营药行，我耳闻目濡，而今西药逐渐在国内兴起，我想在这里面应能寻出一条生意之路。以潮逸兄你长年在海外的关系，联系货源应该不成问题。"陈潮逸点点头道："引进西药当然是一条财路，但潮逸觉得，将中药输出，亦未必不是一条生财之路。而今国外，越来越多洋人认同中医，特别在华人聚居之地，中药更是畅销产品。"陈絮萍眨眨眼睛说："若是能将中西药合成，更是能畅销。"陈潮逸抬头望了一眼陈絮萍，道："絮萍小姐说得正是，而今在山东已经有人在研究中西合成药，若研究成功，定能造福百姓。"

陈絮萍被他一眼瞟得脸颊发热，低下头去不好意思再说什么，陈絮晞瞧在眼内，满心欢喜。陈母见他们谈生意，便意气阑珊了，说声很困了，便要女儿扶回房休息。陈絮萍扶着母亲归房间去了。

陈絮晞望着两人走后，才问陈潮逸，是否有意愿一起代销中西药，他还想在五羊城等地，拓展开几间药行，把生意逐渐做出去。他又提到，今日陈江丹自创的浅水渡轮，若是制造出来试水成功，以后对内河运输的影响，将会是巨大的，它将会带动内地的商业开发。陈絮晞设想不仅要将佛山陶瓷往国外输送，还要将国内各省会输送，国内的市场一样巨大得很。

陈潮逸点头道："若是内河通了，把西药引进内省的药行，市场将是巨大的。只希望江丹早日推出他的浅水渡轮。"陈絮晞一握陈潮逸的手，真诚道："潮逸兄，絮晞正缺像你这样的合伙人啊！"陈潮逸笑道："我和兄长本来就有意思，要在五羊城开药行的，最近还在物识地段呢。"陈絮晞激动道："这样就好，这样真好。"两人又讨论了一会儿药行之事，陈絮晞话题一转，问："絮晞兄既然此次归来准备一番作为的，为何不把家属带在身边，方便照顾你的起居饮食？"

陈潮逸笑道："内子已老，身体状况亦不是很好，经不起舟车劳顿，她已经习惯了海外生活，强逼她返来生活，反倒不习惯了，而且，儿女都在那边落叶生根了，她亦舍不下儿孙们。"陈絮晞舒了口气道："也是道理，可潮逸兄你身边亦不能长久无人服侍啊！"陈潮逸摆摆手说："我这人，独来独往惯了，倒不需要什么人服侍，到时请两个仆人，打扫一下庭院便是。"陈絮晞一笑道："我们都是男人，就直白了说，仆人总不能照顾到你的身体需要吧？我看兄台身体壮健得很，再育一两子女，不是问题呢！"陈潮逸哈哈一笑道："你这样一说，我倒有点心动了。贤弟府上，还真有一女子甚合我心意，我本想留到明日再向你提亲的，你既然这么说了，我就直接说吧。"

陈絮晞一喜，没想到陈潮逸和他心思是一样的，忙道："请说。"陈潮逸说："絮萍小姐身边是否只有小瓷姑娘一人服侍？"陈絮晞摇头说："小瓷是絮萍的贴身丫鬟，刘家在禅城亦算是大户人家，家中使唤丫鬟仆人自是不少，虽然絮萍守寡多年，但刘家的物业，一直都由絮萍打理着，惠济药行而今生意蒸蒸日上的，少不了絮萍的功劳。"陈潮逸拱手说："絮萍小姐真是巾帼不让须眉，佩服佩服。"陈絮晞道："你亦觉得小妹不错？"陈潮逸点头道："何止是不错能评说絮萍小姐的？连她身边的丫鬟小瓷，亦是伶俐聪明的。如若絮萍小姐肯割爱，潮逸还想请贤弟保一次媒，潮逸一见小瓷姑娘，已是倾心，望贤弟成全。"

陈絮晞嘴巴张大了，半天说不出话。他们都没觉察背后陈絮萍已经送了老母亲归来，刚好听到陈潮逸向陈絮晞提亲，可是对方提亲的对象不是她，而是曾经为了她而终身不嫁的小瓷。陈絮萍当下有如重锤击胸，痛得又沉又闷，且不说小瓷是她的左膀右臂，突然间身边少了小瓷，还真的不适应。就是从心理上，絮萍也一时间过不了坎子。要说年龄她不过比小瓷长了两岁，亦都是未有生育过子女的女子，身材都仍保持得恰好；要说样貌，小瓷的确长得标致，但她亦是禅城名媛界有名的美人，举手投足都能引来一群男士的赞叹，追随者众；最重要的是身份，小瓷不过是个大龄丫鬟，再得主人宠爱亦不过是一小婢，身份低微，而她却是大家闺秀，社会名媛，才干亦是有目共睹的。她哪点比不过小瓷呢？但眼前这个高大潇洒的男人，却对小瓷一见倾心，说不定两人一起举伞共步雨巷之中时，已山盟海誓，只不过自家哥哥傻气，还以为姻缘天降，一腔热血想撮合。唉！罢罢罢，本来就是无心再嫁的，不过是哥哥今日即兴提起，才突地萌发了星点儿火花，既然他与小瓷一见钟情，何不成人之美呢？毕竟小瓷跟了她那么多年，算得上忠义，小瓷仁义，她亦不能无情，毕竟留得了人，却是留不住心的。想到这里，陈絮萍虽然仍是黯然神伤，但胸口亦没那么堵闷了，既然陈潮逸心有所属，再偷听下去，亦没有意思，于是便默默地转身离开。

陈絮晞却没能像妹妹那般容易调整过来，这陈潮逸是吃错了药吗？还是中午被大雨淋晕了头？他要做的媒，是妹妹絮萍而不是絮萍的丫鬟啊！他好不容易理清思路，道："慢着，潮逸兄，我说的是絮萍，不是她的丫鬟小瓷。"陈潮逸点头道："我们刚才的确是在谈论絮萍小姐，絮萍小姐秀外慧中，名媛淑女，举止大方，自然很好。"陈絮晞点头道："就是啊！多少人上门来提亲，我们都还瞧不上。"陈潮逸又点头道："这是当然的，需得龙配龙，凤配凤，龙凤相配，才能琴瑟和谐。"陈絮晞道："你和絮萍，不就刚好是龙凤相配吗？"

陈潮逸愣了一下，不由有点懊恼，真是粗心了，一个当哥哥的突然没来头地跟你说他的妹妹，还不停地向你夸赞，这十有八九是想撮合了，可他却大意起来，满脑子都想着人家的丫鬟，这都成什么事了啊？怕只怕，如此一来，若想娶小瓷，就有点费心思了。陈絮晞有点激动地说："絮萍的能干和贤惠，是很少女子能比的，如若她和潮逸兄你结合，那才是珠联璧合，小妹定能助兄长你事业大成，而且我俩亲上加亲，强强联合，锦上添花，不是更好吗？"

陈潮逸的脑海不停地翻转着，不知道该如何答复这个意诚心切的老同学，作为一个有抱负的男人，陈潮逸当然想锦上添花，但是，就恰恰是一个有理想有抱负的男人，他才更加不希望他的成功是依靠一个女人的能力和家财来辅助的。这就很矛盾了。对于陈家絮萍小姐，这个丧偶之后仍能独立自强的女子，他当然是欣赏、敬佩的，她能不计委身为妾，只相遇一日就愿意下嫁于他，他更是感动。但是，作为一个长年在海外受西方思想熏陶长大的华人，他能理智地辨析出，这都只是感动和欣赏，不是由心而发的喜欢。对小瓷，则是另外一种不由自主的喜爱，就是那种，只见了一面，就念念不忘，那个素青色的纤细的倩影，犹如影子般贴在眼前，刚才恰好在睡莲池边碰见，那样的满心欢喜，使陈潮逸不由想起古人的一句话：老夫聊发少年狂。多少年了啊！没有一个女子能如此让他为之心跳加快，一见倾心的。

到了这个年龄，陈潮逸更加清楚自己想要的是什么，他已经不是三十八年前那个一腔热血只想着赶快逃离家门，到异国他乡去大展拳脚非要创一番事业不可的懵懂少年。这个阶段，事业对于他来说或许还挺重要的，但享受剩下的那段岁月，不再多的人生，更加重要，若两者只能选择其一，毫无疑问，陈潮逸会选择小瓷。

陈絮晞哪里晓得这个年长他几岁的学兄的心思？于他的角度而言，在商言商，女人可以随时有，可是商机却不是时时都能把握的，小瓷不过是一个低微的侍婢，而且亦三十多岁不再年轻了，陈潮逸说什么亦不会那么傻，倒宁愿选择这么个没什么价值的丫鬟而放弃一门能牟大利的生意吧？可他却估计错误了，这个不按常理出牌惯了的陈潮逸，还真的要选择这个没什么价值的丫鬟。陈潮逸沉吟了一下，道："絮萍小姐身份高贵，委身下嫁我为妾实在委屈，我陈潮逸高攀不起的话，就不说了，贤弟应该知道我的为人，一句是一句，从不拐弯抹角的，我对絮萍小姐欣赏、敬佩之意是有的，但却未有生过纳娶之意。潮逸只钟情小姐身边的婢女小瓷，恳求贤弟成全，在絮萍小姐面前美言几句。"陈絮晞当即变了脸色。当然，陈潮逸是贵客，当场翻脸是没有必要，但心里如被扎了鱼刺，刺得痛极了。

小瓷根本不知道花园里发生的事情，她急匆匆把账本送到小姐的闺房，絮萍小姐并不在，她晚饭还没有吃，见桌子上摆放着水果点心，想必是下人见姑奶奶回来，及时过来打扫并放置好的，便拿起一块桂花糕吃了。吃了两块桂花糕，肚子没那么饿，见小姐还没有回来，便打开账本，边吃边看，可怎么也看不下去，那个身穿长袍高大挺拔的身影不时出现在账本前面。这是怎么了啊！小瓷不由耳朵发热，虽然刚才他是说了句"今夕何夕，见此良人"，但人家却是高高在上的归国华侨，学识渊博的博士老爷啊！是万万不能有非分想法的。

小瓷不停地自我提醒。可是，账本根本就看不下去，那个高大的身影，一会儿是西装华服雍容华贵，一会儿又是布衣长袍器宇轩昂，就在账本前来走一圈去走一回。真是折磨人啊！那心儿，就像烧得开烫的水，不停地弹跳着沸腾着，火辣辣地烧着她的五脏六腑。在今天之前，她都以为自己会心如止水，无欲无念的。没想到，一场初夏的雷雨，不仅把祖庙高墙下的百花巷给打湿了，也把她的一颗芳心打得润湿。

正心慌意乱，耳边突地响起一个声音："晚饭都无食吗？"小瓷慌忙放下账本站起来道："小姐。""跟你讲过几多次，千万唔好三餐无时，刘婶今日无送饭过去药行吗？"小瓷答道："唔是啦！刘婶送饭过来个阵，我刚好出佐去送货，她以为我不在药行食，就将饭菜带返去了。""你呀！"絮萍嗔怪小瓷一眼，对这个如同亲妹妹的丫头，真是又心疼又不舍，她已是注定要孤独终老了，总不能让这么好的一个姑娘亦跟着受此孤苦吧？不管怎么说，她都算有家有业，再是孤独老来生活亦是养尊处优的，可小瓷不同啊！她必须要有一个可以依靠的男人，才足以保证后半生的不再彷徨。想到这里，絮萍拉起小瓷的手道："走吧，我们出去宵夜。"小瓷赶忙一抽手道："小姐，茶楼那些地方，边度是我们做下人的可以去的啊！"絮萍一瞪眼说："勿野下人唔下人的，从今以后，我们姐妹相称，唔准你再将自己当下人。"小瓷眼圈一红，没再争辩下去，乖乖地由陈絮萍牵着，到茶楼去了。

陈絮萍带着小瓷到了环境比较清幽的明翠苑。粤式茶楼，一早一晚最是热闹，木板的楼面上，来回推着热气腾腾的小笼车，车上叠满了各式粤式点心，蒸的煮的烫的炸的各样齐备，服务生大声吆喝着："小笼包干蒸烧卖排骨凤爪虾饺牛肉丸……"茶客们三五知己围坐一桌，一边品茶一边吃点心一边说事话情，蒸雾中茶楼上的一切都显得格外的熙攘。陈絮萍要了个单间，又让服务生端上来几样精致的热点，小瓷爱吃鱼蓉花生粥，絮萍又为她点了一碗。房门一关，外面的喧闹就隔绝起来了。絮萍拿起筷子，夹一个虾饺放进小瓷的碗里说："赶紧趁热吃了。"

虽然絮萍平时对小瓷也不错，视为亲妹般，并委以重任，但是像如此体贴，还是第一次。小瓷有点忐忑，虾饺放进嘴里，轻轻嚼着，却觉不得有何味道。待小瓷吃到第三个虾饺时，絮萍才问："小瓷，跟了我那么多年，你有觉得过委屈吗？"小瓷摇头："怎会呢？小瓷庆幸不是被爸妈卖进妓院，而是卖给了陈家，让我遇到了你咁好的一个主子，待我如姐妹，别说委屈了，连苦连累，都没让我受过呢！""可你应该有更好的人生的啊！小瓷！"陈絮萍有点激动说，"你看你，长得那么精致，又聪明伶俐，能干温顺，本应配个同样优秀的夫婿才对的啊！"

听到"夫婿"两字，小瓷的脸刹地红了，此时她根本就不知道那个华侨老爷已经向她家的大老爷提亲了，小姐突然这样一提，那个身影又立马在晃荡荡的鱼蓉花生粥里面浮了出来，那么温和地笑着。小瓷的表情，在絮萍的眼内一览无余，这个小蹄子，春心动了啊！真是女大不中留，罢罢罢！问："你觉得今日这个陈潮逸点样呢？"

陈絮萍性情率直，不喜欢拐弯抹角，一句就直达目的。小瓷的脸更红得似红染布般，咬着嘴唇低声道："什么点样呢？人家是老爷，几时轮到我们做下人的来评价啊？""你怎么老是这样小心翼翼呢？"絮萍嗔怪地用手指点了一下小瓷的额头，说："哎！仲是咁细嫩的皮肤，在我身边是荒废了啊！"

小瓷的脸又刹地红到脖子上去了，小声地说："本来就是丫鬟的命，跟到小姐你，值了。"絮萍脸色一凛道："以后唔准你再丫鬟前丫鬟后地叫自己啦！今日起，我正式认你为义妹，剩下的半辈子，我们就姐妹相称，好吗？"

小瓷吓得一下子站起来，摆着手说："唔可以这样噶，小姐！""我话可以就可以！"絮萍拉小瓷坐下来，真诚地握着她的手，盯着她的眼睛说："一直以来，我都好想同你义结金兰，但因为你一直都在我身边，我便不那么上心，以为形式这东西唔重要，反正都亲如姐妹就是了。"小瓷忙道："小姐，小瓷会一直都在你身边的。小姐对小瓷的好，小瓷都记在心里的，愿意一辈子侍奉小姐，以报答小姐你的知遇之恩。"絮萍摇头道："你已经被我耽误了三十八年了，我不能再让你耽误下去了。明早我同阿妈同大哥他们讲明白，就和你行金兰之礼，然后让你以陈府侧小姐的身份，风风光光地嫁出去。"

小瓷扑通一声跪下来，红着眼圈道："小姐唔肯要小瓷了吗？小瓷发过誓，要一辈子服侍小姐您的。"絮萍连忙将她扶起来说："傻妹妹啊！姐姐我已经是孑然一身，孤独一辈子了，点可能让你亦跟着我挨苦受累呢？以前你起誓，我没反对，是因为那时还没碰上合适优秀的男人与你匹配，而今有个那么合适的男人在面前了，你不能错过，我更不能让你错过啊！"

小瓷一愣，立刻摇头道："小姐说的是陈潮逸老爷吗？小姐啊！唔可以啊！他是学识渊博家底丰厚的华侨老爷，小瓷真的高攀唔起。"絮萍一正脸色道："么事高攀唔起呢？你可是我们陈家的侧小姐，嫁给他当妾，是你下嫁，他高攀！"

小瓷敛下眉头，咬着嘴唇。絮萍温和地抚着她的秀发道："傻妹妹，姐姐是看出你们两个是哥有情，妹有意。今日陈潮逸已经向兄长提亲了，他对你是一见钟情，你就等着当新娘吧！"小瓷又扑通一下跪了下去，泣不成声。

第十三回　购吉地简塾遇阻碍
俩老爷妙计平风波

前文所说，俱是儿女情长，此回暂且不表，再说书院诸事。

陈氏书院的地图终于绘制完毕了，付印之后，又由陈若虚、陈延芳、陈潮安等人主持，召开了一次议事会议，将陈百陶和陈济昌修改好的《议建陈氏书院章程》重新商讨过后，便与地图一起邮发到全省七十二县的陈氏族人手中。陈若虚特地吩咐陈絮晞和陈潮逸亲自去南海一趟，务必将章程和地图亲自送到陈司聿的后人陈廉川或陈桃川的手中，陈若虚又附亲笔书信一封，交给陈絮晞，临行再二吩咐叮嘱，务必说服陈司聿后人，让其将陈司聿的牌位第一个入住陈氏书院。陈絮晞和陈潮逸领命而去。

陈延芳和陈潮安已经开始大量收购连元大街的宅地。收购工作本来进展得非常顺利的，但当他们和简塾业主商谈最后的收购细节时，却出了一点状况。

简塾业主本亦是教书人，在连元大街一带开书塾教学，颇有斯文作风。斯文人本崇尚斯文事业，得知陈氏族人大量收购田地做教学驻足之用，当下便允，又因与陈延芳陈若虚等人有往来交情，其人购地建书院，繁荣教学事业，自是支持。当日价钱谈妥后，殷殷然答应明日签署合约，按时交地。没想到第二天，陈延芳和陈潮安拿着拟好的合约和印章登门时，简塾业主却支支吾吾，欲言又止，似是想反约悔盟。陈延芳和陈潮安与其交涉了一番，好话说尽，简塾业主却死死咬着，不肯在合约上捺印。陈延芳等人问不出任何因由，自是焦急，但是对方不愿开口，强逼亦是无用，唯有缓一缓再说。

两人怏怏地回到车上，陈君挺问是立刻回城吗？陈延芳摇摇头说："把车子往回开一段后，兜后路再过来一趟，简云龙向来守信，乃谦谦君子，绝不会无缘无故反悔的，我得要摸个清楚透彻。"陈潮安点头道："他眼神畏缩似有恐惧，很有可能受强盗逼迫了。"陈延芳咬牙道："光天化日下，还有皇法吗？我倒要看看是什么人如此猖獗？"

陈君挺把着方向盘，将车子缓缓开离简塾，陈潮安沉吟了一会儿说："之前已听若虚老先生说过，西关一带恶霸强盗猖獗，普通书塾檐低墙薄，又无壮实家丁保护，屡屡遭受流氓恶霸欺凌而不敢作声，唯有忍声吞气用钱打发了事。恐怕此次，恶人眼红简塾卖地大获红利，昨夜对云龙先生一家进行威胁，云龙先生无奈，唯有暂时推搪卖地之事，再找合作之机亦未尝不可能。"陈延芳点点头，沉思了一下，道："一会儿若真观察到状况，我们亦不能打草惊蛇，以免恶人见事情败露，心生歹意，对简氏一家不利。于我们自身亦不利。"陈君挺将车子转一个弯道："要不我乔装打扮下去探查一番吧，你俩都是老爷，又都露过脸了，再在附近出现，定被发现的。"陈延芳和陈潮安想了想，觉得君挺说得有理，便允了。

陈君挺将车子停在路旁的树丛中隐蔽起来，陈延芳从皮包里掏出一支手枪，交给陈君挺说："万事要小心，不得已，可以手枪自保，叔叔定保你无事。"陈君挺点点头，打开车后厢，拿出一套布衣服，穿戴好后，便大步往简塾方向走去。

陈潮安和陈延芳亦下了汽车透气，树林里树荫浓密，坐在树下甚是舒服，陈潮安点了一根雪茄，吸了一口，问陈延芳要吸不。陈延芳摇头笑道："自和宛湘成亲后，我就戒了这玩意儿，她讨厌这烟味儿。"

　　陈潮安呵呵一笑，道："善人真是多情种子啊！"陈延芳一笑，望着陈君挺远去的身影，良久才道："我是越来越弄不明白他们这些年轻人的心思了。"陈潮安吐一个烟圈说："善人还值壮年，就有此感慨了，潮安更是跟不上潮流啦！不过，依这些日子的观察，给善人开车的这位年轻人，能干有主见又有胆识，日后定能为善人大用。"陈延芳点头道："君挺自小跟我，就聪慧过人，而且办事低调内敛，的确牢靠。只是，此子城府太深，我亦猜不透他的心思。"陈延芳点到即止，没有过多说下去。其实，自从宛湘失踪后，他便开始关注起陈君挺了，但陈君挺做事紧密，暂时他还没发现什么蛛丝马迹。

　　宛湘失踪已经有几个月的时间了，陈延芳逐渐从失去宛湘的痛苦中走出来，丽芳这段时间的殷勤主动，在一定程度上亦缓解了他的相思之痛。倒是玉如有点反常，以前玉如都甚是在意在陈公馆中大夫人的地位和名誉的，非常强调她的话事权。但是，也不知道是从哪一天开始，她突然对陈公馆里的事情不管不问，下人去向她请示，她都让下人去请示丽芳，一天到晚把自己关在房间内，到了饭点亦不肯出门，甚至陈延芳回家，她亦懒得出房来一见。陈延芳有点于心不忍，有次饭后，摆脱了丽芳的纠缠，去敲玉如的房门，玉如竟然连门都不肯开。她隔门问道："深夜了，老爷还不返去休息，过来有事吗？"

　　陈延芳从没遭遇到妻子的如此冷淡，一直以来，当他深夜敲门，玉如都肯定欢天喜地地迎出来的。他软着声气道："不是过来休息了么！"玉如却冷冷地在房间里答道："玉如身体不适，老爷还是去丽芳妹妹那边吧！"

　　陈延芳无可奈何，一个挚爱的小妾跑了，另一个结发妻子又拒之门外，作为一家之主，这种被轻视被忽略的痛感，真不好受，唯有讪讪地回到丽芳的住处。可丽芳这边亦不是好待的，人说女人三十如狼四十如虎，真的没错，丽芳正处于如狼似虎的阶段，只要陈延芳走进房间，她就像膏药般贴了过来，也不管陈延芳能不能招架，手撸嘴吞，所有动作轮番上阵，将一个本来就心力交瘁的陈延芳折腾得腰酸骨痛。陈延芳站在丽芳房门前，站了好一会儿，还是转身回到宛湘的房间里去。

香菱见老爷回来了，赶紧打来一盆热水，服侍陈延芳洗脸洗脚，陈延芳舒坦地闭着眼睛，任由香菱温柔地给他揉捏着脚心脚背，宛湘在时，这服侍陈延芳梳洗的功夫，全都由宛湘包揽了的，香菱只需要候在门外帮忙搬水倒水。没想到，就这般站在门外看着，香菱这丫头亦能学得了宛湘的按摩手法。小手在脚足处拿捏着，甚是舒服，一阵阵的麻痛感，戳得陈延芳忍不住轻轻地哼了起来，眯起眼睛，望着香菱。

香菱给老爷洗好脚，用热毛巾包好，便端了铜盆起身，准备离开，陈延芳忽地跃了起来，从背后一抓香菱，香菱心一慌，手一抖，铜盆就"当啷"一声，应声丢地下，热水泼了一地。香菱叫了一声："老爷。"就被陈延芳拦腰抱了起来，往床走去。香菱急得眼泪都掉下来了，挣扎着叫："老爷，别！"可陈延芳哪让她挣扎得？一下将她按在床上，身体就趴了上去，双手牢牢握住了香菱跳动着的双乳，喘着气说："乖乖好香菱，你的细夫人都不要我了，连你亦不要我了吗？你就可怜可怜老爷吧！"

香菱挣扎了几下，就停了下来。从被卖入陈公馆的那一刻起，她便已注定是陈公馆的人，是这大屋里的老爷的人，之所以这么多年都能得以保全，全凭细夫人的保护，而今，细夫人不在了，再亦无人会替她保全，所有挣扎都是徒劳的。香菱放弃了挣扎，默默地流着泪，任由陈延芳剥光了她身上的衣服，强势进入她的身体。香菱真是后悔啊！那天细夫人坚决要走时，曾让香菱亦跟着她一起逃跑的，但香菱不敢，她害怕。细夫人不过一个弱质女子，在这个动荡的男权世界里面，她们能逃到哪儿去呢？即使逃出去了，她们能生存下去吗？香菱不敢想象那种艰苦的逃难的日子，所以选择留下来。但香菱怎么亦想不到，这样的选择，正是她苦难日子的正式开始。

香菱的年轻和生涩，将陈延芳迷住了，他没日没夜地贪欢在香菱的身上，很有当年迷恋宛湘的状态。这就让突然间被空置了的丽芳很恼怒，千算万算，丽芳亦算不到，陈延芳竟然会在去玉如房间的路上，突然转向转回宛湘房间去收了香菱的。

丽芳恨得牙痒痒，但香菱正是被陈延芳宠爱着，有什么都不好发作，这个时候，丽芳又想到了玉如。香菱的出身，比宛湘更为低微，她不过是个目不识丁的丫鬟，除了年轻就一丁点的资本也没有了。她的父母将她卖进陈公馆后，就消失得没了影踪，香菱连一点娘家的靠山亦没有。丽芳根本不将香菱放在眼内。

香菱是看着这大屋里面几个女人的勾心斗角长大的，大夫人二夫人的厉害，早就领教了。即使陈延芳暂时宠爱，但心里仍是戚戚的，害怕突然有一天，两个夫人的手段会指向她。此时香菱真的无限想念宛湘，要是细夫人在，肯定能为她撑腰做主的，她们两人联手，就无须担心大夫人和二夫人的暗算了。单纯的香菱此时能想到的，不是尽快逃离，而是希望宛湘能突然回来跟她强强联手去对付另外两个女人，以她的见识亦只能如此。她是不可能想到，宛湘不是她，不可能和她以及两个夫人是一路人，宛湘根本就不属于跟她们去争同一个男人。在宛湘的意识里，女人只有独立，逃离婚姻的枷锁，自主自己的命运，才能获得尊严，她追求的是个人的世界，而不是只围着一个男人和几个女人勾心斗角过日子。宛湘的世界早就脱离了陈公馆，而香菱的世界只有陈公馆，因此她亦注定只能独自面对今后的命运。

大概等了一个时辰左右，陈君挺回来了。他走到陈延芳前面，弯了弯腰道："老爷，我们还是上车再说吧。"

陈延芳和陈潮安连忙上车。陈君挺一路沉默着，车子一直开离连元大街回到城内，才开口说："我刚才向附近的农民打听过，简秀才的三女儿在今日早上离奇失踪了。丫鬟送早饭进三小姐房间，才发现房间里没了人。"陈延芳一愣，问："那强人可有留下字条？"陈君挺摇头道："什么蛛丝马迹都没有，小姐房间整齐干净的，没有打斗痕迹，亦没有钱财损失。"陈延芳道："那就奇怪了，要是强人勒索，起码会留下字条的。"陈潮安道："或许用迷药的，然后过几日，再来提条件。"陈君挺道："亦只能这样解释了，要不，没道理好生生一个大姑娘会突然间不见了。因为失踪了的三小姐仍待字闺中，突然无辜丢失了，传出去有损小姐的名誉，所以简秀才才闭口不提。他可能亦害怕真的是强人要拿卖地之事威胁，故此才暂不敢和老爷你签合约。"

陈延芳点头，君挺分析得很对。对于简云龙这种顽固的老秀才来说，女儿的名节比万亩良田要重要得多，这个紧要关头，他绝不肯轻易卖地的。但收购宅地的事情，亦不能就此停下来啊，要是这简三小姐不是强人所掠，也如宛湘这般自己逃跑呢？她一日不返，这地契之约就一日不签了吗？想到宛湘，陈延芳心里又不由一痛，虽然现在又收了香菱，但香菱怎能与宛湘相比？到如今，于陈延芳来说，更痛的不是宛湘的丢失，而是她的不辞而别。他曾很自信地以为，这个孤女会非常依赖他，无法离开他的。然而，他的想法错了，他的自信被这个小女子给打垮了，她不仅不依赖他，还在他的眼皮底下，从容地逃走了，不再归来。她抛弃了他。四十几年来建立起来的男人的尊严，受到了极大的冲击。而今，老太太隔几日便使人来问，细夫人寻着了没有？老太太为宛湘出走之事，堵了一肚子气，身体亦逐渐差了下去。你说，陈公馆的细夫人离家出走了，这多伤陈公馆在西关的颜面啊！

陈延芳暂时将宛湘放下，问："你到村里打听时，有无听讲过昨晚在简塾附近有些特别的事情发生过？"君挺说："我都查看过附近，没什么可疑的人物。但我向简塾的仆人打听过，昨夜的确有强人来过书塾找简秀才的麻烦，简秀才使人送了银两，让那些强人走了的。没想到，使钱了还躲不了祸。"陈延芳咬牙道："光天化日之下，真没王法了。你可打听到这些强人都是哪个帮派的？"君挺一挑眉毛道："哪有么帮派？都是流窜在连元大街一带的几个混混，领头的叫简超，人称牛皮超，少儿时在佛山跟人学过几年洪拳，返来就横行霸道，带几个村里十七八岁的小混混，靠敲诈勒索附近的小书塾小商铺混日子。连元大街一带的老百姓都恨死他们了。"陈潮安道："官府就不管？"陈延芳叹了口气道："鸦片战争之后，朝廷是怎么个状况，兄长你不在国内是不知道。哎！那些官兵，应付那些乱七八糟的洋人都应付不过来，哪有精力理会这些小混混？即使理会了，他们只是敲诈几个小钱，并不能入大罪，打上十来大板，也就放回家去了。待伤养好，更是恶狠，实施报复，更是可怕。简秀才他们都是斯文人上，常抱的是多一事不如少一事，息事宁人的心态，不愿惹祸上身啊！"

陈潮安点头，的确如此，毒瘤不除，后患无穷，简秀才他们都是读书人家，手无缚鸡之力，如何同这些身强力壮的强人斗争？识时务者为俊杰，唯有忍声吞气。忍声吞气，于陈潮安来说，实在有太多体会了。当年偷渡到旧金山，不仅目睹了，他亦亲身经历过在强大的洋人政府凶狠的劳役统治下，数万数十万计的华人劳工，不也是忍声吞气，卑微度日的吗？而今简塾亦受到这样的强盗干扰，能不气人吗？收购宅地的事情暂时被搁置了，该如何处理呢？陈延芳和陈潮安都是商人，对如何以恶制恶，一时间没有什么办法，唯有回去跟陈若虚汇报。

陈若虚躺在太师椅上，半眯着眼睛听他们把事情的前后经过说完后，才悠悠地睁开眼睛，说："要处理这些小喽啰，犯不着从官府里劳师动众的。让志尧和广宁去处理这事情吧！"正说着，门口就有人声若洪钟道："老先生有什么吩咐，尽管和广宁说，广宁定全力以赴。"陈若虚一笑道："说曹操，曹操就到了。"

陈广宁大踏步走进来，向陈若虚和陈延芳等人抱拳行礼，陈延芳和陈潮安连忙还礼。陈若虚道："广宁啊！陈善人他们收购宅地时，遇到了一些难处，想找你帮忙想想办法呢。"陈广宁一抱拳说："能用得上广宁的，直说。"

于是，陈延芳就简单说了一下简塾的状况，陈广宁听完之后，一笑道："这好办，那些个强人就交由广宁处理了，广宁保证他们日后不敢再在连元大街一带作恶。但是……" 说到但是，陈广宁瞥一眼陈延芳道："这简家三小姐是如何失踪的，还真不好定案，听善人描述，此三小姐似乎是私自出走的可能性为大。"

陈广宁这一瞥，意味深长，赫赫有名的西关善人陈延芳的爱妾离奇出走，早在坊间传得沸沸扬扬。一入豪门，豪门深似海。连归国的华侨小姐也受不了森严的豪门规矩啊！宛湘离家出走，对陈延芳来说，是极大的打击，亦是极大的侮辱，令他颜面尽失。陈延芳哪有感受不到陈广宁的眼神，但此时，不是追究陈广宁是否别有用意的时候，他便装作不知，低头摆弄着手中的帽子。

陈潮安道："大人为官多年，审判的大案要案多如过江之鲫，对简塾此等小案微案，定能手到擒来。" 陈广宁一笑，摇头道："老大哥就不要给广宁戴高帽了呀！天要下雨娘要嫁人，小姐要走，谁人能拦？即使破得了案，亦未必能寻得人。" 一直躺在太师椅上的陈若虚开口道："先把案子破了，让简秀才心甘情愿签了合约，其他容后再论。" 陈广宁忙拱手说："老先生请放心。" 然后又转身跟陈延芳借十个家仆，陈延芳一愣道："家中自有十个仆人可借，但都是平日疏于锻炼习武的懒散小人，不知大人要来何用？" 陈广宁哈哈一笑道："广宁从柳州奔来，身边未带有衙役，只好借善人家丁充当一下。明日请善人安排好十个精壮家丁，在驿馆等广宁，广宁自有用处。" 之后几人又说了一会儿话，便各自散去。

这个叫陈广宁的大老爷这么晚了还到书院来找老爷，肯定没好事情关照的了。陈忠歪着身子靠在门口，不停地用尾指抠着大牙缝，晚饭时贪吃了两块五花肉，结果肉屑把牙缝卡着了，怎么弄都弄不出来，不舒服得很，舌头总不自觉地往牙缝里舔。天气越来越热，早晚还舒爽些，白天就热得难受啦！太阳像火炉般，有多旺就烧多旺，真不吝啬的。

出来几个月了？陈忠都想翘儿啦！他就觉得翘儿是对他有意思的，要不，翘儿怎么见到他总是笑的呢？还有，那次被老爷罚四十大板，不也是翘儿救他的吗？往细里想，翘儿还真不错，细眉长眼，一副皮精皮精的样子，照顾又周到，陈忠想得浑身都酥软了。丢那妈，这乞人憎的肉屑，怎么卡那么深呢？都几点了，两个老爷关起房门，都说些么事呢？不会是大动干戈吧？

　　陈忠心里嘀咕，房门忽地一开，两位老爷走了出来，陈忠赶紧站直身子，叫声老爷。陈志尧说："你叫上陈义，立刻到驿馆去。"陈忠望望天，漆乌麻黑的，正是睡觉的最佳时段啊！但老爷的吩咐，哪敢不从？陈忠应了一声，就去找陈义了。也是赶巧，陈义是太太使唤过来的，天气转热了，太太特地让陈义送来夏日薄装和清热利目的胎菊，太太心思儿就是细，考虑到老爷整日挑灯读书，伤肝伤眼。陈忠瞥过一眼陈义给老爷带过来的包裹，除了日常衣服和胎菊茶叶外，好像还有个用绸缎包着的十字架般的东西，看来，太太思念老爷了。

　　到了驿馆，陈忠才知道，这个陈广宁老爷真的没好事情关照，竟然要他们乔装打扮成衙役，连夜出发去简塾附近埋伏。陈忠靠近陈泰，陈泰这小子，穿上衙役的服装，真有股如狼似虎的气势。陈忠问："这大老爷要搞边一出啊？"陈泰耸耸肩："唔是好清楚啵！好似是要捉几个混混。"陈忠身了一缩："唔是嘛！我咁瘦弱的身子，点捉混混啊？"陈泰比了比两人的身高，将一把大刀塞他手里说："得了吧，你要算瘦弱，其他人都该返去盖起棉被睡觉了。"

　　走出西关，连元大街一带就格外荒凉了，天上没有月亮，脚步走在乡间的土路上，高低不平的。陈忠忍不住低声嘀咕："捉混混唔叫官府的人，偏叫我们这些唔是食公家粮的，摆来搞的。"走在后边的陈志尧沉声骂道："闭嘴，一会儿，你只需在后边站着就是了，知府大人自有安排。"陈忠伸伸舌头，原来是叫他们来壮声势的。还好，壮声势总比捉人强嘛。

　　到了简塾附近，陈广宁吩咐十几个青壮仆人围着简塾四周隐蔽起来，他自己和陈志尧则大摇大摆地走进村子，还装模作样地敲了几处农户的门，询问简云龙的住处。农户几乎都是简塾的佃农，见来人打听简秀才，都忍不住问："你们是要购买我们种着的田地吗？"陈广宁大笑道："正是呢！早前就听说有人看中了这片地方，想购买过去。后来不是谈不成吗？我们愿意出更高的价钱收购呢！"农户见来的两人虽然年轻，但貌端体健，器宇不凡的样子，看着就似是来头很大的，当下不敢怠慢，帮忙指点方向，有好心的农户提醒道："简秀才当是好说话，怕就怕流窜在连元大街一带的数个混混，领头的叫牛皮超的，恐怕不会袖手旁观。"陈广宁一笑道："他们无非是求财吗？难得他们能保护这一带安宁，给兄弟们点钱花花，合该合该的。"说着指了指身旁的陈志尧说："我们大老爷看中的是地方，钱都不是事儿！"农户伸伸舌头，真是初生牛犊不怕虎啊！这两个年轻人怎么看亦无之前坐着黑色铁壳桥车来的两个老爷有钱，但说话却口气大得多了。当下便有有心人，悄悄去告知牛皮超了。

简云龙正为三女儿失踪之事烦恼得茶饭不思，家人进来禀告，说有两老爷来访。这么晚了，还来访，定是有重大事情的。简云龙立刻更衣出房，陈广宁和陈志尧已经在客厅候着了，陈广宁和陈志尧见到简秀才，连忙施礼，礼毕分宾主坐下。陈广宁简明扼要说明来意，来者竟是赫赫有名的孝廉大人陈志尧和柳州知府陈广宁，简秀才吓得连忙离座。陈广宁将他按回座位，说："简秀才无须多礼，我们是为广东陈氏的子孙万代来的。""两位大人和陈善人他们来意一致？"陈广宁含笑点头，简云龙忍不住叹一声道："云龙恐怕恕难从命了。"陈广宁道："我和志尧兄弟一路过来时，已经向村人宣说，你就于今晚，会与我们签订合约的。"简云龙大惊，失声道："大人，万万不可。"陈广宁道："我和志尧兄坐等在这里，就是等那强人来索要分红的。"简云龙苦着脸摇头道："好食贪婪之人，丰谷不能果腹，锦衣不能治寒，那能满足得了啊？"陈广宁道："恐怕除此之外，秀才还有其他难言之隐。"

简云龙脸色一白，闭嘴不语了。陈广宁又笑道："秀才难处，就无须道出，广宁自是心中明了。过来之前，广宁和志尧兄已经打听到一点风声，若秀才不嫌广宁冒昧，可容广宁到三小姐闺阁查看？"简云龙连忙作揖道："久闻大人是柳州青天，大人能为小民破案，寻回小女，小民定感激，卖地之事，亦好说话。"

当下，简云龙叫来夫人，领着陈广宁和陈志尧到三小姐的房间里去。陈广宁仔细打量了三小姐的闺阁一番，又到屋外窗台四周查看过，再和简云龙他们回到客厅，简云龙急切地望着他，陈广宁笑道："秀才莫急，小姐并非强人掳去！"

"大人何以见得？"

"闺房内毫无打斗挣扎或挪移迹象，屋外屋内毫无迷香晕药的痕迹。据秀才所言，强人都是贪婪之辈，小姐房间内锦衣金钗尚在，强人若掳小姐，没道理不将财物一同掳去的。我见窗台上有小脚痕迹，疑是小姐越窗时所留，为此，广宁判断小姐是自逃。"陈广宁瞥一眼简云龙，一笑道："恐怕是女大不中留了，秀才可曾有阻止过小姐情窦初开之事？"

简云龙变了脸色，怒道："简直荒谬，她亦太大胆子了吧？"简夫人哭道："都怪你，让你从了她的意愿的，你偏执着，说门不当户不对，横加反对。而今害得女儿出逃，她可是未熬过苦楚的，这些天亦不晓得流落何处了。我叮怜见的女儿啊！"简云龙一瞪眼道："妇人之见，光晓得哭。那小子家我不是叫人去探看过吗？他天天磨豆腐卖豆腐，正常得很，家中亦未见有女人入住的痕迹，三儿哪会在他那儿？"

事情很明显了，简三小姐很有可能逃到这个卖豆腐的小年青家里去了。陈广宁一笑道："我断想，小姐并未走远，很可能和心上人在某处隐蔽地方私会。而今既然木已成舟，简老爷大可以顺水推舟，成全一对佳人。"

简云龙哭丧着脸道："这不长性的，叫我如何说得出去啊？"

陈志尧笑道："小姐不过是梦游走失，一时间寻不到回家的路而已，有何说不得出去的？简老爷你多虑了。"

简云龙两眼一亮，向陈志尧深深一揖。这个孝廉大人说话不多，但一说便能中人下怀，果然是读书之人啊！

三人正商量着如何派人去尾随小姐情人寻回小姐，忽然门外一阵人声喧哗，家人满额汗水跑进来报，牛皮超领着四五个腰圆体壮的混混在门口叫嚷着，要见简秀才的客人。简云龙吓得失了颜色，简塾内只两三个使唤家人，都是老弱之辈，眼前的两老爷，又都文质彬彬，一会儿冲突起来，若伤着了两位老爷，那就是死罪了。陈广宁一按简云龙的手，安慰说不会有事儿的，就和陈志尧并肩走出门外。门口几个强人正嗑着瓜子儿，见到两人出来，带头的怪眼围两人看一圈，呸一口瓜子儿问："就是你们说要给我们发钱花花的？"陈广宁抱拳笑道："正是。初来宝地，未来得及和地方兄弟打招呼，失礼失礼。"牛皮超抱手挡胸道："看你似个懂事人，开个价么！哄得哥哥我舒服了，你们亦好办事。"陈广宁笑道："初来宝地，不晓行情，还请兄弟尽情开价。"

牛皮超觉得这老爷有意思了，但心中亦虚，回头和几个兄弟商量了一会儿，虽然不晓得这两人的来头，但财能生胆，牛皮超绝不会放过生财的机会，竖起手指说："这一带的地，不光是简秀才一人的，我们亦有份照看了那么多年，我们亦不求多，就五百两吧！"

陈广宁数了数人，道："你们五人，五百两恰好，每人一百两，就这样说了。"牛皮超一瞪眼道："丢那妈，边个使你来分配啊？再讲，老子喂你拳头。"

陈广宁一笑，他当然晓得牛皮超为何急着要他闭嘴，他身后跟着的几个混混，已经有点骚乱了。陈广宁继续装傻扮懵，道："在下点敢给你们分配啊！在下不过是想，五百两恰好五个人，均匀着，好分配而已。"牛皮超急得赤红着脸叫："老子看你是欠抽的。"陈广宁摆手说："超哥你急躁什么呢？分钱的事，好好商量。"这时，跟着牛皮超的几个混混都叫了起来："牛皮哥，这位老爷讲得对，分钱的事，要好好商量。"

　　说着都紧紧跟着贴过来，牛皮超这时才发现进入了陈广宁的圈套，他恼得要冲上去打陈广宁，但陈广宁一拍掌，简塾四周忽地齐刷刷冒出十几个身穿衙役服装腰挂利刀的健壮汉子。牛皮超还没有反应过来，就被团团围住。牛皮超和他的手下们脸色都白了，结巴着说："你，你们是官差？"陈忠仗着人多武器齐，伸手一巴掌甩过去："丢那妈，就你这个龟孙子，亦敢对我家老爷动手？唔识死。"牛皮超立马软了下来，要是平时，他肯定扑上前跟陈忠来个你死我活的，什么都可以丢，但兄弟面前就唔可以丢面子，这是当老大的威严。可惜，这回他丢尽了，光看这十多个如狼似虎刀光闪闪的衙役，腿就软了，何况，跟随他的兄弟们都起了反意。陈广宁一挥手，家丁们吆喝一声，蜂拥而上，将几个混混裹得像肉粽子般。

　　待家丁们将几个混混押远了，陈广宁才回头对简云龙说："简老爷，事情都基本办妥了，你亦再无后顾之忧，明日善人过来签合约，可行否？"简云龙连忙说："不在话下，不在话下。"将两人送出了老远的路，才回去。

　　这边购地的事情终于得到了解决，南海那边却不是那么顺利。陈絮晞和陈潮逸来到南海丹灶已故民办企业家陈司聿家，迎接他们的是陈江丹的父亲陈廉川。陈潮逸他们诚恳地向陈廉川说明了来意，希望陈司聿后人能支持陈氏书院的工作，带头入主先人陈司聿的牌位进陈氏书院。陈絮晞他们心中清楚，若能得陈司聿的牌位入主，以而今陈联泰机器厂风生水起的发展趋势，陈司聿后人断断不会让其父入主的牌位靠后的，陈若虚老先生的意思是，最好能说服陈司聿后人，让其出大价钱将陈司聿的牌位供奉于书院的正座主位，这样定能刺激全省七十二县陈氏后人都追捧效仿，从而达到追本寻源的功效。

　　但陈絮晞和陈潮逸说得口水干了，陈廉川都缄默其口，迟迟不肯表态。五羊城和丹灶本来就不远，一日就能来回，可是，陈絮晞和陈潮逸却待了整整三日，都得不到陈廉川的最终答复。陈絮晞急了，赶回禅城去找絮萍，通过絮萍，他们寻到了陈江丹。

　　陈絮萍见着陈潮逸，难免有些别扭，自从小瓷嫁与陈潮逸后，便随陈潮逸回了五羊城，照顾陈潮逸的生活起居。陈絮萍见到年过半百仍神采飞扬的陈潮逸，心中不禁叹息，看来他和小瓷相处得非常和谐融合呢。陈絮萍悄悄摸一下额上的皱纹，真是岁月催人老啊！小瓷走后，店中许多事情都必须她一个人做了，到了这般年纪，实在是吃不消。她问了一些小瓷的情况，看见陈江丹的车子停在店外，就起来亲自到后面去为客人准备茶点。

　　陈江丹听完陈絮晞和陈潮逸的陈说后，哈哈大笑道："我阿爸做事谨慎，轻易不下决定的。我想他之所以迟迟不答复，肯定是心中仍拿不定主意，而且，在我们家族里，虽然我阿爸是大哥，可家里实际上话得了事的却是我六叔叔。我想我阿爸肯定是想等六叔叔归来，和他商量过了，再决定。"

　　原来如此，陈絮晞和陈潮逸紧了好几天的心才稍稍松了下来。他们希望能和陈江丹的六叔陈桃川见一见面，陈江丹笑道："六叔正沉迷于我新创的内河轮船的研究，恐怕一时半刻都不愿见客呢。两位及若虚老先生的意思，侄儿一定转告。"

　　陈絮晞回头对陈潮逸笑道："这才是真的不疯狂不成魔啊！桃川先生这样投入，我们的渡轮事业，能不辉煌吗？"

　　陈潮逸是个乐观人，而今又刚娶新人，身心愉悦的，笑道："痴狂研究之人，最是烦人庸扰，我们还是归去向若虚老人复命吧！"陈絮晞微微一笑，心想，你是迫不及待要回去见小瓷了吧。

第十四回　洋博士登门请能匠
俊江丹妙计降英才

众所周知，陈氏书院是古今罕见的合宗祠堂，同时，它亦是黎建业四十多年来接受的最大挑战。

当陈潮逸和陈絮晞拿着地图来到寺前街敲响了黎巨昌店的店门时，黎建业坐在一楼的前堂柜台后面，静观着这两个衣着洋气华贵的客人。店中伙计热情地招呼客人，让客人在贵宾席坐下，又奉过来香茶。看举止和谈吐，这两个人来头不小，黎建业隐隐觉得，或许这两个人能给他带来的，会是一次质的飞跃，要想获得这生意，和这样的人物打交道，一般不宜过于主动。

伙计取茶叶时，黎建业悄悄给他打眼色，意思是不要急着向客人介绍他。伙计会意而去。黎建业听着伙计问来人，来人自我介绍说一个是佛山陈絮晞，一个是恩平的陈潮逸。穿深褐色香云纱单衣的是陈絮晞，只着洋衣薄衬的叫陈潮逸。从衣着上看，这个叫陈潮逸的应该是个归国华侨，腕上那只闪闪发光的欧米茄手表，典雅洋气，一看就知价格不菲，不是一般有钱人能够买得到的。至于这个陈絮晞，倒是有听闻，佛山陶瓷大商人，在五羊城亦有生意。才开店门，这两个陈姓人就到来了，是这华侨要建家宅，还是这陶瓷商人需要装修店面？

只听见陈絮晞问伙计，黎老板可在店内？伙计抬眼望一下黎建业，说："老板有事，晨早就外出了。两位是要起屋吗？在边度起？"

广东人说盖房子，爱叫"起屋"，很动感。

陈絮晞说："正是的，我们这是大生意，想和老板面谈。"

黎巨昌店早因潮州八邑会馆已在省内鼎鼎有名，伙计对这位叫陈絮晞的先生说的"大生意"，多少有点不屑。陈絮晞何等人物，一下便从伙计的眼神中看出不屑，他也不着急，慢慢展开地图，指着图纸说："这生意嘛，说大也不大，不过数万尺而已。"

伙计吓了一跳，手中的茶壶几乎跌落，黎建业心里骂了句："真是个没见过世面的。"伙计抖着手，跑回前台，黎建业若无其事地擦着柜台。陈絮晞抬头望了他一眼，问道："请里间的兄台出来和我们谈谈，可好？"

真是贵人眼利，一眼便瞧出黎建业的不同之处。黎建业唯有正正衣冠，上前行礼。地图摆在桌面上，黎建业拿眼睛瞥了下，心中一抖，的确是大工程啊！陈氏书院，地址虽是设在连元大街那边，属于西关郊外，却偏偏着重注释了广雅书院。用心可知，这断断不会是普通书院敢为的。陈姓在广东乃大姓，各地各县庙堂书院众多，甚至在五羊城内各区域也散有。而今非要大张旗鼓水陆路线并画，又引出广雅书院，可知这即将要建的陈氏书院，不会是某地某个陈姓后人所为。

黎建业注意到，另一个洋装在身的男人，一直没有说话，眼睛却瞟着店内挂于正墙的八邑会馆设计图，那是黎建业用两块薄竹夹着一支蚧爪笔，并用界尺一笔一画慢慢画出来的，其中很好地吸收糅合了宋、明、清的营造画法及结构理念，这是黎建业之前最得意之作。看来这个叫陈潮逸的男人，懂得建筑营造设计结构方面的知识。非同行者，很少人会无缘无故对这幅设计图产生兴趣的。

黎建业不由对陈潮逸产生了兴趣，笑着问："两位老爷，有么事吩咐呢？"陈潮逸才回过神来说："这设计图是谁画的？"黎建业一揖道："本店老板。""是建业先生啊！怪不得啊！实至名归，实至名归。"陈潮逸连连赞道。

黎建业问道："陈老爷可是土木人士?"陈潮逸站起来抱拳道："失礼失礼,在下在国外,曾学过几年西方建筑设计,平常亦爱钻研中国传统建筑。贵店所挂的这张八邑会馆的设计图,糅合了古今中外的设计理念,特别是对宋、明两朝的营造画法,掌握得尤为精到,罕有啊!罕有。"

黎建业愣了一下,虽然已经看出这位华侨老爷是个同道中人,但却万想不到他一眼就能看出设计图的精髓所在,恐怕这人的建筑设计造诣不在他之下,不能怠慢啊!虽然五羊城是省府,经济云集之地,但实际上能懂建筑学的人,寥寥无几。即使在巨昌店内,养着一批来自广东各地的能工巧匠,但是,他们都只是技能手艺过硬的建筑师傅而已,对设计造图布局等等,全都不能理解掌握。也难怪,这些巧匠们,多出身贫微,少有机会认字学学问的,从学徒时代就要跟着师傅日晒雨淋披星戴月地干活,根本没有时间没有机会读书认字,更别说钻研营造学识了。黎建业在建筑界内,也有很多朋友和帮手,但是,却很难碰上能互为理解互为欣赏的知音。

难得遇上赏识人,黎建业都忘记了刚才的警惕,引着陈潮逸和陈絮晞到设计图前,滔滔不绝地介绍起来,下的木桩是什么材料,下了多少条,有多深,布局如何,抬梁是多高的,结构义是怎么回事,会馆、礼亭、园林、回廊、屋檐、雕刻等等,说得滔滔不绝的。陈絮晞和陈潮逸对望一眼,眼前这位其貌不扬的"伙计",绝非池中物,哪能对八邑会馆设计图如数家珍?陈潮逸性子直,问:"先生可是黎老板本人?"

黎建业回礼笑道:"正是在下,失礼失礼。"陈絮晞笑道:"黎老板真是深藏不露啊!"黎建业道:"未清楚来意,建业不敢张狂。"

陈潮逸两人对视点头,陈氏书院就是要找这样谨慎低调的人。于是,两人说明了来意,果然是罕见的大工程,黎建业立刻将两人引进贵宾间详谈。

陈潮安往旧金山的家里发了电报,前段时间美玲发来电报说,小儿媳戴维斯终于为陈家生下了一蓝眼睛黑头发的漂亮女娃。时间过得真快啊！美玲说，孙女儿的皮肤粉嘟嘟的，小嘴边两个小酒窝，爬出娘胎就晓得对着人笑了。可以想象，这个混血的小孙女，多惹人喜爱啊！陈潮安恨不得立刻就飞回旧金山去，亲亲小孙女儿，亦亲亲美玲。美玲还说，儿媳戴维斯给孙女儿起了个好听的洋名字，叫艾娃。艾娃艾娃，陈潮安轻轻地念着这个名字，这名字取得真好呀！美玲在电报最后说，不晓得陈潮安什么时候回去，怕等到他回去了，艾娃也长大了，让陈潮安给艾娃起一个中文名字。这可是陈潮安孙辈一脉中，唯一的女娃子，矜贵得很。

陈潮安坐在西关新置的大屋天井里，抬头看着头顶墨蓝的夜空，天井中，来贵特地买回来一个巨大的瓦缸，缸中，种着荷花，夜里，荷花荷叶吐着淡淡的清香。如果这时，美玲在该多好啊！她一定会在回廊中摆满陈潮安喜欢的花草，会在天井放一张摇椅和一个小石茶几，让陈潮安坐在摇椅上，嗅着花香，午休或小歇。最好把艾娃亦带上，家里有个娃子爬来爬去，得生气不少，艾娃的笑声肯定像铃铛般清脆，笑起来嘎嘎的，带着奶味儿，让人听了都觉着甜蜜。

艾娃该配个怎样的中文名呢？陈潮安脑海转动着，一个个名字在脑海里飘过，但都总觉着缺了点什么。陈潮逸白天时还笑话他，放着若虚老人和志尧这么多大才子在，怎么不找他们来帮忙起名字呢？可陈潮安还是不愿意，他就想，艾娃的中文名，得是他这个亲爷爷来起的，才有意思呢。他特地叫来贵去广雅书院，向陈志尧借回来一本《康熙大辞典》，可查了一白天，都觉着找不到合适的名字。

正想着，突然身边的水缸里，扑通一声，陈潮安回头一看，一只青蛙从缸沿跃进了水缸里，溅起了晶莹的水花，水面上层层涟漪。一跃一涟漪？就取个近音吧，叫懿念，陈懿念，陈懿念，多好听的名字啊！也恰好表达了陈潮安此刻的心情。他是如此想念美玲啊！他激动得马上叫来贵帮他磨墨铺纸，挥笔在宣纸上，写下大大的"懿念"两字，然后又吩咐来贵，明早就拿去裱上，要把这字挂在他房间的最中央，他要每天睁开眼睛就能看到。

　　第二天清早，陈潮安就出门了，他要到沙面租界去，借洋人的器材给远在旧金山的美玲发电报。他告诉美玲，艾娃的中文名字已经想好了，叫懿念。他又说，他已经在西关置了一间大屋，虽然不比旧金山的宅屋豪华，但终是地道的粤式建筑，处处都能感受得到乡情和乡味。为了更接近美玲的想念，他还专门请了潮州八邑会馆的总设计师黎建业先生，把东厢完全按潮式建筑来设计，房间的每一处，都是潮式木雕。甚至，他还让人在床前的屏风上，按美玲的样子雕了一俏像，无论风过雨过，剩下的日子里，只要睁眼便能看见美玲。陈潮安在电报里，情切切，意满满地邀请美玲回来，回来和他在美丽的西关度过剩下不多的年华。那个卷着金色胡子的洋人，每给他打一个字，就激动得身体抖一抖，好像对面坐着的，是风韵犹存的美玲。他热切地相信，美玲看到这封电报后，会毫不犹豫地收拾好行装，抱着陈懿念归来的。

　　但陈潮安所有一切美好的幻想，在不久之后便成为泡影。收到陈潮安的电报后，美玲一个人躲在房间里，不哭不闹不食不喝的，整整待了一日一夜。当儿女们正准备破门而入时，房门突然打开了，美玲从房间里走出来，只一夜，只有一夜，美玲的头发白了，皱纹似刻，突地出现在美玲的额头、脸颊上。儿女们一句话也不敢说，都静静地看着妈妈。美玲说，她要出去一段时间，在走之前，她必须完成一件事情。儿女们都舒了口气，以为妈妈是下决心回国去找阿爸，所以都很乐意妈妈去完成那件事情。不管是什么事情，只要是妈妈想去做的，儿女们都认为，妈妈一定能完成得很好。

　　美玲要去找回那些年从人贩子手中逃出去的女孩们，当然，现在她们都可能做了奶奶了，又或许，都不在了。美玲没有让儿女们跟着，一个人上路了。

　　陈潮安久久等不到美玲的回邮，心中未免有些失落。还好大儿子思华来电报，他听叔叔陈潮逸说准备在美利坚国这边发展中成药商贸，很有兴趣，想回国来看看，顺道也探望一下父亲。陈潮安自然很欢喜大儿子归来，但是美玲到底是怎样想的？思华在电报里并没提及，可陈潮安急得似火燎般。这阵子，陈潮逸新娶了陈小瓷，新婚燕尔，甜蜜幸福得没有日夜，根本就无时间顾及这个花甲老人的情思。陈潮安受到刺激，更念美玲。陈延芳本来当笑话般说过，在他的陈公馆里挑两个周正的丫鬟过来伺候他，但都遭陈潮安拒绝了。

陈延芳和陈潮安认识尚浅，不知陈潮安与在旧金山的妻子情深，笑话陈潮安，说他虽然身在海外，但思想却没有开窍，保守得很呢！陈潮安只是默默一笑，任陈延芳他们笑话。不过，孤身一人，毕竟寂寞，陈潮安从心底里渴望美玲早点回来。

而今，陈氏书院的收购工作，已经到了尾声，全省七十二县陈姓子弟对连元大街陈氏合宗祠的兴建，表现出极大的热情，纷纷表示将各自的祖先灵牌入主陈氏书院，这段时间陈志尧和陈昌朝、陈絮晞几个忙得焦头烂额，不停地接收全省各县快马送来的信函和银票。

陈潮逸每日都往巨昌店跑，现在对陈潮逸来说，除了小瓷是必不可少外，陈氏书院亦是必不可少的。这个堂弟的心意，陈潮安自是明晓的，他是有抱负的，他是想在这个宏大的合宗庙堂里，大展他的才华。黎建业自从接下陈氏书院的生意后，就把其他生意都推掉了，所有心思都扑到陈氏书院的设计上。他和陈潮逸完全沉迷在书院的设计上，稍稍有点分歧，两人就急得红了脸，吵架是常有的事情，甚至还会砸杯子，但是，一旦取得了共识，把难题解决了，两人又和好如初，惺惺相惜。在一旁伺候着的小瓷，既好气又好笑。眼前这两个老男人，加起来也一百多岁了，专注起来似个雕塑，争执起来像个孩子，能对着图纸静立很久，亦能为一个回廊的门口的高度争红了脸。黎建业是岭南有名的建筑师，深谙中国传统建筑艺术精髓，爱用的是传统的比例尺寸。陈潮逸是海外建筑设计学博士，研究的是中西建筑文化的区别和变通融合，在尺寸使用上，更偏重于西式的度量。两人又都是学识渊博，甚为自负之人，往往能因为针孔大的差别而争论不休。

　　虽然不是很懂，但听他们争论得多了，小瓷大体对图纸上的陈氏书院有了模糊的认识。黎建业一直强调，他设计的陈氏书院的布局为三路三进九堂两厢杪，即由左、中、右三路建筑组成，每路建筑前后各有三进，在有廊道的外侧设有厢房，并以连廊代替青云巷，使各路的天井在东西方向上贯穿连通，庭院空间开敞宽阔，左右两路各进用房升格为三开间的厅，使得三路三进共有九座厅堂建筑，平面犹如九宫格。陈潮逸一再强调，陈氏书院一定要结合祭祀祖先和聚会议事两个主要功能，若虚老先生来探望时，亦提出　定要"慎终追远、尊卑有序、主次有别"。于是，黎建业又把整个书院分为堂、厅、厢、斋四种，前后及各向方位分为首进、中进、后进以及东西前后中等，并把头门东边的厅称为"首进东厅"，聚贤堂西边的厅称为"中进西厅"，后进庭院西边的房屋称为"后西厢"，后进西北角的房屋称为"后西斋"。陈氏书院的章程里面，有申明每年春、秋两季都要举行隆重的祭祖活动。这是全省陈姓的合族祠，除了举办祭祖活动外，还须举办各种聚会、仪式和处理各种事务。于是，陈潮逸把陈志尧和陈延芳都叫了过来，他们和黎建业一起把祭祖和聚会的聚贤堂、安放先人牌位的祖堂，以及作为建筑群主入口的头门，皆居中布置在中路，尤其是最主要的建筑物——聚贤堂，位于书院的最中央。

　　就在陈氏书院设计图基本定稿时，南海那边亦传来了好消息，年轻帅气得让人嫉妒侧目的陈江丹少爷自驾着豪气的汽车来到五羊城。正在仔细地擦车的陈君挺，忍不住直起了腰杆，目不转睛地注视着这台从天而降的新款汽车，那圆鼓高翘的前灯，弧线优美的后厢，锃亮的黑漆，霸气十足。蹲在一旁一直殷勤地替他拧抹布的陈忠，亦听到了轮胎在地面上刹车的摩擦声，循声站了起来，舌挢不下。丢那妈，边度来的黄毛小子，长得奶里奶气，也配开这么招眼的汽车？哪家老爷这么无眼光，让个毛头小子来当司机啊？

　　这长得奶里奶气的毛头小子，还真不得了，下了车，将车门一关，脱下白色的手袜，甩给陈忠说："帮我拿着。"然后大踏步往陈公馆走去，有点旁若无人的傲气。这还得了？陈忠光脑门上冒汗，丢那妈，他几乎天天都往陈公馆跑，日日追着陈君挺的屁股后面，颠颠的，就差没喊他阿爸了。陈公馆里面的家人杂役都和陈忠熟悉得像自家人，陈泰还说要和陈忠做八拜之交呢！即使那么熟，陈忠亦不敢大摇大摆地从陈公馆的正门进入，更不敢这般旁若无人地把手袜一抛。啧啧，都成么世界啦？一个臭开车的毛头小子，亦敢在陈忠大爷面前吆来喝去？陈忠气得差点要丢了那对洁白的手袜，但又有些不舍，这手袜子，摸着还真柔软舒服，像是绸缎料的，又白得那么可爱，勾的花式，纤密细致，啧啧这么好的手袜子，哪家老爷这么大方啊？陈忠又怨恨自己无那样的命。丢那妈，点解跟了个穷解元呢？实际上，陈志尧的家境还是很富裕的，不过在陈延芳、陈絮晞等做生意的商人面前，就好像欠了些什么啦！起码买不起车子么！再看眼前这个臭小子，油头粉面的，一看就是从小娇生惯养的货儿，这家人的老爷得多有钱啊！连个司机亦能养得肥肥白白，似个女孩子般。

陈君挺一把拉着要发作的陈忠，低声说："注意点，这肯定是个贵人家的小少爷，唔是你想象的司机，别狗眼看人低，丢了陈公馆的架。"陈忠吸了口气，快快地缩回陈君挺身后，手中的手袜散发出阵阵芳香，这贵人家的小少爷也太不像少爷了吧？还要自己开车？陈忠不懂得开车，不晓得开车的乐趣。陈君挺不理会他，这个器宇不凡的年轻人，虽然嘴角含着笑，但眼神里流露着满满的贵气，手腕上套着的手表，脚上蹬着的皮鞋，还有一身白色西服，都散发着一股说不清楚的贵族气度，根本就不是一个普通人家的少爷或一个司机能具备的。

陈君挺施礼问："少爷来找何人？"

陈江丹端详了一下陈君挺，陈延芳陈大善人虽然慈善之名和风流之名都是响当当的，但样子很一般，没想到家中的司机，却是如此挺拔俊秀。他先不问陈延芳是否在，却问陈君挺开了多少年车。陈君挺回答说十年有多了。陈江丹点点头说："在这里当了十年司机，委屈你了。"陈君挺心中一凛，虽然叔父一直都晓得君挺有才华能力，但却迟迟不肯重用，只许他专心开车，对于陈君挺来说，多少有点憋屈，看来叔父对他仍是心有芥蒂的。

陈江丹笑道："我乃丹灶陈廉川之子陈江丹，烦请告知你家老爷，说陈江丹求见。"

陈君挺立刻丢下手中抹布，快步上前，恭敬地请陈江丹进门。这一系列动作只在几秒钟之间，看得陈忠又呆了，要知道，这个陈君挺是傲得整日鼻子对着天空呼气的人，陈忠认识他那么长时间了，哪见过他对人这样低声下气尊重有加的？连陈大善人都没这待遇呢？难不成这个叫陈江丹的奶油小子刚才称赞了陈君挺一句，陈君挺就飘飘然了？陈忠甩甩脑袋，肯定唔会的，君挺边度是咁沉唔住气的人啊？这样就只有一种解释啦！这个叫陈江丹的，的确唔是什么毛头小子，肯定是大有来头的。唉！怪只怪他平日唔多待在老爷身边，学习学习一下老爷的沉稳和察言观色能力。这个陈江丹开来的车子，真是漂亮，圆圆的车头和高翘的车尾，比陈大善人这辆方头大脑的，不知要漂亮多少。踩起油门来，肯定爽死了。

陈忠继续胡思乱想，陈君挺将陈江丹引进正堂，奉上香茶，让陈江丹稍等片刻，又急忙到西厢去请陈延芳。

香菱刚怀了孕，陈延芳老来又要添子，自是喜欢得不得了，正拥着香菱，情切切，意绵绵地抚摸着她微微鼓起的肚皮，说着绵绵不绝的情话，香菱亦乘势向陈延芳要名分，都被陈延芳收进房里那么长时间了，陈延芳仍未有说要将她正式纳为妾氏。香菱心里可不好受了，当初这西厢房里住着的细夫人，是何等矜贵啊！陈延芳为了迎娶她，不惜香花铺路，豪车为驾，又从法国运回来婚纱嫁妆，一路鼓乐，铺张隆重得全羊城人都知道了。可如今，香菱她不需要那么大的排场，但简简单单地拜谢天地祖先父母和大夫人、二夫人，喝个交杯酒，也行啊！之前侍候得陈延芳快乐时，香菱亦委婉地提过，但陈延芳却装作不懂，含含糊糊地抓着香菱的奶子，吭吭哧哧，亦不知道他急促动作下发出来的字音，是说好还是不好。

香菱暗自神伤，都怪自己身份低微，又无父母在身旁做主，才被陈延芳如此忽视。如今却是不同了，肚子里都已经怀上了老爷的孩子，这回老爷肯定推托不了吧？他总不能让他的儿子有个当侍婢的阿妈吧？

香菱的心思，陈延芳哪有不懂？其实他亦暗暗焦急，香菱年轻的身体，他当是贪恋的，更主要的是，香菱是宛湘的房中丫鬟，身上多少有点宛湘的影子，每次骑在香菱身上做爱时，陈延芳总有种幻觉，觉得躺在胯下呻吟的女子，就是宛湘。将香菱收为妾，多少亦是对宛湘的一种弥补。

可是，纳妾之事，首先须得母亲同意，再次是正室夫人同意。老太太自从宛湘出走后，就给气病了，后又听说儿子收了三房那个忤逆的儿媳的丫鬟，更气得卧在病床之上，起不来。陈延芳过去请安都不肯见面，更何况是谈纳香菱为妾之事？

大夫人玉如倒是干脆，陈延芳和香菱之事，她早就知道了。丽芳哭哭啼啼地过来寻了无数次，这个甩着两挂大奶子的欲望满满的女人，一场稀里哗啦的大哭之后，脸上的妆容也被眼泪化得稀里哗啦的，沟沟壑壑的坝在脸上，简直惨不忍睹。连哭起来也是这么荡。玉如皱皱眉头，真想不明白，当初为什么她那么热衷于和这个女人争陈延芳，真有必要吗？丽芳再怎么争也威胁不了她正室的位置，现在几个儿子都长大了，终究有一天，这所陈公馆就是她说了算，她紧张什么？急什么呢？当然，表面上还是要安慰丽芳的，玉如不疼不痒地说了几句男人都是贪新厌旧的，看开一点就没事了的话后，就假意说累了，回房间去。丽芳的哭功再厉害，碰上玉如这样修炼成精的，亦是没有办法，唯有拖着一脸眼泪鼻涕回去。打发得了丽芳，却打发不了陈延芳。入夜，陈延芳又来了，玉如已经很久没有正式看这个明媒正娶她入门的丈夫了，这些天，他又瘦了，又老了，除了是因为陈氏书院的事情，肯定还有宛湘和周旋在丽芳和香菱这几个女人之间的因素。真是庸人自扰啊！

陈延芳吃惊地望着玉如，她居然年轻了，漂亮了，头发乌黑亮泽，唇不点而红，眉不画而黛，丰润的下巴微微含着笑意，这还是那个心计使尽、睚眦必报的玉如吗？陈延芳忍不住伸手去抓玉如的手，但玉如却轻轻地将手带开了，微笑道："老爷有何事呢？"

陈延芳连一点谈香菱的事情的心思亦没有了，暗里，悔意顿生，养着的老婆如花似玉谷颜常青，怎么就不晓得珍惜呢？他拿眼睛瞟瞟隐在玉如丰满的身体之后的飘飘荡荡的床帐，下体不禁挺了起来，此刻若是能在这床帐后面，抱着玉如春风荡漾，那得多销魂惬意？

陈延芳狎邪地笑着说："无事就唔可以来见见你么？你话你，一场病病了好几个月，我想见见你都不行？"玉如　笑："老爷还分得出精神来见妾身，妾身受宠若惊呢！"陈延芳觉着妻子是嗔里含怨，女人啊！都爱玩这把戏儿，就伸手去搂玉如，说："乖乖儿，好心肝，唔是来见你了么！来来来，给我抱抱！"玉如轻轻地转身躲过，脸上的笑容没了，道："老爷，若是有事就说事吧，没事，妾身可要休息了。"

陈延芳像吃不到糖果的孩子般，委屈极了，说："我们二十多年夫妻了，哪来那么多事要说？"

玉如一瞪眼道："妾身就怕老爷你走出这房间就后悔了呢！回到西厢那边，如何和里面那个人交代啊？"

陈延芳勃起的阳器，"嗖"地低下了头。哎哎哎！这女人再漂亮都好，认真起来就不可爱了，宛湘是如此，香菱是如此，玉如更加是如此。陈延芳一时语塞，不知怎么接话好，玉如轻哼一下鼻子说："老爷什么亦不用说了，香菱之事，妾身都从了。"陈延芳连忙道："阿妈那边……"玉如一冷面说："谁想要，谁就去解铃。我困了，需要休歇，老爷请。"

陈延芳无可奈何地离开东厢。

　　如今，香菱又提纳妾这事了，陈延芳不知如何回答，老太太一旦不肯发声同意，他就不能忤逆母意，为所欲为啊！正左右为难，不知怎么处理香菱的事时，陈君挺进来了。陈延芳如获救星，立刻推开香菱，正色问："急匆匆入来，有急事吗？"

　　陈君挺非常不愿意看见这种场面的，但事关重大，不愿意亦只有硬着头皮站着把事情禀告完毕。陈延芳一听陈江丹来访，立刻站起来，香菱还不肯死心，泪眼汪汪地拉着他的手。陈延芳皱眉头，女人都是这样的，稍稍给她一点好处，就变得不知轻重。未有获得时，都温顺懂事得让人心疼，但一旦给了她甜头，就忘了原来的身份，想得到多点，更多点儿，烦不胜烦，实在闹心。于是一推香菱的手，说："别闹了，我还有正经事情要处理呢。"说完，不再理会香菱，随君挺走出正厅去。

　　香菱没想到，陈延芳竟然对她如此无情，心如刀锉，扑倒在床上呜呜地哭了起来。都说男人得手了后，就什么东西都不是，寡情薄义。早知如此，那晚就该用点心儿挣扎到底的，真后悔当初，没跟细夫人一起离开，要是当初离开了，或许如今就不是如此命运了。事到如今，还能怎么办呢？肚子一天天鼓起来，她亦没有细夫人的胆识和魄力，逃？往哪里逃？就算逃得了，那肚子里的孩子又怎么办呢？香菱哭得几乎噎气，她实在没有勇气一个人带着孩子，没皮没脸地活在这个世上啊。

　　陈延芳哪有心思再想香菱的事情？陈江丹的到访，关系到陈氏书院能否建成，事关重要，作为陈氏书院发起人之首，陈延芳哪能为一个丫鬟而耽误了呢？陈江丹带来的，的确是极好的消息。见到陈延芳出来，立刻抱拳施礼说："侄儿久未向叔父请安，叔父恕罪。"陈延芳笑着端详陈江丹道："上次絮晞兄和潮逸兄归来五羊城，都对贤侄赞口不绝的。记得我与贤侄最近的一次见面，应是三年前，那时你的喉结还没长出来，身材还没拉高呢。没想三年不见，就玉树临风了，果然是英雄出少年啊！"陈江丹一笑，还礼道："叔父谬赞江丹了，江丹记得三年前见叔父，是在佛山的一次慈善交易会上，叔父和细夫人伉俪出场，气度不凡，赢得全场喝彩，江丹羡慕啊！"

陈延芳最不愿意别人在他面前再提宛湘，可又无可奈何。陈江丹与他来往不密，不晓得宛湘出走之事。不知者，不怪也。陈延芳唯有强作笑脸问："贤侄这次到五羊城来，是为陈氏书院的事情吧？"

陈江丹笑道："正是。六叔出关，贤侄便将若虚老先生的信函给了六叔，还把絮晞和潮逸两位叔父到访之事和六叔说了，六叔听后非常高兴，愿意倾家中薄资，支持陈氏书院的建设。"

陈延芳一听，高兴得击掌，说："妙哉妙哉！"

"但我六叔还有一事吩咐侄儿，希望侄儿能带给叔父和若虚老先生。"陈延芳喜得嘴巴合拢不来，说："请说，请说。"陈江丹道："六叔和我家各房叔伯长辈的一致意思是，我们愿意捐资入主祖父牌位进连元大街书院，但需求正主中位。"

陈延芳的笑容僵了下来，这可真不是他一个人能够做主的，章程上规定，谁入主的科银多，就将谁家的祖先牌位居中而放。陈江丹一家财达广东，财力上倒不成问题，但难就难在，他们到底愿意出多少银两呢？陈江丹何等聪明，一眼便瞧出陈延芳的犹豫，笑道："侄儿和家中长辈，自知省内陈姓族人庞大，巨富者众，若顺章程意思，入主科银最多者居祖堂最中央，次者次之，省内人有商贾愿意斥巨资占得主位。我家长辈们和侄儿的意思是，无谓定下认捐科银数目，愿先出万两白银，起抛砖引玉之作用，若有旁亲愿出高于万两的价格，我们亦可再往上叠加，叔父以为如何？"

陈延芳万没想到，陈江丹出手如此阔绰，万两白银一下就认入账内了，其他县份的陈姓族人，定能受此刺激，纷纷效仿的。立刻笑道："贤侄考虑得如此周到，延芳哪有不同意之理？但此时仍虽报与其他几位主要昌建绅者，才能下定论。"陈江丹放下茶杯道："既然如此，就劳烦叔父了，侄儿还有事情，先行告退。"

陈延芳立刻挽留，饭后再走，但陈江丹却坚持要先行离开。

陈延芳送客出门，出到陈公馆门口，陈江丹停下脚步，望着仍在认真擦车的陈君挺，对陈延芳说："叔父，侄儿可以向你要一个下人吗？"

陈延芳见他盯着陈君挺，心中"咯噔"一声，这陈公馆内，陈江丹想要谁，陈延芳肯定毫不犹豫便答应了，可他要的却是陈君挺。陈君挺跟了陈延芳那么多年，就似他的左右臂膀，陈延芳早习惯了坐陈君挺开的车，如果把他要去了，陈延芳还真不能够在陈公馆内找一个合适的人来替代他。

陈江丹见陈延芳犹豫，便笑道："侄儿瞧着这司机有意思，本想求去，为己所用。既然叔父不舍得，侄儿亦君子不夺人所爱。"说着过去，伸手要和陈君挺握手。陈君挺望望拿着抹布的手，污水嗒嗒的，不知该跟他握手好还是不握好。

陈江丹笑道："来，交个朋友。我就住在寺前街一带，有空，来找我。"

陈君挺一笑，放下抹布，和陈江丹轻轻握了一下。陈江丹别过陈延芳和陈君挺，跳上车子，倒出街巷。陈忠看着车子远去，慢慢移身出来，啧啧道："架势，架势。"陈君挺一瞪眼，道："那手袜你还没有还给人家呢。"陈忠一捂腰袋，狡黠地说："这破手袜，他咁有钱的人，仲稀罕么？"

陈君挺白了他一眼，没有再说话，陈延芳面无表情地转身入去。陈忠偷偷伸手入怀，摸摸袋中那双白手袜，那么香那么漂亮，送给翘儿，她肯定欢喜死了，说不定还会在他脸上啃两口。

第十五回　建业勇建百粤冠祠
潮安痴望碧海情波

　　奠基，对国人来说，是非常隆重的事情，陈氏书院奠基动工的这天，连元大街一带彩旗飘飘，鼓乐喧天。陈延芳特地请了十六支醒狮队过来庆典，开阔地处，搭起了彩棚和舞台，从佛山邀请过来的琼花会馆的艺人们，整日热热闹闹地在台上演唱着《搜书院》《太白和藩》《李密陈情》《苏武牧羊》和《帝女花》等一系列粤剧。附近的农民哪见过如此热闹的场面啊？又免费有大戏（广府人唤"粤剧"为"人戏"）看，都放下农活，三五成群、拖儿带女过来围观，一时间将一片开阔的空地围得水泄不通，人声鼎沸，热闹非凡。

　　全省七十二县的陈姓族人都派代表来参加这次奠基的庆典，陈若虚、陈志尧等一众陈氏书院的倡建人由陈若虚领着，捧着巨香，祭拜了天地君祖。一阵长长的响彻云霄的鞭炮声后，站在主桩旁的大汉，手起锤落，第一桩响起了……

　　这是关系到广东陈姓族人千秋万代的大事情，于黎建业来说，亦是荣辱攸关，每一步，都走得特别小心。

　　打桩是整个建筑的基础，选材时，黎建业根本就不放心其他工人代选，他亲自选材，用的全是年份足够的上乘的木材。下桩时，一再要求工人一定要在每根柱子下打足十六条二丈四尺长的木桩。

　　黎建业不敢掉以轻心，陈潮逸更是事必躬亲。小瓷担心他的身体吃不消，寸步不离地跟着，陈潮安看在眼里，羡慕在心里。

陈氏书院的地梁都打好了，工人们正齐心合力将从东莞运来的大青砖码起来。由于大青砖的需求非常大，砖是专门租渡轮从东莞运过来的，渡轮从沙面驶入，在书院附近码头停靠，再请附近农民，用木板车推运过来。由于加入推砖的人数太多，场面非常壮观。一辆辆堆满了青砖的木板车，密集如蚂蚁搬家般，隆隆地滚动着车轮，齐齐往陈氏书院这边滚了过来。壮实的庄稼汉，赤裸着肌肉发达的上身，团起的肌肉在透白的阳光下闪着油光，他们一起吆喝着号子："一二三，鬼叫你穷啊！顶硬上！一二三，鬼叫你穷啊！顶硬上！"号子叫得浑厚有力，又幽默自黑，闻者先是想笑，继而想哭。

陈潮安拄着拐杖，站在地基前看着壮阔的如群蚁般的搬运队伍，心情复杂。这些天，他觉得累了、老了，美玲买给他的这根镶白玉石的拐杖，原以为不需要用的，但出门时，他竟不自觉地叫来贵把拐杖找出来。拐杖找出来，拿在手上，就像是生了根般，那么合适，那么自然地拄在腕下。

陈潮安微微弓着腰，迎着日光，望着珠水开阔处，滚滚而来的木板车，那扬起的尘土，帘幕般涌着过来，这场景多么熟悉啊！陈潮安仿佛在这帘幕般的尘土中，看到了无数个赤足露身的华工，挥动着铁锹，铲着无穷无尽的巨石。一个个骨瘦如柴的华工，倒在烈日下荒凉的铁路旁，野狗、秃鹰围转、盘旋在皮包骨的尸体周围，发出尖厉的鸣叫。泪水潸潸而落，陈潮安拄着拐杖的手微微地抖着，谁也没有注意这个老华侨此刻心中的波澜起落。

人们都非常投入地加入到热火朝天的施工现场中去，叮叮当当的敲砖砌筑之声，此起彼落，和由远而近的号子声相互呼应。砌筑师傅熟练地将青砖往空中一抛，一接，灰锹往砖面上抹上一层薄薄的白色泥灰，然后轻轻往下一按，青砖就稳妥严密地码起来了。墙体的砌筑是非常讲究的，角线垂直一拉，量出水平位后，砌筑就正式开始了，砌的是双坯墙，即由内两片砖墙构成的中空墙体，靠打横的丁砖连接起来，讲究的是五顺一丁，即每顺砌五皮砖，砌一皮丁砖，磨砖对缝。砌筑师傅都是来自民间的高手，手艺高超娴熟，大青砖和砖刀在他们的手中，如玩花儿转。他们又都是活泼诙谐之人，工作之余，不忘互相取笑，打发炎热干燥又劳累的日子。

陈家祠的头门是硬山式建筑，砖木混合结构，分为中间高、两旁低的三段，选用的全都是优质坤甸木。木材和石材都是黎建业亲自去甄选的，陈潮逸对建筑材料的来源充满着好奇，几乎是黎建业到哪里他就跟到哪里，手里拿着鸡毛水笔和册子，认真仔细地做记录。小瓷守在身旁，尽心照料，看着陈潮逸高大的身影，每日总是精力充沛地运作在一线现场，小瓷对他的爱意更浓了。几个月前的那场初夏的雨，润泽了小瓷干涸了几十年的芳心。

小瓷深感幸福之余，经常想起小姐絮萍，若没有絮萍小姐的成全，她亦不可能在不惑之年有如此幸福的归属，希望小姐絮萍亦能尽快寻到幸福。自嫁陈潮逸后，小瓷的娘家人就是佛山的陈家了，回娘家时，絮萍见到她，热情地拉着她，左端详右端详的，喜得嘴巴合不上。絮萍根本不需要问小瓷过得好不好，女人的幸福，脸上看得出。小瓷容光焕发，目光流转的，比未成家前，要丰润美丽了很多。絮萍替小瓷高兴。可仆人三元却伤心极了，他坐在门口的石凳上，黯然神伤："小瓷啊小瓷，我三元都暗恋了你十多年，为你不知道拒绝了多少丫鬟的媚眼，可你却偏偏正眼都没瞧我一下。那个半拉子老头子有什么好的？你才嫁多久？就喜得似换了个人似的，那有钱人家的门，可是好进的么？看看絮晞老爷这家就晓得了，有钱男人哪个不是三妻四妾？哪会对你一心一意好的？嫁那华侨老头子，不过是一小妾，三两年后，老头子嫌厌了，就什么都不是啦！哪似嫁我三元？不仅能给你正室地位，还能和你一生一世地好啊！"可这些都是三元一个人自言自语，小瓷根本听不到。

这时小瓷正和陈絮萍坐在房间内，亲热地拉着女人家的话题，说得高兴时，相互掩嘴而笑，说得伤心时，又抱头痛哭。小瓷跟絮萍说起她的堂兄，那个终日拄着拐杖，立在工地上发呆的白发老头儿，要说年龄他不过长陈潮逸七八岁，样子却是差了天地，陈潮逸是不显老的，精力又充沛，能让人在他的身上看到力量和希望。而堂兄陈潮安则不是了，他的动作缓慢，腰是弓的，皱纹爬在脸上，很深，望着远方的眼睛，混浊而失神。在他身上，根本无办法猜测得到他在想什么。絮萍拍拍小瓷的手说，这个男人肯定是经历过很多常人未经历过的，大苦源于心，他的脸苦，终归是他的心更苦。

小瓷听陈潮逸说过，陈潮安出国前的原配被海盗奸杀了，老母孤苦一人病死，临终都未能见上儿子一面。在旧金山的家，虽是完整的，大嫂子亦是个受过苦难的人，两人能恩爱与共。可是很奇怪，大嫂子却怎样也不肯随堂兄回国，堂兄已经发了不少电报过去，但都犹如石沉大海。没有爱妻的家，再奢华壮阔亦不能温情完整，堂兄整日盼着嫂子回国，即使不回来，回个电报也好啊，但大嫂子就是这样狠心，音信全无。小瓷怎么也想不明白，既然他们曾经患难与共过，又一直恩爱，为何不一起厮守呢？

从陈潮逸的嘴中得知，陈潮安年轻时，非常健壮俊俏，而今如此老态，真很难再从脸相上，想象出他当年的风采了。絮萍长叹一声。谁个的故事不是悲欢离合啊？特别是他们这些长年漂泊在外的游子，冷暖自知，有多少是，植不下根须于他乡，又再也找不到回乡的路？看透了，也不过是繁华一场；不能看透，便是炼狱熬苦。或许，陈潮安属于后者吧。

陈絮萍望着雕花的窗棂，这尘世男女，能看透的，又有几人？放下，比执起更难。

陈潮安每日拄着拐杖，蹒跚来到陈氏书院的施工现场，现场施工的师傅们，都熟悉了这个不哼不言的老人家。他就这样站着，时而眯着眼睛迎着日头，时而低头望着足下。搬大青砖的农民还发现，这个衣着华贵的老人家，最喜欢立在码头附近眺望，一望就望一个上午。细碎的阳光透过码头的那棵老榕树密密匝匝的树叶，透射下来，打在老人弯弓的身体上，时光在这个老人身上是静止的。

简牛儿是简塾附近的一农家小儿，自从陈氏书院动工后，便每日都往工地上跑，工地上的任何人、事和物，对于他来说，都是新鲜的。连被砌筑师傅敲下来的青砖块儿，他都觉着好玩，拿这块砖块去砸另一块砖块。砌筑师傅们见他可爱好玩，恐吓他："嗨！小牛儿，再唔将裤裆中的小鸡鸡藏起来，我就将它砌入墙砖里啦！"简牛儿吓得跳起来，捂着开裆裤下的小鸡鸡，撒腿跑得老远，然后惊恐万分地望着这些哈哈大笑着的叔叔们。恐吓的次数多了，简牛儿也就不怕了，还学会了还击。当师傅们拿着砖刀装模作样地要去切他的小鸡鸡时，一下跳开，然后示威般，撒出一泡透彻的童子尿。真是个好玩的小屁孩啊！师傅们都被这总角小童逗得直乐，劳苦的时间在笑声中过得特别快。

简牛儿除了好奇工地上的砂砖工具等外，还好奇声音。他不明白工地上，乒乒乓乓的声响是怎么来的，也学砌筑师傅们那样，拿起砖刀，四处敲打，砖粉溅得满脸都是。待师傅们发现这淘气蛋时，他都已经敲碎了好几块青砖了。师傅们吆喝着，要抓住他，把小鸡鸡割下来，油炸了下酒吃。简牛儿一甩砖刀，转身就跑。

在没有撞上陈潮安之前，这个老是站着不说话的老爷爷，亦是简牛儿好奇的对象。小儿无忧愁，哪晓得人间悲欢？简牛儿在奔跑中，不小心撞上这个老是站着不说话的老爷爷，简牛儿摸着撞痛的额头，瞪着大眼睛看陈潮安。村里人都说老爷爷是华侨，好有钱的，住在金山银山里。有钱多好啊！简牛儿的阿爸每天给陈氏书院运大青砖，一天能赚几吊钱，回到家里就乐得捧着牛儿和他阿妈的脸儿亲，吃饭喝酒都哼着粤剧。可这有钱的住在金山银山里的老爷爷，他那么有钱了，能盖那么大的房子，为何他却不爱笑？

观察时间长了，简牛儿觉得这老爷爷不是不爱笑啊！他是不开心，很伤心的样子呢！皱纹厚厚密密的，像蚯蚓一样爬在脸上，爬得深深的，似是随便伸手摸一把，都能摸出苦水一般。简牛儿瞪着滴溜溜的眼睛，望着陈潮安，若不是村里人都强调他很有钱，他和简牛儿的亲爷爷没什么两样，都一样弓背，一样蹒跚着走路，一样满脸皱纹，一样似是被生活重重地压着，喘息沉重。陈潮安扶起撞过来的小儿，这个胖乎乎的小家伙，终日精力充沛地在地上跑来跑去，无忧无虑得让人羡慕，懿念很快也将会长成他这个样子了，只是，他却不知道还能不能见到她，享受她的绕膝奔跑，欢声笑语。

对于美玲，陈潮安再熟悉不过了，这个被生活煎熬过来的女人，这次能如此决绝，她肯定是下定了决心的。陈潮安隐隐觉得，他等不到这个心爱的女人回来了，从他决定归来探亲的那一刻开始，他就注定了将永远失去这个心爱的女人。美玲太自尊太决绝了，即使她或许已经猜到，婉秀很有可能已经不在人世，但只要陈潮安选择归来，就是选择回到婉秀的身边，尸骨携白首，那也是夫妻相聚。美玲用她默默无语的安排，清晰地告诉陈潮安——她的退出。只是当时，陈潮安沉浸在归去的兴奋和憧憬中，忽略了美玲的微妙变化。当陈潮安顿悟过来，为时已晚，美玲肯定以为，是因为婉秀已经死了，他才再回来找她的。唉！美玲啊美玲，还真是要将心剖开，拿给你看，你才肯信吗？大儿恩华归期越来越近，陈潮安的心就越来越怯，他实在害怕，恩华带回来的，会是他最不愿意听到的消息。即使是害怕，可他却仍忍不住每日翘首而望，入海口浩浩，宽阔无际的海面一望无际，孤帆远影进入碧空而去，远影孤帆又从蓝天而来。来来往往，停靠下来的、匆匆而过的旅客中，都没那个陈潮安抱着细微期冀的娇小人影。

每日抱着微弱的希望而来，又负着沉沉的失望归去。明知等不回来任何结果，却仍痴痴守候着，这人世间，最漫长熬人的是等待。

简牛儿可不知道眼前这位有钱的老爷爷，闲极无聊地站在树下望些什么。那天那云那海那船，年年月月日日都一样，没什么好看的，还没有砌筑叔叔们搅拌的白泥浆好玩。

陈潮安温和地问："娃仔，唔撞痛你吧？"简牛儿牛犊儿般蹦跳起来，一双胖胖的小粗腿，围着陈潮安跑了几圈，嘎嘎笑着问："爷爷你系度看么事啊？"

陈潮安说："看船。"

"是等人么？"

"是的。"

"无讲好几时返来的么？我看你等好耐啦！"

陈潮安望着阔静的海面，淡淡地说："有些船，是等不返来的。"

简牛儿巴眨着眼睛，大人的世界，哦，不，有钱人的世界真不好了解呢，既然等不返来的船，为么事还要等呢？他不需要去工作的么？简牛儿又问："爷爷，你好多钱的么？我阿爸他们都说你好有钱呢，住在金山银山里。"

陈潮安愣了一下，没想到这么个娃娃小儿，亦晓得钱和金山了。简牛儿接着说："我阿妈都想我阿爸跟你坐船出去，去挖你家的金山银山呢！"这肯定是大人没有避忌地在孩子面前说的话了，陈潮安心里叹了口气，能怪当父母的吗？都是穷出来的。国力衰竭，腐败横行，八国联军入侵，鸦片战争，各种割地赔款，早已是民不聊生，人民能寻着一点生路，都会辟径而走的。简牛儿见老爷爷又皱眉叹气，不由得疑惑地说："我阿爸拿好少的钱给我阿妈，我阿妈都能好高兴好高兴的，老爷爷你咁有钱，点解一点都唔开心啊？"陈潮安伸手摸摸他的脑袋说："孩子啊！这世上，钱买不来的东西可多了呢！"

黎建业面临的困难仍是在选材上。按陈潮逸的意思，陈氏书院的选材，一定要是当时当地最上乘优质的，书院要表现的不仅仅是一间合族祠一间书院，更要表现出其在建筑艺术上的卓绝。每一用材每一样工艺，都必须代表着时下的最高水平，一定要无与伦比。

在挑选各门工艺师傅时，陈潮逸要求黎建业必须亲自把关挑选，所有工人都必须是技术高超的，工钱等问题，根本不需要黎建业担心，全省七十二县的陈姓族人里，不乏名绅巨贾，修建一间陈氏书院，钱根本不成问题。按陈潮逸的意思就是，成本可以不惜，但建筑出来的成本，必须要是集广东建筑之大成，其规模、建筑特点和功能成就，都必须是广东祠堂之最。

为了达成业主的要求，黎建业可谓呕心沥血，为了选购到合适的材料，他全国各地四处奔跑，计划用在外檐的构件大多数要采用石材，如到时候要做的石檐柱、石雕虾公梁、雀替、狮座和驼峰等等，这些石材的采用都必须是优质花岗石才行，否则经不起风吹雨打烈日暴晒。广东这日头热得死人的天气啊！黎建业经常跑到喉干舌燥。优质的花岗石石材经过黎建业的甄选，源源不断地从各地用专用拖船运到沙面码头来。有些巨大的石块不是人工用普通木板车就可以运送的，就说头门入口处的地面石板，宽度为 1.2 米，长度达 6.3 米，人们特地制了加厚的木板的推车，下面的车轮上加强固定和加宽的轮胎，石板被用杠杆卸上推车后，立马被粗大的草绳固定了，十数个力夫同时推着，前面又八个力夫一起吆喝着号子拉着："一二三，鬼叫你穷啊！顶硬上。"车子才勉强缓缓转动。简牛儿的阿爸亦在力夫之列，他使尽力气，拼劲压着推车的把杆，他很清楚，这几十号人，其中只要有一个稍稍松一下气，跟不上步伐，推车就有可能发生倾斜，要是发生倾斜，就会危害得很了，随时有同伴会被这些巨大的石块压成肉酱。

黎建业在建筑陈氏书院时，的确费尽了心思。按陈潮逸他们的意图，陈氏书院的大门口，必须是两扇完整的大木板，而设计图上的大门每页有 2.5 公尺宽，6.7 公尺高。如果每页都想用一块整木做成，难度是非常大的，那得是千古奇树，才能育有这么巨大的材料。然后，广东属于亚热带地域，奇山虽多，森林亦多，但杆宽 2.5 公尺以上，适合用于做门的木材却是闻所未闻的。

为了找到更加合适做陈氏书院大门的木材，黎建业发动他所有朋友资源，去找寻巨木。功夫不负有心人，黎建业为陈氏书院高价收购巨木的消息，不胫而走，很快就传到海南岛的一个木材商那里去了。这日，黎建业正在书院前面和几个师傅商量工程，简牛儿屁颠屁颠地跑过来，拽着他的裤腿，奶着声音说："伯伯，伯伯，有个伯伯揾你!"

黎建业放下图纸,抬起头,见到一个衣着华丽的微胖的中年男人向这边走来,从他黑实的皮肤看,应不是本地人。黎建业迎上去,拱手问:"在下黎建业,阁下是找在下吗?"来人还礼说:"久闻大名,幸会幸会。在下海南岛木材商邓真。"原来是海南岛而来的木材商人。黎建业连忙请邓真到旁边一处干净的石凳坐下,又递上旱烟。邓真摆手说,不抽。黎建业笑着将烟斗放下。邓真道:"听闻黎工最近在四处找寻巨木,可有此事?"黎建业点头,指着即将架起的书院说:"建业呕心沥血,想寻得两块巨木,做此书院大门所用。"邓真问:"此木需多大?"黎建业让人将图纸送过来,指着图纸说:"平面需得 2.5 公尺宽,竖面起码要有 6 7 公尺高。"

邓真笑着从怀中掏出两幅图纸,展示给黎建业看,图纸上面,画有两棵参天巨树,上面精确地标注了宽度和高度尺寸。邓真说:"前不久听闻黎工在寻巨木,不才在海南岛的木场刚好有两株巨树,正好符合黎工你的要求,树龄都已经上千年,木质坚硬,很适合南方的雨水天气。"

黎建业眼前一亮,这不就是他要寻的木材吗?他高兴得几乎跳起来,双手一抓邓真,连声道:"邓老板,你真是及时雨,救命草啊!建业四处寻佳木不得,正烦恼呢!"邓真环顾了工地一周,道:"早有听闻,广东陈姓要在这里建一浩瀚合祖祠,规模前无古人,今日得幸见到,实是大幸。吾家材木,如若能派上用场,为陈氏族人支撑门楣,亦是其千年积赚的福气。我也一直在为它寻求合适的去处,而今可以说是一举双得啊!"黎建业点头,问价,邓真说此木为他家木材的镇山之宝,得一百两一株,两株要二百两银。

黎建业当下沉吟,陈氏书院是全省七十二县陈姓后人的合宗祠,银钱当然不是问题,问题是,如此巨大的木材,能保证完整地从山上弄下来,从海南岛漂洋过海到五羊城吗?邓真一再拍着胸口保证,他们的船队非常专业,食水深度是足够的,一定能把两株大树顺利运到五羊城来。能保证将树送过来，当然是好事，但亦不能邓真说了就是的。而今陈氏书院赶工期赶得紧，东莞的解元陈志尧已经赴京赶考了，临行前，还特地到陈氏书院工地前虔诚拜祭一番，这个解元郎眉目开朗，器宇轩昂，谈吐又谨慎得体，看此端容样貌，定不会是池中人物，当然，能为广东第一解元，也不是池中之物了。

陈氏书院动工仪式那天，五羊城最出名的堪舆先生周大师在看着陈志尧祭拜天地时，两眼微弯，频频抚须，含笑点头。黎建业因从事建筑一业，与堪舆先生走得甚近，便上前询问周大师，为何得意？周大师一挥尘拂说："此地真乃福土也，不日，便会有紫气临祠，贵人回乡，福泽子孙万代。"黎建业忍不住问："贵人可是眼前解元？"堪舆先生神秘一笑，不再说话。黎建业当然明白其中道理，不说破不道破。但心中亦暗暗留意，或许即将要做的，是流芳千古的大事情啊！黎建业从动工的第一天起，就不敢有丝毫怠慢心理。如今选的，可是门楣之事，更加大意不得，若是木材不能如期送达，工程误了事小，误了贵人事情事大。当下，便和邓真商量交货日期，黎建业说明年初夏需得见木材，邓真说没问题，于是两人便回去巨昌店签合同。

一路上，黎建业都觉得忐忑，那么巨大的木材，光运下山都是一个大问题，更不要说漂洋过海运到五羊城来了，若是货不能按时到达，耽误了工程进度，那可不是小事情。邓真见黎建业如此担忧，笑着说："几百年前郑和亦能下西洋了，而今的航运水平较之从前，要先进多了。运两株巨木过来，不是多难的事情。"黎建业从柜台内拿出笔墨纸砚，然后正式地对邓真说："黎某肩负的是全省七十二县陈姓人的殷殷期盼，万万大意不得，需谨慎行之，还望邓老板见谅。"

邓真连连叫好，说如此负责担当之人，他喜欢，他让黎建业说条件。黎建业一笑说："条件黎某亦无多，邓老板既然自动寻上门来，对此木自是把握十足，黎某只是希望邓老板能给黎某交下二百两保证金，待巨木送到之日，黎某一定将保证金和本金共四百两一起交付，邓老板以为如何？"

　　邓真愣了一下，从来都只有订货人缴交订金，以防万一客户反悔的，没想到这次竟然是客户要求卖家交保证金，这真是闻所未闻，匪夷所思。真正是左右为难。陈氏书院这宗生意，邓真非常想做成，做成了，日后也有个典范跟别人说，用在陈氏书院的正门大门的木材，就是海南邓氏提供的材料。千年古树，稀世极品，由陈氏书院来做广告，比请多少朋友介绍的生意都来得快。但是，二百两不是小数目啊！

　　看见邓真犹豫，黎建业倒淡定了，放下笔，道："若邓老板你真是胸有成竹，能把巨木送到五羊城来，且不说有凭有据，就光是这陈家祠堂，全广东七十二县陈氏子孙的合宗祠堂的名声，就不会亏欠于你一分一厘。黎某亦是职责所在，不得已才出此要求，亦知为难邓老板了。"邓真当然明白，且不说全省七十二县庞大的陈氏族人，就拿大善人陈延芳的名声，亦能担保这二百两保证金能完璧归赵。想到这里，邓真亦觉得没有什么不可为的，手续上或许是亏了一点，但实际上，也卖得了一个好名声，从此能和陈氏族人结缘，亦未尝不是佳话。当卜便大方签下合约，答应先付二百两保证金，待古木送到之日，便是保证金和货款回收之时。

　　解决了木门材料之事后，黎建业就马不停蹄地出发，他还要跑遍全省，去寻找最具名气的各种雕刻师。陈氏书院不仅仅是一个宗祠，一间书院，用陈潮逸的话说，就是要将当代最先进的建筑艺术集中体现在这个浩瀚的建筑群上面。陈潮逸要的不仅仅是建筑物，他的理想是一个艺术群体，体现南粤建筑艺术大成的艺术群体。这些词语，都是黎建业新近才接触的，既让他觉得新鲜，亦让他觉得兴奋。或许，作为一个建筑艺术大师，毕生所追求的，就是这种新颖创新和传统工艺糅合一起带来的无与伦比的艺术享受吧。

　　陈潮安仍是每天都来工地看看，然后站在渡口边，看潮起潮落。简牛儿长大了一点，变得没那么调皮了，玩累了，就会跑过来，坐在陈潮安的身边，静静地陪他坐一会儿，看大海口的波涛荡漾。陈潮安给他几个铜板，让他跑去街集，买碗艇仔粉、牛腩萝卜或几颗花生糖，一老一少，偎依在渡口的老榕树下，吃着小食，没有很多的交流，只有简单的依附或陪伴。有时，简牛儿亦会问："爷爷，你系度等边个啊？"陈潮安会答："爷爷在等一个可能永远也不会回来的人。"简牛儿问："点解他永远都唔返来了，你仲要等啊？"陈潮安说："因为爷爷想她返来，很想她，所以，爷爷一定要等。"陈潮安望着辽阔得没有对岸的大海口，喃喃道："我不等，还能做什么呢？"

简牛儿不明白老爷爷说的话，这好玩的事情可多了，能做的事情也是很多的呀，他觉得往树上爬着的蚂蚁有意思，在大粪里拱着的屎壳郎有意思，老远处正在砌砖搭木的叔叔伯伯们都很有意思。只有这个白辫子白胡子的老爷爷没什么意思。当然，给散钱让他去买吃的时候，亦是很有意思的。简牛儿的父母让他叫陈潮安爷爷，如果爷爷喜欢牛儿，就让他们上个契什么的。但是每回，简牛儿奶着声音复制他父母的说话时，陈潮安都只是慈祥地抚摸着他的脑袋微笑，却从不做任何正面的回答。

前段日子，陈潮逸带小瓷回去旧金山了，这次他是肩负着陈氏族人的使命回去的，若虚老人和陈潮安都修了书信，又把陈氏书院的章程复印了，让他带回去。陈潮安和陈若虚都年纪老迈了，再也经受不起惊涛骇浪的折腾，在美利坚国一带华人中的宣传和募资任务，只能交给陈潮逸去办了。南洋一带的华侨，则由陈延芳负责联系。

陈延芳亦想离开五羊城，出去散一阵子心。虽然，香菱已经为他诞下一女，但此女出生，并没给已经愁云惨淡了好长一段日子的陈公馆带来喜庆。陈老太太的身体状况越来越差，丫鬟扶她起来走几步，就累得喘不过气来。玉如依然是闭门不出，不管不理陈公馆的任何事。而今陈公馆内大小事务都由丽芳打理着，丽芳又是个小心眼儿，有点不知高低，见玉如把家里的大权放给她了，便以为掌管了陈公馆的全部，得意忘形又睚眦必报，对刚生产不久的香菱，毫无怜悯之心，经常干扰丫鬟对香菱的照顾。

　　香菱在坐月子，愁得剩下一把骨头了。都已经熬到了女儿出生，但陈延芳仍未能给她一个名分，这样妾不妾，婢不婢地生活在陈公馆内，明知道丽芳对她是百般刁难，香菱亦不敢声张抗争。

　　陈延芳何尝不知道香菱的愁苦？可他能说些什么？老太太那边终是不认，他亦无可奈何，总不能忤逆老太太的意思，将老太太逼上绝路吧？至于宛湘，陈延芳一直在寻找，但是，人海茫茫，伊人如萍，去哪里找呢？上哪里找呢？宛湘啊宛湘，天下任何女子都能负我，唯独你不能负啊！

　　宛湘离开得越久，陈延芳对她越是思念，像中了毒蛊一样，欲罢不能，再不离开一段时间，他肯定会疯掉的。人，在一个地方待得太久，就会产生疲倦感，需要离开一段时间，调整一下。陈延芳在人前，都是万众瞩目，受人追捧受人尊敬的大善人，他的车子只要在五羊城街头出现，离着老远人们就会自动让出一条车道，都毕恭毕敬地互相知照："大善人来了。"连守在破庙桥洞的乞丐、流浪汉见了他，都肃然起敬。走在大街上，陈延芳从不害怕会遭到突然袭击，他是广东最出名的善人，名声好得连官方都顾忌几分，老百姓更是把他当再世菩萨，强盗小偷经过陈公馆，都绕道而行。然而，就是这样的大善人，却高处不胜寒。谁都以为大善人光鲜快乐，谁知道大善人家里是一本一塌糊涂账呢？老太太卧病，脾气时好时坏；妻子终日紧闭房门，连见都不愿意见，比陌生人还陌生；两个侧房，一个飞扬跋扈，胆大妄为，唯恐天下不乱；一个悄然无踪，历年萍影缥缈；收得一个新人，又终日以泪洗面。陈延芳真的烦透了心，他宁愿在外面不停地忙，能不回去就不回去。为了扩大筹建陈氏书院的影响力，需要他到南洋诸国去跑动，这是个逃离的机会，陈延芳二话不说就答应了。

　　陈延芳哼着歌儿回陈公馆，陈君挺冷观着，表面不动声色，心中却是不屑的。这人得多分裂啊！在处理家庭和感情问题上，陈延芳绝对是个逃兵，他一直都没有勇气反抗，没有勇气去争取，骨子里是个非常自私的人，对他的女人们，都异常冷酷残忍。然而，在外面，他却能处处做到圆融，出手大方阔绰，同行朋友无一不敬慕称赞他的。

自和陈江丹结识之后，陈君挺逐渐喜欢上这个洒脱本真的年轻少爷，他的务实、活泼和执着钻研，开拓求真的精神气，都深深地吸引着陈君挺。陈君挺和陈江丹成为朋友，陈忠有点吃醋，他不愿意在广雅书院待，逮着机会，就到陈公馆来找陈君挺学开车，他做梦都想有朝一日，陈志尧高中，亦买一辆漆黑油亮的铁壳儿轿车，由他来开，那得多拽啊！陈君挺乐意教他，陈忠虽然读书很笨，陈志尧在他面前念读过百遍千次的诗歌文章，他一个字儿也记不住，但是，陈君挺跟他说怎么启动车子怎么把握方向盘，他一下子就记住了。不过车子矜贵，虽然陈忠已能将车子开得很顺溜了，但陈君挺还是不敢放任他开，都是坐在旁边监看着的。不过，自从陈君挺结识了陈江丹后，心思就不再放在如何开好陈延芳的私人座驾上了，他被陈江丹正在研究的浅水河渡轮吸引住，连陈延芳都几乎顾不上，哪还顾得上那个屁颠屁颠地跟在后面要求开车子的陈忠呢？

陈忠最近的心情很不好，老爷很快就要赴京赶考了，从广东北上京城，要走半年呢。老太爷为了方便老爷在京城安心读书，特地使人在京城的东莞会馆，辟出一处清幽的雅舍，让老爷在那儿暂住。此次赴京，没一两年是回不来的，陈忠想起家中的翘儿，心中就难舍难离。年末回莞城凤涌过年，陈忠在路上，结结巴巴地给老爷说了他的心思，他喜欢翘儿很久了，希望老爷能将翘儿许配给他。陈志尧哈哈大笑，说："你小子的这点儿心思，我早看在眼里了，就等你开口提了。"

陈忠乐得直蹦，回到家里，立刻让父母提了彩礼去提亲。翘儿本来亦有意思，好事一提，便成了。而今翘儿的肚子已经鼓起来了，陈忠正处于甜蜜阶段，怎舍得娇妻嫩儿？想到此去京城，起码要两年后才能归来，心中就沮丧不已。他想寻陈君挺聊聊天，可陈君挺又沉迷于参与陈江丹的浅水渡轮的研究，根本没心思听陈忠的那一点儿女私情。没有听众，陈忠更失落了，去寺前街跟陈君挺借了车子往连元大街开去。快到连元大街，马上就要转入陈氏书院工地时，忽地树林边有一个熟悉的身影闪过，陈忠立马急刹车子。

车子猛地急刹，发出的声音尖利刺耳，那个身影"刷"地回过头来，是欧妈！真是欧妈！欧妈看见陈忠，脸色"刷"地白了，欧妈亦没想到，开车过来的竟然不是陈君挺，而是陈忠。欧妈吓得转身就跑，陈忠立刻下车追，狂叫："欧妈、欧妈。"

但是欧妈哪敢回头？撒腿跑得更快，陈忠追了一会儿，欧妈转入树林就不见。陈忠唯有停下来，心神忐忑地往回走。欧妈竟然还活着，陈公馆内不是都传着，欧妈被陈延芳暗中杀了吗？刚才那个跑得比兔子还要快的，明明是欧妈啊！她不是活得好好的吗？那既然欧妈未死，陈延芳杀欧妈一说，又从何而来？以前听说陈延芳为了一失踪了的小妾，竟狠心得连妻子的贴身女仆都杀了，听到这消息时，陈忠对这个在外名声赫赫的大善人，很反感，觉得这个大善人虚假得很。但是，如今，这个欧妈活生生的，陈忠才知道，原来他和其他人一样，冤枉了大善人。大善人还真有器量，明知道是被委屈的，却一句辩解也没有，任人评说呢！只是，欧妈为什么要逃？今日欧妈又是因何突然出现在这条到陈氏书院必经之路上呢？这么复杂的事情，陈忠想破了脑袋亦想不明白。

心中有事，陈忠就没心思再玩了，车子是一定要赶快还给陈君挺的，然后，然后怎么办呢？如果翘儿在就好了，翘儿一定会告诉他该怎么办的。翘儿真是好啊！床上迷人，床下贤惠，儿子出生后，粉嫩健康，她奶着孩子还能照顾家里一切。能娶到这样的老婆，定是前世修来的福分，或许就是常年立在老爷身旁，沾了老爷的气运吧！

陈忠刚来到陈联泰机械厂分店门口，陈君挺急匆匆地走出来，见到陈忠已把车开回来，才松了口气，套着手袜说："有一重要事情都差点忘记了，好在你回来得快。"陈忠越来越看不惯这个陈君挺了，以前虽然打扮亦洋气，但也是穿套洋服，穿双靴子，学一副洋务派的行头，表面突出而已。而今，竟然连内在习惯都是又骚又洋的。真气死人，才跟那个陈江丹少爷好了多久呀？连手袜都戴上了，还戴得那么白，也不怕臊人。陈忠认为，戴上手袜，就是从骨子里都认同西方文明了。他一甩长辫子，跳下车，道："君挺，你戴着手袜，开车能顺溜吗？"陈君挺一笑："习惯成自然啦！"陈忠在心里骂声丢那妈，君挺这小子，居然经常笑了，那个叫陈江丹的小少爷，得有多大的魅力啊？竟然连一个这样冷峻的人物亦感染得到。

陈君挺跳上车，准备发动，陈忠叫着："顺道把我带返去广雅啊！"陈君挺皱了皱眉说："我真有急事，今日唔方便，你自己想办法了。"说完，也不顾陈忠脸色阴沉，油门一踩，车子"嗖"的一声就去了。陈忠反应过来，车子就只剩下一个黑屁股了，陈忠跺跺脚，丢那妈，陈君挺这小子开去的方向，明明就是要去连元大街的。怎么就不顺道了啊？

陈忠回到广雅书院时，天色已经全黑，陈志尧已经开始做夜课，掌了油灯在案前疾书。陈忠小心翼翼走进去，不敢弄出一丁点声响，怕把老爷的思路给断掉了。陈忠最怕弄断老爷的思路，老爷随和，不会责备什么，但他坐在案前，思考半天亦不得其法的样子，看着都折磨人。

陈忠以为老爷没听得他回来，踮着脚，刚想去烧点开水，陈志尧却开口说话了："归来啦？"陈忠立刻将迈出去的脚步收回来，立定，惭愧地说："归来啦！"陈志尧一边写字一边说："陈联泰那边，有么新进展呢？"

原来老爷还关心着机械厂的事情，陈忠挠挠脑袋说："今日君挺急匆匆地，拿了车子就跑人了啊！么事都无有跟我讲。"陈志尧点点头说："这些日子，君挺都在陈联泰机械厂那边，善人不忙吗？"陈忠道："陈大善人马上要去南洋了，这两日都留在家里陪香菱姑娘。听说香菱姑娘产后，身体一直都不好，病得快快的，都只剩下一把骨头了。"

陈志尧"哎"了一声，放下手中毛笔，站起来，在房间内踱了几步，才道："曾因酒醉鞭名马，最怕情多误美人。"陈忠挠挠后脑，不知道怎样接话。老爷说的都是九不搭八的呢，明明喝醉了酒要打马，又关美人么事呢？香菱亦算是美人吗？那小丫头他见过，长得顺眉顺眼，算过得去，但和翘儿比起，就差得远了，亦不知道大善人是什么眼光，或者是因为香菱是细夫人的贴身丫鬟吧！这香菱亦是命苦的，女儿都生出来了，大善人仍不愿意纳她为妾。当阿妈的，自己怎么委屈都没有问题，但是，委屈了孩子，却是不行的。香菱不愁病就怪了。

陈忠想到翘儿生了儿子后，像母鸡般护着孩了，疼爱有加时，心中就忍不住替香菱不值。深深豪门，哪是寻常女子能进入的？还是寻个门当户对的，把日子过踏实了好。

陈志尧不清楚陈忠心中想什么，见他失神，以为他在外面遇上了什么烦心事情，又见陈忠说今日陈君挺急匆匆地拿了车子就走，心中奇怪，以他对陈君挺的观察，这小伙子应该不是那种做事毛毛躁躁的人呀，于是问："君挺今日怎么了？"陈忠抓抓头皮道："谁晓得他，好似滚水烫脚一般，上车就走了，我让他顺道带一把亦唔得。"

陈志尧愣一下，这真不是陈君挺的作风。难道是陈公馆出了什么事情，要他急着回去处理？但陈忠否定了，他坚持陈君挺就是向着连元大街方向走的，与陈公馆是反方向，顺路捎一程，亦耽误不了他多少时间。

陈志尧更奇怪了："难道他有些什么不能为人所知的事情吗？""不能为人所知？"陈忠脑海"嗡"地响了一声，欧妈的身影又出现了，对，对，是欧妈，一定是欧妈！陈忠兴奋得几乎跳了起来，要不是老爷严厉的眼光望着，差点就叫出来了。

陈忠把在连元大街附近的树林边见到了欧妈一事跟陈志尧说了，陈志尧一听，也来了兴趣。陈忠很委屈地说："这个欧妈，就算是有么秘密，亦唔使避住我啊！我陈忠是几守得秘密的人啊！拿刀来都撬不开嘴巴的。"

　　陈志尧给他气得笑了，道："恐怕刀还没来，你就先开口了。"随手拿起案上的毛笔，蘸了墨汁，在米黄的宣纸上，写下"离奇"二字，然后扔下笔，道："延芳好胸襟啊！"陈忠忙点头说："对啊！明明是被委屈了吃了死猫子，但他都不为自己争辩一句。"陈志尧笑道："有些事情，真不需要过多解释，而今欧妈不是已经出现了吗？真相不就已经水落石出了啊！"陈忠撇撇嘴说："这也是真相吗？除非欧妈肯自己走出来啦！但欧妈见到我们，都好似是老鼠见了猫一般，到处找地方躲。"陈志尧笑道："欧妈哪还敢出现？她一出现，延芳兄可以置之不理，但是，陈公馆大夫人能饶了她吗？"

　　陈忠吸了口冷气，也真是的，陈公馆大夫人当众一口咬定是陈延芳谋杀了欧妈，而今所有人都同情大夫人，都认为大夫人说的是事实，若欧妈突然出现了，不等于扇了大夫人的耳光，落了她的颜面吗？在陈公馆混的时日多了，对这个表面慈善但城府甚深的大夫人，陈忠想起都怕。真不明白她心里想的是什么，居然能突然间抛下所有的事情，包括陈公馆的内务大权，关起门不问任何事情。这得是有多狠辣坚定才能做得到啊？陈忠耸耸肩，道："实在搞唔明白，仲系我们太太好侍候，菩萨心肠。"

　　陈志尧一笑，经陈忠一提，不由得想起夫人慧心。马上就要上京赴考了，一去可能便是三年，而今老父垂暮，家里全靠慧心一个人打理，也苦了她。慧心全心全意地为陈家付出了二十多年，一句怨言都没有，男儿得此妻子，夫复何求？

　　陈忠走到炉子前，一边点火一边道："君挺这小子，唔好看他终日不言不语，做事还是很有点本事的，跟陈联泰机械厂那小少爷一起混着，就学到了好多机械知识啦！可惜他只是个司机。"

　　陈志尧点头认同，据说已经有很多人想把陈君挺挖去重用，但是陈延芳却一直以沉默坚持着。陈君挺是陈延芳的亲侄儿，亲侄儿出息，当叔子的高兴才是，为何陈延芳要这样做呢？陈志尧皱起眉头，问："你刚才说，君挺是往你遇见欧妈的方向走去的？"陈忠被烟熏得眼泪直流，抹着眼泪说："是的啊！都是往连元大街的方向。"

好像都有答案了。陈志尧坐下来，这样说来，很有可能，欧妈突然消失的事件会与陈君挺有关，甚至宛湘居然能在陈延芳的严防死守下，轻易避过陈公馆的所有耳目而离开五羊城，都与他有关。如此想来，陈君挺就似一颗钉子，埋在陈延芳身边，恐怕陈延芳也略有觉悟，但毕竟不是所有人都能忍受得了连皮带肉拔钉子的痛苦的，陈延芳之所以迟迟未拔，一有可能证据还不足，二是有可能陈延芳根本就没准备拔。这是陈延芳的私事，陈志尧不过亦是想想而已。

心神一敛，思绪又转了。而今对陈志尧来说，最重要的事情就是赴京赶考和陈氏书院的建设。当然，在陈氏族人的眼内，陈志尧能否金榜题名才是头等大事，至于陈氏书院，还有陈若虚、陈潮逸等一批能人在跟着，应该不会出现什么大问题的。陈志尧此刻更加思念的，是家中的老父母和妻子慧心。从大清地图最南的版块，徒步到几乎最北的版块去，其中要跨越几多千山万水，困难重重？古往今来，多少学子为了考取功名，侍奉君旁，不惜攻读到白头？然而，唯科考唯仕途为唯一出路，亦不知道，禁锢了多少才能具备的人才？就比如常来"瓜庐"闲坐的袁湛恩，想当初，他又何尝不是屡屡赴京？然而，金榜有限，孙山落众，屡考不中后，袁湛恩便敛了追赶功名利禄的心思，回归故里，守着百亩茶田，欢喜时煮茶弄茗，悲伤时借酒当歌，也活个神仙潇洒。对于未知的仕途，陈志尧心有忐忑，三十多载寒窗苦读，只为一朝金榜题名。若是不能榜上题名，今后日子，该往何方？

陈志尧曾经咨询过老父亲的意见，陈漱理而今仍在凤涌收徒教学。老解元当然理解儿子的心情，他深谙道学之术，明白凡事不能勉强，便宽慰儿子，前行是路，转弯是路，回步亦是路，世上没穷途，强行易着险。陈志尧明白父亲的意思，若真到了那一天，不能为君王为家国效命，亦不会是穷途末路，看清读透，放下则可。陈志尧望着夜色渐浓的门外，深吸了一口气，真到了那一天，便卸下锦袍华服，

着上棉衣素服，静居世外偏安，著书做学术，也不枉了这数十年寒窗
苦读，腹中满满的经纶才学，这未必是坏事。

陈忠煮好茶水饭菜，端上来给陈志尧吃。陈志尧一向是慎食惜福
之人，吃得比较清淡，只需要有两个清淡小菜便可。陈忠可不喜欢老
爷这个习惯，他每天都念着吃肉的。看见老爷一点一点地挑青菜吃，
陈忠就特别抓狂，非常想念家中的翘儿，还是翘儿好啊！翘儿懂得
他，每顿都准备了大碗的红烧肉，翘儿最拿手的就是梅菜扣肉了，那
冒着油的五花肉片，啧啧，想想都让人心动。

陈忠忍不住咕噜咕噜地吞口水，陈志尧听到声音，回头笑道：
"你亦拿双碗筷过来么！"陈忠摆摆手道："我一会儿和张仁义他们吃
去，今晚他们那边红焖羊腿。"陈志尧皱皱眉头，这些下人们真是无
荤不欢。陈忠见老爷皱眉头，知道他不喜荤腥，忙解释道："老爷，
我不过是想起翘儿煮的菜了。"陈志尧看他紧张的样子，不由笑道：
"难得你而今已能和他们混在一起，这很不错嘛，一会儿收拾了碗
筷，就过去吧。"说着，便放下筷子，陈忠忙道："老爷，你多吃
一点。"

陈志尧摆摆手，陈忠忙送上茶水，待陈志尧漱清嘴后，再奉上香
茶。陈志尧喝着香茶，听着陈忠嘀嘀咕咕地说："才吃这么一点点，
真糟蹋食物啊！"陈志尧笑笑，懒得理会他。又听陈忠说，张志远亦
准备赴京了。陈志尧放下茶杯，问："他们可有说定何时出发吗？"
陈忠答道："该是元宵过后就出发了。听说京城那边，会馆紧缺，去
迟了，怕寻不着居住的地方。"陈志尧笑道："扯淡，张家家大业大，
哪会找不到居住的地方？"陈忠道："老爷，你只做学问，不闻窗外
事啊！到了京城，就轮不到你家大业大的，京城里面，全都是家大业
大之人，都是非富则贵，都得供着奉着的。一处好的住处，价格昂贵
得惊人，要是穷酸秀才赶考，哪住得起啊？都只能找偏远农家或庙宇
打秋风了。"

陈忠说的是事实，袁湛恩就曾经被拒在广东会馆之外，倒不是他

出不起钱财，而是他稍迟一步到达，会馆已经住满了赶考的学子，都同是赴京赶考之人，就没有高低贵贱之分了，袁湛恩为此，不得不在远离考场的客栈居住，日租银两，数倍于会馆。陈志尧叹了口气，若这次能够高中，无论如何亦要为莞城赴京的同僚们，建一间东莞会馆，好让莞城的考生们，赴京都有个落脚处。陈志尧将一口香茶喝下，心道，罢了，罢了。而今能不能金榜题名，还是未知呢。

第十六回　建庙堂催归飘零燕
筹主银邂逅南飞雁

话说陈潮逸回到旧金山，第一时间就去拜见嫂子美玲。但来到堂兄的大屋门前，却见大门紧闭，似是多日未有人居住。小瓷奇怪地问："怎么没人呢？"陈潮逸一拍脑袋说："我都忘记了，美玲嫂子肯定是去带艾娃了。"

小瓷眨巴着眼睛问："艾娃？"陈潮逸拥拥她的肩道："是堂兄小儿子思恩的女儿。才两周岁多点，好玩着呢。我和堂兄归国时，她还在娘胎里面，我们都未曾见过，这么一说，真是我不懂世故人情，早应考虑到了。"小瓷抿嘴一笑道："而今想起，亦不迟啊！"陈潮逸回头望一眼如花娇妻，在她额上亲一口，道："和你在一起，做什么事情都是不迟的。"小瓷娇嗔避开，笑靥如花。

陈潮逸和小瓷来到思恩的住处时，天色已晚，陈思恩看见陈潮逸，激动地扑上来，一个大大的熊抱。小瓷虽然长年和洋人打交道，知道这是西方礼仪，但这西方礼仪却发生在两个中国大男人身上，怎么看都有点怪怪的。

陈潮逸向陈思恩介绍小瓷，陈思恩向小瓷弯腰伸手，小瓷明白这些绅士礼仪，便伸手出去，陈思恩执起小瓷的手，在手背上礼节性地亲吻了一下。虽然已知道对方会这样做，但小瓷还是羞得满脸通红。陈思恩赞叹道："面若桃花，娇羞动人，还是叔叔你懂得享艳福啊！"

陈潮逸亲昵地拥一下小瓷，问道："嫂嫂可好？我们特来拜访。"

正说着，房子里面一娃子奶着声音叫唤："爹地！"跟着，随声跑出来一胖乎乎的洋娃娃。陈思恩笑着弯腰抱起洋娃娃，在她脸上亲上一口，道："艾娃，快叫叔公！"小瓷被这洋娃娃闪得眼睛发亮，多漂亮的小宝贝啊！金色的卷曲柔软的头发，又白又嫩的小脸上，镶着一双乌黑清亮的大眼睛，在长而卷的眼睫毛下不停地眨动。艾娃乖得让人心软，奶着声音叫："叔公好！"一条口水便随着蠕动的胖腮帮子流了下来。陈潮逸喜得伸手去抱，艾娃也不认生，软乎乎地让陈潮逸抱着，眼睛扑闪地望着陈潮逸身边的小瓷，身上散发出来的那股柔软的奶香味儿，真的吸引死人。

陈潮逸在艾娃的小脸上亲了一口，道："嫲嫲将你养得！都成胖妞儿了啊！"陈思恩脸色沉了一下，道："叔叔，阿妈她这段时间好像心情不好，几乎每天都不见人。"陈潮逸愣了一下，他熟悉的美玲嫂子，不应有这样的举动的。陈思恩说："她这几年都在寻她当年失散了的姐妹们。"

陈潮逸抱着艾娃，携着小瓷入内。戴维斯刚好打扮停当，从楼上走下来，夸张地嗔怪道："叔叔突然过来，我差点儿就要失礼啦！"她的汉语一般，说起话来，磕磕绊绊的，有股说不清的怪怪的味道。艾娃见到母亲，扭着肉乎乎的身躯下地，往妈妈的怀里扑去，戴维斯抱起艾娃，陈潮逸又介绍了一次小瓷，戴维斯非常热情，领着小瓷就往楼上去了。

客厅内只剩下陈潮逸和陈思恩两叔侄，陈潮逸问："嫂子她是怎么回事？"陈思恩道："我们亦不清楚，问她也是不说的。"陈潮逸点点头，谁都有不想为人所知的秘密，美玲亦一样。问："那她找到了她想找的人了吗？"陈思恩道："应差不多找全了吧。听开车的仆人说，她已经跑了十多个州了。"

陈潮逸长叹一声，目光转向门外，漆黑一片的天空，就如那些黑暗的日子。一个女人宁愿女扮男装在荒郊野岭修铁路，混在男人堆里过日子，她身后的故事，会是多少凄凉惨淡？或许陈潮安是知道的，不过一直不说而已；或许他是不知道的，情愿不知。人啊！装糊涂比活清醒，要容易得多。

既然嫂子美玲不在家，陈潮逸就没有多停留，和小瓷告辞离开了。回家的路上，陈潮逸和小瓷说起美玲的事情，小瓷听得泪水涟涟。都说旧金山遍地黄金，每年漂洋过海偷渡而来的华人何止万千，哪个不是心怀希冀而来的？安居在国内的人们，都以为亲人在海外，过的都是锦衣华服的生活，哪晓得，离家游子的艰难与辛酸？她似乎明白了美玲嫂嫂为什么不肯与陈潮安一起归去了，不愿去面对另一个心爱着她的丈夫的女人当然是原因之一，但是，更重要的是，恐怕在这个伤痕累累的女子的心里，尊严比命重，那思念中的故土，早已不能归去。

陈潮逸没能拜访得到美玲，美玲倒寻上门来了。当陈潮逸看见一身骑士短装的美玲，英姿飒爽地站在眼前时，欢喜得冲上前去，拥抱着她。美玲推开他，笑道："黄土埋了大半截的人了，还似个孩子般。"陈潮逸笑道："在嫂子面前，任何时候都是孩子啊！"美玲抿嘴一笑，然后张开手臂，拥抱了小瓷一下道："弟弟真是福气之人，归去才多久，就寻着个这么温婉美丽的伴侣。"

小瓷含羞低头一笑，心里对美玲感激万分，虽然早已经有心理准备，但女人总会是介意身份地位的，小瓷亦不例外。不过她从小就是婢女，早就学会懂得迁就隐忍，所以，喜怒不形于色。更何况嫁给陈潮逸之后，陈潮逸对她尊重敬爱和体贴，为这样的男人，受点委屈算什么？随陈潮逸回旧金山后，小瓷不得不面对的是陈潮逸的发妻和儿女们，好在陈潮逸的儿女都像陈潮逸，性格开朗，意识开明。不过，陈潮逸的发妻对小瓷是不冷不热的。也难怪的，突然冒出个年轻女子跟自己分享丈夫，能热情起来吗？幸运的是，陈潮逸的发妻除了冷淡，并没干涉太多陈潮逸和小瓷的事情。除了刚回来那天，小瓷去跪拜过大夫人，一起吃了一顿饭外，就没再见过她了。

　　小瓷万没没想到美玲不叫她"小妾"，却用"伴侣"二字，单从这两个字上，小瓷就完全感受得到美玲的善良和细心。这么善解人意又雅致动人的女人，怪不得陈潮安对她念之切切，几乎盼断了肝肠。小瓷实在猜不透，这些总是在外面办着轰轰烈烈的大事情的男人们，心里到底在想些什么？明明在旧金山家大业大，妻贤子孝，为什么还要抛下他们，归去呢？既然那么舍不得故乡水土人事，当初又为什么要离开？离开之后，又要归去。这样来去折腾，真有意义吗？小瓷抿着嘴唇，低头浅笑，真想不明白啊。

　　陈潮逸笑道："嫂子见笑了，潮逸是心里闲不下来的浪子，美色佳人当前，哪守得住心啊？哪似我哥他，对你始终如一，万分思念啊！"美玲脸色一暗，眼神往下一闪，问道："他还好吧？不是已经在西关买了房子了吗？家里就来贵一个服侍他吗？"

　　陈潮逸心中叹气，问房子，多少有点酸，意指丈夫有意长居在五羊城，没回去之意。问服侍之人，心中其实是牵挂担心的，怕只怕其他人不晓得照顾，不够入微。陈潮逸道："阿哥买房子时，就已经说过了，要按潮汕一带的建筑特色修缮的，我可是费了好多心机去琢磨的。阿哥要求我尽量按你家乡的建筑样貌来修缮，还不就是等着有一日，能迎你归去，和他共享晚年吗？"美玲的脸色更暗了，叹气道："若真能归去，早就归去了。不提也罢。"

　　"有么事不能归去的呢？"陈潮逸急了，道，"嫂子和大哥生活了几十年，他的为人怎样？对你又是怎样？你还不知道吗？为了照顾你的感受，这么多年，连个女婢都没用过，而今，大哥已经年迈，来贵亦不年轻了，延芳大善人说了几次，送他俩使唤丫鬟，他都不需要。其实我们都知道，在大哥的心里面，他最需要的人是你啊！"见美玲没有说话，陈潮逸顿了顿，叹口气说："临行前，大哥吩咐我将一句话一定要带到，他说：美玲，我真的很想你，请你务必随潮逸归来。"

　　泪水如断线珠儿，滴答滴答地往下掉，美玲转身往洗手间跑去。陈潮逸望着小瓷，小瓷亦望着陈潮逸，良久无语可说。或许是，有些爱，太在乎了，所以，才无法放下。

待美玲从洗手间重新走出来时，又恢复之前的样子了，只不过，眼睛还是红肿的。小瓷不知道该怎么表达作为同类的怜悯，倒是美玲大方一笑，吸吸鼻子，道："不好意思，刚才失礼了。"陈潮逸忍不住上前，又用力地拥抱了她一下，道："一家人，说些么话呢？"

美玲又问，这次归来旧金山，是有任务的吧？陈潮逸就把广东陈姓族人的重托说了出来。虽然美玲早就从陈潮安的电报中知道，这次丈夫和叔子回国，正好赶上了全省陈姓族人合力组建陈氏宗祠，亦知道这宗祠的规模应是空前的。如今听陈潮逸这么一说，更知这合祖祠对整个广东陈姓族人的重要性了。某个曾经在脑海里一瞬间闪现过的念头，又在她的脑海里出现了，她失神地望着前方，前方在她眼内却是空洞的。

小瓷对美玲不甚了解，倒不觉得这眼神有什么，还以为是她比较忧伤罢了，但是，陈潮逸的心却"噔"地一跳，一种不祥的预感从心中蔓延起来，以他对美玲的了解，若不是心中有什么重大决定，是不会有如此神色的。

嫂子心里到底在想什么呢？陈潮逸的心如吊着几个水桶，七上八下。他小心翼翼地看着美玲，试探道："嫂子，你……还好吧？"美玲从思绪中醒悟过来，回过头来，说："没事。只是，那陈氏书院，要何时才能建成？"陈潮逸道："我们请了广东最好的建筑工程师来监工的，如果顺利的话，应这年把两年内，能完成。"

美玲神往地望着陈潮逸，问："那得要建多大的房子啊？"陈潮逸笑道："三路三进九堂两厢杪，占地近百亩呢！我们是打算把议事、祭祖、读书的功能都混合在一起，建的是一间功能齐全的大合祖祠。"美玲又问："为何不叫陈家祠呢？既然你们都是准备以祭拜祖先为主项功能的。"陈潮逸道："而今国内的情形，可不是我们能想象得到的。在国内，发生过一场太平天国运动后，朝廷就不许民间以任何理由聚众集资兴建宗祠。把合祖祠唤作书院，也不过是为了陈家祠找个合法的存在理由而已。"美玲略有所思，过了一会儿才说：
"经叔叔设计的，定会宏伟非凡，真希望能亲眼一见呀！"陈潮逸道：
"那嫂子就随潮逸一起回去吧！"

美玲凄然一笑，神情突然间恍惚起来，良久才道："是的，该回
去了。"

陈潮逸莫名地一阵心痛，是不是他们逼得嫂子太厉害了呢？几十
年来，她都为了陈家而付出着，而今不过是想要过几年能由自己主宰
的生活而已，难道这样也不行吗？凭什么一定要她违背自己的意愿，
去迎合丈夫和儿女呢？那得多委屈啊！

美玲沉默了一会儿，站起来道："我也该归去了。若是叔叔这次
归来，有什么需要帮忙的，尽管来跟我说，几个侄儿在各界都有点人
脉，相信能帮得上忙的。"陈潮逸送她走到门口，忍不住问："嫂子，
听思恩说，你这些年都在寻找那些失散了的姐妹，可都找到了？"美
玲沉默地点点头。陈潮逸又拥抱了她一下，在她额上，轻轻亲了一
下，道："若有什么心结，不方便和我说的，就来找小瓷谈谈。小瓷
在这边，也没有朋友，正需要人陪呢，我马上就要忙起来了。"美玲
凄然笑了一下，向小瓷点了点头，陈潮逸立刻叫仆人开车过来。

看着载着美玲的车子走后，陈潮逸夫妻都有一种不能安宁的感
觉，小瓷忍不住道："嫂子像很不妥的样子。"陈潮逸望着车子远去
的方向，是啊！真的很不寻常。几十年来，他对这个嫂子的熟悉甚于
自己，她从来都不把喜怒形于色，总是一副淡然微笑的样子待人，无
论多大风浪多大困难在她面前发生，她都是淡淡笑着，默默化解，从
来没有这般失神失态的。嫂子啊嫂子，几十年来同甘共苦，美玲已经
成为了陈潮逸最亲的亲人，陈潮逸怎能忍心看她如此彷徨痛苦？他决
定去打听一下，美玲这些年在寻的到底是哪些人。

花开两朵，各表一枝。

暂且放下陈潮逸在旧金山的活动不表。且说说到了东南亚诸国走
动的陈延芳。

陈延芳首先到达的地方是马来西亚，华人都爱叫马来西亚为大马。既然到了大马，陈延芳首先去寻的，自然是在大马的慈善家们，让他们帮忙介绍认识在大马的陈姓华侨。陈延芳非常顺利，在大马的慈善家很快就介绍了陈昭常等六七个在东南亚的商人给陈延芳认识。

陈延芳是在去拜见陈昭常的路上，看见那个熟悉的身影的。一样的西服套装，戴着黑白相间的鸭舌帽子，一样的娇小玲珑的身影，从后看，和宛湘的身影差不多。陈延芳坐在人力车上，那身影在往来的人流中闪现着，陈延芳大叫一声停车，人力车夫正绷着腿，卖力地往前冲着，听到陈延芳的叫声，立刻刹住步伐。陈延芳急忙跳下车子，甩手扔给车夫几个马币，就冲进人群去。

一大群人在排队等候义诊，陈延芳好不容易才挤到人群的最前面，刚才瞥见的那个闪现的身影，不见了。只见人群的最前端，摆着一排桌子，桌子上铺着白布，桌子后面挂着一条长长的横幅，上面写着：保怡埠慈爱医院爱民义诊活动日。义诊才开始，义诊人员刚到位，都挤在旁边的一间用白布围起来的小房子里穿白褂子。陈延芳没找到那个和宛湘很相似的背影，心中很失望，本想就此离开的，但又转念一想，反正都停下车了，与陈昭常相约的时间还早，暂且看看南洋这边慈善组织是怎样操作慈善工作也是好的。便停下来，等待工作人员穿戴停当出场。

一群穿着白褂子的男男女女鱼贯从白布房里走出来，陈延芳的目光停留在最后一个穿白褂子的女工作人员身上。虽然，她戴着白帽子穿着宽大的白褂子，嘴上也捂着一个厚实的白口罩，但是，那走路的姿势，那抬头的目光一顾盼，是她了，就是她了。陈延芳激动得浑身发抖，怪不得在国内无论如何打听寻找，都没有她的消息和踪迹，原来她已经远渡重洋，到了大马。

宛湘啊！宛湘，你得多忍心？竟然跑到异国他乡做个医生都不愿意与我厮守，难道为了我，你一点委屈也不愿意受吗？女人的尊严真的是那么重要吗？陈延芳激动地望着宛湘，只见她打开医用工具箱，掏出听诊器、消毒棉、针筒等医用品，那双曾经在陈延芳的细心呵护下细嫩柔软的小手，戴着洁白的手套，娴熟地把一件件冰冷闪亮的医疗用具拿出来，就像那些爱抚的夜晚，小手在陈延芳逐渐失去光泽的身体上游走般，自如亲密。

陈延芳简直无法接受这双曾经紧紧抱过他的小手，竟然要和各种各样形形色色的人的身体接触，虽然只是把着手脉，试探体温，陈延芳都妒意顿生。当宛湘戴着白手套的小手拿着听诊器，掀起一个病人的衣服，探进他的胸口时，陈延芳"噢"的一声大叫，跳到义诊队伍前面。义诊队内一个看似是领队的医生站起来阻拦："先生，请你排队好吗？"

陈延芳痛极了，大叫："宛湘！"

宛湘正全神贯注地听着病人的肺音，突然从熙攘的人群吵闹声中，听到这熟悉的声音，愣了一下，慢慢抬起头，两双熟悉的眼睛相对在一起。陈延芳激动地冲过去，排在前面等着义诊的人们愤怒地将他拦在与宛湘的中间，有华人用广东话骂他："丢你老母，睇你斯斯文文，学人插队？"

陈延芳被隔在人群之外，急得直跳，大叫："宛湘，宛湘。你们走开，走开，别拦着我！宛湘，我是延芳啊！宛湘。"可他的叫喊在涌动的人群中，显得那么渺小，孤身一人在异乡的陈延芳失去了往日在五羊城的威风和尊贵，被一群衣衫破旧的病人硬拖着，往人群外面扔去。

可怜从来都威风八面的大善人陈延芳，被人似破麻袋般扔在马路边，屁股硬生生地跌在麻石地板上，硌得屁股生痛。看见这个锦衣华服的老爷被扔在大街上，来往的人们都忍不住上前围观，嘴里嘀嘀咕咕地说着听不懂的马来语，大马妇女都用纱巾围着脸孔，只露出一双眼睛，眼里全是不解和虐笑。

这笑着的眼睛这喧闹的声音，全都是宛湘的，陈延芳痛呼着："宛湘，你怎么可以这样狠心啊？你知不知道我很想你啊？你怎可以说走就走，一走就两年多了啊！宛湘啊宛湘！你知不知我日日都牵肠挂肚，思念着你啊！"他呼叫得凄厉，声泪俱下，待他叫累了，擦干净脸上的眼泪，就看见一双精巧的白色女士皮鞋立在眼前，抬起头，白袍白帽的宛湘已经摘下口罩，背着阳光站在他前面。

一股虚冷突地从丹田位置升起，脊骨冒寒，陈延芳抖着声音问："宛湘，你，你，还好吧？"

宛湘蹲下来，直视着他的眼睛，说："挺好的。"

陈延芳一时语塞，不知和眼前这个冷静高贵的女子说什么好，宛湘伸出那只戴着白手套的小手，将陈延芳拉起来，道："没关系的，这里不是五羊城，没人认得你，在这样的地方跌倒，也不会丢人。"

陈延芳嘴巴一撇，差点掉下眼泪了，也只有在这个女人面前，他才会变得像个孩子般脆弱敏感。宛湘说："起来吧！"陈延芳就乖乖地站起来了。宛湘望了望垂头丧气的陈延芳，道："我现在很好，你不用担心。我知道你这次到南洋来，有重要的事情要做，就不耽误你了，我亦要给患者治病了。"

说完，转身就要回去，陈延芳急了，一把扯着她的白褂子衣袖，深情地叫道："湘儿……"

宛湘的身体震了一下，但旋即就安定下来，冷冷道："湘儿已死，请善人叫我宛大夫。"

开什么玩笑？宛大夫？这小女人还真以为她穿着白褂子就是医生了，她穿再多的白褂子，也都是他陈延芳的妾氏。陈延芳紧紧拉着宛湘的衣袖，不肯放开，低声说："湘儿，跟我回去。"

宛湘回头冷冷望了他一眼，眼光如刀，一下切入陈延芳的五脏六腑，他忍不住打了个寒战，但仍坚持扯着宛湘的衣袖不放手，道："跟我回去做陈公馆的太太，不比在这里和一堆病人打交道好吗？"宛湘伸出戴着白手套的小手，用力一推陈延芳扯着衣袖的手，冷冰冰地道："陈大善人家底丰厚，自是很多贤美女子赶着要高攀的，宛湘虽是弱女子，但亦能自力更生，无意高攀，还请大善人自重。"

自重什么呢？陈延芳急了，这个小女人明明就是他的小妾啊！是他最心爱的女人。陈延芳难舍难分，跟在宛湘身后，低声道："宛湘，你不就是嫌我不能扶你做正室吗？这个好办，而今玉如已不理事，终日把自己关在房间里，也不知道在干些什么，你和我归去，我就立刻向老太太禀明，让你来当陈公馆的大夫人。"

宛湘嘴角翘起冷冷的一笑，陈延芳啊陈延芳，你纵是家财万贯学富五车，也终归脱离不了庸人习气，要是她真的在乎什么陈公馆的大夫人位置，那又何必要离家出走？还不如死死守着，生一儿半女，以巩固地位！

陈延芳看见宛湘嘴角含笑，还以为她心动了，立刻拍着胸膛，道："只要你跟我回去，我立刻就发电报回去，禀明老太太。"宛湘回头冷冷看了他一眼，问："香菱可好？"

陈延芳脑袋"嗡"的一声，要启程到南洋时，香菱已经病得几乎起不了床，半岁大的女婴喝不到娘奶，又不肯吃丫鬟们煮的糊糊，整天又哭又闹。陈延芳不得不给小女儿找了个年轻的奶妈。临走时，陈延芳敲响了玉如的房门，长年不见太阳，玉如的肌肤白得像雪一样，似乎越来越年轻，越来越漂亮了。陈延芳拜托玉如，无论如何亦要替他照顾好老人和香菱母女，玉如淡淡地答应了。但陈延芳想进一步亲热，玉如就冷冷地关上了房门。

数月来四处奔波，家的那边到底是怎么情况，陈延芳已经不能控制，他还以为宛湘关心香菱的情况，是因为她们毕竟主仆一场，于是道："香菱挺好的。"谁知宛湘进一步说："她跟了你，很不容易的，特别是生了女儿后，更艰难了。若你真还眷顾我的话，恳请你回去后，成全了她的请求。"

陈延芳惊呆了，万没想到，宛湘远在南洋，亦知道陈公馆内发生的事情，这么说来，之前他的怀疑，就不是空穴来风了，肯定有人向宛湘私下报信。宛湘立刻警觉说话过多了，急急忙忙往义诊队走回去。陈延芳从惊异中反应过来，连忙跟过去。义诊队的医生都用诧异的眼光看着他们，宛湘回头，冷淡地道："感谢你对我十四年来的养育和宠爱，而今，我已经长大成人，有自己的理想和归属了，你还是请回吧！"

陈延芳哪肯就此放弃？十四年的养育和陪伴，早已不是亲人胜似亲人，更何况这个女人让他刻骨铭心过，更何况这女人竟然是要离开他的，陈延芳无论如何亦接受不了。另外，她说她有归属了，归属？不过是两年时间，谁是她的归属？陈延芳顿时丹田聚热，气得脸色通红，一把扯着宛湘的手，往人群外拉，宛湘拼命挣扎着，叫道："放手，放开我。"

那个看似是领导的高个子男医生立刻放下手中的活儿，走过来阻拦陈延芳，劝道："先生，我们的医务人员都还要义诊的，请你放开 Miss 宛。"

什么 Miss 宛？她是他的小妾，从前是，而今也是，陈延芳一把推开男医生，怒道："滚一边去！这是我的家事，由得了你来管？"

宛湘挣扎了几下，挣不开陈延芳，突然低头一咬，陈延芳受痛，手一放松，宛湘就逃脱出来，飞快地跑回义诊屋里，陈延芳还想追进去，但义诊屋门外已经站了几个高大的男医生，塔一般堵在陈延芳的面前，无论陈延芳怎么叫唤怎么哀求，他们都不肯让开。陈延芳悲痛地大呼："湘儿啊！十四年恩爱，你真能说放就放说忘就忘吗？你知不知道这两年我找你找得很辛苦啊？"但无论他怎样叫唤，宛湘都躲在义诊屋里面不肯出来，那个领队叫他回去，既然宛湘心意已决，就成全她吧，毕竟他们的婚姻是没有经过合法登记的，宛湘有她的自由选择权，请陈延芳尊重她的选择。

陈延芳哪能接受领队的规劝，什么自由选择权？放他妈的屁啊！纳个小妾，要个屁登记啊？总之，全世界人都知道她宛湘是陈延芳的小妾，陈公馆上上下下都尊称她为细夫人，这就是合法的，合中国的法，合陈延芳的法。

这厢陈延芳和宛湘两人纠缠不休，那边陈昭常已收到手下的回报，知道陈延芳在保怡大街上出了事，立刻吩咐人开车，带着两个助手赶过来。当陈昭常来到保怡大街，看见大群人围着义诊队，围得密匝匝的，围观的多是华人，都在指点着什么。陈昭常和助手们好不容易才分开围观的群众，看见人群中心，一个精瘦的留着长辫子的中国男人，正和几个穿着白色褂子的医生冲突着，不用说，这个留长辫子的中国男人肯定是陈延芳了，只见他拼命地想冲过几个男医生，往义诊屋冲去，嘴里不停地叫着"湘儿"。以前就听说这个来自五羊城的陈大善人，是个多情种子，能为博美人一笑，豪掷千金，风流一时。而今他嘴中所唤的湘儿，肯定就是那个从陈公馆逃跑出去的、陈延芳曾经为她豪掷千金的、从日本随他归去的小美人儿了。陈昭常心中暗笑，自古英雄难过美人关，陈大善人真可谓将英雄的柔情诠释得淋漓尽致了。

　　陈昭常上前扶陈延芳，陈延芳以为又是一个阻止他与宛湘见面的，怒喝着甩手。陈昭常笑道："善人好多火气啊！广东陈昭常，这厢有礼。"说着，拱手作揖。陈延芳愣了一下，脸刷地红了，连忙拱手回礼，道："惭愧惭愧。"陈昭常道："昭常收到善人的帖子，一早就等在家里，却久等不见善人的到来，派人打听，才知善人在这里出了点意外。故此赶来，不知昭常能否帮得上忙？"

　　原本还怒火中烧的陈延芳，立刻羞愧无比，为了儿女私情，竟然将陈家祠筹建的大事情都抛之脑后了，惭愧啊！听说在旧金山那边，陈潮逸已经拉到了不少筹资，形势一片大好，他真不能有半点松懈的。陈延芳忙收起悲痛的情绪，和陈昭常握手，重新相见。陈昭常道："本埠有五六个原籍广东的陈姓商人，听说了五羊城那边在筹建陈氏合宗祠，都非常感兴趣，又打听到大善人今日要来寒舍，都一早就赶过来等候了。大善人你是……"

　　陈昭常没有挑明讲下去，陈延芳已满脸通红，连忙道："延芳惭愧，儿女情长，差点误了大事，还望昭常兄莫怪。"陈昭常大笑，道："大善人真是性情中人。要不，我们上车？"说着，做了一个请的姿势。陈延芳唯有回头望了望躲着宛湘的白色义诊屋，无奈地跟着陈昭常上了车子。

待陈延芳走后，宛湘才敢走出义诊屋，戴上听诊器，重新走进义诊队伍中去。领队过来问她，需要回去休息一下吗？宛湘摇摇头，领队见她坚持，就没有再说什么。人们看见刚才被一中国男子纠缠的漂亮女医生，又出来义诊了，都蜂拥着围在宛湘的身边，希望能得到宛湘的把脉听诊。人都有这样的虐行，爱围观爱探奇爱尝鲜，在这些身体上或多或少都有点毛病的人们身上，心理上的疾病更需要治疗。

宛湘平静地坐在义诊桌前面，镇定地给一个个脸带诡异笑容的男女听诊，给他们开一些清心润肺的简单西药，这些人都有一个通病，就是太浮躁了，需要安神清心。

但宛湘亦不能平静，虽然这次陈延芳暂时走了，他在南洋这边还有更重要的任务，但若他的任务完成了，肯定不会就此放过宛湘的。宛湘知道，不但要立刻给五羊城那边发一个电报，而且保怡阜慈爱医院的工作恐怕不能再干了。以陈延芳在国内的地位和声誉，他怎么可能允许他的小妾抛头露面在大街上拿着听诊器给人治病？想到这里，宛湘忍不住抬头望了望围得水泄不通的人群，又望了望身边这些正专注地给病人看病的志同道合的同事们，唉！终是不舍，但天下哪有不散的宴席？宛湘只有悄然离开，才能保护这批伟大可爱的兄弟姐妹们。

第十七回　冰玉堂内香魂散尽
姑婆屋里七姐焚香

　　再说陈潮逸联系《香港华字日报》登载完第五次陈氏书院续捐主位芳名列后，便收到了陈思恩的来电。这个时候，电话还是非常罕有的，即使是有钱人家家里装了电话，一般也很少舍得使用，因为专线打一个电话的费用，比让一个家人跑一趟去传递信息还要昂贵。陈潮安的儿女们虽然生活富足，但陈潮安家训很严，绝不允许儿女们铺张浪费，若无重大的事情，思恩的电话不会打到《香港华字日报》社的旧金山分部来的。陈潮逸的手还没碰触到电话，身体已经颤抖得厉害，心里默默地祈祷，千万千万不要出事。

　　可还是出事了。

　　陈思恩在电话那边泣不成声，说："拉叔，我阿妈走了。"

　　在广东话中，说一个人走了，通常不是说这个人暂时离开某一个地方，而是指这个人永远地离开人世，即死去的意思。陈潮逸的脑袋"嗡"的一声炸开了，思路全断，眼前白茫茫一片。美玲曾经答应过他，和他一起回中国的。五羊城那边昨日还拍来电报说，陈氏书院已经开始做木雕了，木全都是陈延芳亲自从东南亚挑选并租船运回来的坤甸木。坤甸木陈潮逸早有研究，其木质坚硬耐腐，纹理平滑清晰，非常适合做建筑木雕材料。木雕师傅全都是黎建业亲到潮汕一带挑选的，全都是当地一流的木雕师傅，他们准备将陈氏书院的每一个门窗、梁架和室内陈设，反正每一个露明的木构件上，都雕上雕刻装饰，木雕主要以浮雕和镂雕工艺为主。

陈潮逸收到电报后，高兴得拿着电报去找美玲，美玲刚好和一个姐妹在谈心，这个姐妹是她们当年逃跑失散人员之一，不知道她们之间到底说了些什么，只觉着两人的眼圈都红红的。当时陈潮逸实在太兴奋了，没有将这两个年过半百的女人的红眼圈放在心上，他兴奋地将电报展示给美玲看，激动地道：“到时候，即使不回潮汕一带，只要在陈氏书院转一圈，亦能感受得到潮汕的风俗民情。”

陈潮逸滔滔不绝地说着，凭他的想象，都能把整个陈氏书院的概貌描述出来，如何雕龙画凤，富丽堂皇的石雕砖雕灰塑，怎样精彩绝伦的曲廊幽径，何等气势蓬勃雄伟壮观的柱梁屋脊等等，在他口中波澜壮阔。

美玲和姐妹被陈潮逸的精彩描述镇住了，都没作声。陈潮逸又继续向她们汇报好消息，又有一批华侨愿意捐主位入陈家祠，明日他就要去和《香港华字日报》旧金山分部联系，将这一批陈姓华侨子弟的芳名列于报纸之上，这些工作都必须赶快做的。陈延芳在南洋那边的工作，进度非常迅速，不仅联络了大批在南洋经商的陈姓华侨捐款入主陈氏书院，还顺道给陈氏书院购买了大量木材器具，反响热烈，效果理想。陈潮逸在旧金山这边，亦不能落后。

陈潮逸只顾着说，全然没注意到美玲的变化，美玲在他的滔滔不绝中，神色越来越黯淡。当陈潮逸一一说完，旧金山这边续捐的华侨名单后，美玲才问：“需要在陈氏书院入主一个牌位，得要多少钱？”陈潮逸笑着说：“数额没有限定的，可是一百元亦可是一千元，只不过，牌位的主次，则由捐款项的多少决定。”

美玲点点头，回头对那姐妹凄然一笑，道：“那亦还好，只要能入主便可，位置的主次，都是无紧要的。”陈潮逸还以为美玲说这话儿，是这个姐妹亦想捐款入主陈氏书院，忙摆手说：“嫂子，这可万万不能，陈氏书院只供奉陈姓后人祖先牌位，这位姐姐……”

美玲回过头来，淡淡地说："她自是不可，但我听小瓷说过，陈氏家中主母，亦能入主神主牌的。"陈潮逸点点头说："那是当然的。譬如嫂子，是堂兄明媒正娶的，就可以入主。不过嫂子尚是年轻，入主之事，留由思华和思恩他们去办了。"

美玲转头对那姐妹说："阿静，我说的吧，若能堂正入主，我亦当死无憾。"

那姐妹紧握她的手，红着眼睛，说："似我们这般身世的女人，还有什么苛求的？即使未能如愿，阿玲你亦当将心思放开。"美玲淡淡一笑，道："早已放开放下，只待他日能顺利随叔子归去。"陈潮逸一听，高兴得蹦起来，笑道："嫂子，潮逸等你这话，等得可够辛苦的，你不知道，阿哥等你，都等得快疯掉了。罢罢罢，我们回来的时间已经不短了，动员之事亦开展得顺畅，旧金山这边的续捐事宜，就交给思华他们去办吧，我明早到报社去，把芳名列落实了，就安排和嫂子一起归去的事情，相信一切都会顺利的。"美玲点点头，嘴角含笑，道："的确啊！一切都会顺利的。"

陈潮逸喜气洋洋地回到家里，小瓷看他高兴的样子，迎上来问是不是又有几个善人入捐了，陈潮逸狠狠地在小瓷的脸蛋上亲了两下，道："比善人入捐还值得庆贺啊！宝贝儿，嫂子答应和我们一同回去了。""真的？"小瓷不相信地瞪大眼睛，这双黑白分明的大眼睛真好看啊！水汪汪的，里面全是陈潮逸的影子。

陈潮逸忍不住捏一把她的脸颊，道："难道还有假吗？是她亲自跟我说的。唉！大哥他等了那么久，亦终于算是等到了尽头。"

小瓷轻轻将他身上的外套拿下来，又递上暖手的炉子，才道："我怎么觉着有点奇怪，嫂子怎么会突然间就答应跟我们回去呢？"

女人还是比较懂得女人心思的，小瓷的预感一向很灵，可是，陈潮逸却大大咧咧地道："我跟她说了陈氏书院的建造情况，她亦迫不及待地想回去看看。其实她和我大哥几十年夫妻，情深意重，两人都牵挂着对方，离不开对方的啊！"小瓷问："当初怎就不能一起回去？"陈潮逸道："那时，是怕还有个婉秀嫂嫂在么，现在都水落石出了，嫂子的气也该消了，知道大哥想她，她还不急着回去啊？"

小瓷愣愣地望着陈潮逸，良久才道："但愿是这样的吧！"陈潮逸将她拥入怀来，正想亲热一番，她却推开陈潮逸，很认真地道："我觉得你还是跟思恩他们打个电话，让他们留神一下嫂子的动向，若有不对劲，立刻采取措施。"

陈潮逸不高兴了，脸一沉，道："我嫂子好好的，那会有什么不对劲呢？你小妇人心思，想多了。"小瓷没有说话，心里却忐忑不安，但愿真的是她想多了吧。

可是，厄运真的来了。陈潮逸直挺挺地躺在报社的地毯上，眼睛瞪着，望着天花板，却什么也看不到，白茫茫一片还是白茫茫一片。

报社的工作人员蜂拥过来，有的帮忙按人中，有的扶起他，有的跑出去找司机。一杯温热的开水灌下肚后，陈潮逸才觉得身体内有一丝儿暖气，身体有了知觉和意识之后，陈潮逸开始悔恨，真该听小瓷的提醒的啊！怎么可以这样粗心大意呢？

陈潮逸从逐渐回暖的意识中，一点点地回忆和美玲一起逃亡一起创业的日子。

都说长嫂如母，那段艰难困苦的日子，美玲将她的善良和慈爱，毫无保留地用在这个孤独无依的小叔子身上，无微不至地照顾，甚至，小叔子成家独立了，她亦没停歇过关心。她知道小叔子喜欢什么，爱吃什么，有些什么癖好，心里想要什么。嫂子的理解，嫂子的宽容，嫂子的呵护，让陈潮逸原本单调的一生，丰润完整了很多。陈潮逸根本无法想象，如此一个鲜活美好、宽怀慈祥的嫂子，竟会这么狠心决绝，自行了决了生命。

这怎么可能呢？嫂子啊嫂子，你这是为何呢？泪水一滴滴，如断线珍珠般掉了下来。陈潮逸哽噎无声。报社的工作人员围在他身旁，不知道该用什么语言来安慰他，即使听不到电话那边报来的是什么消息，但能让一个八尺高的男人悲伤如此的，唯有厄运。大家默默地站着，适时递上温水和毛巾，待陈潮逸的情绪稍稍平稳一点了，主编才试探地问："陈博士，需要送你去医院吗？"

报社的新闻车已经候在门外了，随时准备送陈潮逸去医院，陈潮逸摇摇头，他现在最想做的，是去见美玲最后一面。

在陈潮安的家门口，陈潮逸和小瓷碰上面了。小瓷已经一身素服，看见陈潮逸被人扶着，颤巍巍地从车子里走下来，便碎步跑上来，将一件灰黑色的外套披在陈潮逸身上，还是小瓷考虑得周到。今早出门时，陈潮逸穿了一件明黄色的西服，自从和小瓷在一起后，他将衣柜里那些颜色灰暗的衣服全收起来了，对于一个已到天命之年的男人来说，没有什么比第二春带来的激情和活力更能让他在乎的，有意无意间，都想方设法拉近他和小瓷之间的距离。

陈潮逸让小瓷给他换上黑色外套，也不知道小瓷从哪里弄来的拐杖，反正，当搀扶者松开陈潮逸时，陈潮逸的手中就奇迹般多了一根拐杖。接触到拐杖的一瞬间，陈潮逸明显地感觉到腰弯了下去。一声长长的叹息，从心底里嘘了出来，人生如此，犹若梦境，当梦醒时，斯人已去。若当初他能细心点儿，费点儿心思去了解美玲，了解她这两年多来的生活和变化，及早采取补救措施，或许，结局就不是这样了。但是，一切都为时已晚，悔亦无用。陈潮逸昂起头，叹一口气，跨步走了进去。

思华、思源和思恩三兄妹已经身穿孝服，领着妻儿夫婿伏跪在门前，哭得换不过气来。面对着这几个自己看着长大的侄儿侄女，陈潮逸环顾了一周，房子里所有镜子和明亮的器皿都摘了下来，不能摘下来的都用黑布遮上了，虽然灵堂还没来得及搭起来，但大厅已显出肃穆悲伤的气氛。懿念虽然还幼小，也被戴维斯换上了黑色的小丧服，小脸红红的，似是刚哭过，正不知所以地望着来往的人们。

站在跪在地上的侄儿侄女侄孙面前，陈潮逸才意识到他叔叔身份的重要性，陈潮安不在，而今，这个家唯一的长辈是他。接下来，美玲后事的处理，必须由他来主持完成。他的人生的前大半段是美玲替他打点的，那么，美玲的最后一程，轮到他来打点了。陈潮逸在心里大喊一声："嫂子啊！"便哽咽起来，若是知道归去，是等同逼嫂子走上末路，那么，他宁愿从来没有将来也不要再有归途。

思华叫了声"叔叔"，声音被悲鸣哽咽下去，陈潮逸点点头，哑着声音，问："嫂子呢？"思华指指楼上，道："阿妈的七个姐妹，在楼上给她做超度。"

陈潮逸点点头，回头吩咐小瓷带来的家人，帮忙将客厅里面的家私移开，腾足够的空间出来，一会儿灵体还要送下来供奉的。然后便由小瓷扶着，缓缓走到楼上。

美玲躺在大床上，床是用檀香做的，这是陈潮安和美玲大婚时，专门定制的大床。旧金山祥利家私行的老板为了给他们做这张新床，不惜花巨款请人专门到中国的海南购置檀木。上好的檀香在巧匠的精心雕刻下，逐渐成为一件稀世难得的婚床。陈潮逸还记得那年那月那天，他穿着喜气洋洋的新衣服，领着车子到祥利家私行取货时的那种喜悦无比的心情，他亲自将墟床的配件一件件搬到推车上，又亲自将床运了回来。就在这个房间内，亦是由他亲手，一件件地将大床给墟上的。

在国内，新人的新床，一般都是由福寿双全的长辈来墟的，人称大墟姐，装好床之后，铺床的也有讲究，需要由一对家里已是三代同堂的夫妻来铺。但这些，在旧金山的华人街很难找得到，没有办法，唯有都由陈潮逸来做了。那时多讲究，陈潮安为了郑重其事，还特地按广东的风俗，买回来红鸡蛋、红枣、花生、桂圆、莲子、喜糖等等，让陈潮逸一股脑儿都往床铺下面塞。陈潮逸一边塞，一边非常顽虐地想，嫂子那么娇嫩的皮肉，睡在这么大堆的红枣桂圆上，会不会给硌着呢？他一边想着嫂子被硌着的样子，一边独自乐着。

陈潮逸万没想到，他有另外一个更重要的任务，需要他在这张床上完成。按照五邑地带的风俗，大婚前夜，新床需要童子压床。所谓的压床，就是在新床上睡一晚。通常，挑选的童子都是十岁以下，长得健康活泼天真烂漫的男娃娃。一时间去哪里找男娃娃呢？陈潮安实在找不到合适的男娃娃，就把目标锁定在这个堂弟身上了。陈潮逸已是一个喉结粗大，胡子拉碴的大汉子了，居然要他来压床，陈潮逸说什么也不干。

陈潮安软硬兼施，陈潮逸红着脸，拧着脖子说不，真是笑话，居然把他堂堂八尺男儿当小娃娃。另一层意思，不就是取笑他是童子鸡（老处男）吗？这是何等的屈辱啊！虽然，那时陈潮逸还没碰过女人，但……但，这明是欺负人嘛！

但是，尤论陈潮逸怎么坚持原则，都敌不过嫂子美玲的糯糯软软的一句："有叔叔在我们的新床上睡过，我嫁过来，睡这床就安稳踏实了。"

有什么比好嫂嫂过上安稳踏实的日子更重要的？虽然屈辱，陈潮逸还是乖乖地在这张铺着大红的婚床上，睡了一晚。那一晚的折磨，可想而知。陈潮逸虽然从未经历过男女之事，但多少也听身边的朋友和工友说过，也在山洞里窥见过陈潮安和美玲亲热，男女之间那神秘而美好的事情，越是懂得的朦胧，越折磨。陈潮逸在这张硌人硌得厉害的大床上，翻来覆去，滚了一晚，全身热流汹涌，燥热无比。第二天天刚亮，也不等陈潮安上来，便急急跑回自己的房间去了。这一夜，睡得他既兴奋又难受，回到房间里，急忙打来一盆冷水，将脑袋伸进水里面。良久，才抬起头来，水珠滴滴答答地从发上、脸上滴了下来，才稍稍平复一点。房间外面，已经人影绰绰，隐约间，爆竹声声。陈潮逸清洗干净，换上新衣服走出房间时，接亲的队伍已经整装待发了。

这一幕幕，恍如昨日，历历在目。而今，香檀大床簇新依旧，可是，当年那个鲜活柔美的女子，却是僵直地躺在床上。床上那被铺啊！还是四十年前的被子，鲜红，崭新，喜气洋洋的。大婚之后，美玲就没再舍得用这床被子了，洗干净后，就打包存放起来。后来，又搬了家，从窄小的空间搬进而今这大房子内，美玲又把这床和被铺都搬了过来。

陈潮逸一个箭步冲前去，美玲静静地睡在鲜红的被褥上，脸白得像纸，嘴唇亦是灰白的，长发披散在身后，一身玲珑的红色旗袍，还是当新娘时的样子啊！

大婚前准备，陈潮安说要给美玲定制一套洁白的婚纱，但美玲不同意，她说还是穿中式的旗袍喜庆。于是，陈潮安便去给美玲定制了这件旗袍，人工刺绣的龙凤，蕾丝串珠的点缀，叉位开得很高，恰好将美玲修长的玉腿展露了出来，再踏上高跟鞋，真的美极了。

看见身穿旗袍，脚踏高跟鞋的美玲走出来时，当伴郎的陈潮逸惊呆了，多美的女子啊！简直就是跌落凡间的仙子，大哥是修了几辈子的福气，才修得了和这美好的人儿共枕眠的？谁能想到，这个美好的女子，曾经是混在铁路上，扛着铁锹，像个男人一般，肩担背挑着延绵没有尽头的铁路苦工？陈潮安具备怎么样的眼力，才能在万千黝黑汗臭的华工中，一眼看穿美玲是个女孩的？或许，这就是天注定。缘分，天已注定。

床上这静静地躺着的女子啊！除了脸色苍白没有光泽外，其他都还如活着时一样，她是那样的安静，那样的安静啊！在檀香床的四周，围坐着的七个老女人，都清一色白衣素服，手持佛珠，低声诵唱着《往生咒》：南无阿弥多婆夜，哆他伽多夜……檀香大床前面，正燃点着一塔檀香，看那檀香燃点的香灰，檀香已经燃烧了很久。这么说来，这七个女人早就知道美玲要自我了断的，甚至，美玲很可能就是在她们喃喃的梵音诵唱中，服下断肠药，然后静静离开的。

"哆地夜他，阿弥利都婆毗，阿弥利哆……枳多迦利，娑婆诃。"据说这《往生咒》每日日夜各诵念二十一次，就可消除四重罪、五逆罪、十种恶业等，诵念够三十万次，就能得见阿弥陀佛。嫂子啊嫂子，这几年来，你是不是亦日夜诵念着这往生咒，祈求洗净凡心浊垢，虔心通向净土呢？陈潮逸双膝一软，便跪倒在床前，双手合十，缓缓移到美玲的前面，只靠近看上一眼，泪水便滴答而下。红尘几多好啊！世间痴儿女又何其之多？你却毫不贪恋，竟决绝而去。那些说好了的一起回去的话儿，竟是佛前的诳言，嫂子啊嫂子！你可让我如何和兄长交代呢？

陈潮逸领着小瓷，给美玲磕完头后，长跪合掌，和七个女人一起诵念起来。小瓷悄悄站起来，轻轻地走出去，而今后事还多着呢，这个家里，因为女主人的突然离世而忙乱不堪，唯独她是清醒一点的，得要找人来画美玲的灵像，要找殓葬师，还要找几个得力的仆人同几个孝子去向亲友们报丧等等，一堆儿事情。丈夫是性情中人，一生散漫惯了，对这些人情世故事儿的处理，从来都不在行。小瓷唯有振作起精神去打点一切。

待小瓷离开后，七个女人突然停止了诵念。陈潮逸疑惑地回头，昨日见过的那个女人平静地说："吴居士生前有遗言，嘱托我们转告陈施主。""吴居士？"陈潮逸愣了一下，良久才反应过来，一般只有对修行的人才会有这样的称呼，这么说来，思恩所说的这两年，美玲寻到了当年失散的姐妹后，几乎每天都不着家，实是美玲已经皈依了佛祖，每日都去庵堂和七个姐妹们一起做功课了。也是的，若不是有如来静心，美玲又怎能熬过这一个个孤独漫长的日夜？只是这往生咒啊！嫂子你叫念够了三十万次？

女人继续说："吴居士希望，你能将她的骨灰连同她的牌位，一起带回中国去，入主陈氏书院。这也是她执意要提前走向往生的唯一心愿。"陈潮逸泪如雨下，悲声道："她何必如此？即使归去，她与我阿哥终老，我和思华他们亦会将她的牌位供入陈家祠的。"

七个女人同时合掌，南无阿弥多婆夜地念起了往生咒，陈潮逸再怎么追问，她们都闭目合十，连声诵念着，没再回答陈潮逸一句。

陈潮逸勉强撑着床站了起来，望着美玲安详的样子，心如刀割。即使有千万种想象，都无法想到她会以这种方式了结生命。那一段生死相携，艰难逃亡的日子，一幕幕闪现在眼前，那时没有穿没有吃没有钱没有居所只有凶狠残酷的追捕和狼狈不堪的逃跑，即使面临绝境，但他们都从没想过死亡。因为那时，在他们年轻的生命里，只有活着，他们有好好活下去的必须生存着的目标，和相爱的人，一同逃命、一同求生，可以预见的未来是美好的。而今，一切尽有、富足的生活，完全可以保障余下的人生无须逃命，然而，人最难逃脱的，恰恰是来自内心的那道夺命线。

陈潮逸扶着墙壁，一步步走向门口，到了门前，又忍不住回头，七个女人全都是白发苍苍，皱纹满脸。陈潮逸深深哽咽下一口气，悲呼："嫂子啊！"跌跪下去。什么也不用再问了，真的不用再问了。答案早就写在了这一张张沧桑满布、不堪回首的脸上了。哦，嫂子。

处理完美玲的后事后，陈潮逸就病倒了，旧金山这边的陈氏书院的筹资工作暂时停止。陈潮逸躺在病榻上，望着天花板，只一会儿就灵魂出窍，思绪都往四十年前的那些点点滴滴跑了过去。

于陈潮逸来说，生母自然是血肉相连的亲密，但与美玲，却是超越了世间一切的情感，美玲就如姐姐、母亲和知己，温和体贴地伴随在他的身边，四十年如一日。陈潮逸习惯了嫂嫂的存在，她就像是他身体的一部分，她的突然离开，陈潮逸如被切肉般，痛不欲生，甚至还数次萌发随她而去的灰暗感，若不是小瓷在身边温婉细软地安慰着，如他这般潇洒的习惯游戏人生的男人，也架不住突失至亲至爱的打击。

美玲已经化为一缕青烟，成为一抔白土，被儿女们用一个精致的青玉瓷瓶装着，供在那间陈潮安和美玲共住的大屋内，儿女们并没因母亲的离开而改动大屋内的格局，更没有瓜分大屋内的财物。

而今最纠结的是，美玲自尽一事，该不该告诉陈潮安呢？陈潮安的身体状况，非常不乐观。这两年他老得太快了，又无时无刻守盼在黄浦江边，等待着妻儿归来，谁都不忍心让这个可怜孤独凄苦的老人再受伤害。

小瓷每天都将陈潮逸的手握在胸前，才敢睡觉。

黑夜是黑暗的，人在茫茫无尽的黑暗当中，最容易产生悲伤情绪，有时，陈潮逸会和她在黑夜里，眼睛对着眼睛，鼻子对着鼻子说话。他告诉小瓷，几十年前的那些故事，点点滴滴的，一颗颗便串了起来。

美玲嫁给陈潮安的那天，唐人街里住着的华人都来闹洞房，按恩平这边的风俗，闹洞房真的都是闹的。兄弟们将六七张方桌子拼在一起，就围桌子坐下。桌子上方摆满红色的米桶，米桶里有米、苹果、红纸等，还插着一支翠绿的桂圆枝，下面摆了公鸡和素食，这些都是供品，沿桌子一路下去，便是花生、桂圆、糖果、饼干、金橘等零碎食物，都摆得满满的。酒是一定少不得的，一坛坛喷着香的米酒已经候在桌子下面，小孩子们像老鼠般在桌子下面转来转去的，趁大人们不注意，便偷抓一把花生瓜子什么的，往口袋里一放，就"嗖"地跑开，找个人人一般不注意的地方，连壳连肉　把拍进嘴巴里。

这次可是挖矿华工难得办的一次喜事，大家都合力齐心，倾尽所有为陈潮安操办。当然，那时还没有谁知道，陈氏兄弟已经发现了矿洞，都对陈潮安和美玲的那张散发着馥郁香味的檀香床啧啧称奇。

闹洞房在广东话中，叫"矫新抱"。所谓"新抱"就是新媳妇的意思，要刁难作弄新娘子的，若新郎官舍不得，可以替新娘子挡酒。可别以为这酒好挡呢，兄弟们都端端地围着桌子坐着的，都要看新娘子的表演，新郎官挡酒可以，但一挡就是挡了所有兄弟的兴致，可不得了呀，得逐个敬回去的。许多酒量差的新郎，矫不到半场，就倒下来了。

既然是"矫新抱"，是用什么"矫"呢？方式可多了。陈潮逸两眼晶亮起来，给小瓷说起那天晚上，华工们是怎样"矫"美玲的。

初当新娘子的那晚，新娘子是最没有地位的了，在兄弟们面前得是最小的。"矫"的整个过程，新娘子是不能坐下来的，为了让美玲的脚好受点，陈潮逸特地跑了好几条街，在珍珑鞋店给美玲买了一双软绵绵的棉布拖鞋，让美玲踏在软绵绵的棉花上，接受兄弟们的"矫"。

虽然，都知道美玲叫什么了，但大家还是不放过她，非得她来个自我介绍。美玲大大方方地告诉大家，她叫吴美玲。她的声音不大，但稳且细，穿透了人们的闹闹哄哄，传入大家的耳朵内。当然，还有作怪的小子不肯罢休，把手扶着耳朵，怪模怪样地叫："无听见啊！听唔清楚。"美玲一点亦不计较，又大大方方地说了一遍。兄弟们才算许她过了自报姓名的这一关。自报姓名之后，"矫新抱"才真正开始。

兄弟们准备了几个项目，需要美玲和陈潮安共同过关的。他们用棉被套将陈潮安从胯下缠绑起来，这是背被，意指此男人从此被困了。然后，兄弟们找来两瓶子奶子，奶子在当年对他们来说还是金贵得很的，来凑热闹闹新房的孩子们早就对这两支封了瓶口的奶子垂涎三尺了，看见大人们将两瓶奶子用绳子分别绑了，挂在新娘子的胸前，都挤到人群前面来，张开小嘴，流着口水，昂头看着。

陈潮安必须用嘴巴把奶瓶子打开，然后把奶子喝干净，这期间，陈潮安只能用嘴巴把整个喝奶的过程完成，不能用手，美玲也不能帮他的。陈潮安唯有低着头，一点一点地把奶瓶盖子咬开，然后用下巴把奶瓶口托着，一抵，就咬着奶瓶口开始喝了起来。开始喝还比较容易，但到了底部，难度来了，要把整个瓶子倒过来才能喝得到。那些作死的兄弟们，呱呱地大叫着，有的说："哎哎，看，奶都溢出来了，将嫂子搞那么湿呀？"有的捉弄得更直接，说："哟！潮安哥，唔使咁狠啊！将嫂子的奶舔得那么干净。"在兄弟们的哄笑中，美玲满脸通红地站着，微微地弯着腰，尽可能地配合陈潮安把奶子都喝了。可哪能喝得干净呢，奶子顺着瓶口咕噜咕噜地流下来，陈潮安没能全接着喝，被弄得全身都是奶子，狼狈不堪。孩子们都努力挤头过来，想尽量和陈潮安身上的奶子靠近的，有胆子大的，伸手过去，飞快地在新郎官衣襟上摸一把，然后在父母发现之前，赶紧将手儿塞进嘴里，贪婪地吮吸着。有一个孩子偷摸得逗了，另外的孩子都效仿，聪明的美玲看见如此，顺势将胸口的奶瓶子一挺，直接将奶瓶子的口对准了一个张开小嘴的小姑娘，小姑娘闻到了奶味儿，立刻跳起来，抱着奶瓶子，咕噜咕噜猛几口，喝得心满意足的。另几个娃儿也挤上来，争先恐后的，伸着小手也要喝两口。"矫新抱"就这样被美玲弄乱了，待大人们好不容易把自家的娃儿分开，挂在美玲胸前的奶瓶子都已经被喝得空空的了，而陈潮安的确亦没有用手，就把奶子给"喝"干净了。

喝完奶子，接下来就是裤裆里取卵。说到"裤裆里取卵"，小瓷的脸就红了，用手打了陈潮逸一下，娇嗔道："这都是勿玩意？下流！"陈潮逸却一本正经地说："怎能说下流呢？你可知道，我们穷人的日子是怎么样的吗？除了结婚生儿这些大喜的日子可以放松地闹一闹外，其余的日子都在卖命卖力地为他人挖矿开路，流血出汗的，日子过得单调苦闷。趁了这个添新人的好日子，闹一下，人家都开心开心，才会对接下来的生活充满美好的期待啊！"

小瓷沉默了，想起小姐絮萍出嫁那天，一路鼓乐喧天，红毯铺路，到了男家，拜过天地后，送入洞房就夫妻喝交杯酒，每一步都是照本宣科进行的，虽然外在辉煌，但却不见得非常热闹。做下人的，根本就不敢闹新房，大门大户里面，规矩太多，待都遵循过来，气氛也就淡了，根本就谈不上"闹"。陈潮逸说，"裤裆里取卵"就是把一个熟鸡蛋放在新郎官的裤裆里，裤腰带是系得紧紧的，新娘必须要不经裤腰，把鸡蛋一点点地从新郎官的裤裆里推到裤腿口，取出来。这些"矫新抱"的兄弟们亦作怪，特地把新郎官的裤子弄得窄窄的，熟鸡蛋塞进裤裆里面，裤裆里立马就鼓囊囊的了，有作死的就吹起口哨叫："哟！潮安哥的蛋咁大，嫂子有福气了！""当然了，性福生活，从裆中开始么！"

陈潮逸没见过美玲的脸是这样红的，红得像刚被指甲花染过一样，真好看啊！这红从额上，一直红到脖子上，美玲的脖子很好看，修长秀美，像琼脂一般，被染上粉粉的红后，可以看到薄薄的皮肤下面，淡青的血管。她就那样埋着漂亮的脖子，隔了裤子，一点点地将鸡蛋从陈潮逸的裤裆里推了出来。当她将鸡蛋捧在手腕上时，那些作死的又叫："哟！潮安嫂子抓蛋好有本事呢！"跟着，就都哈哈地哄笑开来。

小瓷嗔怪地瞪陈潮逸一眼，道："也是嫂子这样的好脾气，任你们玩耍，要是我肯定是不行的，那得多燥人啊！"陈潮逸叹了口气道："这就是我敬嫂子的地方了，她永远是这样，能上能下，能进能退。接下去还有吃提子和玻璃瓶里咬香肠等环节的，嫂子都是默默地配合大家，把项目都玩完。这么一闹，就闹到深夜一点多，嫂子都累得不成样子了，但都没有表现出一点不耐烦，倒是我哥他心疼嫂子，就假装醉倒了，大家才饶了他们，开开心心散去了。"

一口气回忆完四十年前陈潮安和美玲的大婚，陈潮逸似是累了，又将眼睛转向天花板，神魂再次出窍。小瓷凝视着他，他肯定又和美玲的魂魄神交了。丈夫之所以卧床不起，其实是心中没底儿，他既不能如此拖延不回五羊城，陈氏书院还有大堆的事儿等着他回去处理呢！书院的总体设计和规划，都是他亲力亲为的，出来大半年，电报上仅有的词语根本不能表达他的构想，因此他急着要归去。但是，他又没有想好，该如何向陈潮安交代美玲的事情，的确不知道该如何交代啊！美玲没有给她的儿女们和叔子留下半言只语，若陈潮安追问起来，陈潮逸该怎样说呢？小瓷此刻除了能做到紧握丈夫的手，实在不知道还能帮上他什么。

当然，还是能帮上的。在陈潮逸沉沉睡着后，小瓷就穿戴好，悄悄外出了。一连数天都这样，小瓷的表现让陈潮逸的正室妻子挺不满的，这个丫鬟出身的女子，一点下人的本分亦没有，做什么事情都敢擅做主张，实在令人不放心。正室趁小瓷不在家时，摇醒陈潮逸，向他声讨。但陈潮逸总是迷迷糊糊地微张眼睛，望她一眼，什么也不说，又闭起眼睛了，弄得他的妻子一点办法也没有。这男人啊！真的可恨，见一个爱一个，都贱得似地下泥一般了。

小瓷终于找到了美玲和其他七个姐妹合租的大屋。这是一间近似吊脚楼的青砖屋子，既有粤式元素，也有美式格调，看上去肃穆得很。小瓷站在高高的大木门前面，站了半天，才鼓起勇气去叩门上的那个铜门环。

开门的是一个高瘦的女人，头上戴着灰色的布帽子，无表情，她上下打量了小瓷一番，并没有问小瓷是干吗的，而是很安静地等待着小瓷说话。这个女人小瓷已见过，美玲自尽那天，七个给她超度的女人当中，就有这个高个女人。那天，她们围坐在美玲的四周，低声诵读着《往生咒》，几乎没有和任何人说过话。直到殓葬师来到，将美玲的遗体殓进棺木里，她们才勉强动了动身，让人将美玲的棺木抬到楼下去。小瓷总是觉得，这些女人身上，都有故事，只是，她们的故事又是那样的隐晦、神秘，绝不容许外人触及，至死不能。

小瓷吸了口气，轻声问："请问，我能进去吗？"

她实在不知道怎样说好，她已经可以预见这间大屋里面住着的都是什么人了。对这些人，她既熟悉又陌生，熟悉的都是几乎相同的脸孔；但她对她们又是陌生的，甚至连她们其中一个叫什么都不知道，当然，美玲除外。高个子女人又端详了小瓷一眼，小瓷忙补充道："我是吴美玲的妯娌，我叫小瓷。"

高个子女人点点头，侧身让开一条小缝，小瓷从这条小缝侧身进去。

屋子里面的光线很柔，小瓷在靠门口的位置，站了一会儿才逐渐适应。屋内的景物逐渐在眼前清晰起来，首先入眼帘的是一条长长的供台，供台上面挂着一幅巨大观音图像，案上摆放着三盆素食水果，一个暗青的香炉摆在果盘的前面，炉里面还轻烟袅袅，阵阵檀香飘来，让闻者心神安定。长案下面放着八个蒲团，上面盘膝坐着六个皂衣女人，她们都手持念珠，口中喃喃不绝。小瓷蹑手蹑脚走到一边，细细倾听，原来她们在念《心经》：观自在菩萨，行深般若波罗蜜多时，照见五蕴皆空，度一切苦厄……小瓷也忍不住双手合十，虔诚地跟着诵念起来。

待一卷心经诵念完毕后，七个女人才抬起头望小瓷。小瓷在这七对安静的眼眸中，有点像被剥了衣服的感觉，她们太沉静了，就像雕像一般；可她们又太通透了，只一凝目，就能把人心看穿。小瓷向她们合十施礼道："小瓷本不该来烦扰各位居士的修行的，但丈夫深受恶念病魔缠绕，久治不起，小瓷只知心病仍需心药医，故此，才冒昧来访。"

坐在最前面的那个居士点点头，道："吴居士是归去极乐，无苦无痛，自行选择的。而今去者已去，生者勿念，自重节哀，不打扰不惊扰不追寻不过问，便是最大的尊重，吴居士亦能心安归去。"

小瓷怔怔地站在七位修行居士的面前，不知道还能说些什么。美玲已死，再追问根由，就是对死者的打扰了。那个空空的蒲团，还孤零零地放在那里，想必是美玲生前，每天都必到这里来，坐在这个蒲团之上，和姐妹们一起诵念经文。如今若还非要问个水落石出，那就是对逝者甚至是对眼前这七位潜心修行居士的一种大不敬。

望着这七个低声诵经的安静女子，喃喃诵经中，小瓷的心亦沉静下来，困扰的事情也逐渐明朗。陈潮逸如此敬重他的嫂子，他会理解她的选择，尊重她的决定的。小瓷向七位居士深深施礼，转身走出屋子。

屋外，刚下过雪，洁白晶莹的雪积了一地，踏上去"咯吱咯吱"地响，鞋子埋在雪下，一抽离，洁白的雪地上便会留下一串深深的脚印。

小瓷紧了紧大衣，回头望一眼这座特别的大屋，大木门在她离开的那一刻，便重重地关上了，两个青铜色的铜环，孤独地守在门上，似一双沉静了千年的眼眸。

后来，好多年之后，老去的小瓷给孙辈们说起这段在美利坚国的往事，都会轻轻地用叹息般的语气说："那房子，在我们这里，叫姑婆屋，里面住的，多是终身不嫁的女子。"

第十八回　涉万水海南求巨木
寻四方巧匠识名工

暂且按下陈潮逸和陈延芳在海外筹资不表，且说说陈氏书院的盖建进度。两扇巨大的木门真的给黎建业带来了麻烦。

邓真回到海南立刻到山上去看他珍养了多年的巨木，这两株分别位于两处山头的巨大坤甸树木，亭亭如盖，参天挺拔。邓真对这两株巨木喜爱有加，一直都想给它们找一处理想的"婆家"，而今，陈氏书院似乎是它们最合适的归宿了。

邓真徘徊在树下，不时用手抚摸树干，树皮粗粝，沧桑有力，每一片突起的树皮，都似刀刻般，粗糙厚实。似是养了多年的爱女，忽地有朝要出嫁般，邓真捋着胡子，真有点舍不得呢！可舍不得亦得要舍得，天下没有不散的宴席，女儿长大了，总得要嫁人的，这是天道循环，由不得邓真不舍。毕竟，高价购山，悉心栽培山上树木，就是为了有一天，能将这满山的苍翠，用到最合适的去处，起最适当的作用啊！

邓真挥挥手，向跟在身后的伐木工们道："砍吧！"

管家邓放却张开手臂阻拦，道："且慢！"

邓真以为邓放亦是舍不得，当初过来看此山，邓放和邓真同时被山上这两株巨木吸引，多年经商的经验告诉他们，这两株巨木是镇山的宝贝，将来定能给他们换回来巨额的利润。

邓真道:"还是砍了吧,二百两可是个好价钱,能将这两个山头再买一次了。"

邓放道:"老爷,我不是舍不得,但砍这巨木,恐怕不妥。"

邓真望着邓放,能有何不妥呢?邓放迟疑地环顾四周,邓真跟着他的眼光四周环视,立刻就回过神来,明白邓放的意思了。是呀!海南四季如春,树木葳蕤生长,每个山头,都是茂盛苗壮的大树,每一株都价值不菲,而今陈氏书院相中的两株坤甸树,刚好在山的顶峰,若要将巨木伐了运送下山,不是不可,但是,必须要将通往山下的路,辟出一条大道来,才能将巨木运下山去啊!冷汗从额头冒了出来,天啦!当初怎么没有想到这一点呢?为育好这连绵几片的山林,邓真不知道费了多少人力物力,而今,各个山头都巨树葱葱,眼见能逐片逐片伐林出售,总不能在这关键时刻,将所有树木都伐了吧?

木材并不是很好储存的物料,若没确定买家之前,邓真不敢贸然伐木。这样一来,问题就大了。二百两白花花的银子,一锭锭呈现在邓真的面前,又一锭锭从邓真眼前消失。

邓真傻了般站在巨大的坤甸树下,冷汗直冒。当日跟黎建业谈生意时,怎么没想到这一点呢?以邓真的为人做事,本不该如此粗心草率的,都怪那雄伟壮观名声显赫的陈氏书院,把邓真的头脑给冲晕了,他只沉浸在好木有好"婆家"的喜悦当中,却把最重要的事情给忽略掉了。

邓真狠狠地扇了自己一耳光,吓得邓放抓着他的手,道:"老爷,使不得。"邓真悔恨地问:"还有办法吗?"邓放道:"不是没有办法,得要有充足的时间。可是,合约上的时间,已经很紧迫了,从海南运到五羊城,要走一个多月的水路啊!怕赶不上。"

邓放的意思是在这段时间内,尽快找到买家购买山上的木材,这样,就可以赶在售卖巨木的时限前,将山路清出来,将巨木顺利运下山去,将损失降到最低。邓真抱头蹲下,当初怎么不晓得把合约的时间签长一点呢?二百两银子丢了事小,广东陈姓族人,达官贵人尤为多，每一个都得罪不起，若真的耽误了他们上门楣的日子，那麻烦就大了，到时候就不是几百两银子能够解决的了。

邓放连忙上前扶着老爷，道："不是还有时间吗？我们一边发散人手寻找买家，一边使人快马加鞭到五羊城去寻黎掌柜，将情况跟他说说，看他有没有法子回旋一下。"邓真勉强站起来，撑着邓放的肩，沉沉地道："事到如今，亦只能如此。"

黎建业收到邓真的信函时，内心如被人从最高处投下一块石头般，溅起千万层涟漪。翻看日历，时间紧迫，再去找寻合适的整块树木，恐怕来不及了。如还按之前用料那样严格高标准的选木，有点不切实际，怎么办呢？黎建业问送信人，邓老板可还有其他特别吩咐吗？来人毕恭毕敬地答："我家老爷特别嘱托小人，黎掌柜，我家老爷的山上，还有几株略细但树龄亦足够的坤甸巨木，可供作人门使用，不过，不能一体作为，稍有不完美。不知黎掌柜以为如何？"

说着，从衣服里掏出一张画卷，在黎建业前面徐徐展开。黎建业看了一眼，心中了然。邓真不愿意砍伐其他树木，将原定的巨木运下山去，黎建业本是心生不满的，生意人哪能如此不讲信誉？但是，当黎建业看到徐徐展开的画卷，对邓真的不满便消失了。邓真育树的山上，全都是如此珍贵巨大的木材，若真一路砍伐下山，那邓真的损失可能会是二百两的十倍或数十倍。

没有整块的木材做大门，令凡事追求完美的黎建业很头疼。来人说，邓家山上，还有许多仅次于此木的人树，整块不成，可两块木头合拼，若木工技术精湛，也不觉察的。黎建业低头在书案上画了一会儿，两两合并，即为四，从广东人信奉的风水角度看，四为不吉利之数，慎用。另外，从构图上看，四块坤甸木竖立在一起，亦不太美观，反倒不那么大气了。黎建业想了想，抬头问来人，邓家山头上，能不能找到六棵纹路类似，树形雷同的坤甸巨木？来人拍着胸膛说："这还不容易？"黎建业这才松了口气道："让邓老板快马加鞭给我们运来。"送信人立刻领命而去。

邓真收到加急电报时，真是哭笑不得，六棵略细的坤甸巨木，价格不过是一百八十两，但他垫付出去的二百两订金，却再也要不回来，这么说，这宗生意是彻头彻尾地亏了二百二十两银子，教训深刻啊！

文来泰站在陶瓷街的右上角，远远见到黎建业撑着一把雨伞走过来，便将头顶的瓜皮帽正了正，撩起裤褂迎上去。黎建业笑道："文老板，地上湿滑得很，小心弄脏你的新鞋。"

文来泰才醒悟，早上起来时，夫人特地将刚从詹姆士洋鞋店买回来的牛皮皮鞋让他穿上了。刚穿上脚时，文来泰还觉得鞋有点夹脚趾，但穿着走了几步，就不觉得了，如夫人所说的那样，那些牛皮儿羊皮儿，都是根据人的脚来长的，刚穿上脚时或许不适应，但合了温度合了脾性，那鞋子就贴着脚长了，不穿着还不适应呢。听到黎建业的提醒，文来泰不由得踮起脚尖走在淅沥的雨路上，黎建业摆手说："你还是站着站着，多年老友记了，仲讲那么多规矩礼节吗？"文来泰指指黎建业笑道："黎老板可是我们文如璧店的老主顾，一点也不敢怠慢。"黎建业笑道："文如璧店鼎鼎有名，生意是接亦接不过来的，建业只怕是排队亦轮不上好筹子。"说笑间，已经走到店内。

分宾主坐下，文来泰就开门见山了："黎老板这次亲自过来，定是有重要项目关照了。"

黎建业从怀内掏出一卷用油毡纸重重包着的图纸，文来泰见他小心翼翼的样子，便知此图纸矜贵，立刻将台案上的杂物拿开。黎建业打开图纸，文来泰低头一看，原来是一张精细考究的建筑图纸，正中上书"陈氏书院"四个大字。文来泰恭敬地抚摸了一下图纸，仔细地看了一会儿，啧啧道："规模真是雄伟啊！"黎建业点头道："是啊！工期还是比较赶的，你得给我用最好的师傅，烧制最好的陶塑瓦脊出来。"文来泰围着图纸走了两圈，低头沉思了一会儿，才说："主要是贴塑比较慢些，得要人工慢慢贴的呢！你准备让我们做几多米？几号前要完工？还有什么要求？"

　　黎建业道："全部要双面人物脊，戏里故事里怎么编怎么形容怎么说的，你就按怎么来，当然，得要是吉祥如意励志激奋人心的故事。你是晓得的，这书院还是合祖祠，不吉利不行，不励志不行。"文来泰点点头，指着图纸说："三进三路九座厅堂的屋脊上都得装上陶塑瓦脊吧？有十一条。"他低头算了算，笑道："黎老板，超一百五十米呢！大工程啊！"黎建业点头道："就是因为举足轻重，才斗胆请求文老板亲自动手烧制。"文来泰笑道："恐怕文某一店之力，做不全呢！"黎建业连忙拱手道："那么首进的五条和聚贤堂的瓦脊，文老板应是不会拒绝了吧？"文来泰一摊手，无奈地说："这上门的生意，总不能不接吧？文某定尽力而为。不过，价钱嘛……"黎建业笑道："图纸就先放你这里，这月下旬前，合约书应能出来吧？到时我再来一次，跟贵店签合约便是。"文来泰笑道："你就不怕我狮子开大口？"黎建业道："谁让文如璧店如此鼎鼎有名？黎某若不信任文老板，无异于自打嘴巴了。"

　　文来泰哈哈大笑，的确，在商言商，为商者，首先以诚信立足，方能大展于业内，顾客方能稳固。自文来泰的祖先文如璧于康熙年间由一普通陶塑工匠起家，创出了陶塑人物瓦脊后，以其名而建店，至今已经二百多年，之所以能长盛不衰，享誉业内，还不是靠铁钉钉的信誉和高超的手艺吗？这两样都是实打实的招牌，子孙后代能否继承？能否发扬？亦全凭这两点了。

　　从文如璧店走出来后，黎建业又到宝玉荣店和美玉成店去了，陶瓷街上，虽然这两间点的名气不如文如璧店，但是，其烧制装贴陶塑瓦脊的工艺并不比文如璧店逊色，而今主要的瓦脊文如璧店已经答应包揽下来了，那么旁侧的瓦脊，交由这两家店来分别承包，亦未必会逊色。

　　自陈氏书院动工以来，黎建业便没停歇过四处找寻能工巧匠的脚步。这两年，发起筹建陈氏书院的几个主要理事都忙于在海内外宣传筹资，陈氏书院的所有建筑事项，都由黎建业一力担着，光靠巨昌店的人力，根本不能满足陈氏书院的建筑要求的。黎建业唯有亲自出马，跑遍广东各地，找寻各地技术拔尖的工匠。两年下来，人手基本都落实了，但黎建业亦瘦了一整圈。

今日出门时，妻子拿着伞追出来，有点埋怨地说："你看看天，阴沉沉的，一会儿肯定又要下大雨了，不如在家歇一日吧。"

黎建业已经很多天没有着家，昨晚很晚才到家，今日一早又出门了，妻子想他在家多歇息一日，休整休整。又逢着天阴沉沉的，快要下雨的样子，人劳累时，再被雨水淋身，很容易生病，妻子担心切切。

黎建业自然明白妻子的心思，她多想丈夫歇一歇啊！她都四十了，至今还没有子嗣，妻子认为，除了是因她体质偏弱外，黎建业经常在外忙碌工程，着家的时间不多，总是错过了夫妻结合的最佳时机也是因素之一。这样一拖，他们就都老了，黎建业不着急，可当妻子的着急啊！巨昌店那么大的家业，还有黎建业的才能技艺，总得有个继承人吧？虽然，黎建业带着不少徒弟，但这些毕竟都不是自家人，人心隔肚皮的，谁忠谁奸谁知道呢？可黎建业却不大将子嗣的事情放在心上，安慰妻子说："将我们这辈子活丰足了便是，下辈子的事情，无须放在心头上。"

每次丈夫的安慰，都让妻子泪水涟涟，妻子知道这是丈夫爱惜她的身体。大夫曾说过，以她的体质，若她要怀孕生育，恐怕会有生命危险。黎建业知道妻子的身体情况后，在同房时，就格外小心，虽然当妻子的存心想怀孕，但他都会自觉躲开她的排卵期来行夫妻之事。妻子也曾劝黎建业纳妾，并亲自为黎建业物识了几个贤惠貌美端庄的女子，但都被黎建业拒绝了。他将妻子拥入怀内，深情地说："人一辈子，只要做好一件事情就够了，婚姻也一样，有一个心爱的女人，用心把它经营好，就够了，我不想被外物左右了我的思维和工作。你只需要好好地，养好身体，陪我白头到老就够了。"

有夫如此，妇复何求？黎建业对妻子越关怀备至，妻子就越觉愧疾。看着丈夫将伞夹在胳肢窝下，急匆匆地走了，妻子长叹一声，轻轻地拉上木门。

对于生育子嗣，儿女情长，此时黎建业根本就没有心思考虑，也轮不到他考虑。陈氏书院的事情，像山一样压下来。书院的砖木架构快要完工了，但大门的门板还没运来；主要承梁的巨木亦因运输的问题出现了阻滞；陈潮逸等人要求体现在陈氏书院里面的各种各样的雕塑艺术和建筑工艺，都还没完全到位；虽然已经联系了全省各地的能工巧匠，亦和文如璧店、宝玉荣店、美玉成店等相关的承办商户确定了方向，但如何烧制如何雕制，都还是一个很大的问题。黎建业想过让能工巧匠们按照正常的福禄寿禧花鸟水果等来构造图案，但这都只是传统工艺，若都只集中反映在蔚为壮观的陈氏书院里，未免单调了一点，这不是黎建业所追求的。

陈潮逸临回旧金山前，曾到过一次巨昌店，他们喝茶聊天，聊的全是对陈氏书院建筑的构想。书院的大体架构已经出来了，剩下的便是装饰和园林设计，对于园林设计，黎建业腹中有数，他要将粤式园林艺术巧妙地运用到每一个的曲廊和天井平台上，就连每一步的台阶，他都有设想。只是，关于对整个陈氏书院建筑艺术的表现，黎建业就觉得难度大了很多，这种各种工艺的大融合，成则能成为流传百世的煌煌巨作，不成就是话柄，就是庸物，他黎建业的声誉亦将会受到牵连，甚至还可能导致招牌被砸。对陈氏书院的构建，陈潮逸倒是胸有成竹。香茶喝完后，黎建业的顾虑也诉说完毕了，陈潮逸哈哈大笑，走到书案前面，拿起毛笔，一挥，在洁白的宣纸上，书下"三雕、三塑、一铸铁"七个字，甩笔而去。黎建业端坐在书案前面，盯着这七个字，足足思想了一个上午，才理清脑海内的乱絮，逐渐，一间装饰好的陈氏书院便在他的脑海内成形了。

而今，已经找齐了各地的能工巧匠，该签合约的都签了，没签的还在酝酿着。但据手下来报，基本上，各地的工匠都已经在来五羊城的路上了，只要他们一到达，就要安排他们的住宿和食用。简塾一带，地段比较荒凉，一下子安排那么多工匠过来住宿，还真是个难题。若安排在五羊城内，这与施工场地又相距甚远，每天步行来回都占不少时间。连这样的小事安排，黎建业都必须考虑其中，他还哪有心思去考虑太多其他的事情？

从佛山回到五羊城，天色已经暮黑，西关内外，灯火亮起，挂在横街窄巷的红灯笼，像哭过的人的眼睛，朦胧在逐渐重下来的阴暗中。黎建业站在街头，深深地往家门口望了望，他知道，她肯定会在这紧锁的大门后面等着他的。黎建业抬起脚，叹了口气，又把脚步收住了，还是迟点再回吧。于是吩咐司机，先去连元大街，那些能工巧匠们的住宿要先落实好，过两日就有人要进驻了。

至于大门后等着的那个女人，每次想起她，黎建业的心里就钝钝地痛。有些话，老中医是告诉女人和黎建业的；但亦有些话，老中医是只告诉黎建业一个人的。多年求子不得后，黎建业和她寻医问药，许多中医给他们把过脉后，都诊断是她气血两亏，体弱难孕。只有最后给他们看病的老中医，将扁豆一般的小眼睛从镜片中翻上去，望一眼黎建业，道："老爷借一步说话。"

黎建业的心像被硬塞了一颗扁豆，硌得难受，隐隐觉得有些不对劲。老中医将他引到医馆的最里间，里间黑洞洞的，人走进去，很久才能适应。隐约看见一张椅子和一个木桶，老中医从怀内掏出火石，"啪"的一声，打着火，拿着火石，走到墙角，那边的墙上，原来还挂着一盏煤油灯的。

在这一明一暗中，黎建业看到了一幅艳丽的裸女图，待他视线逐渐适应室内时而偏暗淡的灯光时，室内的一切景物，竟让他脸红耳热。原来这内间的四壁，画着一幅幅活色生香的春宫图，那图画得妖艳异常，人物表情生动，动作各异，把黎建业看得热血沸腾，血脉贲张。

老中医又用他扁豆般的小眼睛，透过圆形的眼镜片，扫黎建业一眼，然后将一个小瓷碗递过来，冷冷道："撸出来后，都用这接着。"

然后，重重一按，冰冷的瓷碗塞在黎建业手里，黎建业傻傻地握着碗，待他反应过来，房间内就只剩下他和四壁能令人血脉贲张的春宫图了，只要眼珠儿与这些如同真人般的艳画对上，便很难再移开，黎建业的呼吸急促了起来，丹田的位置，有一股暖流缓缓升起，身下的物件已经昂首挺胸了。真该死，黎建业痛苦地诅咒了一声，一手把着那昂起的物件，心里"呜"地发出一声悲呼，如饿狼般悲号起来。

这是一个男人的耻辱。老中医明确告诉他，他的精子量太少，活动能力亦不强，很难和女人结合怀孕的。黎建业一把将老中医开的药单撕了，无论如何他都不相信，他堂堂八尺高的男子汉，事业成功，顶天立地的，怎么不能生养了呢？这是任何一个男人都无法接受的现实。

那段时间，黎建业并没像妻子以为的那样，天天奔波于工场工地之间，而是到农村去，买了一个健硕、丰乳肥臀的农村姑娘，他没日没夜地在农村姑娘的身上折腾，把农村姑娘折腾得乳更丰臀更肥，脸色由黝黑变成红润，手指从粗壮变为娇嫩。但无论黎建业怎样折腾怎样努力，农村姑娘的肚子还是扁扁的，一点鼓胀的意思也没有。挫败感空前袭击着黎建业，无法向任何人诉说他的困苦，那股男人的说不清的屈辱感折磨着他，找不到出路。他疯了，把所有的屈辱情绪都发泄在农村姑娘身上，疯狂地在农村姑娘的身上撕咬抽插，将她虐待得浑身青紫，痛哭求饶，但黎建业怎会饶了她呢？她是他花重金买回来的试验品，他饶了她，谁来饶了他呢？农村姑娘越哭求，黎建业折磨得越疯狂。这样的疯狂，直到农村姑娘席卷了黎建业为她置备的所有细软逃跑后，才结束。

黎建业拖着疲倦不堪的身体回到西关的大屋里，那个门内的女人，还静静地守候在那里，见他回来很高兴，轻声问道："老爷返来啦？"便站起来，为他忙碌晚饭了。她为什么一点也不怨，一点也不恨？若她抱怨两句，黎建业还有借口休她，赶她走的。可是，她总这样，柔柔顺顺的，安静地坐在家内，等着，守着，令黎建业说不出一句略重的伤害的话。好多次，当她自怨自艾不能给黎建业养育一男半女，希望黎建业能纳一两个小妾，延续后代。黎建业拥着她，愧疚万分，差点儿就把真相说了出来，但最终，极端的男人自尊，压住了愧疚，黎建业最终都选择了沉默。

对这间安静地守在西关深处的大屋，黎建业既依恋，亦害怕归去，因此，他不停地在外奔跑，不停地承接全省各地的大小工程来做，忙起来，再忙起来。只有在最忙碌的时候，只有在此起彼伏的叮叮当当的锤击敲打声中，只有在木头砖瓦中指点江山时，黎建业才能暂时忘记女人那双幽怨自责的眼神。

来到陈氏书院工地时，天已经全黑了，但还有工人在赶工，工地四周都挂着巨大的灯笼，被夜风吹得一晃一晃的。工人们看见黎建业来了，都停下来跟他打招呼，都晓得这个黎总工认真负责，事必躬亲，总工勤劳，手下亦不会偷懒。黎建业踏着泥泞走过去，白天下了一天雨，路上全是泥泞，工人白天都没能干活，趁着夜晚天放晴了，便来开工。

黎建业走到一堆堆得山高的花岗岩旁，十数个石雕师傅正低着头雕檐廊的石梁柱，这些石梁柱是由石檐柱、柱间石梁（黎建业他们叫"虾公梁"）、石隔架、石雀替、柱头挑梁石雕等组成，有的师傅在雕石雀替，有的师傅在雕石柱，有的在雕虾公梁。黎建业走到一个在雕石雀替的老师傅前面，不由得停了下来，老师傅叫石九指，一双粗糙得像锈蚀了的铁皮般的大手，只有九只手指，却牢牢握着一个小小的凿子，小心翼翼地雕着一个形态古怪的人物，这人物的表情非常有喜感，头发和胡子都是向上卷着的，穿着也与平时石雕的人物不同。黎建业看了一会儿，都想不明白这个手法精细，技术娴熟的石九指，要雕的到底是什么样的人物。石九指雕得非常专注，根本不理会站在身旁的黎总工。石雕人物已经成型了，只见它举手跨步，动作奇异，黎建业忍不住问："石师傅，您这刻的可是哪个故事里的人物？"

石九指翻翻眼睛，他的眼部四周和脸上，沾满了粉末般的石粉，像敷了一层白粉一般，只有翻动的眼球是黑的。他吹了口气，灰白散了点儿，露出一点灰红，石九指翻起眼，看见问话的是黎建业，笑一笑，将石雀替拨过来，正对着黎建业，好让他看清楚点儿，说："花鸟虫鱼，八仙过海，郭子仪祝寿等等，都已经雕过了，再雕就无新意，还可能和以后的木雕灰雕撞图，所以，我想雕个洋人看看。"他回头望了望远处，又转回来推着手中的凿子，道："那个华侨老爷还站在那里呢。这些华侨老爷都是和洋人打了一辈子交道的人，我想，雕几个形态喜庆些的洋人，老爷们该是喜欢的。"

黎建业抬起头，果然，在暗沉得几乎看不到的夜色中，就着朦胧的灯光，陈潮安佝偻着的身影还固执地钉在老榕树下。这固执的身影，都成了陈氏书院动工以来最固定不变的风景，看来，这个华侨老爷要守到海枯石烂、沧海桑田呢。陈潮逸已经发了电报回来，他将于明年春天，携小瓷和嫂子回来。这电报是和发给黎建业的电报一起发的，黎建业帮陈潮安收电报时，顺带也看了一下。不是已经说了，明年春天，就将他的妻子给带回来的吗？为什么他还执意要每天都等着这里呢？黎建业不由得又想起家中的妻子，她又何尝不是每日每夜都固执地守候着，等待着吗？尽管她亦知道，黎建业一定会回家的，可她仍坚持等着，到底是什么样的力量促使着这两个不同命运不同性格的男女如此坚持地去做同一件事——守？

或许，就是刻骨铭心无怨无悔的爱吧。情到最深处，就是坚定不移的守候。

在这一刻，愣愣地望着陈潮安那个孤独佝偻的身影，黎建业逐渐有种豁然通透的感觉。回去，立刻就回去，告诉她，所有事实的真相。能和这样的女人相互坚守，白头偕老，才是他人生最最可贵的尊严。

简牛儿已经长得像只小牛犊一般了，蹦蹦跳跳着跑过来，这个满堆着花岗岩的场地，而今是他最喜欢的去处。他觉得非常神奇，为什么这些叔叔伯伯们用刀子锤子凿子，居然能在硬得咬不动的大石头上，画上活灵活现的图画。这些图画可好看了，特别是石九指爷爷"画"的图画，特别好看，新鲜得很，他看一会儿就跑过去告诉陈潮安，用他有限的形容词来描绘那些稀奇古怪的石图画。

简牛儿的阿妈将他脑袋四周的头发都给剔了，剩下中间一圈，用红绳子扎了起来，朝天冲着，因为奔跑的缘故，他那黑实的小脸，泛着一股隐隐的红晕，大眼睛在灯光下忽闪忽闪的，可爱极了。他一口气扑过来，一抹鼻子下的鼻涕，奶着声音问："九指爷爷，你将这举手的洋人的眼睛都画出来了吗？"他不用雕，只用画，虽然陈潮安和石九指都纠正过他，告诉他，这是"雕"，但简牛儿还是固执地坚持说"画"。

黎建业伸手摸摸简牛儿的圆脑门，心里叹了一声，若是能有这么一个健康活泼的小孩，那此生无憾了。

"九指爷爷，你快画完了吗？"简牛儿蹲下来，好奇地盯着石九指的手，眼珠儿随着他的手骨碌碌转，石九指点点头说："眼睛都雕好了，马上就雕完啦！是雕，不是画，臭屁孩！"简牛儿不理，还说："那你画完这个举手的洋人，仲画勿嘢样的洋人啊？"石九指笑笑问："那个华侨老爷想我雕个勿嘢样的洋人呢？"简牛儿道："他说画天使好，天使好纯真的。"说着，又扭头过来问黎建业："黎伯伯，天使是么样子的？"黎建业又摸摸他的头，道："天使嘛！她是长着一双翅膀的，好漂亮好可爱的。"

可是，漂亮可爱到底是什么样子呢？简牛儿还是弄不懂，咬着手指望着黎建业。黎建业极力思索了一会儿，又望了望简牛儿，一拍大腿，道："对了，天使就长得像牛儿你这样子的，你回去打盆清水照照看就晓得了，天使就是你这个样子，不过是比你多一双翅膀罢了！""是真的吗？"简牛儿高兴坏了，工地上所有人都听这个黎伯伯说的话，他一直都以为这个黎伯伯是工地上最有本事最厉害的人了，对他的说话是深信无疑。他高兴地挥着小手臂，大声呼叫："爷爷，爷爷，黎伯伯说天使的样子就像我的样子呢！我的样子是天使呢！"

　　黎建业立在昏黄的灯光下，看着这个像球一般滚远了的小人儿的身影，又看看远处那个拄着拐杖弓背而立的一团黑乎乎的苍老影子。一个是生命的始，一个是生命的末，他们越奔越近，碰撞出来的那股难以言说的沧桑与希望的矛盾，越来越强烈，强烈得黎建业忽地有种想流泪的冲动。他吸了下鼻子，自言自语道："哪个孩子不是父母的天使啊！"

　　石九指停下手中的凿子，回头望了望简牛儿奔去的方向，若有所思地点点头，道："我孙儿也像他这样大了。"

　　说话间，灰白的脸上发上，又抖落了一层厚厚的粉末。黎建业心里感慨，这些老工匠们，开春就赶过来五羊城这边，为陈氏书院精雕细刻了。屈指一算，一年又要过去了，广东的冬雨下起来，阴冷绵绵的，雨后的土地里，特别湿寒，人蹲在这样的湿地上，特寒冷的，不小心，就会染上风湿风寒病。但为了养家糊口，这些老工匠老艺人们，都咬牙在工地上坚持着，并没因为天寒雨冷而对自己的技艺降低要求，一如既往地精雕细琢着。

　　或许，许多个他们，此刻的心里，都思念着家中的如天使般的老婆孩子，思念得刻骨，思念得铭心，只是，这些刻骨的思念，都化成了刻刀下的一撇一捺，一圈一点，将永远地，刻录在陈氏书院的每一砖每一瓦每一柱每一檐上。

　　黎建业弯下腰，轻轻抹干净石九指额头上的石灰，道："别雕太晚了，做事时，得用个口罩捂着鼻子才好。那就雕几个天使石雀替，用简牛儿的脸，你孙儿的脸。"

　　石九指点点头，一滴泪水掉了下来。黎建业叹了口气，直起腰，道："别忘了，在最后一件石雕上，刻上你石九指的名字。"

　　石九指又点了点头，抽了抽鼻子。

第十九回　陈志尧高中探花郎
石九指罢锤石鱼旁

话说这年的春天来得特别早。慧心起床后，翘儿过来挂蚊帐，道："太太，今年唔知是唔是暖得早，院子里那株桃花开得特别早，往年都是到二月下旬先开花的，而今才是二月上头，就满枝头苞蕾啦！今早我行过树下，有几枝都开出朵儿啦！"

慧心漱过口，洗了脸，坐在梳妆台前，一边拍着脸霜，一边答道："今年的确是和暖了点儿，桃花早开亦正常。"

翘儿拿起梳子给她梳着头发，说："太太，你的头发可真好，这么长，一点分叉也没有。今日梳什么发型好呢？"

慧心对镜子笑笑，陈志尧最喜的就是她这把乌黑柔顺的秀发了，赴京赶考的前一晚，她特地剪下一缕秀发，用红绳绑了，装在织着粤绣鸳鸯的荷包里，悄悄塞进他的怀内。陈志尧紧紧地将她的手捂在胸口处，深情地望着她。慧心手心碰触到丈夫扑扑的心跳，脸刷地红了。陈志尧一把将她拥在怀内，将脑袋埋在她的耳边，道不尽的恩爱缠绵。此次不比往常，往常只是到省会读书，即使是省考，也不过分离数月。这次上京，一去经年。若不是家底仍算丰厚，又得陈延芳等人相助，尽量将路途缩短、简便化了，否则此去京城山高水远，来回一趟都得花费不少时日。

终是不舍，终是缠绵，终要分离。送陈志尧上京的那天，连绵阴雨，道路两旁草色青青，棉布鞋踏在泥泞内，一下就湿透了。陈志尧心疼慧心，不许她下马，但慧心还是坚持下马送行，十里亭外，再为陈志尧掖一下行李。夫妻相对，温情脉脉。陈忠紧紧搂着翘儿和儿子，亲个不停，嘴里不是肝儿就是肉儿地喊着叫着，听得随行相送的陈义等人满身起鸡皮疙瘩。

见到陈志尧夫妻已经道别了，陈义等人迫不及待地催陈忠快点放开翘儿。实在受不了这个陈忠，他是饱汉不知饿汉饥，有了老婆儿子就秀恩爱，可怜陈义等人至今仍是寡佬一个，想找个异性来幻想一下思念一下亦没有呢，陈忠这样不管不顾地缠绵，明摆了是刺激光棍么！

去年春离别，如今又是一年春。算算日子，应是春闱刚考完，不知志尧在京，科考情况如何。慧心对着镜子，镜子是从大不列颠国带回来的洋货儿，闪亮得能将人照得清晰可见。志尧说这是玻璃镜，可金贵了。和这梳妆镜差不多的镜子，慧心在郭姆士教父的教堂里亦见过，不过，教堂里的镜子比家里的梳妆镜要大，要宽，要直，能将人的整个身体都照出来。

慧心一直坚持每个周日到教堂去做礼拜，她虔诚地和其他信徒安静地坐在教堂里面，跟郭姆士教父朗诵《圣经》唱圣歌。若能排上队，还会跪在小暗房里，向上帝忏愧。但她做得最多的是祈祷，为她的丈夫祈祷，为她的家人，为天下人祈祷，但愿一切花好月圆，天下无灾。慧心心里，最放不下离不开的是丈夫，那是她的全片天，整个地。自从陈志尧赴京之后，慧心由一周一次变为一周三次，甚至隔日就到教堂去做礼拜，为丈夫祈祷，祈祷她的丈夫能金榜题名。

掐指一算，春闱已过，不知志尧出贡没有？若能出贡，不日就是殿试了，慧心跪在上帝的画像前面，心却飞到了京城。对于丈夫的才华和能力，她是非常自豪自信的，但天下众生，能者何止万千？即使是千古明珠，亦有可能被掩埋于稻草内，何况人乎？以前常来寻陈志尧喝茶谈经的袁湛恩，何尝不是人中龙凤、才华横溢的？不亦屡屡名落孙山，最终郁志归隐？陈志尧心中盛着壮志凌云，此去京城志在必得，慧心没能力帮助夫婿赴考通关，唯有心抱虔诚，愿能感动上天。

陈志尧的父亲陈漱理却不相信上帝，他认为所有的福祉都是在建的陈氏书院荫佑的，他自小研究道学，对周易风水也略有涉猎。在策划筹建陈氏书院时，陈志尧曾写书信回来，将陈氏书院的地理位置和主要功能等设想都告诉过他。他不顾年纪老迈，立刻动身到过五羊城，亲自到连元大街去勘察过地形，这里远处以越秀山为幛以珠水为带，开阔平直，隐隐有紫气升腾、蛟龙腾飞之势。若在这一方土地上，建一伟岸庙堂，定能聚四周天地灵气，集千秋百代祖先的保佑，必出飞龙腾凤之人。陈漱理心中暗喜，纵观当下广东陈姓子弟中，唯有儿子志尧具备此等才华气势，陈氏宗祠非择此吉地不可。陈漱理何等狡猾精算之人？虽然心中有数，亦不会表露于形。观察完地貌后，只给陈志尧留下"可行"二字，便匆匆回莞城去，积极投入到陈氏书院的募资工作中去了。

不知是慧心的虔诚祈祷得到了上帝的保佑，还是陈氏书院的福祉荫佑，总之，陈志尧高中了。喜讯送到凤涌，凤涌轰动了，莞城轰动了，整个广东都轰动了。凤涌陈家大院几十口人在陈漱理的带领下，中门大开迎接报喜的官差，众人跪在缭绕的高香之下，匍匐在地，激动地听着从挂着大红绸花的高头大马上跳下来的官差宣读圣旨。当听到陈志尧在殿试中高中探花，官封翰林院编修时，陈漱理激动得趴在地上，手脚抖动，老泪如注。家人们扶了半天，才勉强将他扶起来，双手接过圣旨，然后抖着声音，吩咐陈义将准备好的银两捧出来。

官差向陈漱理拱手作揖，恭喜贺喜一番之后，让手下接过喜钱，就上马而去。钦差大臣一走，陈府立马就涌进一堆前来贺喜的乡亲，能在父老乡亲们的面前如此长脸，陈漱理欢喜得睁不开眼睛，一个劲地吩咐陈义和翘儿他们，赶快进去用红色利是封，封上几文铜钱，散发给进来贺喜的人们。

陈志尧高中探花官封翰林院编修的消息，很快便传遍五羊城。陈若虚收到消息后，立刻使人去凤涌接陈漱理。陈若虚与陈漱理是多年的好友，对这个低调地隐于凤涌教书的老举人，陈若虚是非常熟悉的，他严谨、慎重、刻板，骨子里坚守崇拜三纲五常和门第等级。陈志尧高中，不仅是莞城凤涌陈家的荣光，更是广东陈姓族人的荣光，光宗耀祖啊！

陈氏书院首进大门前左右两边准备做两面石鼓，石鼓象征门第和权势。陈若虚已经在石场上围着那两块巨大的花岗岩石转了好多次，转得石九指忍不住翻起黑少白多的怪眼瞥他，手中雕石的凿子落得稍重了几分力。陈若虚全副心思都在即将雕刻的两面石鼓上，根本不会理会石九指的怪眼，他内心忐忑，这两面石鼓该如何雕刻呢？出钱出力最多的暂时是陈潮安，跟他商量，但他的心思全都在大洋彼岸的妻儿身上，根本就不在意这些。他只想落叶归根，略尽绵力，至于其他已真的不重要。陈若虚跟他说，让他来亲点石鼓，陈潮安挂着拐杖频频摇头摆手，道："先生莫害我，潮安不过一介商人，何德何能？能点这石鼓者，得是如先生般德高望重，簪缨门第之人啊！"

陈潮安说得在理，陈志尧没有高中之前，广东陈姓子弟当中，官衔最高者属陈若虚，由他来点这两面石鼓，合情合理。若如今陈若虚还在仕途上，他一定毫不犹豫，这是当之无愧的。但是，如今他已经年过古稀，退隐归林，迟暮之人，再点门鼓争风头意气，实是不妥。陈若虚为这两面石鼓操碎了心，陈广宁官衔低，资历不够。陈延芳生意做得大，但没有权势亦难服众。

陈志尧高中的消息传来，喜坏了陈若虚，他心中那颗忐忑不安的心终于落下来了，陈探花鲤鱼跃龙门，官封翰林院编修，其门第和权势于当时一众陈姓子弟中最高显雄厚，门鼓由他的父亲来亲点，定能令人心服口服。

陈漱理被陈君挺用锃亮的车子接进了五羊城。一路颠簸，陈漱理数次要求陈君挺停车，然后让陈义扶下车呕吐，可怜老人家吐得连黄胆水都出来了。好不容易，熬到了五羊城，陈若虚等人已在陈氏书院前面迎接，陈漱理扶着陈义的手下车，抬头便望见巍巍壮观的书院，真开阔雄伟啊！

陈漱理高兴得连一路上在车子里遭的罪都忘记了，急忙整衣理帽下车。陈若虚等人一看见载着陈漱理的车子缓缓开来，都快步上前，嘴里叫着："漱理啊！终于把你盼来了。"陈漱理讲究，赶紧接过陈义递上来的水壶，灌几口水漱干净嘴巴，又用手帕擦了嘴角，才清清嗓子迎上去。陈义悄悄瞪了一下眼，真讲究得很呢！

陈若虚迎上来握着陈漱理的手，将他往书院大门前引去，不忘恭喜道："恭喜啊！漱理。志尧不负所望，金殿前三甲，得以面圣钦点探花，是广东的荣光啊！"

陈漱理虽然心里大喜，但仍保持表情平静，拱手道："庶子侥幸，全凭圣恩眷顾，才得以有机会为朝廷效力。庶子年轻，老先生日后还要多提携点拨他啊！"

说话间，就来到书院门前，陈若虚指着书院前面的空地，说："到时这里会铺上石地板，放香坛设旗墩，如今门前台阶处，还有两门石鼓需雕，就等着你来亲点了。"

陈漱理又怎会不知陈若虚让他来亲点石鼓的用意呢？动身之前，他便考虑到这一着了，陈志尧新晋探花，炙手可热，门鼓理当由探花之父来点。当然，陈漱理已是老江湖，低调收敛喜怒不形于色，在众口一词让他来点门鼓时，他慌忙委婉而不失大体的词语推搪了一番。陈若虚等人同是世故之人，何尝不晓得这是老举人的作态？当下推波助澜好话尽说，说得陈漱理都不禁飘飘然，眉眼里全是受用无比的笑意。推搪到日到中天，陈若虚突然说："已是吉时了，此刻若不再敲定门鼓，那就要再等来年了。漱理，红日当空照，落锤吧！"黎建业立刻递上石锤，陈漱理不由自主地接过石锤，在两块心仪了好一会儿的巨石上，轻轻各敲了一锤，石鼓敲定了。黎建业连忙和助手一起拉尺量尺寸。

陈若虚带头引着陈漱理往陈氏书院筹建总部走去，说是总部，不过是简塾附近的一处小宅子，里间栋梁稀疏，尽显空旷，只摆一张巨大的枣木长桌，四周布以酸枝椅子，长桌上铺着布垫，摆放着文房四宝，一张巨大的图纸平放在长桌的最中央。仆人们见老爷们走过来，急忙收拾桌椅。

陈若虚等人坐下，才寒暄了几句，黎建业抹着汗水走了进来，陈若虚笑道："暮春时节，乍暖还寒的，身着薄棉衣仍觉着冷飕飕的，建业只着夹心，本就单薄了点，这时刻都跑出汗来了。"

黎建业吩咐工人将图纸卷起来，这个本应用来商议筹资集款的小房子，不知不觉就成了他办公的地方。有时候工作得太晚了，他就让工人将桌子上的笔墨等物件都拿开，裹一卷棉被，就在上面过一宵。

图纸是头天夜里仍在掌灯修改，不知不觉，便天亮了，本想收起来打个盹的，还未睡着，助手就跑进来报，陈氏书院的老爷们已经出城往这边来了，探花之父亦已在途中，黎建业哪还顾得着睡觉？连忙吩咐人打来一盆冷水，将脸浸进水里清醒一下，就出去忙碌了，铺在桌子上的图纸还未来得及收起来。

陈若虚笑着说："看来建业昨夜又在工地过夜了啊！"黎建业笑笑。陈若虚道："工作当然要紧，但身体和家人更加重要。"

黎建业点点头，女人瘦削的身影又一闪而过，他赶紧收敛起心神，将刚才量好的巨石尺寸铺到长桌上，用工笔计算给老爷们看，这两块巨石能做的石鼓直径达到 1.4 米，连座高达 2.55 米。陈漱理眯起眼睛想象了一下这个直径 1.4 米，高 2.55 米的巨大石鼓，血液便沸腾起来。陈若虚探身过来轻声说："漱理啊！石鼓是敲定了，合宗祠亦有了规模，但有一处地方，却是我们忽略的。"

陈漱理捋着胡子笑道："老先生所言极是，在来五羊城之前，老朽亦思考过这个问题，若当年没先祖凤台领我们族人于珠玑巷安家立业，哪有我们今日的子孙万代太平安康？"陈若虚点头称是，看来这个老举人的心思是和他想到一处了。

广东陈姓族人的祖先陈凤台，是南宋宁宗时期的抗元名将，一生栉雨，殚精竭虑，为国操劳，而且非常有远见，在他生活的那个年代，宋朝与金国经过长时间打打停停，国力渐弱，而蒙古国刚刚兴起，他就看到了元政权才是宋朝的最大威胁。于是写了一份奏折《缓金伐元疏》上书朝廷，但是当时的宁宗并没有采纳陈凤台的意见，非但没有采纳，陈凤台还因此招来亲元的奸臣陷害，遭到宁宗贬谪。将要被贬时，陈凤台逃离老家珠玑巷，并吩咐七个儿子更名隐居在广东珠三角一带，他本人则逃到了比较偏僻，远离官府，可以躲避蒙古人的追杀的清远。陈凤台过世不久，后人写过一首诗：素抱忠贞任去留，青灯黄卷几春秋；明知逆耳心难恕，不杀元人恨不休。这首诗一直被收录在陈氏族谱里，真实反映了陈凤台生前的遭遇。

陈若虚和陈漱理都是陈凤台当年分别隐居于广东珠三角一带的七个儿子的子孙后代，追本溯源，都是正宗的凤台后人。而今祖先凤台的尸骨还葬在清远清新县沙河圩镇的天塘山顶上，因年久失修，都已经几乎找不到当年修建凤台坟墓的痕迹了。陈若虚的意思是，陈志尧高中探花，是件光宗耀祖的事情，应向凤台祖先汇报。亦可借此事发动其他陈姓后人，集资修建凤台祖先的坟墓，以谢凤台祖先在天的荫佑，使陈氏后人得以源远流长。

大家热烈地商量着如何到清远去修建凤台坟墓，外边石九指正拿着老爷们定下来的尺寸，站在巨大的石头下，怪眼翻了又翻。这是一个非常考量人的工程，石头越巨大，石匠越难往精巧里雕刻，通常，精巧与雄伟难以并存，微小的东西，只要凿够精细，锤够灵巧，就没有雕不出来的花纹和线条。但巨大的石头就不一样了，人攀在巨石上，只能专注于石头的某一个部位，雕刻其中一个位置时，根本看不到另一个位置的，即不能随时整体掌握。另外，工具亦是个问题，这么大的石头，细钻小锤是根本起不了作用，即使是用如针孔般精细的锥子来雕刻，雕刻出的花纹比发丝还精巧，但在巨大的石块上，根本不能表现出来，总不能每个参观者都拿着放大镜来观察吧？若用大的钻和锤，那纹路就不好掌握，这就得考验石匠的手艺和耐力。

石九指将手掌张开，分布在两个粗糙的手掌上的九只手指，疤痕累累的，一个个指节儿突着，一层层地积着残留的石粉。很多人看见石九指的手，都以为他的残缺了的一只手指，是不小心弄断的，有人就会关切地问他："疼吗?"石九指只是笑一下，点点头。其实，石九指的手，天生就是残缺的，他的完全的九只手指，都经历过锤敲锥锉的痛伤，都曾让他痛得冷汗淋漓、苦不堪言，都曾让他痛恨无比、几欲放弃。唯独那只几十年都无法长出来的第十指，那只娇弱得只能躲在手掌内不敢出头见人的第十指，从未让他尝过艰难和痛苦。

别人问石九指疼么，石九指点头说疼，问者只是关心，答者却是沧桑，疼啊! 在心里的疼，说不出的疼。让一个只有九只手指的人，牢牢地握紧一支森冷刚硬的锤子是多么困难的事情啊? 石九指从决定拜师学艺做学徒那刻开始，就一直被人拒绝着，讥笑着，四只手指紧握的，不是锤柄儿，而是随时都有可能砸下的讥讽和痛楚。拜师那天，师傅就语重深长地告诉他："你虽然缺的只是一只手指，但你将付出的努力，会是有健全双手的人的十倍或百倍，你将承受的磨难，会是有健全双手的人的十倍或百倍，你准备好了吗?"

石九指点点头。拿起石锤的那一刻，他的人生就开始了漫长的锤击和雕琢，而今的成品，精巧也罢，粗糙也罢，都灼灼地雕在石雕界的花名册上，贡献与破坏，传承与丢失，都由他人评说去吧。而今入于石九指的眼帘的，只有两块巨大的花岗岩石块或两面巨大而不失精巧的石门鼓了。

石九指爬上巨石，用只有四只手指的手挥起锤子，准确地敲在有五只手指的手扶着的锥子上，"砰"的一声，火花四射。石九指要敲的，是一面巨大的石门鼓，这面石门鼓有一个巨大的"圆"。

石门鼓是敲定了，一桩工程又有了定案，黎建业忐忑的心算稍稍放了下来。屈指算来，和文如璧店、美玉成店等签订的陶塑瓦脊烧制日期应该差不多到了，黎建业漫步到后厅，工人正如蜘蛛般趴在屋顶的木梁上铺瓦片。暮春，空气非常潮湿，薄雾如纱般笼罩着茫茫的天地，朝阳如橘，隐在薄雾后面，散发出来的微弱的光热，似穿不透这轻薄如纱的雾层。

黎建业踏着露水，一路往里间走去，过了后厅，便是一块开阔的空地，黎建业将会在这块空地上，种上奇花异草，搭建亭台楼阁，饲养禽鸟虫鱼，这里将会成为陈姓学子读书做功课累了之后，休闲消遣的去处。

黎建业正想象着如何设计眼前的空地，身后突然热闹起来了，回身看去，一批穿着美玉成店服的工人抬着一箱箱陶塑瓦脊进来了。黎建业大喜，立刻转身。美玉成店的老板周美玉亲自送货过来，看见黎建业走过来，拱手笑道："黎老板真是事必躬亲啊！"黎建业回礼道："失礼失礼，职责所在而已。"

木板制成的箱子一个个打开，顿时霞光四耀，似乎所有的雾纱都散去了，原本躲在雾纱后面的橘红的太阳，突然来了神气，光芒灿烂起来。黎建业深深吸了口气，连连说好。周美玉吩咐工人要小心轻放瓦脊，组装时要格外小心，又回头对黎建业说："终于将这条瓦脊赶出来了，黎老板你来验验货。"

黎建业蹲下来，仔细地抚摸着被工人们抬出笼箱，光彩鲜艳的陶塑瓦脊，那光滑如绸、细腻如脂的感觉，透着湿润的清冷，浸入到手指的最端部，沁凉而润滑，指尖所到之处，俱是斑斓艳泽的颜色，比刚刚开放的桃李之花要艳要粉，比刚好抽芽吐蕊的初春之叶要青要绿。

好工艺啊！黎建业有点爱不释手，这是加官晋爵、平安如意群像，那是麻姑献寿人物，亭台楼阁戏曲人物个个栩栩如生，还有各式各样的花件花篮，花团锦簇，堪比春来争妍斗丽的鲜花。这些瓦脊主材是琉璃釉彩，以黄、绿、宝蓝、褐白色为主要色彩，制作手法以贴塑为主，人物塑造着重在轮廓线和动态上下功夫，线条简练粗犷，很适合人们仰视时的眼观感觉，人物之间又巧妙地穿插着亭台楼阁和花鸟、动物、瓜果等等，只要把这些瓦脊装到屋脊上去，整条屋脊肯定会绚丽多彩，气势磅礴。

　　黎建业拍手赞道："妙啊！"

　　周美玉眯起眼睛，望了望后厅的檐上，问："后堂山墙的灰塑都做好了吗？"

　　他是担心若两边山墙的灰塑没做好，灰塑工人每天背着石灰爬上爬下堆塑时，会不小心弄脏即将装上屋脊的陶塑瓦脊。黎建业道："周兄放心，后厅东西厅都基本完工了，这里主要是用来安放陈氏祖先牌位及给他们祭礼的地方，马上探花大人就要归省祭祖了，在下一点也不敢轻慢，基本工作都已经完成，你过来时，亦见木工们在加紧雕刻吧？"周美玉点头道："整个工场，浩浩荡荡，蔚为观止。那些加紧赶做的木雕，可是龛罩？"黎建业道："正是！"周美玉伸伸舌头道："厉害厉害，我看数量有十座以上，都是高达屋顶的，工程巨大啊！"黎建业一笑，道："十一座，每座高达七米，到顶乃求顶天立地啊！"周美玉竖起手指道："有钱就是大气啊！"

　　黎建业一笑，并没答话，或许文泰来比周美玉更了解他。陈家祠里做的每一样工艺，每一个细节，于他来说都不应是用钱就能说得清楚明白的，他所追求的，更多的是一种寄托，一种依存，一种申诉，一种表达，一种施展。他要用陈氏书院来实现多年的建筑梦，这梦，就是追求，证明一个男人的存在和成就。周美玉是商人，在商言商，利益为重，亦是可以理解的。

　　周美玉毕竟是商人，对同行的业务，仍是爱打听。眼睛往前面聚贤堂那边望了望，又问："黎老板，那边可烧制好了吗？"黎建业点点头道："泰来兄已托人来信，已制得差不多了，只等大体工程完成了，就派人来贴装。"周美玉搓搓手笑道："他们老字号，更是谨慎啦！"

　　黎建业笑笑，没吭声，周美玉想打听文如璧店做的陶塑瓦脊的制造工期和价钱，以便日后在竞争工程时，报价报工期都能知己知彼。黎建业何等灵敏？才不上他的当的。两人又寒暄了一会儿，周美玉见在黎建业的嘴里打探不出什么，便怏怏地退到一边，继续指挥工人干活。

黎建业慢步往回走，有些即将公开的工艺上的秘密，暂时他是不能透露给周美玉的。他和文泰来已经商量好，在中进聚贤堂的屋脊上的脊饰中部，烧制一对对称的兽吻——飞天鳌鱼，这个造型计划要突破传统，让鳌鱼头下尾上，嘴边的两跟长须由下向上，要斜指蓝天的，既要做到创新巧妙，又必须气势非凡，寓意更是别有心思——"独占鳌头"。这是陈若虚老先生想出来的，他的意思很明白，这是陈氏书院的标志，这个标志能不能做好，就得看他的构思和文泰来的设计和烧制了。别的陶塑瓦脊黎建业都不担心，他相信盘踞在石湾的这批工艺师们的手艺和经验，唯独这"独占鳌头"，因为是创新事物，成数难以把握。黎建业心有忐忑，希望文泰来能细火慢工，慢慢烧出好作品吧。

文泰来的确不会辜负黎建业和广东及海外千千万万陈氏子孙的殷殷期待，历时一年之久，这个千呼万唤的"独占鳌头"终于被文如璧店烧制出来了。这一创新的陶塑瓦脊艺术品，把整个石湾陶瓷界都轰动了，"独占鳌头"开箱见光那天，陈氏书院涌进了不少石湾、南海等各地陶塑爱好者，他们都是奔"独占鳌头"而来的。

为表示对"独占鳌头"的郑重和重视，陈若虚等人决定为这次上梁举办一次隆重的仪式。恰好此时，新晋探花回乡省亲，这点鳌头的仪式，非由新探花来点不可了。

不敢说普天之下，若论中国，恐最尊神信佛敬畏祖宗和神灵的就是广东人了，广东人从出生到死亡，耳闻目染的大大小小的节日，都是与拜神有关的。大到春节的庆祝、清明的祭祖，小到每月的初一、十五，广东人都喜欢燃香烧纸，拜天拜地拜祖先，求祖先保佑风调雨顺，平安健康。节日拜祭多为缅怀祖先，但开工、动土、上梁、建大桥等工程的拜祭，是用来祈求的，祈求这些基建大事，能顺风顺水，平平安安。用广东人的习惯说法："旺一旺佢，镇镇邪气霉气，求个心安。"对，就是求个心安，这是广东人特别是广府人的一种普遍心态，兴建祖祠庙堂也罢，烧香拜神也罢，总归到头来，就是让心有寄托，求个心安理得。

吉时到了，在堪舆先生的操持下，陈志尧等人手持巨香，拜祭了天地和祖先神灵。拜祭过后，香烟弥漫中，鼓乐喧天，雄狮起舞，引得周边居民拖儿带女，围堵争观，一时间，好不热闹。

文如璧店出品的"独占鳌头"终于在千呼万唤中，由四个健康壮实的穿着文如璧店店服的汉子抬着，威风凛凛地来到众人面前，平平稳稳停在广场的最中央，众人屏着呼吸，盯着广场中央被红布盖着的翘起的陶塑。新晋探花陈志尧在堪舆先生的引领下，走到广场中央，一声响，红布翻起，随即，一幕绚丽的五彩霞光射了起来，闪亮了全场，耀眼无比。人们忍不住惊叹起来，鞭炮声和锣鼓声随即响起，雄狮抖擞，掌声雷动。只见广场中央，端端地，坐着一对鳌鱼，这鳌鱼龙头鱼尾形象，两根长而弯曲的触须伸向天空，龙鳍和鱼尾都呈展开状，色彩灿烂，黄绿相映，神态威武，似是喷浪吐雨，又似两两相戏，底座云浪滚滚，白若雪，蓝如墨，在红布和满地的鞭炮衣的映衬下，显得分外威武生动。

鳌鱼又称螭吻、鸱吻，相传为龙生儿子中的一个，属水、好望，饰于屋脊以镇火灾，取"水克火"之义；又有"跃龙于瓦甍"之势。它是我国古建筑上的一种典型装饰，寓意"避火消灾、独占鳌头"。此时由新晋探花挑红揭彩，即将装在聚贤堂中进东厅南北两面的屋脊上，寓意再明显不过，有状元及第，独占鳌头之意。

刚归省祭祖的陈志尧，得知书院门前的石门鼓是由父亲敲定的，心中难免有点不舒服。这么张扬做事，实不是他一贯的作风，可是，事情已经发生了，责怪以子为荣的老父亲亦改变不了事实。迎送完一批批来贺的亲朋好友和官途中同僚后，夜已深，陈志尧急急赶回后堂，慧心肯定在内堂等着。慧心好静，不喜应酬，越是人多热闹，越往人群安静处躲。除非不得已的应酬，她会以女主人的身份露一露脸外，其余时间都是恰如其分地隐藏起来的，这样的个性，与其他大户人家的太太完全不同。对比一下陈延芳的三房太太，为争个抛头露面的机会而勾心斗角，你死我活，将好端端的一个大善人陈延芳，折腾得心力交瘁，有家难回，何必呢？

这两年，陈志尧陆陆续续收到了陈延芳从南洋写回来的信件，约略知道陈延芳在南洋的情况，他在南洋诸国的筹资工作做得非常出色，远比三藩市那边的工作要做得出彩些。也难怪，陈延芳本是个演说高手，是个社会活动家，一辈子都在做组织筹资慈善的事情，海外华人界，无人不知，无人不敬，只要他振臂一呼，从者定众。陈潮逸则不是，他一个专长于采矿的地质学博士，业务能力本来就弱，硬要他抛开专业转变为一个社会活动人士，已是强人所难。但再困难，这个不修边幅，性情怪异的博士爷，不也一点点完成他的使命了吗？陈延芳在南洋诸国筹资成功登报的报刊，如雪花般飞回国内，令陈若虚等耆宿绅士们非常兴奋，见面纷纷，都说延芳善人劳苦功高，声望显赫。

但远在京城赴考的陈志尧心中却明如镜，陈延芳在大马保怡阜偶遇宛湘后，虽未曾停止过募捐筹建陈氏书院，亦没怠慢去采购各种坤甸木，但他更没停歇过找寻宛湘的步伐，只是，自从那次在保怡阜大街上义诊出现过后，宛湘就如平地被蒸发了，消失了。

据说，好多年之后，陈延芳的灵牌已经入主了陈家祠的正座主位，后来，有一天，一个身穿白衣白裤的老年女子来到陈氏书院。虽然样貌看上去，女子年纪已老，额上和眼角的皱纹深了，两鬓的头发也都白了，但她的风采却依然翩翩，娇媚之态仍在两眼之间闪烁。女子默默地给陈延芳的灵牌上了香，又拜了几下，合十在灵位前，喃喃细语了很久，才依依离开。守护陈氏书院的后人们，好多都是从总角小儿成长起来的，竟没一个认得这个白衣老年女子是何许人也，为何独独给曾显赫一时的大善人上香。有人回去跟他家的老父说起，那个侧着耳朵听的老父叫陈忠，他听着听着，耷拉着的脑袋突然抬起，混浊的眼睛突地清亮了，大叫道："我的天啊！列祖列宗，佢肯定是细夫人，是细夫人啊！"

当儿子的不晓得"细夫人"是谁，陈忠拍着大腿叹息道："你小子无福，见不着陈公馆细夫人当年的风采。她漂亮得像从画里下来的，胆大果敢，才华出众，泡得一手好花茶，那茶叫什么呢？哦，对，香水莲茶，是香水莲茶，那香，喷喷，迷得死人，迷得连陈公馆里那个被公认最冷酷无情的司机陈君挺，都愿意为她铤而走险，冒死替她隐瞒陈大善人，助她逃到南洋去了。这样的女子，真是世间少有。"儿子又问："陈大善人这么有钱，社会声望又高，做他的细夫人，有何不好呢？为何还要逃？"陈忠抚着胡子道："这你就唔懂的啦！若她安于只做陈大善人的小妾，她就不是我们所知的细夫人了。我们那一代的人，都个简单，故事都留在陈家祠了。"

当然，这些都是后话。

且说陈志尧回到内堂，只见慧心正跪在一个小小的天主塑像前面，低声祈祷。陈志尧放轻脚步走进去，慧心听到了脚步声，慢慢地抬起头来，陈志尧上前扶起她，轻声说："都那么晚了，怎么不睡，还做功课？"慧心轻笑一下道："这是慧心这些年来睡前必做的功课，为老爷你祈福。"陈志尧叹气说："难为你了。"慧心低头一笑，道："这都是慧心心甘情愿做的。"

陈志尧轻抚着她的秀发，忽地很羡慕陈忠。高中探花回来省亲，十里亭外，彩花彩带狮舞鼓迎，人群如鲫，好个热闹。陈志尧坐在披了红花的高头大马之上，在人群中四处搜索，明知慧心不会在这样的场合出现，但他仍希望能在人群中寻得到她，他只愿第一个和她分享他的成功和喜悦。可是，慧心真的没有出现在人群里。唯有翘儿，一手拖着个胖小子，一手在人群中拼命地挥舞，尖叫声声。陈忠根本顾不得身为新晋探花贴身仆人该有的内敛和威严，随即滚鞍下马，连滚带爬地往翘儿母子处冲了过去，不管不顾地抱着妻儿，又亲又捏的，左一句"心肝"右一句"肉儿"，叫得人心都颤颤的。

陈志尧看着这么亲热一幕，心生羡慕，从来夫妻贫贱好，没有身份地位权利富贵等这些外来的枷锁羁绊着，男女间的情爱就变得简单直白多了，说爱就爱，想要就要，完全纯粹化了，多好。

慧心哪知道丈夫心里一下子就想了那么多东西，抬头瞥了丈夫一眼，柔声道："旅途劳碌，老爷又应酬了整天，很累了，赶紧洗个澡，睡吧。"陈志尧将她紧拥入怀，也只有在这住了二十几年的房间，在这样的夜深无人的时刻，他才敢这样放肆地动情地紧拥着他的女人，用力地全副身心地感受她的体温和柔软。丈夫手中的力度不停地加大着，透过衣物所传递过来的热量亦在加重着，慧心的脸随之泛红，她温顺地低下头，将脑袋搁在丈夫的肩上，顺从地随丈夫走进内间的罗帐内。

陈志尧永远都记得那天晚上，慧心枕在他手臂上，轻声细语说的一番话，她竟然破天荒地评论了老太爷替陈志尧敲定陈氏书院石门鼓的事情，慧心道："老爷探花及第，自是光宗耀祖之事，但老爷亦常说，得要每日三省自身，还曾引过前臣老相爷张廷玉的话，盛满易为灾，谦冲恒受福。我是闺房中人，不该干涉你和老太爷在外面的事情，但此事都已传到我耳中来了，外面肯定亦沸沸扬扬不止。老爷你而今是当红之人，更加要谨慎为之。"

本来听说老父有此所为时，陈志尧已是心里不舒服，在听慧心这样一说，心中焦虑更甚，这事情可大可小，若被有心之人抓着，大做文章，那日后定招麻烦。陈志尧叹了口气，眼睛盯着蚊帐，久未说话。而今他不仅在广东陈姓子弟中，大红大紫，在当今皇上面前亦是当红之人，身为朝廷命官，就得为朝廷效力，进朝为官哪能不迎来送往？哪能不应酬场面？若还像以前那般，只安于一亩三分地，恐怕招来的闲话更多，那些有心之人更会拿他清高傲物来大做文章。慧心的提醒当然是必要的，但是，如何才能做到恰到好处呢？这又是摆在陈志尧面前的一个大的问题。

陈志尧还没把椅子坐暖，陈广宁就登门来请了。几年前，陈广宁曾和陈志尧一起为购买陈氏书院的土地而一起合作过，陈氏书院的章程，还是他和陈广宁两人共同执笔修订的，陈志尧对这个年轻有为的同僚非常钦佩，听到家人来报，立刻整理衣冠快步出门迎接。

陈广宁滚鞍下马，笑着向陈志尧抱拳问好，道："志尧兄，大贺大贺啊！此次回来，神采更是奕奕啊！"陈志尧亦笑着道："广宁兄不也一样神采飞扬么！"两人寒暄着，陈志尧把陈广宁引进屋内，分宾主坐下，翘儿奉上香茶，陈志尧问道："广宁兄身为地方父母官，日理万机还到寒舍来，定是有事吩咐了。"陈广宁心想，探花大人的确深晓人情啊！陈广宁的确公务缠身的，虽然只是一个柳州知府，但地方官要处理的官务，既琐碎亦重要。就说前几年他亲自审问的妇人蓄意杀叔案，初次审案时，该妇人只认落毒杀叔，一心求死，却闭口不说杀人动机。陈广宁直觉妇人有难言之忍，于是决定将妇人暂时收监，等将案情查个水落石出后，再审妇人的。当时，因收到陈志尧和陈若虚的请函，需要火急赶往五羊城与诸绅耆商量组建陈氏书院一事，所以将此案交由师爷陈成阳跟进。陈广宁在五羊城期间，陈成阳丝毫不敢怠慢，立刻带着捕快和衙役，重新对妇人夫家进行调查，妇人夫家人为此意见非常大，他们认为，既然妇人已经认罪服案了，知府大人理应判处杀叔妇人死刑，尽早结案，以慰死者在天之灵。为此，妇人的公婆及姑嫂全都不乐意配合陈成阳调查，陈成阳要求重新开棺验尸，遭到死者家属激烈反对。陈广宁不在，陈成阳又不敢贸然验尸，唯有明察暗访。妇人平日常到官渡街的豆腐坊购买豆腐，日久与豆腐坊老板娘相熟，平常得空，买了豆腐后就暂时停留在坊内，与老板娘聊些家常。陈成阳特地到豆腐坊寻老板娘了解情况，老板娘支吾半天，后听陈成阳说，知府大人一定要彻查此案，凡不配合调查者，俱株连入罪，才慌了，坦白道："罗家娘子弑叔，应属无奈。"

陈成阳立刻刨根追问，豆腐坊老板娘说，罗家娘子曾跟她抱怨过，丈夫是小茶商，常年要到云贵一带收购茶叶，居家时间不多。因家境殷实，小叔子又是公婆老来 ，极其溺宠，平常在外已是招花惹蝶，更有甚的是，其对独居的嫂子亦心怀不轨，经常动手动脚，罗家娘子碍于公婆对小叔子的包庇也碍于长嫂的脸面，平日对小叔子的胡作非为是忍气吞声。老板娘又说，罗家娘子平素与人和善，品性温柔，而今坊中传言她弑叔，实让人难以相信。陈成阳回到府衙，立刻将调查的资料做了宗卷，等待陈广宁回来再审。

陈广宁回到柳州后，立刻看了陈成阳做的宗卷，对妇人弑叔一案便心中有数了，很明显，这被毒杀的小叔子肯定是祸害自找的，但明明是被逼杀人，为何妇人却宁死也不喊冤呢？另外也有疑点，通常下毒，只发生在蓄意杀人案上，被逼或无意杀人，都发生在仓促之间，一个缠足小妇人，在仓促之间又如何得到砒霜？

陈广宁带着疑问，亲自到监狱去审问了罗家娘子几次，但罗家娘子仍是只认下毒杀叔，动机和砒霜来源都紧咬嘴唇，不肯多说一句。案子缓了查，查了缓。直到前段时间，陈广宁在查看古往今来的怪案奇案时，看到一个离奇命案，才对罗家娘子弑叔案，有了新的猜想。离奇命案发生在明朝，一屠夫突然离奇死亡，身上并没任何伤痕，仵作从尸体外观上无法查出死者死因，本来该案就要以意外死亡结案的，但当时的县官在再次查看尸体时，无意拨开死者的头发，竟然在死者的头顶位置，发现了两枚长钉。于是，案子水落石出，原来是屠夫暴烈，常年暴打妻子，妻子不堪其暴，趁屠夫酒醉熟睡，用铁锤将磨尖的长钉钉入屠夫头顶，至屠夫死亡。陈广宁一激灵，为何罗家娘子婆家人如此反对开棺验尸？非要逼官府早日处决罗家娘子早日将案情盖棺定论？其中必有隐情。陈广宁不动声色，立刻让陈成阳请来检验吏，带上几个衙差，连夜去挖坟。因死者已入土三年，开棺之后，棺内只剩下一副白骨，高举的火把下，真相亦一目了然，死者咽喉以上的骨骼都是黑灰色的，喉咙以下的骨头却是白色的，很明显，死者是死后才被人灌毒的，并不是此前罗家娘子所供的，是她故意将砒霜放入小叔子喝酒的杯子内。陈广宁让检验吏拨开死者头颅骨上的头发，头颅骨上一个圆圆的洞口赫然出现。陈广宁长吁一口气道："果然不出我所料。”

案情终于水落石出了，罗家娘子在知府大人的铁证面前，脸色苍白如雪，喃喃道：“一命抵一命便是了，何必一定要查个水落石出呢？大人你这是逼我一家去死啊！”对着这个闭口坚持了三年的小妇人，陈广宁竟一点破案的喜悦都没有，心中郁闷极了。原来是罗家小叔子趁家兄在外，将在院子散步的嫂子拖进柴房，欲施强暴，嫂子挣扎反抗时，无意抓起一块钉有长钉的木头，也不知是不是无意间的无情力爆发，长钉一下子便拍进了小叔子的头骨，小叔子应声倒地。公婆闻得吵闹赶来，小叔子已经气绝身亡。公婆大恨，欲将小妇人置于死地，于是购来砒霜，强行灌入死者口中，然后报官，诬陷小妇人是蓄意毒杀小叔子的。陈广宁叹道：“婆家待你如此不仁，你又何必要给他们苦苦隐瞒真相？”罗家娘子垂泪：“老来丧子，已是人生大悲，若再要两老遭受牢狱之灾，为人儿媳者，虽守节但失孝，叔子事实为奴所弑，奴愿以命换命，保公婆晚年安康。”

陈广宁不由长叹，自古慈母多败儿，不明事理的公婆，却遇上了明义孝顺的儿媳，是不幸，亦是大幸。罗家娘子苦苦哀求陈广宁对她公婆网开一面，陈广宁也考虑到老人年事已高，又丧儿子，就只严厉告诫，便放人回家。不想罗家娘子释放回去不久，便投河自尽了。据说是罗家娘子并没因大义而得到公婆原谅，出狱后回家无门，欲回娘家，谁知娘家那边纷纷传言，说她虽在公堂上，力争未被污辱，无意弑叔，实是已被小叔子强暴，名节尽失，因此被逐出婆家的。罗家娘子归去无门，含恨之下，寻了短见。陈广宁听后，不禁唏嘘，本欲救卿，不想却害了卿的性命。

陈广宁无法判断弑叔案是成功还是失败的，反正，罗家娘子之死，让他郁闷了很久。恰逢五羊城这边来信，请他出面主持陈氏书院正堂上梁一事，他才将郁闷挥去，重新收拾心情，赶赴五羊城。

陈志尧请他吩咐事务，陈广宁哪敢吩咐？于是抱拳笑道：“不敢，广宁不过是代七十二县的陈姓子弟来邀请探花大人您赏脸，为陈氏书院正堂上梁点彩而已。"陈志尧立刻离座摇手道:"使不得使不得,志尧何德何能啊?"陈广宁道:"众望所归!"陈志尧摇头道:"广宁兄,你这是将我往炉火上赶啊!"陈广宁道:"若虚老先生早就料到了探花大人会推辞的,所以才将我从柳州叫过来。我们多年兄弟情谊在,兄长定不会将广宁拒之门外的。"陈志尧道:"岂敢岂敢,但兄弟所说之事,志尧实难从命。之前,志尧未回来时,家父已经……"

陈广宁笑着打断道:"志尧兄,你亦太过小心谨慎了吧?若今日广宁到来是为个人之事,志尧兄拒绝,于情于理,广宁绝不令兄长难做。但今日广宁到来,是为天下陈氏族人而来,虽不能大至国家,但也是关乎整个陈姓后人族群命运的大事情,万万千千的陈姓宗亲,都等着能一睹探花大人您的风采的。"

陈志尧顿时语塞,陈广宁继续说:"兄长顾虑,广宁和若虚老先生都理解,但兄长可别忘记,当初发起倡议,召集大家筹建书院的,主要发起人和出谋策划者,正是兄长啊!兄长闭门苦读亦肯担当大任,而今成为翘楚,是不是更应担当该承担的责任?"

能者多为,这是陈志尧怎么绕也绕不过去的,要想成一件事,就不能瞻前顾后太多。想到这里,陈志尧唯有答应了陈广宁的邀请。

就在陈志尧挑起红布,点亮陶塑鳌鱼,鞭炮声声,鼓乐喧天,人声沸腾时,在陈氏书院后面的石场,悄然发生了一件事,石九指一头栽在石堆里。倒下时,那只只有四根手指的手,仍紧紧地握着锤子,另一只健全的手,还托着凿子扶在石头上,他的身体斜斜靠着石头,脚下,是一滩黑红的血迹,他的脸色还是原来的脸色,灰白的,灰或许就是灰,原来皮肤的底色,白或许就不是白,有可能是皮肤的苍白,也有可能是石末的白。那只仍被托着的凿子,正对着一尾快要雕成的鲤鱼,这鲤鱼啊!活泼灵动,即使是石头雕的,亦能从它的活泼泼的眼神内,看出它的色彩斑斓。它是一条喷着水珠线儿,翘尾若跃龙门的鲤鱼,身下波涛翻滚着,似是已经在波澜壮阔的大海里奋力游了很久，终于游到了龙门，正兴奋得喷起水珠，跃身而起。石雕上的鲤鱼，是完整的鲤鱼，波涛是翻滚完整的波涛，石九指在一件完整的石雕前面，至死仍不肯放下凿子，这是为什么呢？

黎建业被一个石雕师傅悄悄拉离了前面热闹非凡的升梁现场。然后，在杂乱无章灰尘滚滚的石场上，看到了那摊已经凝黑了的血，……黎建业的身体一晃，几乎站不稳，身边的石雕师傅连忙扶着他，轻声道："黎工，小心点儿。"

黎建业觉得心口好痛好痛，像撕裂一般，几乎窒息。几年来，作为陈氏书院最主要的石雕师傅，石九指几乎没有休过一个完整的假期，他没日没夜地蹲在工场上做石雕，陈氏书院重要的石雕几乎都是由他的那双并不完整但异常灵巧的手雕刻出来的，它们的精妙绝伦，它们的鬼斧神工，引来了万万千千参观者的惊叹和夸赞，但谁亦没有想到，这些巧夺天工的石雕艺术品的背后，那些默默地勤勉地贡献着技术和血汗的巧匠们，他们是如何存在的？更没有人会想到，庄严如书院大门前的那对活泼可爱、神态祥和、极具人情味的石狮子，就是眼前这个已经倒下了，永远也不会再用锤子敲石头的、只有九只手指的男人雕出来的。刚才在前面，人们还围着这对石狮啧啧称奇，东边的石雄狮脚踩石球，傲视远方，权威无比；坐在西边的石雌狮，怀抱小狮，慈爱万分，很有子孙兴旺，家族繁荣的寓意。人们都忍不住伸手进去搞弄一下狮子嘴里滚圆光滑的石圆球，这个石圆球比狮子的牙缝大，但却能够在狮子的口腔里面滚动自如却不会掉下来，这种镂雕的技术手法真让人叹服啊！还有首进正门的石鼓基座，威严肃穆，雄伟沉稳，没有谁能站在这两座石鼓基座前不肃然起敬的，没有谁能在如此雄浑的石鼓基前不对大自然产生敬畏的。可谁会想到，这些都是由一个并不起眼的，甚至低微如尘的残疾人石九指雕出来的！有谁知道，为了让这些石雕能以最完美的姿态准时地出现在人们的前面，这些工匠们呕心沥血了多少个日日夜夜？

在几天前，黎建业就听石匠们说过，石九指成疯魔了，非要和一条跃起吐水珠的鲤鱼过不去，那鲤鱼已经雕得像活的一般，可那喷起的水珠的线儿，要不就是凿粗了，要不就是凿断了，连续凿了几次，都是失败的。这样的事情是很少发生在石九指身上的，他从来都有一股不肯认输的执着劲儿，对自己的手艺非常自信，他不相信他的双手，克服不了这个难题。石九指茶不思饭不吃觉不睡，脑里终日都琢磨这个事儿。有石匠问他一些雕琢的技巧的问题，他都心不在焉，反问对方："那水线儿好好的，怎么一凿下面的石块，它就断开了呢？"对方自然会答："凿下面时，会产生共振力，你凿的水线儿太细了，一抖便断。""那要多粗的水线儿才是恰好的呢？又要用怎样的力度才刚好不把水线儿凿断？"

这真是件很难把握的事情，交给任何一个石匠，都无法回答这个问题，因为，技术到了这般地步，只剩下运气了，刚好运气到了，那细小的水线儿便恰如其分地凿出来了；运气不好时，就算是精湛老到如石九指这般的石匠，亦是一筹莫展的。在别人身上找不到答案，石九指就只能从自身找寻答案，他干脆终日蹲在岩石前，一次又一次地推敲、尝试，然后痛苦地接受失败。有些石匠看不下去，将他架回住处，硬压他在床上休息。可等石匠们都各自睡去了，石九指又似是魔鬼附了身般坐起来，拿起工具，悄悄走向石场。

当初，黎建业听到其他人描述石九指的状况时，就隐隐觉着有点不妙了，虽然说是不疯狂不成魔，但疯狂都总有个度的，过度疯狂，后果就不肯设想。黎建业还准备等"独占鳌头"的上梁仪式搞好后，找个时间好好和石九指聊聊的，可是……黎建业慢慢蹲下身子，伸手将石九指瞪着的眼睑抹了下来，然后轻轻将他的身体扶正，靠好。

黎建业第一次这么近距离仔细地观察石九指，这两只还握着工具的手，是一双怎样的手啊？说它是老树皮、说它是铁丫杈、说它是耙子，一点都不为过，一道道乌黑巨大的裂口趴在手掌及手背上，纵横间全是触目惊心的伤疤，有新有旧，重重叠叠，几乎都看不到原来手的颜色了，那些曾经突起过的张狂的青筋，而今已经灰暗地伏下去了，青筋连贯着的手指，严重扭曲得不成指节，全都呈二百七十度弯曲着，中间的那个指节，显得特别巨大，一不小心看过去，还以为是在骨节上，长了一个蛮横无理的瘤子呢。这双手的主人，他得忍受多巨大多漫长的痛苦，才硬将一双手扭曲成这般模样？

黎建业喉咙干涸，鼻酸而无泪，若不硬生生地将这九只手指扭成惯性的二百七十度，这只残缺的手，又如何能勾得稳大大小小重量不一形态不一的锤子啊？他干脆坐下来，将石九指僵硬了的身体揽入怀内。石匠们立马过来扶，黎建业摆摆手道："不要扶我们，让我陪他再走一程，他太累了，我想让他靠一会儿，就一会儿。"

石匠们忍不住抽泣起来，黎建业闭眼，两滴泪水分别从眼角溢了出来。前面，宽阔平整，鼓乐喧天，雄狮热舞，人声嚷嚷，鞭炮弥漫，一时欢腾喜庆得似没烦没忧。只听得义泰来浑厚的一声："起！"两只碧蓝如墨，尾须齐翘，活灵活现的鳌鱼擎天而起，稳生生地飞在聚贤堂顶的蓝天下。

噗的一声，很细微的声音，在耳旁响起，黎建业回头一看，那雕在花岗岩上的喷水珠儿的鲤鱼嘴角的那条细若纤毫的水线，又断了。黎建业刚伸手想去接，扑通两声，怀内的石九指手中的锤子和凿子，同时落地，溅起了轻微的一捧粉尘……

第二十回　终建成群贤贺名祠
胡不归碧海成一梦

　　前文说到石九指累死在工场上，陈家祠的盖建工程亦已到尾声。

　　话说，陈志尧第一次带着慧心出远门。所谓远门，不过从莞城到五羊城而已，但这已是慧心离家最远的地方了。慧心有点怕，对莞城以外的地方，她都觉得不安全。陈志尧耐心地开导妻子，鼓励她，毕竟而今五羊城内的女子，都与以往不一般了，出去见识一下，未尝不是件好事。

　　陈延芳和陈潮逸即日就要回到五羊城，陈若虚等人，正在加紧编制陈氏宗谱，陈氏书院后进大厅祖堂中的五座高大的神龛，全都供奉满了各地陈氏宗族的祖先牌位。看此形势，后进大厅和东西两厅所供十一座神龛，很快就会被供满陈氏祖先牌位的。

　　当年陈志尧提出设想，要建一间书院，本是为了让省内陈姓子弟省考时，有个落脚的地方，但为了解决资金和更能团结省内陈氏宗亲们筹建书院，才想出供奉祖先灵位的主意。没想到，终归还是供奉祖先追本求源占据了上风，书院对外当然仍声称为书院，功能仍强调是读书教学，但实际上，陈氏宗亲们更热衷于供奉祖先光宗耀祖等事儿。

　　这样的结果，陈志尧早就预料到了，当初他曾书信给父亲陈漱理，说了和陈延芳他们计划筹建陈氏书院的事儿。陈漱理回信给他支招：若想成就书院，势必先成就宗庙。陈漱理信中意思很明白，广东人都念旧，传统，爱寻根，宗族思想非常重，特别是在国外拼搏的华侨，更加看重认祖归宗这些事儿，只要拿着"宗"字和"根"字造文章，再艰难的事儿，都能成功。

　　退隐归田的陈若虚，亦看到了问题的关键所在，因此，才在后来的一次次修订《章程》和起草发动公启时，不停地申明，要切记水源木本之思，为崇德报功之举，书院的供陈姓子弟赴考落脚的功能，被大大弱化了。但陈若虚毕竟是官场上滚打多年的老臣了，如何向官方申请才能得到官方认可，考虑事事周全，因此在申请建陈氏书院和撰写陈氏书院纪录时，一再强调，这叫"陈氏书院"，取其与广雅书院毗邻咫尺也，无非是为了说明，这处建筑不过是为了联系广东各地陈氏宗族，使他们得以在五羊城中有落脚居住的联络点，是一座与德为邻，沐浴广雅人文之风的合法建筑而已。

　　这段时间以来，陈志尧都在思考陈氏书院从设想到建成所发生的点点滴滴，不由得感叹父亲和陈若虚他们这一辈老先生的心思缜密，考虑周到。他和陈广宁等年轻一辈，虽然亦在努力，但都脱离不开老一辈人于无形中画下的条与框，不得不受他们的思想牵引而一步步往前运作。陈氏书院的顺利建成，表面看都是他和陈延芳等人的努力成果，实际上，这成果，他们只能占皮毛，陈若虚等老先生，才是真正的推波人。这无形中又给陈志尧上了精彩一课，他的身体和思想都被充盈了，往后的仕途该怎样走，似乎都有了方向。

　　慧心最终还是答应了和陈志尧一起到五羊城，为了让慧心少受些舟车劳顿，陈志尧专门请陈忠过来开车。自从陈志尧高中探花回家省亲后，不日就要赶赴京城上任，舍不得妻儿的陈忠，向陈志尧提出辞请。陈志尧答应了他的请求，小人物有小人物的梦想，他们的天地只在一妻一儿一饭一羹之间，只要小家全，天地就全了，虽为主子，但陈志尧亦没权力剥夺别人追求理想生活的权力。陈忠辞请后，陈义替代了陈忠，随陈志尧赴京任职。

陈忠辞去工作后，就到陈公馆去找大夫人玉如了。陈忠随陈志尧上京赴考回来后，曾到陈公馆去寻陈君挺，陈君挺已经不在陈公馆了。原来，陈君挺趁陈延芳在南洋，向大夫人和二夫人递了辞请信，果断地离开了陈公馆。据说，当时陈君挺递上辞请信时，当家的二夫人丽芳是不敢做主的，她晓得陈君挺对陈延芳的重要性，立刻就拿着辞请信去找大夫人。大夫人玉如淡淡地看完陈君挺的辞请信后，只说了两句话："放下车钥匙，你走吧！"当陈君挺走到门口时，她又说："有多远就走多远，别再回来了。"

陈君挺笔直的身躯立在门前，半晌才回过身来，深深地，给大夫人鞠了一躬，然后头也不回地离开了。

陈忠得知这个消息后，更加坚定了辞请离开凤涌陈府的想法，当陈志尧答应了他的请求，赴京任职后，陈忠立刻来到陈公馆。陈公馆的管家陈泰与陈忠已是老相识了，陈忠将来意一说，立马就将陈忠带到大夫人前面。而今陈公馆内，老太太垂危，陈延芳在外，虽然名义上主事的人是二夫人丽芳，但陈公馆上下，都只听大夫人的，大夫人仍是陈公馆内说一不二的话事人。陈忠毕恭毕敬地向大夫人说出请求和想法，想接替陈君挺的职位，做陈公馆的司机。那辆黝黑光亮的大轿车，他已经向往了很久，他做梦都想着有一天，能像陈君挺那样，穿着笔挺的西服，戴着方顶的帽子和雪白的手袜，握着方向盘，目光坚定地凝视着前面，那多威风啊！

大夫人微微张眼，问："为什么想到来当一名司机呢？"陈忠老实地回答："这是我的梦，我做梦都想开车！"

"梦？"大夫人似乎想不透，开车亦能是梦？陈忠指手画脚地道："大夫人，你不知道，一件这么庞大的机器，能让你完全把控，完全驾驭，是几咁爽的事情啊！"

大夫人的眼睛完全张开了，她愣愣地望了陈忠一会儿。望得陈忠全身鸡皮疙瘩都起了，心想，这回完了。没承想，大夫人却说："准了，明天来上班，待遇和君挺一样，你将老婆儿女都接过来住吧。陈泰，你让人将君挺的房间打扫好，明日让陈忠一家都住进去！"陈忠乐得一蹦而起，梦想实现了，多让人欢喜的事儿啊！

陈志尧知道陈忠到了陈公馆当司机时，并不惊讶。自从那次陈忠跟他说，陈忠开着陈君挺平日开着的车在连元大街见到了欧妈，陈志尧就觉得，陈公馆细夫人宛湘的出走，欧妈的离奇失踪，都与这个英俊年轻的司机有着千丝万缕的关系。这个气质不类于普通仆人的年轻人，定有一日离开陈公馆的。

果然不出陈志尧所料，威望颇高的陈延芳恰恰守不住身边最亲近的人，这或许就是千古不变的人生定律，有几多得到就有几多失去。

陈忠对汽车的痴迷，陈志尧一直都看在眼内，人要多难得才能对某一件物件钟爱如此啊？陈忠能爱到自学学会了开车，证明他多么渴望能成为一名驾驶者啊！不到陈公馆当司机，陈忠还能找到一份比在凤涌陈府侍奉探花老爷更舒适更长脸的工作吗？成人之美乃君子之德，陈志尧向来如此。

慧心出远门，翘儿当然要跟着的。陈忠虽然当了陈公馆的司机，但翘儿却不肯随他到五羊城，翘儿说她一辈子没离开过莞城，更没离开过慧心太太，到别人的地方去侍奉别人的太太，她不习惯。翘儿执意如此，陈忠没办法，唯有一个人到陈公馆上班。还好，大夫人也算知晓人情，许他每月有两日休假；而慧心太太更是宽宏，一得空就赶着翘儿带上儿子到五羊城去找陈忠。翘儿不肯，慧心就笑着说："得去的，省得冷了男人的被窝，就会有别的女人代你暖了。"翘儿嘴上还硬，但立刻就收拾一番，带着儿子坐船去省城探夫了。

陈忠清早就将车子开到凤涌，在陈府外等着陈志尧夫妻，看见翘儿低头扶着太太出来，身上一热，异常兴奋，这次要载的，可是旧主人和心爱的女人，这是多得瑟的事情啊！翘儿虽是低头扶着太太，但心里仍是甜蜜蜜的，不用抬头看，亦能感受得到丈夫投过来的火辣辣的眼光，丈夫能谋得这份干净舒适的工作，这是她的自豪。陈忠学着陈君挺的样子，给陈志尧夫妻打开车门，然后用右手护着车门顶，请他们上车。陈志尧拍一下他的肩，笑着说："好好干，前途无量呢！"

陈忠激动地点点头，自从得到了这份工作后，他的存在感空前高涨。这段时间，陈公馆的大夫人，每次出门都必须要陈忠开车。还有，陈氏书院基本建成了，全省各县的认捐入主牌位陈姓族人，收到请函后，都纷纷到五羊城来。在大夫人的指挥下，陈忠负担起迎接客人和安置客人的重要工作，他终日都要开着车子往各个码头各个驿站跑，被他接上的老爷们，都对他客客气气的，非常尊敬，对他的车技更是赞赏有加。陈忠嘴巴甜，夸人的话语从不吝啬，老爷们被夸得高兴了，随手便是一银角打赏。陈忠已经攒满一袋子银角子了，这回得要翘儿在陈公馆住上些日子，得空就带她到街上逛逛。今晚回陈公馆，就把这袋银角子给她，让她拿去打对银手镯，翘儿是多好的女人啊！不嫌他穷不嫌他地位低微，嫁给他给他生儿育女，任劳任怨的，就算打一百双银镯子，也抵不上翘儿的好啊！

中午时分，到了五羊城，陈志尧高中后，陈漱理就使人在西关觅了一处大屋，而今已经修缮好了。陈忠将陈志尧夫妻送到住处后，又马不停蹄地往黄埔港码头开去。

陈志尧已是过气老爷，而今，载着自家老爷的渡轮，马上就到岸，陈忠得赶在渡轮靠岸之前到达。陈忠开着车，心内嘀嘀咕咕的，唉！还是过气老爷重情义，老爷赴京考试那一年，多勤奋用功啊！会馆里服务茶水饮食的大妈看着老爷清苦，打听过老爷的身世后，有意将自家长得青葱般水嫩的姑娘给老爷做妾氏。那姑娘陈忠亦见过的，真是凤眼桃腮，玲珑浮凸，美极了。陈忠那样对翘儿忠心，见到这姑娘亦忍不住吞口水。谁料到，就算是这么标致的一个姑娘过来，志尧老爷还能坐怀不乱，居然一口回绝了，说什么已有妻室，什么糟糠之妻不下堂。把那水灵的姑娘说得羞愧难当，哭着就跑了，差点儿就投井自杀。好在陈忠心肠好，阻拦得及时，要不还真出人命了啊！而今这个延芳老爷，桃花事儿多得数也数不完，家里养了三个一个比一个漂亮的老婆，还色心不死，竟把三姨太的丫鬟也收了。只是，这三姨太的丫鬟香菱，真是个短命的，生了个女儿后，延芳老爷去南洋了，她熬不到延芳老爷回来，就咽气了，丢下孤苦伶仃的幼女，可怜啊！好在，大夫人心眼不算坏，为防二夫人加害这个幼女，就把这幼女抱到房中养起来了。延芳老爷恐怕还不晓得这事儿呢。倒是听从南洋提早回来的绅者们说，延芳老爷在南洋竟然遇见过细夫人宛湘，但细夫人不肯跟他回来，又躲起来了。延芳老爷踏遍了整个南洋，筹了不少款银入主陈氏书院，可是，就是寻不着宛湘夫人。不过，风流惯了的延芳老爷，虽是一心耍寻细夫人，但也没少快活一刻。这不，据说这次他带了两个大马女人回来，两位夫人似乎也听说了这事。因此，老爷回来，大夫人也不过是鼻子哼哼，脸上什么表情也没有。可怜那二夫人，哭得呼天抢地的，骂他五十岁的人了，还老而荒淫。大夫人只是冷冷地笑："除非宛湘回来，否则，他绝不会在这事儿上收敛。"

陈忠开始不觉大夫人这话说得对，但久了，便琢磨出了味道。宛湘之于陈延芳，是得不到的埋在心口里的痛，因为失去了，所以，她才是最最珍贵的。即使往后，陈延芳找十个百个甚至千个千娇百媚的女子，也替代不了宛湘在他心中的位置，香菱就是活生生的例子了。

二夫人恨得咬牙切齿的，转骂宛湘是害人的妖精，好端端的，逃跑什么啊？陈忠心底冒汗，这些深锁在大屋里的女人的心思真是可怕啊！明明朝秦暮楚的人是她们的丈夫，但她们真心怨恨的，竟然是与她们命运同样坎坷凄苦的女人。

唉！陈忠叹息一声，又想起了陈君挺，君挺这小子喜欢细夫人，从他看细夫人的眼神儿就看出来了。不过那时，陈君挺还只是陈延芳的司机，宛湘还只是个妾氏，陈忠也只是陈志尧的仆人，这三个身份都不容许陈忠来挑破这事儿。陈忠亦感觉得出旧老爷陈志尧对宛湘夫人的欣赏，他从未见过老爷对一个女子如此怜惜过，只要谈起细夫人，听到"宛湘"两个字，他的眼仁儿就会闪出亮光。好在宛湘夫人远走重洋了，要是跑到京城，又恰好住在广东会馆附近，那麻烦的

事儿就比天还要大了。这宛湘夫人就是个妖精，无论多优秀的男人在
她面前，都得缴械投降的。

陈延芳更瘦了，或许是南洋的日照太过强烈，将他身上仅有的油
膏都给晒干了。他的身后果然跟着两个衣着艳丽低头走路的女子，看
身形，都玲珑浮凸，有钱人就是有福气啊！若不是老样子，白色西服
白色帽子，陈忠一下子还真认不出来自家老爷呢。

车子还是那辆车子，陈延芳早就注意到停在一边的车子了，但他
并没留意向他迎过来的陈忠，还四处张望寻找陈君挺。陈忠跑上前，
哈着腰叫老爷，伸手去接陈延芳的行李，陈延芳皱眉道："君挺去哪
儿了呢？你怎么那么得闲？编修大人应该很忙才对的啊！"陈忠点头
笑道："老爷，小人陈忠，以后就是您的司机、仆人。"

陈延芳愣了一下，打量了陈忠半天，才将眼光从陈忠身上移回
来，似乎什么都明白了，便将行李递给陈忠。陈忠接过行李，屁颠颠
地往车子走去，嘴里道："老爷你的精神更好了，人像年轻了很多，
大夫人她们日日叨念着你呢！"

那两个跟在陈延芳身后的低着头的两个女子，抱着行李亦步亦趋
地跟了过来。陈忠回头偷瞥了一眼，都长得挺水灵的，大眼睛深眼眶
高鼻梁，七分像中国人，三分似东南亚人，定是华人和东南亚人的混
血儿，很独特的美丽。唉！男人，就是贪图个新鲜么！硬将生活习惯
语言习惯都不一样的两人扯在一起生活，新鲜感没有了后，还拿什么
相处？陈忠偷偷摇摇头，反正，这些富人的心思，他是猜不透的。
错，是根本不用猜，还猜什么呢？没了新鲜感，再找几个更年轻漂亮
的呗，反正有钱。

"是大夫人让你来接我的？"陈延芳突地一问，陈忠一边把行李
放在车后厢，一边答道："是啊！大夫人还吩咐小的，一会儿要开正
门迎老爷您回来，但请两位夫人走侧门。"

陈延芳略有所思地望了望站在身旁的两名女子，两名女子似乎听
懂了，又似乎什么都没听懂，头埋得更低了。陈公馆到底有多久没开

侧门迎人了呢？陈延芳皱起眉，上次应是将丽芳迎进门时吧？屈指算来也二十年过去了。那年他带宛湘回来，玉如也曾死死守着正门，不许宛湘从正门入的。陈延芳非常愤怒，非要将宛湘挎在手臂里，昂首挺胸地带着她从正门进入陈公馆。为了表示他的决心，他不顾所有人的反对，为宛湘大肆举办了一场轰动五羊城的婚礼。而今想起，十多年前的一幕幕都仍在眼前，但伊人已杳，多少恩爱多少痴情，都化为云烟。

那天在保怡大街遇见宛湘时，陈延芳就意识到将永远失去这个让他爱得心痛的女子了。既然带回来的不是她，那么，其他女子从什么门进陈公馆，还重要吗？还和玉如争这样的输赢有意思吗？思想起来，也就只有玉如是这样忠心耿耿的，对他不离不弃，也不图他的任何报答，这才是原配夫妻啊！

陈延芳默默地跨上车，跟随着他的两个女子也怯怯地跟了上车，车厢里顿时弥漫开一股似熟透了的香味儿，陈延芳皱皱眉头，宛湘和玉如都不会用这么浓郁的香水的，宛湘清淡，玉如安稳，什么性格就有什么选择，陈延芳忽然有点后悔，真不该把这对姐妹带回来的。

回到陈公馆，陈延芳才知道香菱已去世了。这两年的家书，几乎都是丽芳让陈泰发来的，也就说说家里的状况和老太太的身体情况。老太太已经病得躺在床上起不来了，臀部和腰部都大面积腐烂了，陈公馆请来的各地名医，对老太太这种老得机能坏死的病一点办法也没有。陈延芳走进老太太的房间，房间里面，以往都是飘着檀香的，而今都换成中药味了，中药味中，还夹杂着一股难闻的腐臭味。陈延芳鼻一酸，双膝一软，跪在床边，轻声叫："阿妈！"

老太太似乎什么都没听见，安详地躺在床上，茭白轻声说："老太太已经昏迷了有好长一段时间，只能靠喂食一点粥水来维持着。"说着，低下头，眼泪不停地滴下来，又道："主要是身上烂了，而今一日得给老太太洗三遍，也还洗不干净，老太太这辈子，可爱干净了。"陈延芳点点头，哑着声音道："辛苦你了。"

茭白眼圈一红，扭过头去抹眼泪。陈延芳扶着床站起来，才发现玉如和丽芳都没过来，陈延芳理理衣服，大步往东厢走去。

丽芳在玉如的房间里，正一把鼻涕一把眼泪地哭着，看见陈延芳过来了，吓得立刻站起来，低声叫："老爷。"

陈延芳点点头，玉如拿起茶杯，掀起茶杯盖，轻轻吹了一口，喝一口香茶，才道："青苗，给老爷上茶。"

随着声音，一个大约十五六岁的小丫头，捧着一杯香茶走了进来。小丫头浓眉大眼，长得挺伶俐的，看来是玉如新招的丫鬟。陈延芳接过茶杯，坐下，喝一口才道："这两年辛苦你们了。"

丽芳连忙抹干净眼泪道："不辛苦，为老爷为奴为马，我都愿意。"玉如抬眼望一望他，道："辛苦的都是丽芳，你谢她吧。"

丽芳一个逃荒女子，哪能把控得住陈公馆上上下下几十口人的事情？陈延芳知道，这都是玉如在背后给撑着的，但而今，玉如冷淡，他也不好说什么，赔笑道："你们两个都辛苦了。"玉如微哼一声："老爷这次归来，倒晓得关心人了。"

陈延芳尴尬地拿起茶杯，喝了两口，抬头见青苗牵着个刚会走路的小女娃走了进来，小女娃肉乎乎的，像陶瓷娃娃般，漂亮极了。陈延芳站起来，身体颤抖。玉如白了他一眼，转而慈祥地笑着向小女娃拍手，唤："菱菱，过来妈妈这边。"小女娃柔软地应了一声："妈妈。"就似小蝴蝶般扑进了玉如的怀内。

陈延芳一愣，多么熟悉的一幕啊！二十多年前，在一个开满樱花的地方，一个穿着小和服长得像陶瓷娃娃般的小女孩，像粉色的蝴蝶一样，扑腾着小手，从樱花树下扑了过来……

1894 年秋，陈氏书院建成。

堪舆先生已经将秋祭大典的吉日择下来了。

陈潮安拄着拐杖站在码头。简牛儿已没那么胖了，个子抽长了很多，站在驼背的老爷爷身旁，像高出来了。他扶着陈潮安，陪他站着，这个有一双骨碌碌大眼睛的小男孩，虽然不知道这个沉默的经常买吃的给他的爷爷心内想的是什么，但是，五年多来的朝夕相伴，他已觉得这个不说话的爷爷就是亲爷爷，他愿意这样陪着他，站在黄埔码头等。

那只巨大的轮船，应该来了吧？在天与海的交界处，拉出一道线儿，逐渐露出了一个黑色的点儿。陈潮安看不见，但眼尖的简牛儿看见了，他兴奋地指着海的远方，兴奋地叫："爷爷，爷爷，你看。船来了，船来了。"

陈潮安抬头，拐杖往前一拄，在海天交接处，有一个黑点，逐渐明显了。陈潮安身体一抖，再一抖，抖动得无法歇止。终于回来了，终于回来了，快六年过去了，美玲她还好吗？她啊！一定还很好很好的，她那么漂亮，那么柔美，任何时候都那么充满活力。哎呀！她今天会是怎样的打扮呢？是穿香云纱的旗袍还是缀满蕾丝边的蓬蓬裙？抑或是骑士服饰？陈潮安最爱看美玲一身中性的骑士服饰，穿高筒靴子，戴平顶帽子，那一个帅，绝了！和同样打扮的宛湘夫人比，美玲少了点娇嫩和妩媚，但却多了淡定和高雅。虽然美玲的皮肤和五官都没宛湘夫人那么细致，可她更经看了，美玲就是世上最漂亮最高贵的女人，谁也比不卜她的美好。

陈潮安一次又一次地整理身上的衣服，这套浅灰色的西服，是离开旧金山时，美玲给他置备的。回到祖国后，却因这样的穿着很招眼，陈潮安都换穿了绸布衣褂。来贵又是男人，虽然他已经很尽心了，但是在衣着上面，怎么细心也没女人来得精巧细致。唉！不知从何时开始，陈潮安喜欢拿任何人与事来与美玲比较，最好还是美玲的。

简牛儿见陈潮安拉完衣服又正帽子的，觉得这拐杖爷爷今天真好玩，就像个小孩子样，坐立不安的，阿妈说老小孩老小孩，老小孩就是拐杖爷爷这样的吧？简牛儿眨着一双黑白分明的大眼睛，看着陈潮安，拐杖爷爷居然把头发也染黑。这几年来，简牛儿看着他的头发一年比一年花白，昨天还白得雪亮的，今天竟然变黑了，人也显得精神了很多，真神奇。这艘从远处驶过来的大船，肯定有什么人或物能让拐杖爷爷高兴的。

简牛儿也随着陈潮安脸部的表情兴奋起来，五年了，拐杖爷爷都等五年了，这艘大轮船，实在太神奇了，简牛儿好期待它靠岸。

轮船愈来愈近，本来激动兴奋不已的陈潮安，忽然觉得不安，怎么会有这种不安的感觉？他也说不清，总之，心里忐忑不安，这对于一个年近七十的老人家来说，是不应该有的，无论即将到来的轮船上，发生什么事情，他都该淡定面对。守望爱情回来的陈潮安，无论如何都淡定不了，双手紧紧握着青玉龙头，指节全都发白了。

那是一艘巨大的白色的轮船，船头的船写着——America。好熟悉的英文字眼啊！美玲和潮逸就在这艘船上了，五年多来的翘首企盼，今天终于有了结果。陈潮安鼻子酸酸的，没经过分离，都不知道相伴一起的重要。他只想着，待美玲从船上走下来时，他要做的第一件事就是拥抱她，紧紧地拥抱她，然后对她说、对着她的眼睛说："我爱你！"也不管码头是人来人往，也不管这里是中国，他一定要亲吻她，狠狠地用力地亲吻她，像那年逃亡般，他们躲在山洞里的那个晚上那样，忘情地亲她抱她，爱她爱到骨子里去，用剩下的余生，与她热烈地爱下去。

是不是有点讨虐呢？到了六七十岁，才来狠狠地爱，这是一种补偿吗？是一种救赎还是迟来的醒悟？古来痴男怨女何其多啊！谁说得清楚明白？

轮船终于靠岸了。陈潮安拄紧拐杖，将身体立得直直的，望着高高的船舷，看着巨轮抛锚，看着巨轮放下缆绳，看着巨轮上的乘客兴冲冲地从甲板上走下来，或拖着巨大沉重的箱子，或轻描淡写地提着公文包，多天来在大海上漂流的疲倦，因到乡情切而消去。码头上边翘首等待的接船的人啊，挤得比船上的旅客还多，都伸着脖子等待着。船一靠岸，人群就骚动了，有按捺不住的，已经冲了出来，人群便跟着汹涌起来，互相呼唤着对方的名字。

陈潮安努力将身体站得挺直，他要让心爱的女人下船的那一刻，能见到一个笔挺年轻的丈夫。这样汹涌的人群，简牛儿有点惧怕，紧紧靠着陈潮安。来贵则在几米外等着，不敢靠太近，亦不敢离太远。

人群终于在彼此的相认中逐渐散去了，轮船上下来的人越来越稀疏，岸上等待的人亦没剩下几个了。还是没见着美玲和潮逸。陈潮安心里笑笑，美玲就是这样古灵精怪的，她肯定是要等所有人都散去了，才肯下船。她就这样，任何时候都有主见得很，从来都淡定，不急。不急的女人，从容的女人，都很美。

陈潮安把头抬得更高了，忍不住又扶了扶帽子。然后，看见陈潮逸和小瓷出现在甲板上。小瓷挎着陈潮逸的臂弯，他们的身后，没跟着人，空空的，一个人也没有，没有美玲。陈潮安身体晃了晃，青玉龙头的拐杖突地一松，往前一倾，原本还站得笔直的身体顷刻像山般往前栽了下去。

虽然，来贵看见陈潮逸夫妻身后没有跟着太太时，就意识到不妥，已经快步往老爷冲了过去，但还是来不及，简牛儿尖叫了一声："爷爷！"也被陈潮安带倒在地上，吓得"哇"的一声哭了。简牛儿不明白拐杖爷爷怎么突然丢了拐杖栽倒在地上，他突然生病了吗？轮船上下来的两个人，都是以前见过的，他们和离开时都没多大的变化啊！离开时也这样，女的挎着男的臂弯，一前一后地走，不过，只不过，回来时，稍稍有了一点不同，男的手里，恭恭敬敬地抱着一个青白色的漂亮罐子，这罐子里面，装的是什么呢？是拐杖爷爷等了五年的东西吗？简牛儿被摔得好痛，他恨这个罐子。

来贵跑上前扶起陈潮安，焦急地叫着老爷，陈潮逸夫妻亦从轮船上跑了下来，船上的水手帮忙将他们带回来的所有行李都搬了下来。从没见过如此浩荡的行李搬运，水手们来来回回了几转，才将船上的所有笼箱搬了下来。陈潮逸按照美玲生前的意愿，将她和陈潮安在旧金山的一切记忆，都打包好，连同她的骨灰，一起运回来了。陈潮安见不到美玲的身影，但见到了陈潮逸手中的罐子。陈潮逸在电报上说，他和嫂子一起回来。可是，这个"和"字，与陈潮安想象的"和"字完全不同，陈潮安的脑袋"嗡"的一声，世界便全都黑了。黑茫茫的世界里面，没了美玲，没了婉秀，没了父母，没了儿女，甚至没了他自己。茫茫一片黑，一片黑茫茫。他闭着眼睛倒了下去，不想醒来，不愿醒来，不再醒来。

陈潮逸夫妻不停地拍打呼唤，陈潮安都如睡着般昏迷着，陈潮逸双膝一软，跪倒在地，泪如泉涌。那只随身带着的藤箱子放在陈潮安身边，那里面，放着美玲的牌位，这个牌位，即将要放进陈氏书院的后堂，他本要和兄长商量一下，准备给嫂子买个怎样的牌位比较合适的。嫂子是个清静人，她肯定不喜欢主座位置，那么闹哄哄的，会扰着她的清修。可兄长他很不负责任啊！一倒下去，就人事不理，这让还清醒着的人，该如何是好呢？

来贵已招呼着一众壮汉过来，陈潮逸紧紧抱着兄长，在众人的帮忙下，上了人力车，人力车向医院的方向跑去了。小瓷从地上捡起装着美玲骨灰的罐子，抱在怀内，然后提起藤箱子，轻声问简牛儿："你能站起来，自己走吗？"简牛儿早已经不哭了，点点头爬起来，小瓷说："跟我走吧！"简牛儿就乖乖地跟着她走了。

码头上，只剩下来贵一个人，他要留下来，处理潮逸老爷从旧金山带回来的老爷和太太的前世今生……

陈氏书院开幕之日终于要来临了，此时最是忙碌的，就是倡建陈氏书院的四十七位绅耆了。绅耆们必须加快绘制书院后堂各座位神龛、主位的排位图，并记录全省七十二县所有响应将祖先牌位入主陈氏书院神龛的神位作了排列，这样，加入陈氏书院的各府、州、县及主位总数、排列状况就清晰明了了。这项工作本应由陈潮逸和陈絮晞一起完成的，但由于陈潮安的身体状况不佳，陈潮逸要照顾重病的兄长无法顾及陈氏书院的工作，陈絮晞忙得晕头转向的。于是，陈广宁就让师爷陈成阳亦过来帮忙归纳整理，有了这个能干的师爷帮忙，陈絮晞才可以舒一口气。陈成阳一直跟随陈广宁处理柳州府大大小小的案件，写得一手好文案，对归纳整理制作排位图等，全都内行。陈延芳和陈昌朝等人则是负责招呼全省各县陈姓宗族的代表，安排他们住宿和规划好他们到陈氏书院的接待路线，这更是一件繁重的工作，各地来的代表，在地方都有一定名气地位，都是陈氏书院的添砖人，都怠慢不了。众人又热情，都急着了解书院的情况和自家祖先牌位的排列情况，都围着陈延芳他们问长问短的，陈延芳他们更是忙得唇干舌燥，两腿跑酸了，累得几乎喘不过气来。新科探花翰林编修陈志尧和老事务大臣陈若虚，则要去请一个重要的人物——两广总督张明远。大家按部就班，忙而不乱，一切都如常进行。

唯有黎建业乱了起来。新建成的陈氏书院，威风凛凛地立在连元大街上，门前那八十米宽的建筑，横列成排，正大门上四米高的两尊门神，庄严肃穆。墙脚刻凿出各款花草，姿态纷呈。青砖建筑，水磨平滑，壁上青砖雕刻着唐诗、渔、樵、耕、读，所雕人物神情各异，形象生动。又以现时民间流行的画为题材，雕塑牡丹、彩鸾、松、雀等景物。祠顶上六对灰塑狮子，临空外望，活灵活现。在门前的群塑，就很容易使人看出，是取材于《三国》故事和《水浒》故事的。彩色缤纷的石湾陶器，闪闪发亮，故事人物栩栩如生，釉彩鲜艳夺目，立体比例匀称，使人叹为观止。祠内各种建筑，均以走廊相通，石阶宏阔，石杜刻凿精细，檐前更纷陈各种砖雕，但多而不重复，大小各异，使人不嫌其繁瘫，各有其独特风采。

这样巍巍浩荡的建筑物，是黎建业平生心血所在，是他毕生的骄傲，他自信能得到全省数以万计的陈姓族人的赞赏。但是，黎建业的内心依然是沉重的，虽然，煌煌的陈氏书院，已经成为百粤冠祠，恐后近百年间，在广东亦难再有祠堂庙宇能够超越的。但是，有一批人，黎建业是无法交代得了的。黎建业一连数日将自己关在工作间内，工作间内只有一椅一桌。黎建业一坐就是几个白天黑夜，助手悄悄进去添水加茶点灯拨油，都见他端坐在椅子上，认真地写着什么，助手不敢多看，亦不敢停留。每次黎建业这样子，便是在做一件非常重要的事情，万万打扰不得的。

黎建业将自己关在房间内，桌子上铺的那张巨大的特制宣纸上，逐渐写下了一行行黑色的工整的楷体字：陈氏书院建筑实况——陶瓷瓦脊装饰分别由佛山知名商号文如璧店、美玉成店、宝玉荣店出品，共有十一条，瓦脊总长度约一百六十三米，每条瓦脊的装饰题材各异，主要内容为粤剧折子戏中的传说、故事及民间吉祥图案，共塑有人物一千一百零九个，这些瓦脊分别装设在三进三路九座厅堂屋脊上；灰塑装饰由番禺"灰批状元"靳耀生领一众工匠等完成制作，全书院灰塑总长度为两千五百多米，平均高度为 0.9 米，总面积约为两千四百四十八平方米，主要分布在屋顶正脊、垂脊、屋檐、山墙、廊门、窗檐等处；砖雕装饰工程由番禺艺人黄南山、杨鉴庭、黎壁竹和南海县的陈兆南、梁澄、梁进等名工雕刻，黎建业特地将黄南山的名字放在首位，陈氏书院内，就数黄南山的砖雕最多，雕工最为精巧。书院的正面外墙有六幅大型砖雕，其中最大的两幅宽 3.6 米，高 1.75 米，其余四幅宽 3.4 米，高 1.65 米，书院还有二十六幅墀头砖雕，在正面屋檐下，镶嵌有八十三厘米宽的砖雕饰线；铁铸装饰由佛山名工负责；壁画装饰由以善书画著称的佛山艺人杨瑞石绘制等等……写到石雕时，黎建业手中的笔停住了，石九指僵硬地定在石头旁边的样子，又浮现在眼前，黎建业的眼角潮热，毛笔蘸了墨，定在上方，都无法写下去，他竟然不知道，石九指的本名是什么。该怎样写他呢？黎建业恍恍惚惚地站起来，想再到石场去看石九指一眼，走到门口，才突然惊醒，石九指已经走了，他的遗体已经被人用薄棺木装敛，送回老家去了。再也不可能见到这个技艺超群的石雕大师了。

黎建业到石场上，问了好多石雕匠人，但无一人知道石九指的本名，或许"石九指"就是他的名字，或许他从来都没有名字。黎建业放下笔，站起来，房子内的油灯昏暗。他走到窗前，透过花格木窗，看见不远处，陈氏书院仍灯火通明，那些陈姓老爷们家里的佣人们，仍在忙忙碌碌地布置着现场。明日吉时一到，一个盛大的庆典便要拉开帷幕，这间集中了全省七十多个县府陈姓子弟的力量建筑起来的祠堂，于天下陈姓子弟来说，它虽是顶了书院的名衔，但承载的却是追本求源祭拜祖先光宗耀祖的功能啊！而于黎建业，于这数以千计的能工巧匠，甚至于天下劳动百姓来说，它承载的又怎仅仅是追本求源光宗耀祖呢？

黎建业望着陈氏书院良久良久，脑海里很长一段时间都是空白的，或许这就是登峰造极后的失落吧！他无法预测，接下来的人生和陈氏书院的命运将走向何处。他静立了很久很久。在天将透亮之时，才慢慢地挪动站酸了的双腿，走回座位，靠着椅子休息了一会儿。

一声雄鸡的鸣啼，唤醒了连元大街的清晨。

秋日上午的太阳，明媚而温暖，早早挂在东面的天空上，大地染上了金色的阳光，亦显得喜气洋洋的。五羊城内的居民早就听说今日是陈氏书院开幕之日，天没亮，就打扮崭新，拖儿带女、呼朋唤友地涌过来看热闹，有头脑灵活的，担着零食、小玩意、小物件等过来售卖。卖麦芽糖的麦芽糖搅拌机摇得呼呼转的，手里的竹签不停地翻转着，晶莹如琥珀的麦芽糖瞬间卷成一个陀螺型，麦芽糖的香甜，没一个小孩能抵挡得了的，拿着铜板围观的孩子们，眼睛盯着竹签转动，喉咙咕咕地吞着口水。卖麦芽糖旁边就是卖爆米花的，一只漆黑的大铁桶，下面烧着红红的碳，上面架着同样漆黑的大铁锅和木柄大锅铲，金黄的玉米下锅里翻炒，一会儿便"嘭"的一声，炸开了，雪白的爆米花炸满了锅。孩子们呱呱地叫着，纷纷往这边挤过来，爆米花的焦香极其馥郁，连大人们都忍不住侧头。还未能起锅呢，爆米花的汉子不紧不慢地一手翻炒着，一手从身下的袋子里抓一把砂糖，往锅里撒去。爆米花立刻就要出锅了，孩子们举着拿着铜板的小手，争着叫："来一份爆米花，来一份爆米花。"再往前一点，是推货物车的。货物车挂满挂件配饰头巾布包针头线脑等等，卖货物的藏在挂得琳琅满目的车子后面，偶尔探头出来招呼一下前来问价的客人。原来是个包着蓝色碎花头巾的俊俏女子，别人砍价时，她都会眼儿笑得弯弯的，说："唔得啊！好低价的啦！都赚唔到钱呢！"声音甜甜糯糯的，买不成物件但光听她说话也舒服。再往开阔处走，亦密密匝匝地围了一圈人，不时传来喝彩声。听见喝彩，小孩子们又往那边挤去，原来是玩杂耍的，几只猴子被人牵着，正卖力地表演各种高难度动作。卖豆腐花的、卖糖水的、卖云吞的、卖花生瓜子的、卖鱼干菜干的、卖纸钱蜡烛的等等，都陆续来了，自觉在陈氏书院外围摆起摊档，只要货物担一放下，就有人们涌上去询问，讨价还价。

离开幕还早呢，书院前已经热闹成一团。人们一边购买着心仪的物品，一边耐心等待着吉时的到来。孩子们似猴儿般，在人群中穿插跑动，不时有女人的尖叫："你个衰仔啊！都话佐叫你唔好跑来跑去的啦！喺都唔听讲，跌死你啦！"

经过这几天的布置，陈氏书院里里外外都披红挂彩的，陆续，来自全省陈姓的社会知名人士、各地陈姓乡绅以及全体参祭人员亦都来到陈氏书院了，许多都是相熟之人，难得在这大喜日子相聚，见面免不了热情问候，且问问这些年的发展状况，亦问问家里亲友都是否安好，等等。亦有不甚相熟的，在熟人介绍下，交流片刻，便熟络起来，勾肩搭背称兄道弟了，论的都离不了与陈氏书院有关的事儿，议论得最激烈的是各家祖先牌位入主的位置的前后，有人相中了左边神龛，有人看中右边神龛，亦有人想窥视正中位置的神龛的，正中的神龛已经摆满了牌位，只剩下正正中间的位置是空的，据闻是留来摆放曾经大名鼎鼎的实业家陈司聿的牌位的，但却迟迟未见陈司聿的子孙后代将他的牌位送过来，不知何故。大家且欢快交谈着，静候书院正门打开。

从佛山请过来的十六支醒狮队分两排站列，客人一到，立刻就拉开架势，鼓响狮舞，醒狮们都簇新簇新的，颜色鲜艳，在阳光下格外夺目，精壮的小伙子举着狮头摆着狮尾，左右划步，上下蹿跳，一招一式精准到位，将那十六只雄狮舞得威风凛凛的，彩旗招展处，古乐手挥动着结实的手臂，卖力地敲打着，锣鼓声声，叫好声不时响起，空气像被煮滚了般，沸腾流动。

处理陈氏书院拜祭事务的人早已经吩咐好下人，一会儿听司仪人主持，准时将书院的正门大开，所有下人都必须从两边侧门出入。

约近吉时，陈志尧、陈若虚、陈延芳等人领着四十多名主要绅者，身穿锦袍华服，神采飞扬地来到书院广场前，他们的到来，引起众人如雷的掌声，他们亦一一和这些来自各地的名流、陈姓乡绅们抱拳握手见礼。仆人们看见老爷们来了，立刻将中门大开，陈氏书院以一个敞开的姿态面向世人。

正在寒暄之间，忽地，周边人声鼓声齐噪，陈志尧心想：定是总督大人来了。回头果然见到张明远一身朴素的长布衣，精神翼翼地走了过来，陈志尧注意到，总督大人的轿子在路口那边就停下了，只一个随从贴身跟着，这随从高大壮实，虽然穿的只是粗布衣服，但也掩不住其威武的气势，一看便知是个练过功夫、身手敏捷之人。总督大人如此低调，陈志尧等人心领神会，而今朝廷极其忌讳以建宗庙的形式聚众筹资的，虽然陈家祠是以书院的形式申请建成的，但亦不能不有所避忌。这个时候，张明远仍能布衣出席，已是非常难得。陈志尧立刻领着众人迎上前。张明远抱拳祝贺，陈志尧和陈若虚回礼，恭敬地请总督大人从中门进入。张明远抬头仔细观看了一会儿大门和书院的外观，啧啧叹道："煌煌书院啊！"进入书院后，张明远目光流转一番，回头对大家说道："我只是来看看的，若虚先生、志尧老弟，你们忙你们的，不用陪我了。"他摸着石雕栏杆，忍不住赞叹道："果然是巧夺天工啊！我得仔细看看。"大家见总督大人兴致如此高，就只留下陈广宁陪同观看，其他人都回到前门去准备开幕。

吉时到了。仆人和院役们已经将要用的香烛和拜祭用品，并站立一旁，等候拜祭开始。四周的群众看见马上要开始了，都围了过来，将陈氏书院前半部分围得水泄不通。仆人和院役们不得不在前院四周分派大量人力来维持秩序，好不容易，纷纷闹闹的围观群众稍稍安静了点，身穿崭新八卦道袍的周易先生从正门迈着方步走了出来，他是今日大祭的司仪。有丫鬟捧上来一盆浸着柚子叶的井水，周易先生仔细地洗了手，又有丫鬟送上神香，周易先生点燃神香，夹于掌中，恭敬地向主坛拜了三拜，然后又拜四方。待周易先生将神香奉到主坛上后，陈泰马上恭敬地奉上写着祭礼词的书简，周易先生接过祭礼词，又向主坛拜了三拜，才展开书简，宣读祭礼词。

周易先生逐项宣读着祭礼程序，首先是主祭人、陪祭人就位，陈志尧、陈若虚等人接过下人们递过来的巨香，率先走到广场前的大鼎，其余的绅耆亦接过仆人们递过来的檀香，跟随在他们的身后，一起祭拜过天地。中门两侧，鼓乐队已经准备好了，老爷们拜祭天地完毕，立刻鸣炮奏乐，一时间声乐喧天，热闹喜庆。陈志尧和陈若虚领着众人，缓步走进书院大厅，一直来到后堂。此时，正厅主位神龛上，已经摆满了来自全省各县的陈氏祖先的牌位，据陈潮逸和陈絮晞的统计，到陈氏书院建成止，书院共收到六千六百六十一个神主牌，剩余五千三百三十九个。但处于正厅最正中位置的主位仍是空着的，这位置将要留给一个非常重要的人物，这个人已经去世多年，但他所创的缫丝厂仍影响深远。

陈氏书院历经五年的建设，它的后人们都不遗余力地捐款筹资，按当时《陈氏书院章程》规定，谁入主的主银最多，谁家的祖先灵牌就放在最主要的位置。而这个最主要的位置，当仁不让地留给这个重要的人物——陈司聿。

前几日，陈延芳收到陈江丹的来电，说他将于今日吉时，将他祖父陈司聿的牌位送到书院。陈延芳站在十一架肃穆森严的神龛前，急得像热锅中的蚂蚁，所有人的目光都注视着他和陈志尧、陈若虚，都在等他们的行动。陈志尧和陈若虚亦如他一样，不敢贸然行动，按拜祭程序，必须要在这些神龛前行三跪九叩大礼，是行祭不行祭呢？周易先生察言观色，亦不敢贸然指挥。

就在大家都尴尬着时，突地声声鞭炮响起，人群之外，书院前方，人声鼎沸，围在书院外看热闹的人，纷纷叫唤道："来了来了！好威风啊！"

陈志尧和陈若虚对视了一眼，立刻回转身来，只见书院外看热闹的人们，全都往不远处的书院码头跑了过去。鞭炮声声处，正是书院码头，一艘小型轮船刚好停泊在码头，轮船竟然可以不在大海上行走，而是穿越窄窄浅浅的津道，直接停泊在书院码头，太新奇了。陈延芳和陈若虚等人都是第一次见，更何况是前来围观的老百姓们？怪不得大家都往码头跑去了。

俊俏潇洒的陈江丹跳下轮船，这次陈江丹没有身着白色西服，而是长衫马褂，头戴瓜皮小帽，另有一番潇洒。又见到同样潇洒挺拔的陈君挺，双手恭敬地将一用红绸盖着的牌了递给了他，陈江丹接过牌子，大步走在前面，陈君挺和几个看似是随从的男子紧跟其后，人们都被这一伙器宇轩昂的男子震慑住了，纷纷让出一条道来。

陈志尧望了望身边的陈延芳，陈延芳的脸色明显暗了下去，自从陈君挺辞别陈公馆后，坊间就有很多流言传说他到南洋去与细夫人会合了。此时此刻看见陈君挺，对陈延芳来说，无疑是看见了叛逃，恼火是肯定的。

陈志尧靠近陈延芳，低声说："本是同根生，相煎何太急。放下比拿着，更考验一个人的度量，随他去吧！"

陈延芳正要伸出去的脚步，又收了回来。他目光一转，就看见了跑前跑后，忙得满头大汗的陈忠，无可厚非，当司机和下人的角色，陈忠比陈君挺要称职很多。探花大人的提醒不无道理，放下比拿着，更能考验人，陈君挺既然今日能出现，那就说明了他并没有如众人猜测那般，到南洋去与宛湘会合，他用行动给了陈延芳一个交代，陈延芳还有什么可说的？

陈若虚把一切看在眼内，呵呵一笑，道："江丹啊！你可让我们这些老家伙们一番好等啊！你年纪轻轻，也不晓得疼爱一下我们这些老骨头啊!"陈江丹笑着道:"老先生有礼,祖父灵牌在抱,江丹不便施礼,老先生见谅。"

陈若虚立刻拉着陈延芳避闪一边,让出一条道来,然后一摆手,做了个请的动作,陈江丹将怀内牌位的红绸掀起,大步上前,将陈司聿的牌位放在主位最中央的位置,倒退三步,跪下来,三跪九叩后,才站起来,往陪祭人队伍退去。

司仪见时机成熟,立刻唱道:"吉时到,拜祭开始!"

陈志尧领着众人,端端地跪在下人们准备好的蒲团上,行三跪九叩的大礼。行完大礼后,还要行盥手礼,下人急忙送上清水,陈志尧等人净手后,下人又送上事前准备好的三牲祭品、花红、礼酒、礼果等。程序一一走完后,周易先生才将祭文递给陈志尧,陈志尧抖开祭文,大声朗读……

黎建业静静地离开人群,往书院的后院走去,那些刚种下去的花草树木,还没完全长出样子来,但亦能从勃勃的长势中,看出未来的疏影横斜。黎建业信步在相对静幽的后院中,穿过后院的小门,外面就是一片辽阔的田地,再往东走一会儿,就能看见书院码头,刚才围着陈江丹开来的小轮船的人们都已经散去了,码头上寂寥寥的,只剩下一弯江水和一艘轮船。

黎建业刚想转身回去,却见到一个弯曲的身影,由一个矮小的身影扶着,从书院的另一边走了出来,慢慢地,往码头的方向走去……是陈潮安和简牛儿。

黎建业抬头,闭上眼睛,书院内仍人声鼎沸。昨晚,陈氏宗亲都缴纳齐了参祭聚餐的席金,这些兴奋、激动、喜庆的陈氏宗亲们,将会在陈志尧朗读完祭文后,就分散各自拜祭各自祖先。在书院内忙乎到近午,就分别到八和馆、新瑞馆等五羊城著名的大看馆去饮宴。之前,陈絮晞他们做了统计,此次到来参加入伙大祭的宗亲达三千人以上,看这密密麻麻地围在书院前前后后、里里外外的那么多人,而八和馆和新瑞馆等大看馆都是连在一处的,如此数千人汇聚一堂,会是怎样的热闹非凡？

　　黎建业睁开眼，再往陈潮安和简牛儿远去的方向望了望，眼泪便如断线的珠子，掉了下来。

　　陈潮安又要去码头等了。

　　既然，要等的人没有回来。

　　她的确没有回来。

　　尽管有一只小小的青白色的罐子，

　　尽管罐子内有一撮白色的粉末，

　　但都不是他要等的她。

　　他顽强地从黑暗里爬起来，

　　他还要继续等。

　　出去时，他以为他离开了，

　　但他却没有离开过。

　　归来时，他以为他回来了，

　　但他却没有回来过。

　　她没有回来，

　　家，就再也回不去。

　　既然她还没有回来，

　　那么，就一直等下去吧。

　　热闹，关在祠堂之内。

　　冷清的，是那些逐渐远去的人事和记忆……